FÚRIA DOMADA

MEGAN MAXWELL
FÚRIA DOMADA

Tradução
Sandra Martha Dolinsky

essência

Copyright © Megan Maxwell, 2012
Copyright © Editorial Planeta, S.A., 2012
Copyright © Editora Planeta do Brasil, 2017
Todos os direitos reservados.
Título original: *Desde donde se domine la llanura*

Preparação: Roberta Pantoja
Revisão: Alice Camargo e Thalita Ramalho
Diagramação: Futura
Capa: adaptação do projeto original de
Imagens de capa: Bill Spiers / Dm_Cherry / Shutterstock

CIP-BRASIL. CATALOGAÇÃO NA PUBLICAÇÃO
SINDICATO NACIONAL DOS EDITORES DE LIVROS, RJ

M419f
    Maxwell, Megan
        Fúria domada / Megan Maxwell; tradução Sandra Martha Dolinsky. - 1. ed. - São Paulo: Planeta, 2017.

        Tradução de: Desde donde se domine la llanura
        ISBN 978-85-422-1194-8

        1. Romance espanhol. I. Dolinsky, Sandra Martha. II. Título.

17-44711   CDD: 863
                                CDU: 821.134.2-3

Os personagens, eventos e acontecimentos apresentados nesta obra são fictícios. Qualquer semelhança com pessoas vivas ou mortas é mera coincidência.

2017
Todos os direitos desta edição reservados à
EDITORA PLANETA DO BRASIL LTDA.
Rua Padre João Manuel, 100 – 21º andar
Ed. Horsa II – Cerqueira César
01411-000 – São Paulo-SP
www.planetadelivros.com.br
atendimento@editoraplaneta.com.br

*Para todas as mulheres guerreiras, sejam da época que forem.
E em especial às guerreiras Maxwell, por serem como são e
nunca se deixarem vencer.
Amo vocês.*

Capítulo 1

CASTELO DE DUNSTAFFNAGE, 1348

Ouviam-se risos e aplausos enquanto a luz das tochas iluminava o salão do castelo de Dunstaffnage. Os trovadores animavam a ala direita do salão, as pessoas conversavam e bebiam, e malabaristas entretinham as crianças no pátio de armas.

Acabada a apresentação para os pequenos, o som das gaitas tomou o lugar, e onde até pouco tempo antes carinhas encantadas haviam observado os malabaristas, agora os guerreiros riam, dançavam e cantavam com suas mulheres e as jovens da aldeia.

A festa era para celebrar o nascimendo do tão esperado segundo filho de laird Axel McDougall e de sua encantadora esposa, Alana. Cinco anos antes nascera uma menina, batizada de Jane Augusta McDougall, e apesar de Axel enlouquecer de amor pela menina, que era uma preciosidade, como guerreiro e laird de suas terras, ele desejava um varão. Seu sucessor. Assim, quando Darren Alexandre McDougall, nome que puseram no menino, chegou ao mundo, sua felicidade foi completa.

Para o batizado organizaram uma grande festa. Axel queria mostrar o futuro laird McDougall, e em poucos dias o castelo de Dunstaffnage se encheu de luz, clãs, guerreiros e aldeões.

Lady Gillian, a jovem irmã do laird McDougall, ria ao lado de seu bondoso e generoso avô, Magnus.

— Ele era um impertinente, vovô — disse, bem-humorada. — O tolo aproveitou minha distração para tentar me beijar, e não tive outra opção que não fosse empunhar a espada e lhe dar o que merecia.

— Garota, outra vez?

Divertindo-se com o que ela contava, Magnus sorriu. Sua neta, intrépida, era uma mulher de um valor incalculável, e não só porque seu próprio sangue corria pelas veias dela. Aquela beldade baixinha tinha a coragem de um guerreiro, o que fazia com que se metesse incessantemente em problemas. E assim como atraía os homens por sua beleza, fazia-os fugir por seu gênio.

Com uma gargalhada cristalina que fez o coração do velho inflar, ela balançou a cabeça.

— Vovô, eu não tive escolha. Foi nojento!

Gillian era uma jovem de cabelos claros como o sol e de olhos azuis expressivos e maravilhosos. Mas, para infelicidade de seu irmão e também de seu avô, era rebelde demais, e conhecida pelo apelido de Desafiadora.

Seu irmão, Axel, apesar de adorá-la, aborrecia-se com ela todos os dias, ao ver e sentir em sua própria carne as provocações de Gillian. Em mais de uma ocasião, após batalhar com a jovem, Axel, desesperado, conversava com o avô, e juntos reconheciam que a haviam mimado em excesso. Mas o aborrecimento durava pouco. Gillian era esperta e ardilosa: ela sabia que com um sorriso incrível, ou um doce pestanejar, deixava-os à sua mercê de novo.

Os guerreiros, quando chegavam a Dunstaffnage, rendiam-se aos seus pés. Mas, ao testemunhar sua arrogância, sua personalidade desafiadora e sua altivez, após dois dias com ela, fugiam espavoridos, e os que não faziam isso, acabavam se arrependendo cinco dias depois e escapavam, para satisfação da jovem e desespero dos seus.

Só um guerreiro, alguns anos atrás, havia conseguido tocar o coração de lady Gillian, mas depois de se sentir traída por ele, seu gênio endurecera, e a jovem se fechara para o amor.

Naquela tarde, enquanto as pessoas se divertiam no castelo, Axel McDougall, seus homens e dois dos seus grandes amigos, os lairds Duncan McRae e Lolach Mckenna, bebiam cerveja em suas canecas, e Alana, esposa de Axel, Megan, mulher de Duncan, e Shelma, irmã de Megan e esposa de Lolach, trocavam confidências.

— Acho que Johanna é muito pequena para ter seu próprio cavalo. Por Deus, Megan, ela só tem seis anos! — disse Alana.

— Eu tinha a mesma idade quando meu pai me deu o Lord Draco. Acho que é bom que Johanna saiba montar, e não vou demorar muito a pôr a pequena Amanda no lombo do meu cavalo.

Ao notar o olhar escandalizado de Alana, Megan disse com um sorriso:

— Não me olhe assim, Alana! Minhas filhas, daqui a alguns anos, serão duas mulheres, e quero que saibam se defender em um mundo de homens, porque nunca se sabe o que pode acontecer. E permita-me dizer que devia deixar que Gillian ensinasse a Jane certas coisas que cedo ou tarde lhe servirão muito bem.

Ao ouvir isso, Alana ficou tensa. Ainda recordava com horror a cunhada Gillian, com sua filha pequena, galopando como louca pelo bosque.

— Axel e eu conversamos muito seriamente com Gillian. Não queremos que nossa filha se mate fazendo o que aprendeu com sua tia maluca. Além do mais, desejo criar Jane como uma dama, e embora eu adore Gillian, não concordo com o que às vezes ela tenta enfiar na cabeça da menina.

Shelma suspirou. Gillian havia lhes contado, amargurada, que seu irmão e Alana lhe haviam proibido de ensinar à pequena Jane qualquer coisa que não fosse apropriada a uma dama delicada.

Megan, Shelma e Gillian tinham se conhecido anos atrás, quando as duas irmãs chegaram ao castelo fugindo da maldade de seus tios ingleses. Desde o primeiro momento, Gillian gostou daquelas duas garotas, e após se tornarem amigas de verdade, cada uma ensinara às outras artes como manejar a espada, atirar com arco e flecha ou rastrear. Mas Alana não era como elas. Alana era uma mulher boa, doce e delicada. Todos a adoravam devido a sua personalidade tranquila, mas sua visão de mundo e do que significava ser mulher era completamente diferente da visão das outras três.

— Por São Ninian, Megan! — reclamou Alana, escandalizada. — Amanda tem apenas quatro anos e você já quer fazê-la montar um cavalo? E a Johanna, com seis, pretende lhe ensinar as artes da guerra. Por quê? Para quê? Por acaso duvida de que Duncan e seu clã sejam capazes de protegê-las de possíveis ameaças?

Megan revirou os olhos. Suspirando com paciência, voltou o olhar para sua irmã, que sorria.

— Eu sei que meu marido e meu clã dariam a alma e a vida antes de permitir que acontecesse alguma coisa com as minhas filhas — disse —, mas quero que elas saibam se defender sozinhas e que aprendam comigo o que ninguém vai lhes ensinar.

Shelma, vendo a cara de horror de Alana, sorriu, enquanto observava Gillian se sentar ao lado de sua cunhada.

— Alana, você precisa entender que os ensinamentos que nossos pais e avós proporcionaram a minha irmã e a mim nos ajudaram muito. Pensa que meu pai um dia imaginou que minha irmã ou eu correríamos os perigos que acabamos tendo que enfrentar?

Alana negou com a cabeça, e ia responder quando Gillian disse:

— Meu Deus! Já imagino do que está falando, e lamento dizer que minha querida cunhada e meu adorado irmão não vão entender. Para eles, qualquer uma dessas coisas que nós habilmente aprendemos ao longo da vida são indecentes e pouco adequadas para uma doce e fina donzela.

Contrariada, Alana levantou o queixo para olhar para as três, que riam e trocavam cotoveladas, e acrescentou:

— Evidentemente. Eu não aprovo esse tipo de educação. Minha filha será educada como eu fui. Aprenderá a costurar e tudo que sirva a sua delicadeza e feminilidade, você gostando ou não. Axel e eu deixamos bem claro que não queremos que ensine a Jane nenhuma das suas loucas habilidades.

Gillian, fitando-a com seus olhos azuis espetaculares, esboçou um sorriso que deu muito a entender a suas duas amigas e, com carinho, disse a sua cunhada:

— Não se preocupe, querida Alana; ficou bem claro que...

Nesse momento, ouviram fortes gargalhadas e gritos vindos do portão de entrada, de modo que as jovens abandonaram a conversa e prestaram atenção à origem daquele alvoroço. Com curiosidade, viram entrar duas mulheres e uns *highlanders* escandalosos, barbudos e com cara de selvagens. Após trocarem cumprimentos com impropérios que deixaram a doce Alana perturbada, o grupo dispersou. Então, Gillian blasfemou ao reconhecer um dos homens que havia chegado com aqueles guerreiros.

— Maldição! Era o que me faltava — murmurou, virando-se para não olhar.

Niall McRae, irmão de Duncan, havia chegado. Megan trocou um sorriso com o cunhado, mas logo ficou séria quando viu uma das jovens que o acompanhava.

— Quem são essas? — perguntou Shelma, com curiosidade.

— A de cabelo vermelho e sorriso de corvo é a insuportável Diane McLheod — respondeu Megan. — E a loura é Christine, sua irmã. Sem dúvida, uma jovem encantadora.

— Oh! São minhas primas — disse Alana, sorrindo ao reconhecê-las.

— Que maravilha! — grunhiu Gillian, contrariada.

Diane McLheod era a idiota e insípida filha do laird Jesse McLheod, casado em segundas núpcias com uma tia de Alana. Era uma garota de incrível beleza. Tinha um cabelo acobreado maravilhoso e uns olhos verdes incríveis, mas, infelizmente, era insuportável: reclamava de tudo. Era o oposto de Christine, sua meia-irmã, uma jovem de lindos olhos castanhos e cabelo claro, divertida e sorridente.

— Quer sair para tomar um ar? — ofereceu Shelma.

Gillian se limitou a negar com a cabeça. Odiava Niall McRae. Durante muitos anos havia sonhado com seus beijos, seus abraços, com ser sua mulher e lhe dar filhos. Mas no dia em que ele, a poucos dias do casamento dos dois, partira para a Irlanda sem se despedir para servir e lutar ao lado de Edward de Bruce, irmão de Robert, rei da Escócia, decidira odiá-lo pelo resto da vida.

— Gillian... — sussurrou Megan ao notar que a jovem respirava descompassadamente.

— Calma. Estou bem — disse, sorrindo com certa dificuldade.

Megan nunca esqueceria o olhar incrédulo de Gillian quando lera o curto bilhete que um highlander lhe entregara em nome de Niall. Dizia apenas: "Voltarei". Mas também não esqueceria o desespero de Niall ao voltar, depois de dois anos de batalhas extremas na Irlanda, e tomar conhecimento que Gillian, "sua Gillian", não queria mais saber dele.

Gillian inspirou e, conscientizando-se de que ali estava o homem que odiava, levantou o queixo com arrogância e disse:

— Parece que esta noite vamos nos divertir muito, não é?

Alana levou as mãos à boca. Aquele olhar e, em especial, as palavras de sua cunhada não cheiravam bem. Pegando-a pelo braço, sussurrou:

— Por todos os santos, Gillian, lembre que você é uma McDougall e que deve respeito a seu irmão e a seu clã. E não quero que fique chateada, mas elas são minhas primas, e eu ficaria muito brava se nos envergonhasse.

Ao escutar tal advertência, a jovem olhou para a cunhada com um sorriso irônico e, levantando-se, alisou o vestido, ajeitou o lindo cabelo louro e disse com ar altivo:

— Alana McKenna, eu te amo muito e te respeito porque é minha cunhada, mas que seja a última vez na vida que você me lembra que sou uma McDougall. — E, endurecendo a voz, sibilou enquanto Megan se levantava. — Eu sei muito bem quem sou, e não preciso que ninguém me diga. E quanto às suas primas, fique tranquila, eu sei me comportar.

Pálida, à beira das lágrimas ao ouvir aquelas duras palavras, Alana se levantou e, sem dizer nada, saiu correndo pela porta ogival, diante do olhar surpreso de seu esposo. Shelma, olhando para a amiga, murmurou:

— Sinceramente, Gillian, às vezes você é...

Mas antes que pudesse terminar a frase, o marido de Alana se aproximou, e Shelma, recolhendo a saia, afastou-se.

— O que está acontecendo aqui? Por que Alana saiu chorando? — perguntou Axel, trocando um rápido olhar com Megan.

Gillian olhou para ele e, franzindo o cenho, disse:

— O que ele está fazendo aqui?

Axel entendeu a pergunta e balançou a cabeça. Sabia que sua irmã não facilitaria, mas não estava disposto a entrar no jogo dela. Aproximando-se mais, sussurrou no ouvido de Gillian:

— Niall McRae é meu amigo, além de um excelente guerreiro. E tanto ele quanto seus homens visitarão minhas terras sempre que eu quiser. Entendeu?

— Não — bufou a jovem, desafiando-o com o olhar.

Incapaz de continuar ali sem fazer nada, Megan se colocou entre os dois e, tomando a mão de Gillian, disse:

— Axel, perdoe meu atrevimento, mas acho que é melhor eu levar Gillian para tomar um pouco de ar. Ela está precisando.

Durante alguns instantes, os dois irmãos continuaram se desafiando. Então, Axel assentiu, e Megan puxou Gillian para fora, sob o olhar atento de alguns homens, entre eles, seu marido e seu cunhado.

— Parece que alguém não está feliz em te ver — brincou Lolach, dando uns tapas nas costas de Niall, para desconcerto deste e divertimento de seu irmão, Duncan.

Capítulo 2

A festa continuou até altas horas da madrugada, e, como era de se esperar, os guerreiros barbudos de Niall McRae foram os mais escandalosos. Não tinham modos nem delicadeza, e as donzelas de Dunstaffnage fugiam apavoradas. Lady Gillian, com uma aparente felicidade estampada no rosto, não parou nem um só momento de rir e dançar – o que ninguém estranhou, porque a jovem era uma excelente dançarina. Mas aqueles que realmente a conheciam, como seu avô, seu irmão ou a própria Megan, sabiam que aquele sorriso escondia seu verdadeiro estado de ânimo. Ainda mais quando se deram conta de que seus olhos ardiam de fúria ao olhar para Niall McRae e a jovem Diane.

Perto dos grandes barris de cerveja, os homens de diferentes clãs bebiam, cantavam e contavam bravatas. Duncan, feliz por seu irmão ter ido ao batizado do filho de Axel, olhava-o com orgulho. Ele adorava Niall. Era um bom irmão e um guerreiro corajoso. Quando voltara da Irlanda, por sua dedicação à causa, o rei havia lhe dado umas terras na costa norte da ilha de Skye, onde Niall, agora laird e senhor do castelo de Duntulm, trabalhava duro com seus ferozes guerreiros.

Anos atrás, quando estourou a primeira guerra na Escócia, os nobres anglo-irlandeses foram pressionados e levados à ruína por Eduardo II. Robert de Bruce, rei da Escócia, parente de alguns chefes gaélicos do Ulster, decidiu tirar partido do irlandês descontente e, sem perder tempo, enviou delegados à corte e ao clérigo oferecendo-lhes sua colaboração. Dohmnall Mac Brian O'Neill, rei de Tyrone, aceitou com prazer a ajuda e, em troca, ofereceu ao irmão de Robert, Edward, a suprema Coroa da Irlanda. Isso não oferecia garantias à Escócia, mas os irmãos Bruce ficaram satisfeitos.

Em um primeiro momento, vários lairds escoceses ficaram à frente de suas terras e de seu povo, mas, um ano depois, o rei mandou chamá-los e, sem que pudessem se despedir de suas famílias, com exceção de uma simples carta, tiveram que viajar.

Naquela época, lady Gillian McDougall e Niall McRae estavam noivos. Eram dois jovens felizes que iam celebrar seu casamento em apenas duas semanas. Mas depois do chamado do rei, as coisas mudaram.

Duncan McRae tentou interceder por seu irmão, apoiado por Axel McDougall e Lolach McKenna. Eles sabiam como era importante para Niall o casamento com a jovem Gillian. O rei, contudo, não os escutou e ordenou que todos os seus homens partissem para a Irlanda.

Na noite em que se afastavam da costa escocesa, Niall teve certeza de que Gillian, a jovem doce e sorridente que ele adorava, nunca o perdoaria. E ele não estava errado. Quando conseguiu voltar à Escócia, meses depois, não houve jeito de convencê-la a vê-lo ou a falar com ele. Tudo o que tentou foi inútil. Com o orgulho ferido, Niall decidiu voltar à Irlanda com seu amigo Kieran O'Hara. Lá, colocou para fora toda sua raiva lutando ao lado de Edward, conquistando a alcunha de Sanguinário entre seus homens.

Durante dois longos anos, lutou na Irlanda; nem a fome nem a crueldade do inverno conseguiram aplacar seu desejo de guerra. Organizou seu próprio exército de homens e com eles liderou as mais selvagens incursões. Mas, em uma de suas viagens à Escócia para falar com o rei, Edward lutou em Faughart, e sua atuação impaciente o levou à derrota e à morte. Isso pôs fim à guerra e, depois de alguns meses, em agradecimento por seus serviços, o rei deu de presente a Niall umas terras na ilha de Skye.

Muitos dos homens que haviam lutado com ele na Irlanda tinham perdido a família, estavam sozinhos e não tinham aonde ir. Niall lhes ofereceu um lar em Skye, e eles aceitaram, felizes. A partir desse momento, Niall se tornara laird de Duntulm e chefe dos mais bárbaros guerreiros irlandeses e escoceses que existiam.

Com a ajuda desses highlanders, Niall se concentrou em suas terras e na reconstrução de um castelo que estava em ruínas. Seu lar. Também contou com a colaboração dos clãs vizinhos, dentre os quais estava o seu próprio, os McRae.

Um desses vizinhos era o laird Jesse McLheod, pai de Diane e Christine. A primeira era fascinada por ele, mas Niall havia sido sincero e deixara bem claro à jovem e ao pai dela que não estava à procura de esposa nem interessado nela. Porém, parecia que Diane não havia entendido.

Os outros vizinhos eram os McDougall da ilha de Skye, parentes distantes de seu grande amigo Axel McDougall, com quem seu clã nunca havia confraternizado. Os McDougall de Skye jamais aceitaram o fato de que a falecida esposa do velho Magnus era inglesa.

Por isso, certa noite, quando o laird Fredy McDougall debochou do fato na presença de Niall, este, sem se importar com as consequências, revelou seu gênio forte e deixou uma coisa bem clara: Axel McDougall e os seus eram como sua própria família, e ele não estava disposto a escutar nada ofensivo em relação a eles.

Mas assim como Niall possuía um gênio forte, também sabia ser conciliador, e conseguiu aplacar os ânimos de guerra de seus vizinhos, os McDougall e os McLheod, inimigos ferrenhos havia muitos anos e sempre sedentos de luta.

Em muitas ocasiões, teve que impor a paz entre os homens de seu próprio clã, valentes e robustos para a guerra, mas muito toscos e rudes em seus modos e ações.

Nas terras de Niall não havia mulheres, com exceção de duas velhas. Nenhuma jovem recatada queria viver com aqueles selvagens. Nas aldeias próximas, ou por onde os *highlanders* passavam, as donzelas decentes se escondiam. Assustavam-se. E, por fim, esses homens só se relacionavam com prostitutas bocas-sujas ou mulheres de má índole.

Após vários anos de trabalho duro em Duntulm, as terras e o gado começaram a dar seus frutos. Aqueles homens toscos pareciam ter se acomodado ao estilo de vida selvagem e eram felizes em seu novo lar. Mas Niall não era. A ferida que Gillian havia deixado em seu coração ainda sangrava, apesar de que, aonde quer que fosse, mulheres nunca lhe faltavam.

— Outra caneca de cerveja? — Duncan ofereceu a seu irmão.

— É claro! — o outro McRae sorriu.

Com rapidez, Niall afastou o olhar de Gillian e se concentrou em seu irmão, sua linda cunhada e o jovem louro que chegava com eles. Ao reconhecê-lo, Niall sorriu.

— Zac! — exclamou.

O rapaz assentiu. Niall soltou a cerveja para abraçá-lo. Não o via havia mais ou menos três anos, e aquele moleque encapetado, que sempre metia suas irmãs em confusão, já era quase um homem.

— Niall, com essa barba você parece um selvagem — disse Zac, com um ar maroto.

— Por todos os diabos, rapaz — sorriu Niall, incrédulo. — A que tipo de feitiços e torturas suas irmãs te submeteram para que tenha crescido tanto?

Megan imediatamente deu um soco seco no estômago de Niall.

— Está me chamando de bruxa? — perguntou.

Diante da cara divertida de Duncan, Niall pegou o braço de Megan.

— Cunhada, eu nunca pensaria algo tão horrível de você — disse, fazendo-os rir.

Isso fez com que Megan lhe desse outro soco no estômago. Niall sorriu, feliz.

Nesse momento, ouviram gritos provenientes dos guerreiros de Niall. Várias jovens passavam com comida, e os homens, levantando suas vozes grossas, começaram a dizer indecências.

Niall prolongou o sorriso enquanto os escutava, mas ao ver a expressão de sua cunhada, perguntou:

— Que foi? Por que está me olhando assim?

Megan, ofendida pelas barbaridades que aqueles homens diziam, respondeu apontando-lhe o dedo:

— Não sei como permite que seus homens se comportem como selvagens. Não está ouvindo?

Niall olhou para seu irmão em busca de ajuda, mas Duncan desviou os olhos para outro lado.

— Por São Fergus, que nojo! — gritou Megan ao ver um deles cuspir. — Juro que se fizer isso quando eu passar ao seu lado, faço você engolir os dentes.

Niall deu de ombros e sorriu. Sem lhe dar importância, perguntou a Zac:

— Quantos anos já tem?

— Quase quinze.

— Nossa, como você cresceu, rapaz — murmurou ao vê-lo olhar para umas mocinhas de sua idade que carregavam umas flores.

— O tempo passa para todos — disse Zac, sorrindo. E, dando uma piscadinha, disse: — Agora, se me dá licença, tenho coisas a fazer.

Alegres, os dois highlanders e Megan observaram Zac, que se dirigiu às garotas e, com a galantaria que Duncan lhe havia ensinado, apresentou-se.

— Acho que vemos diante de nós o futuro galã dos McRae — sussurrou Duncan, animado ao ver como o rapaz se exibia para as mocinhas.

— Meu irmãozinho não é mais um menino... — suspirou Megan.

— Acho que Zac vai continuar te dando muita dor de cabeça — brincou Niall ao notar que o garoto olhava disfarçadamente o decote de uma das moças.

— Só espero que não se torne um descarado como você e seus homens — replicou Megan, incrédula ao ver seu irmão dar o braço às garotas e desaparecer.

Depois de aguentar o deboche do marido e do cunhado, ela lhes tomou o braço e todos se dirigiram ao local onde os velhos Magnus e Marlob conversavam com Axel. Os três, ao vê-los ao seu lado, calaram-se.

Megan e Niall, desconfiados, trocaram olhares. O que estava acontecendo? Instantes depois, de soslaio, Megan viu seu marido e Axel balançarem afirmativamente a cabeça, enquanto Marlob olhava para o céu fingido estar distraído.

Com malícia, Megan afastou o cabelo escuro do rosto e, dirigindo-se ao velho, perguntou:

— Marlob, você está bem?

Ele tossiu e respondeu:

— Perfeitamente, garota. Já viu que lua mais linda a de hoje?

Desconfiada, Megan intuiu que alguma coisa estava acontecendo ali. Aproximando-se do marido, perguntou-lhe ao ouvido:

— O que está acontecendo? Sei que há alguma coisa, e não pode negar.

Duncan e seu avô se olharam.

— Você vai saber a seu devido tempo, não seja impaciente — respondeu Duncan, dando-lhe um beijo carinhoso no pescoço.

Isso a deixou de sobreaviso. Quando foi replicar, seu marido, que a conhecia muito bem, fitou-a com olhos implacáveis e endureceu a voz.

— Megan, agora não. Não quero discutir — murmurou.

Se havia algo que Megan odiava eram segredinhos. Por isso, franzindo o cenho e olhando para o marido com raiva, afastou-se, contrariada.

— Nossa, irmão! — disse Niall. — Não sei o que você disse a sua mulher, mas acho que vai sofrer as consequências.

Duncan, achando graça, olhou para Megan. Adorava sua mulher, especialmente por seu gênio combativo, coisa que, por mais que às vezes o deixasse contrariado, não queria subjugar. Sorrindo ao ver Megan se aproximar da irmã, voltou-se para Niall, que olhava a jovem Christine dançando. E sério, disse:
— Precisamos conversar.

Capítulo 3

Naquela noite, nos fundos do castelo, Gillian ria com sua sobrinha Jane, as filhas de Megan, Johanna e Amanda, o filho de Shelma, Trevor, e Brodick, filho de Anthony e Briana. Se havia algo que Gillian adorava eram as crianças, e elas reconheciam o quanto a jovem era carinhosa, porque todos, cedo ou tarde, acabavam em seus braços.

— Então, tia Gillian, subiu na árvore atrás do gatinho? — perguntou Jane, arregalando os olhos, incrédula.

— Claro que sim, meu amor. Era o gatinho mais lindo do mundo, e eu o queria para mim.

— E não teve medo do lobo? — perguntou a pequena Amanda enquanto brincava com sua espada de madeira.

Mas antes que Gillian pudesse responder, o pequeno Brodick disse:

— Claro que sim. Ela é mulher.

— E por que ela teria medo? — retrucou Johanna.

A discussão atraiu a atenção de Gillian, que sorriu ao pensar que a menina tinha o temperamento de sua mãe. Conhecendo bem a prima, Trevor olhou para ela e sorriu também, enquanto Brodick respondia:

— Enfrentar lobos e subir em árvores são coisas de meninos, não de meninas.

Johanna revirou os olhos. Sua irmãzinha, Amanda, olhava-os com o dedo na boca.

— Minha mãe disse que damas não devem fazer coisas de meninos — completou Jane, para desespero de Gillian.

Então, Johanna, levantando-se, afastou os cachos pretos que lhe caíam no rosto e, aproximando-se de Brodick, cravou os olhos verdes nele.

— Eu te desafio. Vamos ver quem sobe mais alto árvore. Vamos ver quem tem medo.

Gillian levou a mão à boca para não soltar uma gargalhada e se levantou, pondo-se ao lado da menina.

— Não, meu amor, não é hora de desafios nem de subir em árvores. Isto é uma festa e...

— Lady Gillian!

A jovem se virou e viu Ruarke Carmichael se aproximar, um chato com olhos de rato agonizante que chegara das Terras Baixas uma semana antes. Ele e seu pai, Keith Carmichael, foram amigos do falecido pai de Gillian e, desde que haviam chegado, não paravam de observá-la.

Maldição! Esse chato outra vez.

Ela ainda recordava que no dia anterior, aqueles dois, ao vê-la voltar de seu passeio matutino despenteada e com as faces coradas devido à cavalgada, haviam-na censurado porque sua atitude não era própria de uma dama McDougall. Gillian sorrira e, ignorando-os, afastara-se. Isso não havia agradado ao velho Carmichael, nem a seu filho.

— Estamos procurando você a noite toda, milady. Você prometeu dançar comigo duas músicas, e vim cobrar a promessa.

Constrangida pela presença de Ruarke, e em especial pelo modo como a olhava, Gillian pensou que melhor seria dançar com ele para que a deixasse em paz. Por respeito à amizade que havia unido os Carmichael e seu pai, Gillian tentava não ser excessivamente desagradável com Ruarke, mas sua paciência estava começando a acabar. Olhando para as crianças, disse, sem muita convicção:

— Já volto, crianças. Comportem-se.

De braço dado com Ruarke, Gillian, com cara de aborrecida, dirigiu-se ao local onde todos dançavam e, quando a música das gaitas começou de novo, pôs-se em movimento. Esquecendo a cara de rato do homem, aproveitou a dança, sem notar o olhar triste de seu avô e a angústia de seu irmão. Enquanto dançavam, ela observava com curiosidade os guerreiros de Niall. Todos eram enormes, com barbas que escondiam suas feições. Tinham cabelos compridos e mal-penteados, e seus modos eram nefastos. Pareciam se divertir. Mas quando viu um cuspir na frente dos outros, franziu o cenho e praguejou em silêncio.

— Eu já disse como você está bonita esta noite? — perguntou Ruarke, olhando-a com ar meloso.

O homem reunia tudo o que uma mulher das Terras Altas não gostava. Era exatamente o contrário dos toscos guerreiros de Niall. Ruarke era baixinho, meio calvo, tinha o rosto marcado de varíola e um hálito péssimo. Se a tudo isso se somassem seus trejeitos finos e seu sentimentalismo, era a antítese de um highlander.

— Não, esta noite não, Ruarke — respondeu ela, irônica. — Você disse esta manhã, depois do almoço, quando me viu no salão, nas cocheiras, no lago, e acho que uma vez esta tarde; mas esta noite... ainda não.

Ele não respondeu à ironia. Limitou-se a observá-la. Aquela mocinha descarada, de cabelo claro, com aquele fino e delicado vestido azulado, era excepcional. Ele só teria que lapidar seus modos grosseiros e encontraria nela a mulher que buscava.

— É uma criatura altamente desejável, milady. E como sei que não é comprometida, decidi vir visitá-la com mais frequência.

Isso fez o estômago de Gillian revirar. O que esse imbecil pretendia? Não queria dar maior importância ao assunto, de modo que respondeu:

— Vai ser sempre bem-recebido em nossas terras.

Tomando isso como algo positivo, Ruarke apertou a mão de Gillian e, aproximando-se excessivamente, murmurou:

— Espero ser bem-recebido por você, milady. — Ela se jogou para trás. — Nada me agradaria mais que saber que me deseja tanto quanto eu a você — acrescentou ele.

Por São Ninian, que nojo!, pensou Gillian.

Com um puxão, ela se afastou, mas manteve a calma para não sacar a adaga que levava na bota. Esboçou um frio sorriso em seu rosto angelical e perguntou:

— Quem falou que não sou comprometida?

Ruarke sorriu. Conhecia sua fama de espanta-homens. Aproximando-se de novo, ele adotou um tom altivo, e cravou seu olhar sujo nos seios dela:

— É comprometida, lady Gillian?

— Essa é uma pergunta cuja resposta não te interessa — respondeu ela ao som da música.

E torcendo-lhe a mão até fazê-lo mudar de expressão, sibilou:

— Tire o olhar pecaminoso de meu corpo se não quiser que eu te arranque a mão agora mesmo.

Ruarke se soltou e apertou a mão dolorida. Teria gostado de esbofetear aquela insolente, mas não era a hora nem o lugar. Então, viu que seu pai o observava com olhos inquisidores, de modo que, de má vontade, tomou a mão de Gillian e continuou dançando.

Christine, prima de Alana, estava sentada bebendo cerveja e observando as pessoas que dançavam, e percebeu o que acontecia ao trocar um olhar com Gillian, que estava visivelmente irritada. Ela também não gostava do sujeito, mas não se mexeu. Continuou observando-os.

— Logo vai ser seu aniversário — disse Ruarke.

Gillian suspirou, mas, por sua família, obrigou-se a ser gentil e respondeu:

— Sim, daqui a cinco dias, para ser mais exata.

— Magnífico. Posso esperar — disse Ruarke com ar triunfal.

Gillian estranhou a resposta. Porém, decidiu não dar importância e continuou dançando, sem notar que não longe dela Duncan e Niall McRae discutiam, e Niall a olhava com ar sério.

Capítulo 4

Após a partida de Gillian, as crianças continuaram sentadas no mesmo lugar, até que Brodick olhou para Johanna e perguntou:

— O desafio continua de pé?

Johanna sorriu e, levantando-se, disse olhando para a copa da árvore:

— Eu te desafio a subir o mais alto possível.

— Tio Duncan vai ficar bravo e te castigar — alertou Trevor.

— Fique tranquilo, Trevor, mamãe me defenderá — respondeu Johanna com um sorriso maroto.

— Johanna, damas não se comportam assim — repreendeu-a a pequena Jane.

A temerária Johanna sorriu de novo e, deixando Jane de queixo caído, respondeu:

— Eu não quero ser uma dama. Quero ser um guerreiro.

Brodick, surpreso com a coragem da menina, disse:

— Como prêmio, exigirei um beijo.

Jane levou as mãos à cabeça, escandalizada, mas Johanna olhou para ela e, depois de mostrar-lhe a língua, disse:

— Tudo bem, mas se eu ganhar, você vai pular no lago com roupa.

Brodick sorriu. Não pretendia perder. E, para provocá-la ainda mais, disse:

— Tem certeza, garotinha, que vai conseguir subir com esse vestido?

— Claro que sim, garotinho — respondeu Johanna, fazendo seu primo rir.

Jane, nervosa, levantou-se.

— Não, não façam isso! Podem cair e se machucar! — exclamou ela com cara de horror.

Mas nenhum dos dois quis escutar. E, contando até três, eles começaram a subir na árvore. Brodick subia mais depressa, pois a saia atrapalhava Johanna. Isso a irritou, mas o tecido rasgou e, vendo-se mais livre, ela começou a subir com uma velocidade que surpreendeu o menino.

— Estão muito alto, não subam mais — gritou Jane ao lado de Amanda e Trevor.

— Nem pensar! — gritou Johanna, animada.

Se havia algo que adorava era o perigo, e disso entendia bastante.

Mas, de repente, ouviram o som de uns galhos se quebrando, e Johanna ficou paralisada. Amanda, a menor, assustada, correu em busca de ajuda.

Brodick se deu conta de que o galho no qual Johanna se segurava havia rachado e tentou ir até ela.

— Não se mexa, senão o galho vai acabar de se partir — disse o garoto.

Johanna olhou para cima e, com um sangue-frio que deixou Brodick sem palavras, deu um pulo e se apoiou no mesmo galho que ele.

— Nossa! Como fez isso?

Johanna, com um sorriso muito parecido ao de seu pai, olhou para ele e disse:

— Para você é que não vou contar.

Nesse momento, Amanda chegou de mãos dadas com Gillian, que ao ver Johanna e Brodick quase no topo da árvore, gritou, para horror de seu acompanhante, Ruarke:

— Maldição! Desçam daí agora mesmo, porque se eu subir, vão se arrepender. Eu disse que não era hora de desafios.

Ruarke, incomodado com a intromissão das crianças, olhava para ela.

— Mas, tia... — protestou Johanna.

— Se segurem firme! — gritou Gillian ao ver que o galho no qual as crianças apoiavam os pés estava dobrando.

Instantes depois, o galho se partiu e os dois ficaram suspensos nos ar. Com agilidade, Gillian deu um pulo e subiu na árvore. Depois, com um impulso, chegou quase até onde estavam as crianças.

— Balance e venha para cá — disse, olhando para Brodick.

O menino tentou, mas suas pernas não chegavam ao galho seguinte.

— Brodick, não se mexa, querido — murmurou Gillian ao ver o perigo.

Diante da passividade do tonto Ruarke, olhou para Trevor e gritou:
— Vai buscar sua mãe ou tia Megan.

O menino saiu correndo, enquanto Jane, tão fina e delicada quanto sua mãe, soluçava longe da árvore.

— Você está bem, Johanna?
— Sim, tia Gillian — respondeu a menina. — Mas minhas mãos estão começando a doer.

Gillian, com o coração apertado, levantou o vestido, pois a atrapalhava. Ruarke, ao ver isso, escandalizou-se.

— O que pensa que está fazendo? — perguntou.

A jovem, com os olhos cintilando de fúria, respondeu sem olhar para ele:
— Vou fazer o que você deveria estar fazendo.

E, sem perder mais tempo, continuou subindo na árvore, até chegar ao menino, que fazia força para se segurar.

— Dá aqui a mão, Brodick, e não olhe para baixo. Johanna, segure bem, querida, que já pego você.

O menino estendeu a mão até pegar a de Gillian. Quando o sentiu bem firme, ela o puxou para si. Nesse momento, chegaram Duncan e Niall, que imediatamente começaram a subir na árvore. Atrás deles estavam Megan, Shelma e Trevor. Com cuidado, Duncan subiu até sua filha e, depois de pegá-la no colo, desceu-a. Niall foi até Gillian, que, sem olhar para ele, entregou-lhe o menino para que o descesse. Tendo deixado o menino nos braços de Duncan, que já estava no chão, Niall se segurou em um galho para ajudar Gillian, mas ela pisou em sua mão.

— Está pisando na minha mão — reclamou ele, fitando-a.

Gillian fingiu surpresa e levantou o pé.

— Pois saia do meu caminho, McRae. Está me atrapalhando.

Niall, sem se acovardar, subiu até o galho onde estava Gillian e, aproximando seu rosto furioso e barbado do dela, provocou:

— Você é teimosa como uma mula, mulher.

Fazia mais de cinco anos que não se viam nem se falavam. Em todo esse tempo, Gillian havia amadurecido, e estava mais bonita que antes. Embora se sentisse desmanchar por dentro com a proximidade dele, disfarçou, sem abandonar seu ar altivo. Por sua vez, Niall, depois de voltar da Irlanda, havia se transformado em um forte highlander, como seu irmão, Duncan. E, apesar de seus olhos a fitarem com dureza, não podia deixar de pensar no que seu irmão havia lhe contado um momento antes.

— E você, McRae, é um tosco infame — disse ela.

— O quê? — disse ele, surpreso. Sem afastar os olhos dela, sorriu — Milady, faria a gentileza de me dar sua mão delicada para que eu possa te ajudar a descer sem que rache a cabeça?

Gillian não respondeu; não precisava de ajuda para algo tão banal como descer de uma árvore. Mas Niall, cansado daquele absurdo, pegou-a pela cintura, e a jovem rapidamente sibilou:

— Não me toque, McRae. Não preciso de você.

Niall, contudo, não lhe deu ouvidos, e, segurando-a ainda mais forte, puxou-a para si, para desespero de Gillian, e a desceu da árvore. Uma vez que chegaram ao chão, Niall a soltou sem nenhum cuidado e ela olhou para ele furiosa.

A essa altura, todos os presentes estavam atentos ao que acontecia ali.

— Por todos os santos, Johanna, o que estava fazendo ali em cima? — rugiu Duncan, aborrecido com a filha tão imprudente.

A menina olhou para sua mãe, que atrás do pai a observava.

— Papai, não fique bravo. Brodick me desafiou, e eu...

— Brodick te desafiou?! — gritou ele, voltando-se para o menino, que se encolheu. — Você desafiou minha filha?

— Sim... Sim, senhor... mas... mas... — sussurrou o menino, assustado.

— Como se atreve a desafiar minha filha? Rapaz, vou te dar um belo castigo.

Amanda lhe ofereceu sua espada de madeira:

— Toma minha espada, papai, para poder lutar com ele.

Niall, esquecendo a proximidade de Gillian enfurecida, e emocionado pelo oferecimento de sua sobrinha, pegou-a no colo e murmurou:

— Vem aqui, pequena, e não dê ideias a seu pai.

Suas sobrinhas, aquelas duas lindas meninas que ele adorava, tinham o inconsequente gênio da mãe, e seu irmão sofreria por isso eternamente.

Johanna, ao ver o rosto pálido de Brodick, sentiu-se culpada e, atraindo o olhar de seu pai, confessou:

— Na verdade, papai, eu que o desafiei.

— Como é?!

Duncan a olhou com dureza. Por que não estava surpreso? E, antes que pudesse dizer qualquer coisa, a menina, afastando o cabelo do rosto, murmurou:

— Por favor, papai, não grite assim. Não vê que está assustando o Brodick? Mamãe tem razão. Quando se transforma no Falcão, assusta.

E cravando-lhe seus olhos verdes tão iguais aos dele, prosseguiu:

— Por que vai castigar Brodick se fui eu que o desafiei? E você, Amanda, guarde a espada, porque ninguém vai precisar dela.

— Tudo bem, tata — disse a pequena no colo de seu tio.

Muitos dos ali presentes, entre eles Niall, olharam para o outro lado para sorrir disfarçadamente, enquanto Duncan, aquele guerreiro robusto, ficava desarmado diante do que sua filha travessa havia dito. Sem saber se ria ou se lhe dava umas boas palmadas, olhou para ela. Essa menina, sua menina, ia fazê-lo trilhar os caminhos da amargura. E bem quando ia repreendê-la, Megan, a menina grande de Duncan, aproximou-se e perguntou às crianças.

— E qual era o desafio, meu amor?

Duncan suspirou, mas o rosto de Johanna se iluminou.

— Mamãe, o desafio era ver qual dos dois subia mais alto na árvore.

Então, Megan sorriu para o marido, que a olhava sisudo. Mas ela o conhecia muito bem, e sabia que estava adorando a coragem de sua filha. Por isso, tornou a perguntar:

— E quem chegou mais alto?

A menina, depois de olhar para seu companheiro de diabruras, que estava branco devido aos gritos de Duncan, disse, para surpresa de todos:

— Brodick. Ele chegou mais alto. — E aproximando-se do menino, deu-lhe um beijo no rosto. — Ganhou desta vez, mas não pense que na próxima vou te deixar vencer.

— Johanna, não haverá próxima vez — rugiu Duncan, incrédulo.

— Mas, papaaaaaaaiiii...

Megan, interpondo-se entre os dois, diante dos olhos que observavam a situação, deu uma piscadinha para sua filha e disse em tom sério:

— Johanna, como disse seu pai, não haverá próxima vez! Entendeu?

— Sim, mamãe.

Com um sorriso radiante, Megan olhou para seu cunhado e seu marido.

— Querem beber alguma coisa? — perguntou.

— Sim, toneladas de cerveja — disse Niall, rindo por causa da estratégia de sua cunhada.

— E você, Duncan, quer algo?

Ele a fitou e negou com a cabeça. Quando Megan segurava o riso, as ruguinhas em volta de seus lábios se acentuavam. Ele adorava essa mulher mais que tudo na vida. Segundos depois, dando uma piscadinha para seu marido, ela saiu com Gillian e as crianças, e as pessoas se dispersaram.

— Duncan — suspirou Niall, com a pequena Amanda ainda no colo —, acho que sua vida, com as mulheres que te cercam, será uma verdadeira guerra.

— Eu sei, irmão... Eu sei — respondeu o homem, observando sua mulher com deleite.

— Fique tranquilo, papai. Eu te defenderei com minha espada — disse Amanda.

Os dois irmãos começaram a rir. Duncan pegou a filha dos braços de Niall e, depois de lhe dar um beijo sonoro no rosto, soltou-a. Amanda saiu correndo atrás da mãe.

— Viu como minhas mulheres são valentes e guerreiras? — disse Duncan com orgulho.

— Sim, irmão, sim. São joias difíceis de encontrar.

Capítulo 5

Depois do episódio da árvore, quando todos já pareciam ter esquecido o ocorrido, Gillian e Megan conversavam com tranquilidade, sentadas em um grande banco de madeira.

— Reparou como esses animais bebem? — sussurrou Gillian, observando os homens de Niall.

— São highlanders, Gillian, o que esperava?

Elas riram com o comentário, até que algumas jovens de Dunstaffnage passaram perto dos homens e eles começaram a gritar as maiores barbaridades que elas jamais haviam ouvido.

— Por todos os santos! — grunhiu Gillian. — Esse bando de barbudos não tem educação. Que vulgares!

Megan os conhecia, e assentiu. Em mais de uma ocasião haviam visitado Niall em Skye, e ela fora vítima de seus comentários mordazes. Até que um dia Duncan pusera o aço no pescoço de um deles. A partir de então, eles passaram a respeitá-la.

— Sim, Gillian, tem razão. Os homens de Niall não têm modos. Em Duntulm não há mulheres decentes. Nenhuma delas quer viver lá, e eles só se relacionam com as prostitutas que costumam visitar.

— E às vezes elas são mais grosseiras que eles, posso garantir — disse Christine, aproximando-se.

Megan sorriu. Diferente de sua irmã Diane, Christine era encantadora e uma garota determinada, como elas. Megan a apresentou a Gillian.

— Senta aqui com a gente. Estávamos dizendo que os guerreiros de Niall são terríveis.

— Ouvi dizer que a maioria é assassina — disse Gillian, sem tirar os olhos deles.

Christine sorriu.

— Concordo com você sobre os modos deploráveis deles, mas, Gillian, não acredite em tudo que dizem. Esses homens, com essas aparências tão horríveis, essas barbas e esses maus modos, são boas pessoas. Não são assassinos impiedosos como dizem. Todos eles, tanto irlandeses quanto escoceses, tinham família, e a perderam lutando por seus ideais. E só precisam de um pouco de carinho para voltarem a ser os homens responsáveis que certamente foram um dia.

— Você conhece eles tanto assim para saber? — perguntou Megan, surpresa.

Christine, olhando para aqueles selvagens, sorriu.

— Eu mal os conheço, Megan, mas pude comprovar que a desgraça de um é a desgraça de todos. E as poucas vezes que necessitei, eles me ajudaram sem pedir nada em troca. Para mim, isso diz muito a favor deles.

De repente, ouviram a voz estridente de Diane. Parecia muito aborrecida com sua criada.

— Com licença, tenho que ir salvar a pobre Alice. Com certeza minha tola irmã quebrou uma unha e a está culpando por isso — disse Christine com rapidez, fazendo-as sorrir.

Com uma careta engraçada, ela se levantou e saiu. Então, Megan e Gillian voltaram a se concentrar nos gritos obscenos daqueles homens, até que a pobre Lena, assustada, chegou.

— Lady Gillian, seu irmão está chamando em sua sala privada.

— Agora? — perguntou Gillian, contrariada.

— Foi o que ele disse.

Gillian suspirou e disse à criada:

— Tudo bem, Lena. Avisa ao Axel que eu já vou.

Quando saiu, Lena passou correndo perto dos homens de Niall, que voltaram a gritar.

— Juro que se me disserem algo que eu não goste, vou arrancar os dentes deles — disse Gillian, levantando-se.

Com um sorriso no rosto, Megan a segurou pelo braço.

— Fique tranquila, eu sou a mulher do Falcão, eles me conhecem.

Passaram perto deles e os homens não ergueram a voz, mas apurando os ouvido, Gillian ouviu:

— Se eu encontrasse a loura em um bosque, levantaria seu vestido e a possuiria sem parar.

Ofendida, Gillian se virou rapidamente para eles.

— Quem disse essa obscenidade? — perguntou.

Todos ficaram calados. Com essa mulher pequena estava a esposa do Falcão, e eles sabiam o que aconteceria se ela se sentisse ofendida.

Ao ver que ninguém dizia nada, Gillian pegou uma espada que estava em cima de um dos barris de cerveja, e depois de experimentá-la cortando o ar, pôs o aço no pescoço de um dos barbudos e repetiu, apertando os dentes:

— Eu perguntei quem disse aquela barbaridade.

Ao ver que aquela garota pequenininha, mas com cara de poucos amigos, apertava a espada contra o pescoço do bondoso Sam, os homens rapidamente reagiram, e vários ao mesmo tempo assumiram a culpa.

— Eu. Fui eu.

— Não. Fui eu — disse outro.

— Nada disso — reagiu outro de cabelo vermelho. — Fui eu.

Durante alguns instantes, um após outro assumiu a culpa, fazendo Gillian recordar as palavras de Christine: "A desgraça de um é a desgraça de todos". Por isso, baixou o aço, mas sibilou:

— Tenham cuidado com suas línguas, se não quiserem que as corte.

Deixando a espada onde estava, Gillian se virou. Deu uma piscadinha para Megan e saíram andando.

— Coitadinhos, nunca poderiam esperar que uma mulher pequena como você os enfrentaria!

Orgulhosas, elas se olharam e riram. Mas, antes de chegar a seu destino, surpreenderam-se quando viram Niall entrar com passo rápido pela porta do castelo e Duncan, aborrecido, atrás. A uma distância segura delas, eles pararam e começaram a discutir.

— De verdade, parece um homem das cavernas — sussurrou Gillian ao observar a aparência tosca de Niall, cuja barba era tão parecida à de seus homens.

— Mas sabemos que debaixo de todo esse pelo há um homem bonito e atraente — riu Megan.

— Não exagere. Também não é para tanto.

Então, Megan deu-lhe um tapa na bunda.

— Ai! — reclamou Gillian.

Megan sorriu. Niall era alto como o irmão. Seus ombros largos, seu torso enorme e suas pernas fortes faziam-no imponente. Embora Gillian não quisesse reconhecer, com aquela camisa branca e a calça de couro escuro estava muito atraente. Porém, a barba que escondia seus lábios carnudos e o cabelo preso em um rabo de cavalo grosseiro não lhe faziam justiça. Ele era um homem de feições bonitas e acentuadamente masculinas, de nariz reto e uns olhos amendoados de um castanho maravilhoso. Mas tudo ficava escondido debaixo daquela barba cerrada e enorme.

Elas aguçaram os ouvidos, mas não conseguiram entender nada. Eles discutiam tão perto um do outro que não puderam ouvir. Por fim, Niall, furioso, entrou no castelo, e Duncan, praguejando, foi atrás dele.

— Sabe o que aconteceu?

— Não faço ideia — respondeu Megan, dando de ombros. Ela não sabia o que estava acontecendo, mas, pela cara de Duncan e a fúria de Niall, intuía que não era coisa boa. — Vamos, eu acompanho você.

A passos rápidos, chegaram à porta da sala. Bateram com os nós dos dedos e entraram. Encontraram Axel, Magnus, Duncan e Marlob.

— Aconteceu alguma coisa? — perguntou Gillian, preocupada, aproximando-se.

— Sente-se! — ordenou Axel com voz grave.

As mulheres se entreolharam, e Gillian, contrariada, perguntou:

— Por que está falando assim comigo? Que foi que eu fiz agora?

— Sente-se — repetiu seu avô, Magnus, para desconcerto da jovem.

Gillian olhou para Megan e, pegando-lhe a mão, obrigou-a a se sentar ao seu lado. Passados os primeiros momentos, em que só se ouviam os risos vindo de fora e o crepitar do fogo, Gillian, ao ver que nem seu avô nem seu irmão diziam nada, disse:

— Não sei por que isto, mas se é porque subi na árvore para pegar as crianças, acho que minha atitude é mais que compreensível.

Como ninguém dizia nada, continuou:

— Se é por brandir a espada e acertar August Andersen, aquele mequetrefe, já contei ao vovô que fiz isso em legítima defesa. O idiota tentou me beijar, e, Deus, quase morri de nojo.

Megan, ao ver que ninguém respondia, saiu em defesa de Gillian.

— No lugar dela, eu teria feito o mesmo.

Duncan a olhou e sorriu.

— Não tem nada a ver com isso — sussurrou Axel, que não parava de andar pela sala.

Cada vez mais confusa, Gillian gritou:

— Maldição, Axel! Quer me dizer de uma vez o que está acontecendo?

Seu irmão, contrariado, foi falar, mas Magnus se antecipou e se sentou diante da garota, pegando-lhe a mão.

— No dia de seu batizado, há vinte e seis anos, seus pais fizeram um acordo com Keith Carmichael, do qual nunca mais tornaram a falar, e que tanto seu irmão quanto eu desconhecíamos. — Entregou-lhe um papel velho e amassado para que ela o lesse. — O acordo dizia que se no dia seguinte ao seu vigésimo sexto aniversário você fosse viúva ou não tivesse se casado ainda, e se Ruarke Carmichael também fosse solteiro, seus destinos seriam unidos pelo casamento.

Megan, de queixo caído, observava a amiga, que com a cabeça baixa lia o papel. Sem nem conseguir piscar, Gillian viu a assinatura de seu pai e sentiu um nó no estômago.

— Não... não... não! — gritou, jogando longe o papel.

Levantou-se e encarou o irmão, que estava apoiado na mesa.

— Você não pode pensar, nem por um instante, que vou me casar com Ruarke, esse trouxa ridículo, certo?

Axel não respondeu, o que irritou ainda mais Gillian, que tornou a gritar:

— Eu não vou me casar com esse homem. Antes, prefiro me casar com... com... com...

— Com quem, Gillian? Com algum cavalariço com quem às vezes se diverte? — perguntou Axel, mal-humorado.

Ela o fitou, mas não respondeu. Estava farta das fofocas que espalhavam sobre ela pelo simples fato de que treinava luta com aqueles homens, inclusive com os guerreiros McDougall.

Axel não via graça nenhuma em pensar em sua irmã casada com Carmichael. Não gostava nem dele nem do pai. Mas aquele maldito papel assim ordenava, e pouco se podia fazer.

Megan olhou para seu marido em busca de ajuda e, de repente, viu Niall sentado no fundo da sala olhando para elas. Então, seu esposo levou o dedo aos lábios para lhe pedir silêncio. Incrédulo, Duncan a viu assentir e não dizer nada.

Com rapidez, Gillian começou a pensar em alguns de seus ridículos pretendentes. Mas só o fato de pensar neles fazia seu estômago revirar.

Enquanto isso, seu avô a olhava com tristeza. O silêncio tomou conta da sala enquanto todos a contemplavam, até que ela, desesperada, levantou os olhos e olhou para sua amiga.

— Maldição! Megan, o que eu faço?

Sem lhe dar tempo para responder, murmurou, apoiando-se na mesa enquanto os homens olhavam para ela.

— Não posso me casar com Robert Moning, porque ele é meio bobo, e não... não posso.

— É mesmo — afirmou Megan.

— Sinclair McMullen é... é... um sem-vergonha. Encantador... mas um sem-vergonha.

— Não há dúvida — assentiu Megan de novo, ganhando um olhar de seu marido.

— Homer Piget... é um ser desprezível. E antes de me casar com ele, prefiro ir para um convento.

— Eu faria isso também — assentiu Megan, fazendo Duncan rir.

— Wallace Kinsella me odeia. Lembro que...

Megan recordou que Gillian havia se atrevido a rasgar os fundilhos da calça dele com a espada e sorriu.

— Sim, Gillian... Wallace, esquece.

— James Culham já se casou. Darren O'Hara... Oh, Deus, que nojo de homem! — exclamou Gillian, olhando para sua amiga. — Não sei quem é pior, se Ruarke ou Darren. Gregory Pilcher... Não, não, esse cheira a toucinho rançoso.

— Sim — assentiu Megan de novo.

— Scott Campbell foge de mim desde o dia em que o amarrei e o deixei à mercê dos lobos.

— Sim... É melhor não pensarmos nele — riu Megan, marota.

— Kevin Lancaster... não pode nem me ver. Roarke Phillips me odeia tanto quanto eu a ele. Kudran Jones...

— Não, esse não — disse Megan. — Kudran se casou há pouco tempo.

— Oh! É verdade — assentiu Gillian. — E cobrindo o rosto com as mãos, grunhiu: — Maldição! Não me ocorre mais ninguém.

Os velhos Magnus e Marlob se olharam, e Megan entendeu o que ambos pensavam. Por isso, apesar da expressão de horror de seu marido e de Axel, disse:

— Gillian, eu conheço um pretendente que não citou.

Axel e Duncan se olharam e praguejaram. Niall, entendendo o que Megan ia fazer, fitou-a e, no fundo da sala, negou com a cabeça. Teria que matá-la mais tarde.

— Quem? — perguntou Gillian. — Mas antes que sua amiga mencionasse o nome, gritou: — Niall?! Oh, Megan, como pode pensar em uma coisa dessas? Esse... esse... tosco barbudo é o pior de todos os homens que já conheci.

— Ele não é um tosco barbudo — disse Megan.

— Muito bem, garota — disse Marlob, defendendo seu neto.

Mas Gillian, mais histérica que instantes antes, gritou, fora de si:

— Nunca! Não me casarei com ele. Nunca! Prefiro me casar com Ruarke, entrar para um convento ou me matar. Ele é um ser desprezível, eu o odeio, não suporto vê-lo. Nunca, repito: nunca me casarei com ele.

Incrédula, Megan a olhou. Como Gillian podia dizer tanta barbaridade? Decidida, voltou-se para onde estava Niall e o viu sorrir. Mas Megan o conhecia, e sabia que, apesar de seu sorriso, o que havia escutado o magoara.

Duncan, ferido pelo que Gillian havia dito, aproximou-se da jovem desesperada e sibilou:

— Claro que não vai se casar com meu irmão. Mas não porque não quer, e sim porque ele recusou a proposta. Niall também não quer saber de você.

Megan, com rapidez, olhou para seu cunhado, e ele, com o mesmo sorriso absurdo, assentiu. Gillian gemeu; agora entendia a discussão que haviam presenciado. Ao vê-la derrotada, Megan tomou-lhe as mãos.

— Eu acho que Niall seria um bom esposo. Seja sensata e pense. Ele sempre te amou, e acho que ainda pode te amar.

Ao ouvir isso, Niall se levantou. Por que Megan estava dizendo essas mentiras? Mas não podia falar nada, de modo que continuou escutando.

— Niall é um bom homem; sempre foi e sempre será. Sei que agora você pensa que ele mudou, mas não é verdade. Niall continua sendo a pessoa que você conheceu, e tenho certeza de que se você lhe pedisse, ele aceitaria.

Levantando-se como uma flecha, Gillian pegou sua amiga pelo braço e, afastando-se dos olhares e ouvidos curiosos dos homens, bufou:

— Está louca, Megan? Como pode dizer isso depois do que aconteceu entre mim e ele?

— Não, não estou louca.

— Oh, Megan! Como pode fazer isso comigo?

— Lembra quando você achava que era uma boa ideia eu me casar com Duncan, e eu não?

Duncan sorriu. Nunca esqueceria aquele dia. Megan estava deliciosa com cara de raiva, negando repetidas vezes que quisesse ser sua mulher.

— Não é a mesma coisa, Megan — defendeu-se Gillian.

— Por que não é a mesma coisa?

Gillian não podia acreditar que sua melhor amiga estava lhe propondo aquilo.

— Em seu caso — respondeu —, eu sabia perfeitamente que você e Duncan eram feitos um para o outro. — Megan sorriu. — Além do mais, lembra que seu avô e Mauled o fizeram prometer que cuidaria de você? E você, naquele momento, precisava da proteção de Duncan para que não te acontecesse algo pior.

— E qual é a diferença entre o que eu precisava antes e o que você necessita agora? Por acaso deseja se casar com Ruarke?

— Oh, Deus, que nojo! Meu estômago revira só de pensar.

— Lógico, não é para menos — concordou sua amiga.

— Não, não quero me casar com aquele estúpido, nem quero que me toque nem me beije. — E então, ao pensar em Niall, murmurou: — Mas, Megan, Niall veio acompanhado de uma mulher, lembra?

— Sim. E sei perfeitamente que essa tonta não significa nada para ele. E agora, pare de dizer e fazer bobagens e admita que Niall é o que necessita, assim como eu, segundo você, precisava de Duncan.

— Duncan acabou de dizer que Niall disse não — rosnou Gillian.

— Mas eu acho que...

— Impossível! — gritou Gillian, voltando para junto dos homens para se sentar. — O cretino, mal-educado e estúpido do seu cunhado está descartado, como estão todos os que citei. Prefiro morrer a ser sua mulher.

Após um silêncio sepulcral, de repente, ergueu-se a voz de Niall, deixando Gillian petrificada.

— Milady, poderia me dizer por que estou descartado de tão encantadora proposta?

Megan e Gillian se olharam, e esta última praguejou antes de se voltar e ver Niall sentado em uma poltrona nos fundos da sala, ao lado da lareira. Como Gillian não respondia, Niall se levantou e se aproximou lentamente dela. Parou e a contemplou do alto de sua imponente envergadura.

— Devo pensar, milady, que cheiro a ranço? Ou talvez eu seja um sem-vergonha encantador? — perguntou com ironia.

Duncan, entendendo o sarcasmo de seu irmão e vendo a expressão de Gillian, soube que aquilo não ia acabar bem.

A jovem se levantou para encarar Niall, que se inflamou. Ele sempre gostara, e ainda gostava, dessa mulher de ar descarado e com os piores modos. Mas fitando-a com fingida indiferença, sibilou:

— Ah, perdão! Lembro-me de ter escutado que para você sou um tosco barbudo e um cretino! — E agachando-se diante do rosto dela, murmurou: — O que você não escutou é que para mim você é uma malcriada, uma mimada, uma mal-educada e uma tortura de mulher, além de insuportável.

Irada pelas coisas que Niall dizia, ela engoliu em seco e o encarou. Não lhe importava que fosse mais alto ou maior que ela. Com sua estatura, ela sabia perfeitamente se defender. Pondo as mãos nos quadris e se esticando, disse:

— Tosco! Sim, você é um tosco e um cretino! E um sem-vergonha! Mas não é encantador, oh, não! — gritou, furiosa. — Prefiro me casar com qualquer um, até mesmo com um desses selvagens que você tem como guerreiro, a me casar contigo. Só de pensar fico enjoada.

Niall, com uma mistura de fúria e diversão, sorriu. E, depois de olhar para seu irmão, disse:

— Sabe de uma coisa, milady? Nisso estamos de acordo. Eu prefiro me casar com qualquer uma a desposar uma mimada como você. Portanto, pode ir procurando um idiota que te aguente, porque eu não estou disposto a isso. Valorizo demais minha vida, minha paz e minha tranquilidade para me casar com uma grosseira e egoísta como você.

Desde quando se tratam com tanta formalidade?, pensou Megan, desconcertada. Buscou ajuda nos homens, mas nenhum deles mexeu um dedo.

Com raiva no olhar, Gillian levantou os braços e deu-lhe um soco no peito. Estava furiosa com ele desde que havia partido para a Irlanda. Niall nem sentiu os golpes, mas a pegou pelo braço com brutalidade. Axel se mexeu levemente, mas Magnus, segurando-o, disse que não se metesse.

Com fúria nos olhos e na voz, Niall olhou para Gillian e, agachando-se para se aproximar do rosto dela, sibilou, enquanto a segurava com força:

— Nunca! Repito: nunca mais faça o que fez! E, evidentemente, nunca mais me toque sem meu consentimento. Porque se tornar a fazer isso, juro que não me importará quem estiver olhando, gata. — Ouvir esse apelido a deixou desconcertada. Só ele a chamava assim — Porque vou te pegar e te dar uns tapas na bunda até que aprenda que ninguém me trata assim. — Soltando-a com desprezo, olhou para os presentes e disse: — Agora, se não se importam, voltarei à festa. Há uma linda mulher que não me julga um tosco me esperando. E não quero que ela espere nem mais um instante.

Sem dizer mais nada nem olhar para Gillian, Niall deu meia-volta, trocou um olhar muito sério com sua cunhada, abriu a porta e saiu fechando-a com força. Duncan, com uma expressão dura, pegou a mão de Megan, que não protestou, e seguido por seu avô, Marlob, também saíram da sala.

Gillian ficara tão petrificada diante da reação de Niall que quando Magnus, seu avô, passou ao seu lado e não olhou para ela, não soube o que dizer. Só ouviu a voz de seu irmão, que, antes de fechar a porta e deixá-la sozinha, disse:

— Você quis assim, Gillian. Anunciarei seu enlace. Daqui a seis dias vai se casar com Ruarke Carmichael.

Capítulo 6

Na manhã seguinte, quando acordou, Gillian pôs um vestido cinza, calçou as botas e guardou a adaga nelas. Odiava recordar que na noite anterior, depois do que acontecera na sala de Axel, Niall havia se divertido com a prima de Alana, Diane; e Ruarke, uma vez que seu irmão anunciara o noivado, exibira-se como um idiota diante de todos, olhando-a como se fosse sua propriedade.

Depois de uma noite terrível, sem conseguir dormir, ao descer ao salão o encontrou vazio, e suspirou, aliviada. Não queria receber mais parabéns. Odiava Ruarke tanto quanto o casamento. Depois de tomar o café da manhã que Helda a obrigara a engolir, foi para as cocheiras. Precisava dar uma volta para arejar a cabeça. Quando entrou, olhou seus cavalos magníficos, Thor e Hada. Por fim, escolheu a linda égua branca de crina escura.

— Bom dia, Hada. Quer correr um pouquinho?

A égua balançou a cabeça e Gillian sorriu, enquanto Thor, impaciente, resfolegava. Segurando-se na crina do animal com uma agilidade incrível, ela tomou impulso e montou.

— Hoje não vamos usar sela. Preciso relaxar para esquecer minha horrível futura vida, está bem, Hada?

A égua chutou o chão e saíram em direção ao bosque. Começou a garoar. Mas sem se importar com as inclemências do tempo, ela cravou os calcanhares nos flancos da égua, que começou a galopar. Conforme adentravam o bosque, Hada acelerava o passo. Gillian adorava pular riachos e qualquer obstáculo que encontrasse, e conhecia aquele caminho muito bem.

Durante bastante tempo, Gillian galopou como uma temerária amazona pelas terras dos McDougall, ciente de que estava se afastando muito e se encharcando de chuva. Sabia que quando voltasse ao castelo ninguém iria gostar daquilo, mas não se importava. De fato, não queria voltar ao castelo. Não queria pensar que em cinco dias, se não fizesse algo para impedir, seu destino estaria unido ao de Ruarke, aquele ridículo, e a sua tediosa existência.

Por fim, perto de um riacho, desceu da égua e a deixou descansar. Ela merecia. Protegeu-se da chuva debaixo de uma árvore e, tirando a adaga da bota, pegou um pedaço de madeira e começou a entalhá-lo. Mas como não havia dormido na noite anterior, suas pálpebras, cansadas, pesavam. Antes que se desse conta, adormeceu.

Não sabia quanto tempo havia passado quando seu estômago roncando a acordou. Sobressaltada, espreguiçou-se e se levantou. Era noite. Olhando em volta, procurou a égua. Onde estava?

— Hada! — gritou.

Instantes depois, Gillian ouviu um ruído atrás de si. Voltando-se, viu o animal. Mas soltou um grito de horror ao vê-la mancar.

— Maldição, Hada! O que aconteceu?

Angustiada, correu para ela.

— Fique tranquila, linda... Calma — disse, beijando-lhe o focinho.

Com cuidado, agachou-se e viu que sangue brotava de uma de suas patas. Rapidamente limpou a ferida com a saia e compreendeu que se tratava de um corte limpo. Como teria se cortado? Cravando a adaga na saia, rasgou o tecido para poder enfaixar a pata do animal. E depois de fazer o torniquete, começou a voltar para casa devagar. Sabia que estava muito longe e que a noite caíra, mas não pretendia nem montar a égua nem abandoná-la. Ver o animal assim e não poder fazer nada deixava Gillian angustiada. Sentia-se culpada. Com certeza se cortara na louca corrida.

Horas depois, ela estava ensopada, esgotada e congelando de frio. Não havia parado de chover. Agachando-se, observou a faixa da égua, que cada vez mancava mais. De repente, ouviu barulho de cascos de vários cavalos que se aproximavam, e antes que pudesse reagir, Niall e seu exército selvagem olhavam para ela.

Ao vê-la, ele suspirou, aliviado. Quando soube que ela havia desaparecido, pensou no pior. Haviam passado parte do dia procurando por ela. Dado o que havia acontecido na noite anterior, ele temia que aquela louca tivesse feito uma bobagem. Por isso, ao encontrá-la, seu coração se acalmou. Contudo, com olhar sério e do alto de seu cavalo, perguntou:

— Milady, você está bem?

Cansada e tremendo de frio, ela olhou para ele e, em um tom nada altivo, disse:

— Minha égua está ferida e mal consegue andar.

Niall, comovido, desceu do cavalo, enquanto seus homens assistiam à cena impassíveis. Aquela era a mulher que havia posto a espada na garganta de Sam. O highlander, aproximando-se dela, que ainda continuava agachada, ficou preocupado com a ferida do animal. Tirando a faixa, viu que era um corte profundo, e disse, olhando para Gillian:

— Acho que deveria voltar ao castelo. Seu irmão e seu *noivo* estão preocupados. — Ao dizer isso sua voz se tornou ríspida, mas ele prosseguiu: — Não se preocupe com a égua, algum dos meus homens a levará de volta.

— Não, não quero deixar Hada. Quero voltar com ela.

A preocupação que viu nos olhos dela fez o sangue de Niall se aquecer. Levantando-se, foi até seu cavalo e, trocando um olhar com Ewen, seu homem de confiança, pegou seu *plaid*, levou-o até Gillian e a cobriu com ele, para que parasse de tremer.

— Se ficar aqui, só o que conseguirá será adoecer. Sua égua precisa descansar um pouco antes de prosseguir. O ferimento está bem feio e, se ela continuar, pode piorar.

— Acho que Hada se feriu por minha culpa... A culpa é minha.

— Não deve se culpar — interrompeu Niall. — As coisas às vezes acontecem sem que saibamos por quê. Talvez a égua tenha tropeçado em algo e você não teve nada a ver com isso. Agora, se agasalhe, dá para ver que está com frio.

O tom de voz de Niall e sua presença masculina fizeram Gillian estremecer. Tê-lo tão perto a fazia rememorar momentos passados. Sem saber por que, ela olhou para ele e sorriu. Ele, ao ver o sorriso, começou a curvar os lábios para cima, bem no momento em que Ruarke apareceu. Ao vê-la ensopada, com o vestido rasgado e naquelas circunstâncias, sem descer do cavalo, disse:

— Por todos os santos, minha querida! Por onde andou, o que aconteceu?

Gillian estava tão perturbada pela proximidade de Niall que não sabia o que responder. Por isso, foi este quem falou.

— A égua dela sofreu um acidente, e...

— Não me surpreende! — interrompeu Ruarke. — Certamente ela é culpada pelo que aconteceu. Basta ver como monta. — E censurando-a na frente de todos, disse: — Daqui a cinco dias isso vai acabar. Quando voltarmos a minhas terras, nunca mais montará sem sela, e menos ainda sairá sozinha para cavalgar.

Gillian suspirou. De repente, suas forças voltaram. Niall, já conhecendo os bufos dela, afastou-se.

— Ruarke — gritou ela, enfurecida —, cala essa maldita boca se não quiser arrumar problemas comigo. E essa história de que daqui a cinco dias eu me casarei com você, veremos!

Os selvagens de Niall gargalharam ao escutá-la. Ruarke, contrariado, desceu do cavalo sem garbo algum e se dirigiu a Gillian com passo decidido. Niall cravou o olhar nele. O que aquele idiota ia fazer?

Gillian não se mexeu. Ruarke, aproximando-se, murmurou com raiva:

— Seu irmão anunciou ontem nosso casamento para daqui a poucos dias. Eu te peço respeito quando falar comigo.

Gillian, levantando o queixo e apertando o *plaid* de Niall contra o corpo, replicou, sem deixar de olhar para ele:

— Quando você me respeitar, pensarei se vou te respeitar.

Os homens de Niall riram de novo, e isso irritou ainda mais Ruarke, que sentiu vontade de dar um tapa na cara de Gillian, mas não se atreveu. Sentia-se intimidado por aqueles highlanders que o fitavam, especialmente por aquele que anos atrás havia sido noivo de sua futura mulher, que com a mão na empunhadura da espada o observava. Controlando a raiva, aproximou-se do seu cavalo, pegou seu *plaid* e o jogou com maus modos para Gillian.

— Tome meu *plaid* e devolve esse do McRae — gritou.

Niall, surpreso diante dessa atitude, olhou duramente para Ruarke. Teria gostado de quebrar-lhe a cara ali mesmo, mas um olhar sensato de advertência de Ewen o deteve.

— Vamos, o que está esperando? — urgiu Ruarke de novo. — Devolve esse *plaid*.

Gillian estava furiosa, mas tirou o *plaid* do McRae. Ao devolvê-lo a Niall, roçou levemente a mão do highlander, o que lhe provocou uma sensação de prazer esquecida. Assustada, ela pegou rapidamente o *plaid* de Ruarke e se agasalhou.

Niall, disfarçando suas emoções, pegou seu *plaid* e o jogou sobre o cavalo. Então, sem olhar para Gillian, disse:

— Milady, acho que deveria voltar ao castelo.

— Excelente ideia. Você está encharcada — murmurou Ruarke, tentando montar seu cavalo, todo desajeitado, fazendo mais de um guerreiro rir. Quando conseguiu, olhou para Niall e disse: — Mande um dos seus homens levar lady Gillian até o castelo. Ou, melhor ainda, que lhe dê seu cavalo. — E olhando-a com desprezo, acrescentou: — Ela está ensopada.

Ewen pestanejou, surpreso. Como era possível que aquele tosco não quisesse levar ele mesmo sua futura mulher para aquecê-la e protegê-la? Olhou para Niall e o viu balançar a cabeça. Ia dizer algo, quando seu amigo, subitamente, pegou Gillian pela mão e, puxando-a, levou-a até o cavalo de seu noivo.

— Carmichael! — vociferou, atraindo sua atenção —, tenho certeza de que sua futura esposa vai adorar cavalgar com você. Ela está congelando, e precisa se aquecer.

Gillian o olhou horrorizada e, com um puxão, soltou-se de sua mão. *Você é repugnante, Niall McRae*, pensou.

Ciente do olhar furioso de Gillian e da contrariedade de Ruarke porque ela o molharia, com um sorriso nada inocente, Niall a pegou pela cintura e a ergueu, até acomodá-la sobre o cavalo de seu noivo.

Ruarke a segurou desajeitado. Gillian ficou tensa e tentou não encostar naquele homem, enquanto Niall, com um sorriso fingido, voltava a seu cavalo amaldiçoando-se por ter feito isso. Mas que ideia!

Capítulo 7

Gillian ficava cada vez mais nervosa enquanto se torturava pensando que faltavam apenas três dias para seu casamento. Olhando o alto teto de pedra de seu quarto, pensou em Niall. Ele e seus homens selvagens haviam decidido esperar a celebração do casamento para partirem junto com Duncan e Lolach. Mas, diferente destes, em vez de dormirem dentro do castelo, eles preferiram dormir ao relento.

Ainda não havia amanhecido, mas Gillian não conseguia pegar no sono. À luz das velas que tinha no quarto, ela se levantou e se sentou diante do espelho. Sem muita vontade, começou a pentear seu longo cabelo louro com um pente de madrepérola.

De repente, umas batidas na porta chamaram sua atenção. Era Christine, prima de Alana.

— Olá, posso entrar? — perguntou baixinho.

Com um sorriso, Gillian assentiu, e se surpreendeu ao ver a ponta de uma espada sobressair por baixo da capa dela.

— O que faz acordada a esta hora? — perguntou Gillian.

A garota, sem se afastar da porta, deu de ombros.

— Não consigo dormir — disse.

— Então, somos duas!

— Em seu caso, não me surpreende. Como poderia dormir com tantas velas acesas? Há tanta luz aqui dentro que parece dia — comentou Christine, indicando as velas.

— Eu odeio escuridão, e tento evitá-la com velas — explicou Gillian.

Elas mal se conheciam, mas Christine, olhando-a nos olhos, disse:

— Eu resolvi dar uma volta pelos arredores, e ao ver luz debaixo de sua porta, pensei que talvez quisesse vir comigo.

— Sempre passeia com uma espada? — perguntou Gillian, irônica.

Com um sorriso encantador, Christine suspirou.

— Na verdade, o passeio é uma desculpa. Meus músculos estão rígidos. Não estou acostumada a ficar tanto tempo sem fazer nada, e como Megan me disse que você também sabe manejar a espada, pensei que talvez conhecesse algum lugar onde eu pudesse praticar longe dos olhos de minha irmã e dos ouvidos do castelo.

— Que ideia maravilhosa, Christine!

— Pode me chamar de Cris, por favor.

Gillian assentiu, sorrindo, e se vestiu com rapidez. Calçou umas botas, guardou a adaga em uma delas, pegou uma capa e, abrindo um baú, deu uma piscadinha ao sacar a espada. Saíram do castelo sem serem vistas por ninguém e foram com cautela às cocheiras, onde montaram e partiram em silêncio. Gillian, por precaução, tomou a direção contrária ao local onde ela sabia que Niall e seus homens dormiam. Não queria problemas com aqueles barbudos. E quando já estavam longe o suficiente para que ninguém as ouvisse, começaram a correr pelo bosque de carvalhos.

Com as faces coradas devido ao galope, quando começou a amanhecer, chegaram a uma pequena clareira cercada por centenas de carvalhos.

— Nossa! — suspirou Cris. — Que lugar mais lindo!

Orgulhosa, Gillian olhou ao seu redor e, descendo de Thor, assentiu.

— Sim... é um lugar muito bonito.

O que Gillian não contou era que essa clareira, no passado, havia sido o lugar preferido de Niall e ela.

— Posso te perguntar uma coisa, Gillian?

— Claro que sim.

— Por que vai se casar com Ruarke, aquele anão? Você não o ama, nem ele ama você. Além do mais, vejo em seus olhos que gosta daquele engomadinho tão pouco quanto eu.

— Meu pai fez um acordo com o pai de Ruarke — murmurou Gillian —, e por respeito à família... — Mas algo se remexeu dentro dela. Sem dar muita importância a isso, ela explicou: — Eu juro por minha honra que antes de pôr as mãos em mim, aquele engomadinho estúpido cairá morto.

— Oh, Gillian! Não diga isso — disse Cris, preocupada.

Se Gillian fizesse isso, no momento em que descobrissem o corpo de Ruarke, ela seria enforcada ou ficaria presa pelo resto da vida.

— Então, me diga, o que posso fazer? — replicou Gillian, olhando para Cris. — Faltam apenas três dias, e não encontro outra solução.

— Arranje outro marido.

Gillian sorriu e, com humor, respondeu:

— Para quê? Para matá-lo também?

E, então, ambas começaram a rir. Gillian, prendendo o cabelo com um cordão de couro marrom, disse:

— Vamos treinar um pouco? O que eu preciso mesmo é acalmar meus nervos.

— Perfeito!

Desamarraram as saias, e quando estas caíram no chão, surgiram as calças de couro marrom que usavam por baixo. Livres do excesso de roupa, tiraram a capa e, afastando-se dos cavalos com as espadas na mão, fitaram-se.

— Não usa manoplas, Gillian? — perguntou Christine ao ver que a outra segurava a espada com a mão descoberta.

— Não, me atrapalham para segurar o ferro.

— Você se importa se eu usar?

— Claro que não, Cris... Vou ganhar do mesmo jeito — respondeu Gillian com um sorriso alegre.

O riso leve das duas se intensificou.

— Muito bem, Gillian, enfim, vou comprovar se é tão boa quanto Megan diz.

— Vamos começar — respondeu a outra, aproveitando o momento.

Durante um tempo andaram em círculos, estudando os movimentos uma da outra, até que Cris soltou um grito e investiu com a espada à frente. Gillian, com rapidez, parou o golpe sobre sua cabeça, e Cris, com desenvoltura, a fez cair de bunda no chão. Rindo, Gillian se levantou e atacou com um golpe vertical, que Cris defendeu pulando para trás com habilidade. Rapidamente, Gillian girou o pulso para dar um golpe horizontal, e quando viu a espada de Cris cair no chão, com uma cambalhota de expert, pegou a arma.

— Eu te peguei! — gritou Gillian, apontando as duas espadas para Cris.

— Puxa, você é boa mesmo — suspirou a garota, surpresa diante do golpe.

— Você também. — E jogando-lhe a espada, gritou: — Vamos, ataque!

Isso era o que Gillian necessitava. Ação. Fazia tempo que não podia praticar com alguém que tivesse tanta desenvoltura. Pular, gritar e sentir o metal passar perto de seu corpo a deixava feliz.

As espadas tornaram a se chocar, dessa vez com mais força e mais técnica. A cada golpe e a cada grito enfurecido, as garotas se animavam mais. Giravam e pulavam manejando a espada como verdadeiros guerreiros, atacando e defendendo, dando golpes a torto e a direito uma contra a outra. Cris brandia sem parar sua espada contra Gillian, e esta defendia energicamente os golpes, contra-atacando com maestria. Era tal a alegria das duas que esqueceram tudo que havia ao redor, e não se deram conta de que mais de cinquenta pares de olhos as observavam com incredulidade.

Até que ouviram um berro.

— Por todos os santos! O que é que vocês estão fazendo?

Parando subitamente, elas se voltaram para o lugar de onde vinha a voz, e deram de cara com Niall, furioso, e seus barbudos, que, escondidos no meio das árvores, haviam testemunhado as duas jovens arrojadas brandirem suas espadas. Com o coração ainda batendo forte, Niall olhava as garotas. Diane lhe havia contado que a irmã, Christine, às vezes, media forças com alguns dos seus homens na liça do castelo, mas o que ignorava era a grande destreza de Gillian. A garota que ele conhecera sabia manejar a espada, mas não com tanta ferocidade. Agora entendia por que em Dunstaffnage e arredores era chamada de Desafiadora.

Cris, ao ver Niall, sorriu. Dava-se muito bem com ele, e depois de sua passagem por Dunstaffnage, por fim, havia entendido quem partira seu coração. Bastava ver como ele olhava para Gillian para saber.

Gillian, porém, praguejou internamente, mas tentou manter a compostura enquanto respirava agitada. O highlander se aproximou a passos largos, impassível, enquanto elas, esgotadas, transpiravam e arfavam.

— Que ideia foi essa de fazer uma coisa dessas? Por acaso são loucas? Poderiam ter se machucado gravemente, ou até mesmo morrido.

As garotas se entreolharam, e, sem poder evitar, sorriram. Isso deixou o highlander ainda mais exasperado. Tinha vontade de pegá-las pelos pescoços e torcê-los. Quando um dos seus homens o havia acordado para lhe dizer que duas mulheres estavam lutando não muito longe de onde eles dormiam, nunca poderia ter imaginado que fosse encontrar essas duas.

— Fique tranquilo, Niall — disse Cris, sorrindo e acalorada. — Nós duas sabemos o que estamos fazendo.

Espantado diante da resposta, o homem abriu os braços.

— Como?! — gritou.

E ao ver que elas não respondiam, mas mantinham aqueles sorrisinhos maldosos, vociferou:

— Pelas chagas de Cristo! Se realmente soubessem o que estavam fazendo, não teriam feito. Colocaram a vida em risco. Não é natural que duas mulheres lutem, sua função no mundo é outra muito diferente. Vocês acabaram de demonstrar a mim e a todos os meus homens que são umas imprudentes e insensatas estúpidas, que...

Já chega!, pensou Gillian, mudando o peso do corpo de um pé para outro.

— O único estúpido que há aqui é você — gritou, atraindo a atenção dele e de todos. — Por isso, feche o bico, McRae, de uma vez por todas, ou eu o fecharei com minha espada — berrou, cansada de ouvi-lo gritar como um possesso.

Os homens se entreolharam, atônitos. Ninguém falava assim, e muito menos gritava desse jeito, com seu laird. Niall, bufando como um lobo por causa do jeito como Gillian havia gritado com ele, caminhou até ela. Mas Gillian, surpreendendo-o de novo, ergueu a espada com rapidez e encostou a ponta afilada na garganta do highlander.

— Aonde pensa que vai, McRae? — sibilou ela, fitando-o.

— Tira sua maldita espada da minha garganta se não quiser que eu torça seu pescoço delicado, Gillian — urrou Niall, enfurecido diante da liberdade que aquela maldita mulher tomava com ele. Niall sabia que podia dar um tapa no ferro, mas com certeza esse gesto a faria cair para trás, e ele não queria machucá-la.

— O senhor está me dando ordens? — debochou ela, sem se mexer.

— Ora! Me chamando de "senhor"? — zombou ele.

— É claro. Com cretinos e palermas, quanto maior a distância, melhor.

— Gillian... — bufou Niall, cada vez mais irritado — juro que...

Mas ela não o deixou terminar.

— Oh! Estou tremendo de medo! — disse Gillian com ironia.

Niall ouviu algumas risadinhas de seus guerreiros. *Maldita mulher!*, pensou.

Cris, ao ver o rumo que estava tomando a situação e a irritação de Niall, decidiu intervir. Aproximando-se do ouvido de sua nova amiga, sussurrou:

— Gillian, acho melhor baixar a espada. Por favor.

Ao sentir a voz trêmula de Cris, a jovem reconsiderou e baixou a arma. O que estava fazendo?

Niall, ao se sentir livre, tirou a espada de Gillian.

— Está louca, mulher... Louca! — gritou.

E com um tapa, também arrancou a espada de Cris, que nem se mexeu. Em todos os anos que conhecia Niall, nunca o havia visto se comportar daquela maneira. Ao contrário, ele costumava ser um homem afável e divertido.

A arrogância dele fez o sangue de Gillian ferver de novo. Com uma rapidez que Niall não esperava, ela deu uma cambalhota, passou por baixo do braço dele, tirou-lhe a espada e sorriu. O highlander, sentindo-se provocado pelos atos e o olhar da jovem, sem afastar os olhos dela, perguntou:

— Está me desafiando?

Gillian mal podia acreditar no que Niall lhe havia perguntado, mas realmente era o que dava a entender parada diante dele com a espada na mão. Sem se acovardar, ela inclinou a cabeça e respondeu:

— Se o senhor se atreve...

A resposta provocou uma gargalhada geral nos barbudos. Aquela mulher baixinha e ousada estava louca de verdade. Niall era um excelente guerreiro e acabaria com ela antes que levantasse a arma.

Cris, no entanto, teve vontade de tudo menos de rir. Por sua vez, Niall, indignado diante da arrogância de Gillian, analisou o corpo da jovem, de cima a baixo; então, voltou-se para seus homens e, com um olhar divertido, perguntou com um sorriso maléfico:

— Devo me atrever?

Todos começaram a incitar seu laird, enquanto Cris se aproximava de Gillian e cochichava:

— Ah, Gillian, o que você fez? Que ideia foi essa de desafiar Niall?

Tremendo como vara verde, Gillian quis sair correndo. Nunca poderia ganhar de um highlander como aquele. Ele era grande demais, em todos os sentidos. Mas, sem dar o braço a torcer, e tentando parecer serena e tranquila, olhou para sua amiga e respondeu:

— Não se preocupe. Ele não vai me matar, nem eu vou ganhar. Mas esse idiota vai receber um ou outro golpe meu. Quero muito fazer isso, pode acreditar.

Olhando para Niall, que ria com seus homens, Gillian deu um passo à frente e bateu na bunda dele com a espada na horizontal, para chamar sua atenção.

— Aceita, McRae? — gritou.

Diante de tamanha desfaçatez, o highlander se voltou e olhou para ela como olhava para um oponente no campo de batalha.

— Claro que aceito. Mas só se o ganhador escolher seu prêmio.

Gillian se lamentou em silêncio enquanto ouvia o que aqueles toscos gritavam. Mas cravou seus olhos em Niall e perguntou:

— De que recompensa estamos falando, McRae?

Garota esperta, além de valente, pensou ele, observando-a. E, sem baixar a guarda, respondeu:

— Milady, todo guerreiro merece um prêmio, e já que você é uma frágil e doce donzela — zombou —, não pedirei nada que não esteja disposta a dar. Está bem assim?

— Não, Gillian, diga que não. Nem pense nisso! — murmurou Cris, ao ouvir as coisas indecentes que os homens gritavam.

Gillian engoliu em seco; mas erguendo o queixo, sibilou:

— Tudo bem, McRae.

Os homens gritavam enlouquecidos. Cris mordeu o lábio quando viu Niall, com a espada na mão, sorrir como um lobo. Ela nunca o vira olhar assim para uma mulher.

— Muito bem, milady, vamos começar.

A jovem deu um passo para trás para se afastar dele e, equilibrando as mãos, pisou com força. Cautelosa, começou a andar em círculos, observando os movimentos de Niall, que estava se divertindo e dava-lhe corda. Não tinha a intenção de atacar antes dela.

— Por que não ataca, McRae? Está com medo?

Ele sorriu com descaro. Estava tão maravilhado olhando para ela que sentiu a excitação em sua calça.

— Não, milady — sussurrou ele, disfarçadamente.

— Então? — perguntou ela de novo, flexionando as pernas. Não confiava nele.

O highlander sorriu de tal maneira que fez Gillian tremer. Ela virou de lado para se defender de um possível ataque, e ele, levantando a perna sem nenhum esforço, deu-lhe um pontapé na bunda que a fez cair.

— Oh, milady, machuquei você? — zombou Niall, olhando-a de cima com as pernas abertas.

Ouvir as gargalhadas dos homens, caída no chão, fez com que Gillian se levantasse com um olhar assassino. E sem responder ao deboche, ergueu a espada, soltou um grito de fúria e desferiu um golpe no abdome de Niall.

Retrocedendo com rapidez, ele se esquivou. Niall ficou surpreso com a força do golpe. Recuperando seu espaço, deu um passo à frente e lançou uma estocada, e mais outras, até fazer com que o metal soltasse faíscas enquanto combatiam com violência excessiva.

Niall sabia o que estava fazendo, tomava cuidado, mas tinha certeza de que ela o atacava disposta a feri-lo. Podia ver isso nos olhos dela. Com fúria, Gillian deu um golpe baixo; ele se esquivou, livrando-se de um belo corte no abdome. Ele sorriu, e ela blasfemou em voz alta.

Minutos depois, Gillian estava esgotada. As palmas de suas mãos doíam terrivelmente. Mas precisava mostrar àquele arrogante que ela não era fácil de vencer. Como não havia tirado os olhos dele, percebera que em duas ocasiões Niall ficara olhando fixamente para sua boca enquanto ela arfava, e decidiu fazer um teste. Soltou um suspiro, pôs a língua para fora com sensualidade e a passou lentamente pelos lábios.

Como havia imaginado, Niall se distraiu e baixou a guarda, e ela aproveitou o momento para girar e lhe devolver o pontapé na bunda. O homem caiu de bruços no chão.

Os homens de Niall se calaram de repente, mas Cris deu um pulo e aplaudiu. Porém, ao ver o rosto enfurecido do highlander ao se levantar, conteve-se. Então, Gillian, ainda ofegante devido ao esforço, encarou-o e disse:

— Oh, McRae, machuquei você?

Com um sorriso audacioso e cansado daquele jogo absurdo, o highlander soltou um bramido e levantou a espada para lançar uma estocada feroz, o que fez Gillian perder o equilíbrio e cair rolando pelo chão. Com rapidez, Niall foi até ela, e antes que Gillian pudesse se levantar, ele se sentou sobre suas costas e a pegou pelo cabelo. Com um puxão, tirou o cordão de couro que prendia seu cabelo e a obrigou a levantar o rosto do chão. Enquanto seus homens gritavam, animados, ele sussurrou no ouvido dela:

— Tanto faz que me chame de Niall, tosco ou o que te der vontade. Isto aqui acabou, entendeu?

Esgotada pelo esforço, Gillian quase não conseguia respirar. Balançando a cabeça, assentiu. Nunca poderia ganhar de um guerreiro como ele. Soltando-a, ele se voltou para seus homens, que, como era de se esperar, gritaram como animais. Rapidamente, Cris foi até ela e a ajudou a se levantar.

— Você está bem, Gillian?

— Sim, fique tranquila — suspirou ela, arfando e tirando o cabelo do rosto. — Só meu orgulho está ferido, mas vou superar.

Dizendo isso, curiosa, olhou para onde estava Niall e viu seus homens o parabenizando. Depressa, pegou Cris pela mão, procurando por onde sair.

— Vamos embora daqui — disse.

Já estavam andando em direção aos cavalos quando Christine comentou:

— Por todos os santos, Gillian! Você lutou com uma paixão incrível. Você o odeia tanto assim?

— Oh, sim, pode ter certeza — bufou Gillian, contrariada.

— Eu já tinha ouvido dizer que havia acontecido algo entre vocês no passado... Talvez se aborreça comigo, mas depois de presenciar o que acabou de acontecer, tenho que dizer que acho que ainda há brasas onde antes havia fogo.

— Não diga bobagem — murmurou Gillian, sem nem olhar para a amiga.

E quando já estavam quase chegando aos cavalos, ouviram:

— Milady! Está fugindo sem me entregar meu prêmio?

Fechando os olhos, Gillian blasfemou. Trocando um olhar com sua amiga, voltou-se para encará-lo.

— Muito bem, o que quer?

Nesse momento, os selvagens começaram a gritar de novo todo tipo de obscenidades, enquanto Niall, com um sorriso pecaminoso que denotava perigo, caminhava ao redor dela, olhando-a tão descaradamente que o baixo ventre de Gillian tremia. Depois de Niall dar várias voltas observando-a como se avaliasse uma prostituta, Gillian, contrariada e querendo acabar com aquilo, pôs as mãos nos quadris e sibilou:

— McRae, não tenho o dia todo. Fala logo qual é o maldito prêmio que você quer.

— Hummm... Estou pensando com cuidado — zombou ele com voz rouca e sensual, olhando os seios dela como se os fosse devorar. — Estou entre duas opções, e não sei realmente qual me apetece mais.

Aproximando-se dela, que ficou tensa, ele murmurou perto da boca de Gillian:

— Acho que já sei o que quero: beijar, milady.

Gillian engoliu em seco. Quase infartando, nem se mexeu. Sentir o hálito dele roçando seus lábios era a melhor coisa que lhe acontecia em muitos anos. Mas quando ela já estava preparada e certa de que o prêmio daquele cara de pau era sua boca, Niall se afastou e, com comicidade, tomou a mão de Cris, deu uma piscadinha e a beijou.

Diante desse gesto, Gillian teve vontade de erguer sua espada e atacar de novo, mas fechou os punhos para se conter.

— Beijar sua linda mão, Christine, é a coisa que mais me apetece. Sua simples presença já é um prêmio, e beijar sua mão, uma honra.

Como é malvado, pensou Cris, mas calou-se.

Gillian deu meia-volta e, recolhendo com raiva sua saia que estava no chão, saltou com agilidade sobre o cavalo e esperou Christine fazer o mesmo. Assim que a amiga montou, Gillian cravou os calcanhares em Thor e saiu a galope sem olhar para trás. Niall, ainda rindo com seus homens, observou-a se afastar, apertando na mão o cordão de couro marrom que havia tirado do cabelo dela.

Capítulo 8

Sentada no peitoril, Gillian olhava pela janela de seu quarto. Haviam se passado dias sem que nada pudesse fazer para mudar seu destino, enquanto assistia ao tosco Niall e a prima de Alana, Diane, rirem, passearem juntos e manterem conversas intermináveis.

Era o dia de seu vigésimo sexto aniversário, mas ela não estava feliz. Como podia estar feliz diante de seu terrível destino? Embaixo, no pátio de armas, seu futuro marido, Ruarke, conversava com o pai repulsivo dele. Isso fez Gillian se arrepiar. Faltava apenas um dia para que tivesse que cumprir sua horrível missão. Odiava os olhos de rato, o cheiro de mofo, o hálito de Ruarke, e só de pensar que em breve aquele homem teria direitos carnais sobre ela, ficava doente.

Praguejando e raspando a madeira da janela com a adaga, Gillian notou que duas figuras montadas se aproximavam. Seu coração acelerou quando viu que eram Niall e Diane. Sem tirar os olhos dos dois, viu-os chegar sorridentes ao pátio de armas, onde Niall desmontou com rapidez e ajudou a Diane a descer do cavalo, tomando-a pela cintura.

Furiosa, Gillian começou a brincar com a adaga entre os dedos, e teve que conter seu desejo de jogá-la quando a viu dizer algo, e ele, encantado, sorrir.

Nesse momento, a porta do quarto se abriu e entraram Megan, Cris, Alana e Shelma. Rapidamente, ela se afastou da janela.

— Feliz aniversário! — gritaram todas ao entrar.

Oh, sim! Fantástico meu aniversário, pensou. Mas com um sorriso fingido, recebeu-as e aceitou seus beijos.

Ao ver a tristeza em seus olhos, as mulheres se entreolharam. Precisavam agir imediatamente! Shelma foi a primeira a falar, enquanto deixava um lindo vestido de noiva em cima da cama:

— Vejamos, futura senhora Carmichael. — Gillian lançou-lhe um olhar assassino, mas ela continuou: — Precisamos que prove de novo o vestido para ver se o ajustamos direito.

Megan percebeu a contrariedade da amiga. Estava com olheiras e com cara de cansada. Cris tinha contado o que havia acontecido alguns dias antes com Niall, mas não disse nada. Era melhor deixar que Gillian se angustiasse e, como sempre, explodisse.

— Vai ficar linda — sorriu Alana com falsa indiferença. — Quando Ruarke te vir entrar com este vestido, vai cair a seus pés.

— Ruarke e qualquer outro — disse Cris.

Gillian olhou para Megan. Fazia vários dias que não conversava com ela. Parecia distante, e Gillian não gostava disso.

— Aconteceu alguma coisa, Megan? — perguntou.

— Deveria ter acontecido algo, Gillian? — respondeu Megan, irônica.

Durante alguns segundos ambas se encararam, mas nenhuma das duas deu o braço a torcer. Alana e Cris, que haviam ido até a janela, trocaram um olhar. Emocionada, Alana atraiu a atenção de todas.

— Não acham que minha prima Diane e Niall formam um lindo casal? — perguntou. — Ah, o amor é lindo!

Megan e Shelma também foram até a janela e viram os dois jovens sorrindo ao lado dos cavalos.

— Que belo casal! — mentiu Megan.

— Sim... Ambos são tão bonitos... — riu Shelma.

— Com certeza! Niall é um homem muito... muito bonito — disse Cris.

Gillian se afastou mais das outras quatro. Não queria estar com ninguém. Não queria ouvir falar daqueles dois. Só queria ficar sozinha para se compadecer da vida que a esperava.

— Sabe, Alana, sua prima é uma garota encantadora e muito educada — mentiu Shelma. — Ontem à noite, durante o jantar, tive o prazer de falar com ela, que comentou que adora Niall e que acha que pode haver algo mais entre eles.

— Oh, sim, não tenho dúvidas quanto a isso — disse Cris, alegre.

— Sério? — aplaudiu Alana, encantada.

— Foi o que ela disse — assentiu Shelma, observando Gillian de soslaio. — Ela me confessou que o acha extremamente atraente e interessante.

Maldição! Por que tenho que continuar ouvindo isso?, pensou Gillian, cada vez mais contrariada.

Megan a viu cravar a adaga com força em um pequeno baú e, sem poder evitar, sorriu. Sua encantadora Gillian estava lutando contra o impossível e, cedo ou tarde, teria que se dar conta disso. O problema era que estava ficando tarde. Por isso, todas elas haviam decidido provocá-la até que explodisse. Aproximando-se de Shelma, murmurou:

— Ah, sim! Duncan e eu estamos contentes por Niall. Faz anos que não o vemos tão feliz. — Shelma, ao ouvir Gillian bufar, sorriu. E Megan prosseguiu: — E ontem à noite mesmo ele me perguntou o que eu achava de ele convidar Diane para ir a Eilean Donan. Lá, talvez Niall tome a iniciativa e, por fim, a peça em casamento.

Ai, meu Deus! Se elas continuarem falando, vou explodir.

— Nossa, minha irmã ficaria louca — disse Cris, sabendo da verdade.

— Oh, outro casamento! Que lindo! — aplaudiu Alana com entusiasmo excessivo.

— E com certeza logo terão filhos lindos — acrescentou Shelma, rindo.

— Com certeza! — assentiu Megan. — Niall quer ter vários; ele adora crianças. Precisam vê-lo com Johanna e Amanda.

— Chega! — gritou Gillian de repente. — Se vão continuar falando de Niall e Diane, é melhor saírem daqui. Não quero ouvir falar deles, entenderam?!

Alana, fingindo-se surpresa diante do ataque de fúria, olhou para as outras e, com voz inocente, perguntou:

— Gillian, por que ficou assim? — Ao ver que a jovem não respondia, prosseguiu: — Eu estou feliz por seu casamento, só estou dizendo que ficaria muito feliz se Diane e Niall se casassem também. E do jeito que os dois são bonitos, tenho certeza de que terão filhos lindos e...

Soltando um grito de guerra, Gillian se lançou contra sua cunhada, mas Megan e Shelma, que a conheciam bem, já estavam em alerta. Seguraram-na a tempo enquanto gritava impropérios, até que começou a chorar. Ela precisava chorar.

Comovidas com a raiva e as lágrimas de Gillian, todas suspiraram. Sem perder tempo, explicaram que tudo o que haviam dito era uma encenação para saber se ela realmente ainda sentia alguma coisa por Niall. E elas não estavam enganadas. Gillian ainda amava Niall McRae.

Depois que conseguiram acalmá-la, Gillian se sentou em frente às amigas que a adoravam e sussurrou:

— Eu odeio Niall!

Megan enxugou-lhe uma lágrima.

— Não, não odeia. Você o ama e não pode negar — sussurrou.

E Gillian caiu de novo no choro, soluçando.

— Minha querida — disse Shelma, levantando-lhe o queixo. — Acho que já é hora de perdoá-lo por algo que ele não teve culpa. Niall e nossos esposos são highlanders, guerreiros que lutam pela Escócia e que nunca abandonariam seu rei. Ainda não percebeu isso?

— Agora é tarde... Ele me odeia. Eu sei, eu o conheço.

— Ora, Gillian — murmurou Alana com carinho —, Niall não te odeia. Com ele acontece a mesma coisa que com você. Ele tenta te esquecer, mas se vê em seu rosto que é impossível. Ele gosta da minha prima porque ela é uma linda jovem, mas é você que ele adora.

— Mas temos que dizer — continuou Megan — que você o fez pagar caro demais por seu serviço e lealdade ao nosso rei. Ele não pôde voltar depois daquela reunião para se despedir de você, assim como Duncan, Lolach e inclusive seu irmão. Mas a diferença é que nós, e centenas de mulheres na Escócia, recebemos nossos maridos de braços abertos, e você se afastou dele e terminou o noivado. Como acha que ele se sentiu?

— Nossa! Quer que eu diga? Péssimo — disse Shelma. — Ele passou uma época terrível.

— Mas Diane é uma mulher linda, e eu vejo como ele olha para ela — sussurrou Gillian com a voz trêmula depois de um gemido sentido.

— Mas Niall te ama — sentenciou Alana, tocando-lhe o rosto com carinho.

— Não se preocupe com minha irmã, Gillian — murmurou Cris. — Ela não tem nada a ver com ele, eu sei disso, pode acreditar.

— Escuta, Gillian — interveio Megan imediatamente, para não a deixar pensar —, eu conheço meu cunhado e sei que ele só tem olhos para você. Gillian... sua Gillian. E mesmo eu não tendo falado com ele, tenho certeza de que está sofrendo cada minuto do dia vendo se aproximar seu casamento com Ruarke, aquele palerma. — E percebendo o sorriso de Gillian, murmurou: — Por mais que você insista em dizer que ele é um tosco barbudo, e que ele te critique porque é uma malcriada, vocês foram feitos um para o outro. E como disse há uns dias, ele é seu homem.

Ciente de que não podia continuar lutando contra o impossível, Gillian suspirou e, entre gemidos, murmurou:

— Mas... somos tão diferentes que acabaríamos nos matando.

Shelma gargalhou e, olhando para sua irmã, disse:

— Gillian, se Duncan não matou minha irmã, acho que Niall não mataria você.

Elas riram, em especial Megan, que assentiu.

— Esses highlanders do clã McRae gostam de mulheres com personalidade, querida — disse Megan. — Por mais que insistam em praguejar e reclamar, eles nos adoram! E gostam que os desafiemos.

— Gillian, o tempo urge — disse Alana. — Você não quer casar com Ruarke, não é verdade?

— Claro que não! Ele é nojento — respondeu ela, enxugando as lágrimas.

— Nossa, que homem abominável! — sussurrou Shelma, horrorizada.

— Nem me fale — concordou Cris.

— Pois, então, deve convencer Niall a se casar com você antes que o dia de hoje termine, senão, não vai poder fazer mais nada para impedir seu casamento com Ruarke — sentenciou Megan.

Diante dessa loucura, Gillian quis protestar, mas Cris a interrompeu:

— Mais uma coisa, Gillian: chame Niall pelo nome e deixe de tanta formalidade. Ele não gosta disso; pelo contrário, isso o irrita. Pronuncie o nome dele olhando-o nos olhos e vai ver se o que estamos dizendo é verdade ou não.

— Nossa, Cris! Estou vendo que é uma mulher muito experiente em matéria de homens — riu Shelma.

— Eu sei algumas coisinhas... — respondeu a jovem, sorrindo. — Eu consegui fazer com que o homem que amo me olhasse, e derrubei suas defesas. Mas, infelizmente, ainda há mais para derrubar.

Mas não era hora de falar de Cris. Megan, olhando para sua amiga, repetiu:

— Precisa fazer o idiota do Niall se casar com você antes do amanhecer, Gillian, ouviu bem?

Gillian olhou para as outras com olhos assustados e, cobrindo a boca com uma almofada, berrou. Quando terminou seu grito longo e agonizante, tirou a almofada do rosto e perguntou a Megan:

— E como pretende que eu consiga isso? Devo amordaçar aquele selvagem e obrigá-lo a se casar comigo?

— É uma opção — assentiu Cris, enquanto as outras riam e Gillian revirava os olhos.

Alana ficou de pé.

— Gillian, levante-se — ordenou. — Precisa voltar a ser a garota que ele conheceu e por quem se apaixonou. Portanto, desça ao salão e tente de tudo para fazê-lo reparar em você e segui-la como há tempos atrás.

Vendo que todas olhavam para ela, acrescentou:

— E como última opção, sempre podemos amordaçá-lo. Ou talvez Megan, com uma das suas ervas, possa deixá-lo zonzo.

— Alana! — gritaram as mulheres, alegres.

E sem perder tempo, elaboraram um plano. Gillian tinha que se casar esta noite com Niall, e ponto-final.

Capítulo 9

Gillian pôs o vestido bordô que seu avô lhe havia dado de aniversário e que, segundo suas amigas, ressaltava sua beleza. E também soltou seus lindos cabelos dourados. Os homens gostavam de admirar os longos cabelos das mulheres, e ela sabia que Niall sempre havia gostado dos dela. Respirando fundo para se acalmar, ela fez uma entrada triunfal no salão. Cumprimentou com um sorriso encantador a todos que lhe davam os parabéns. Tinha que os deslumbrar.

Fazendo uma careta, olhou para Megan e as outras e, levantando o queixo, foi em direção ao irmão, que conversava com seus amigos.

Sem poder evitar, Gillian reparou em Niall. Ele havia tirado a barba. Aquela barba horrorosa que usava dias atrás tinha desaparecido, e ele parecia outro homem. Ali estava com seus olhos penetrantes, seu queixo bem desenhado e seus lábios tentadores.

Oh, Deus, como ele está bonito!, pensou, sentindo suas pernas tremerem. Seu avô, ao ver a linda neta, sorriu.

— Parabéns, meu amor! — disse, levantando os braços.

— Obrigada, vovô — respondeu ela com um sorriso espetacular. E dando uma voltinha, perguntou: — Gostou do seu presente em mim?

Magnus gargalhou e assentiu, enquanto Niall sentia a boca secar. Essa mulher era deliciosa. Mas manteve a expressão fechada e nem se mexeu.

— Está linda — disse o velho com orgulho e os olhos úmidos. — A cada dia se parece mais com minha linda Elizabeth.

Gillian o abraçou e o beijou. Já haviam se passado anos desde a morte de sua avó, mas seu avô não a esquecia.

Voltando-se para seu irmão, que a olhava ao lado dos demais homens, ela levantou os cabelos com charme, deixando seu fino pescoço à mostra.

— Axel, obrigada pelos brincos. São magníficos!

Com um sorriso carinhoso, seu irmão lhe deu um beijo.

— Fico feliz que tenha gostado, foi Alana quem os escolheu.

— Ela comentou — disse Gillian com um sorriso encantador. E olhando para os outros homens, perguntou: — Acham que ficaram bem?

Os highlanders, desconcertados diante da pergunta, assentiram. Niall, porém, não conseguia se mexer; estava como um bobo olhando o pescoço suave e sedutor que Gillian expunha, gloriosa, diante dele.

Levando as mãos a um pequeno pingente de madrepérola que repousava sobre seus seios empinados, ela olhou para Lolach e, ao vê-lo sorrir, disse:

— Muito obrigada por este lindo presente, Lolach. Shelma me deu antes de descer e queria te agradecer também. É lindo.

— Fico feliz por saber que gostou. Shelma me deixou louco até encontrar algo para você.

— Nossa, imagino. — E fazendo uma careta engraçada que o fez sorrir, murmurou: — É horrível fazer compras com ela. Não conheço ninguém que tenha mais dúvidas na hora de comprar alguma coisa, não é?

Lolach assentiu, satisfeito. Gillian conhecia bem a mulher dele.

— Gostou do pingente? — perguntou olhando para Niall e o avô dele.

Marlob estava entusiasmado diante da espontaneidade da mocinha.

— Realmente, garota, como disse meu grande amigo Magnus, você está linda.

— Como está seu joelho hoje? — perguntou Gillian ao velho.

— Está incomodando, acho que não vou poder ficar muito tempo em pé — respondeu ele, tocando a perna.

— Vovô — murmurou Duncan —, acho melhor ficar em Dunstaffnage até que esteja melhor. O caminho de volta a Eilean Donan não vai ajudar em nada e...

— Mas claro que ele vai ficar comigo — interrompeu Magnus com segurança. — Dois velhos amigos sempre têm o que conversar, não é, Marlob?

Ele assentiu. Gillian, impaciente para continuar o que estava decidida a fazer, com um sorriso deslumbrante olhou para o highlander que, contrariado, estava ao lado de Marlob.

— Niall, gostou do pingente? — perguntou.

Sem poder evitar, o homem olhou o pingente que descansava naquele decote tão provocante. Acalorado, bebeu um belo trago de cerveja antes de assentir.

Contente pelo aturdimento que percebeu em Niall, Gillian se voltou para Duncan, que a observava com curiosidade, e aproximou-se.

— Pode sentir meu perfume, Duncan?

Gillian ficou na ponta dos pés e, fazendo um sinal gracioso, obrigou-o a se aproximar. Ao se agachar, Duncan olhou para sua mulher e ao ver sua cara de satisfeita, intuiu que estavam tramando alguma coisa.

— O cheiro está ótimo, Gillian — disse, afastando-se dela. — Que bom saber que Megan acertou na escolha.

Sem perder tempo, aproximou-se de seu irmão, depois de Lolach e dos velhos, e, por último, de Niall. Lembrando o que Cris lhe havia aconselhado, perguntou:

— O que acha de meu perfume... Niall?

Ele estranhou ver Gillian o chamar pelo nome, até se assustou ao vê-la nas pontas dos pés diante dele; por isso, deu um passo para trás e, diante do olhar risonho de seu avô, disse sem mudar a expressão:

— Muito bom, milady.

Gillian, ignorando o passo que Niall havia dado para trás, aproximou-se de novo e, na ponta dos pés, olhou-o nos olhos e pestanejou.

— Acha que este perfume combina comigo? — perguntou.

Niall, quase sem poder respirar, olhou para ela de novo. Gillian estava linda e tê-la tão perto era uma tentação, uma tortura. Desde que, dias antes, havia lutado com ela no campo, sua mente só pensava em beijá-la até que seus lábios doessem. Mas quando achava que seria impossível continuar sustentando aquele olhar duro, viu entrar a bela, embora entediante, Diane no salão. Sua salvação!

— Desculpe, milady, mas chegou a pessoa que espero com ansiedade — disse rapidamente, para desconcerto de Gillian.

E saiu, deixando ela e os outros boquiabertos.

Com sua elegância, seu porte magnífico e um sorriso espetacular, Niall chegou até Diane, que estava linda com um vestido cor de laranja e seu adorável cabelo preso bem alto. Tomando-lhe o braço, levou-a ao outro lado do grande salão, e sentando-se em um banquinho, começaram a conversar. Diane não esperava e ficou feliz com isso. Sorrindo, olhou para Gillian sentindo-se vencedora.

Gillian suspirou disfarçadamente e se despediu dos homens, indo sentar-se onde estavam as mulheres. Uma vez ali, olhou para todas com um biquinho.

— Acabou! — disse. — Não pretendo correr atrás dele, já que ele vai atrás de Diane como um cachorrinho. Não há nada a fazer.

Megan, surpresa, observava seu cunhado. Ele parecia concentrado na conversa, mas algo em seu olhar a fez desconfiar. Nesse momento, entraram no salão os tolos Ruarke e seu pai, e indo até o grupo de homens, começaram a conversar.

— Não entendo — protestou Alana. — Eu poderia jurar que Niall sentia algo por você, mas vendo-o correr para minha prima... não sei.

— Eu sei — explicou Cris. — Ele está fazendo isso para provocar ciúmes em Gillian, não vê?

— Mas que cabeça-dura! — grunhiu Shelma, e Megan assentiu.

— Oh, Deus, estou com dor de estômago — sussurrou Gillian ao ver Ruarke. — Basta vê-lo e já sinto náuseas.

Shelma e Megan trocaram olhares, compreendendo-a. Ruarke era delicado, covarde, rechonchudo e tinha cara de rato, ao passo que Niall era força, sensualidade, inteligência e beleza.

— Fique tranquila, pensaremos em algo — sussurrou Megan, acariciando os cabelos de Gillian.

— Não me casarei com ele. Eu me recuso! — sentenciou Gillian. — Prefiro me matar, ou matarei esse rato na noite de núpcias.

Todas a olharam, incrédulas. Megan puxou-lhe o cabelo.

— Eu é que vou te matar se repetir uma bobagem dessas, ouviu, Gillian?

A jovem, sem muita convicção, deu de ombros, mas não respondeu.

— Alana — disse Shelma —, sua prima é uma garota muito bonita, mas não é mulher para Niall. É muito delicada, boba e...

De repente, Shelma se calou ao se dar conta de que Cris era irmã da moça. Mas esta, rapidamente, com um sorriso magnífico, explicou:

— Não se preocupe. Diane é minha meia-irmã, e ela gosta de mim tanto quanto eu dela. E sim... ela é delicada, boba, sem graça e tudo que queira dizer.

Megan olhou para seu marido, e quando o viu franzir os lábios, soube que ele havia descoberto o jogo, mas não tinha a intenção de se dar por vencida. Erguendo o queixo e dando-lhe um sorriso sinistro, disse, olhando para Gillian:

— Gillian, eu sei que Niall te adora e ele vai revelar isso.

— Com certeza! Não duvido — respondeu a jovem olhando para Niall, tão bonito, rindo por algo que a delicada da Diane lhe dizia.

Nesse momento, abriram-se os portões do salão e apareceram o jovem Zac e um grupo de homens que foram diretamente cumprimentar Axel, Duncan e Lolach. Megan reconheceu um deles em particular e sorriu. Trocando um olhar brincalhão com Duncan, que franziu o cenho, voltou-se para as mulheres e disse:

— Gillian, acho que a solução que precisamos acabou de chegar.

Todas a olharam e sorriram ao ver o valente e atraente Kieran O'Hara.

Megan e Shelma trocaram piscadinhas. Kieran era um grande sedutor e um amigo maravilhoso e, com certeza, lhes daria uma mão. Esse highlander era um dos mais desejados pelas mulheres, mas nenhuma ainda conseguira chegar a seu coração. Tinha cabelos louros, quase acobreados, e o sorriso e os olhos azuis como um lago na primavera causavam estragos entre as mulheres.

Gentil, Axel lhe apresentou Ruarke, e Megan pôde ver a expressão de Kieran ao saber que aquele era o futuro marido da doce e divertida lady Gillian. Com um movimento de mãos, Megan atraiu a atenção de seu marido, e quando ele sorriu, ela disse, levantando-se:

— Kieran O'Hara, quando pretende cumprimentar as damas no salão?

Então, Kieran se virou. Adorava Megan. Sentia uma fraqueza por aquela mulher intrépida e descarada que no passado o havia metido em vários problemas. Com um sorriso deslumbrante, o highlander trocou um olhar de cumplicidade com Duncan, que assentiu, e se aproximou lentamente das damas. Parou diante delas e murmurou:

— Já disse que vocês são as mulheres mais belas que meus olhos cansados já viram na vida?

Ao ouvir a voz de Kieran, Johanna e Amanda, filhas de Megan, pularam em seu pescoço, assim como Trevor, filho de Shelma. Quando conseguiu que as crianças o soltassem, ele se aproximou para cumprimentar as respectivas mães daqueles pestinhas e pôs os olhos em Cris, que rapidamente deixou claro que não havia nada para ele ali.

Com um tom galante pouco comum nos homens daquelas terras, Kieran as cumprimentou uma a uma. Gostava da companhia feminina, especialmente daquelas amigas fantásticas.

Kieran, que era um homem observador, notou que seu grande amigo Niall estava afastado, falando com uma linda mulher que não era Gillian. Ficou surpreso. Ainda recordava as bebedeiras que haviam tomado juntos na Irlanda e os repetidos gritos de Niall dizendo que a única mulher que lhe importava era sua Gillian. Por isso, quando as damas se sentaram e começaram a cuidar das crianças, Kieran disfarçadamente perguntou a Megan:

— Como é possível que Niall permita que sua Gillian intocável se case com esse mequetrefe? E o que está fazendo ali flertando com aquela bela mulher?

— Não sei — respondeu Megan ao ver seu cunhado rir de novo —, mas precisamos de sua ajuda, ou Niall vai se arrepender pelo resto da vida.

Kieran ameaçou se levantar. Não queria se meter em confusão, e Megan sempre conseguia lhe complicar a vida. Mas a mulher, cravando as unhas em seu braço, não deixou que saísse e sussurrou com um sorriso espetacular, mas cheio de sarcasmo:

— Devido a um acordo que o pai de Axel e Gillian fizeram com os Carmichael, se ela não se casar com alguém antes do fim do dia de hoje, amanhã terá que se casar com Ruarke, esse idiota. E Niall já declinou a oferta.

— Como? — sussurrou Kieran, incrédulo.

— Isso mesmo.

— Mas se esse burro a ama! Eu me cansei de ouvi-lo dizer o quanto a adora... O que ele está fazendo?

— É um tolo, Kieran. Um tolo. Por isso, preciso de sua ajuda para resolver isso — sussurrou Megan.

Kieran ficou boquiaberto.

— Pretende que os McRae me deixem de olho roxo de novo, ou que me matem de uma vez? — perguntou, sorrindo.

Megan gargalhou e voltou ao ataque:

— Kieran, hoje é aniversário de Gillian, e acho que...

— Precisa de mim para provocar ciúmes naquele burro? — perguntou Kieran, achando graça.

— Exato.

O highlander sorriu diante da proposta da amiga. Olhando para Gillian e vendo seu olhar triste, aproximou-se mais de Megan e murmurou:

— Você sabe que Niall vai se aborrecer muito comigo, não é?

— Sim, sei.

— Com certeza, ele ou seus brutos vão querer me matar.

— Eu não vou permitir.

A segurança de Megan fez Kieran sorrir de novo.

— Duncan sabe de alguma coisa?

— Nãããããããããoooooooo!

— Ótimo! — E voltando-se para a jovem Gillian, perguntou: — É verdade que hoje é seu aniversário?

Ela, olhando para ele, assentiu:

— Infelizmente para mim, sim — sussurrou, desanimada.

Kieran olhou para Niall e viu que ele já o olhava de soslaio. Então, aproximou-se mais da jovem.

— Pelo que sei, você adora cavalgar — disse.

Ela assentiu.

— Gostaria de dar uma volta comigo pelos arredores?

Megan sorriu ao ouvir a proposta. Empurrando-a com o cotovelo, incitou-a:

— Eu? Eu...

Kieran, sem perder o sorriso, aproximou-se um pouco mais de Gillian, que estava desconcertada, e deu uma piscadinha com cumplicidade.

— Antes de mais nada, feliz aniversário. E fique tranquila, não pretendo nada. Só estou fazendo isso para ajudar você e o tonto do meu amigo Niall, porque Megan me pediu — explicou. Megan sorriu, satisfeita. — Sei que ele te adora, e apesar de saber que vai querer me matar quando me vir com você e que, com certeza, vai me deixar de olho roxo, sei que em um futuro não muito distante, ele vai me agradecer. Portanto, querida Gillian, vamos fazer Niall morrer de ciúmes. O que me diz?

Assustada, Gillian olhou para sua amiga risonha.

— Megan, não permita que Niall machuque Kieran.

— Hum... isso não posso garantir — respondeu Megan.

— Oh, Deus! — suspirou Gillian.

— Na frente dele vou chamá-la de linda, certo? — insistiu Kieran, fazendo Megan rir.

Segundos depois, o belo escocês se levantou com um sorriso e, com todo seu encanto, tomou o braço de Gillian e disse, para atrair o olhar de Niall:

— Gillian, vamos dar uma volta.

Incentivada por Megan, a jovem se levantou e, sem olhar para Niall, que os observava de cenho franzido, foram até Axel e os outros homens.

— Axel, Magnus, se não se importam, como está uma linda manhã e é aniversário de Gillian, vamos dar uma volta — disse Kieran.

Eles o olharam surpresos. Axel, ao ver a expressão jovial de Alana, ficou desconcertado. O que estava acontecendo?

— Acho uma excelente ideia, rapaz. Divirtam-se — respondeu Magnus ao ver sua neta sorrir.

Ruarke, contrariado diante do atrevimento daquele highlander enorme, olhou para seu pai. Este, com voz dura, disse, diante da impassibilidade do filho:

— Lamento, laird McDougall, mas não me parece uma boa ideia. Não me agrada em absoluto que a futura mulher de meu filho vague por suas terras sozinha com um homem.

— Mas que descaramento! — acrescentou Ruarke, olhando para Gillian.

Ela fez uma cara que deixou suas intenções claras e os fez calar.

— Senhor Carmichael, seu filho e eu não nos conhecemos, e se me encontro nesta situação absurda é devido a um acordo que meu pai fez, não eu — disse Gillian. E olhando para seu irmão, que assentiu, continuou: — Ainda veremos se me casarei com você, Ruarke. Aparentemente, se no dia seguinte ao meu vigésimo sexto aniversário eu ainda estiver solteira, terei que me casar. Mas hoje é meu aniversário, e ainda posso escolher com quem quero me casar ou não. O acordo de meu pai só começa a valer amanhã, portanto, se meu irmão e meu avô não se incomodam que eu dê uma volta com Kieran O'Hara, assim farei.

Megan, que estava ao lado deles, dirigiu-se a seu marido:

— Duncan, poderíamos acompanhá-los? Hoje é dia de mercado e eu gostaria de comprar algumas coisas antes de voltar a Eilean Donan.

— Vão, que são jovens e podem — disse Marlob.

Galante, Duncan ofereceu o braço a sua mulher.

— Desejo concedido.

Shelma e Alana se levantaram rapidamente. E olhando para seus esposos, sorriram ao vê-los assentir. Antes de sair, Megan olhou para trás e perguntou a seu marido no ouvido:

— Duncan, acha que Niall gostaria de nos acompanhar com Diane?

Ele a olhou, alegre, e a beijou com adoração.

— O que está tramando, Megan? — retrucou, certo de que alguma coisa estava acontecendo ali.

Ela sorriu e, olhando-o com aqueles olhos pretos de que ele tanto gostava, descaradamente, disse:

— Nada, meu amor. Por que pensa isso de mim?

O imponente highlander soltou uma gargalhada e, diante do olhar insistente de sua mulher, perguntou ao irmão:

— Niall, vamos dar uma volta. Quer vir com a gente?

Mal-humorado, Niall recusou o convite. Mas Megan não se conformou com a resposta. Com um sorriso encantador, disse a Diane, apesar de odiá-la:

— Diane, vamos passar por um mercado fantástico, e tenho certeza de que há barracas de joias que vai adorar.

Diane aplaudiu. E, levantando-se, pediu a seu sério acompanhante:

— Niall, vamos, por favor. Eu adoraria conhecer esse mercado.

Com um sorriso fingido, Niall se levantou e seguiu Diane; mas cravou um olhar duro em sua cunhada, que, com ar de triunfo, pegou o braço do marido e sorriu.

Capítulo 10

Quando chegaram às cocheiras, Gillian foi até sua égua, Hada, que ainda estava ferida.

— Belo animal — disse Kieran, olhando a égua.

— Sim — sorriu Gillian. — Hada é um lindo presente de meu irmão. Vendo que ela beijava o focinho da égua, mas não a montava, perguntou:

— Não vai com ela?

Gillian foi responder, mas Niall, aproximando-se, antecipou-se:

— Não, não deve montá-la. Ela sofreu um ferimento há uns dias e precisa descansar. — Levantando a mão, estendeu-a a Kieran. — Que faz por estas terras? Pensei que estava em Stirling ou em Aberdeen.

Ao perceber o desconforto de Gillian, Kieran se aproximou mais. E deixando Niall pasmo, respondeu:

— Sim, amigo. Eu estava em Aberdeen quando soube que esta linda mulher estava em busca de um marido. E como já a visitei neste último ano várias vezes, eu me propus a convencê-la de que esse idiota do Carmichael não vai fazê-la tão feliz quanto eu.

Gillian gostou de ver a tensão na expressão de Niall. A jovem, com um sorriso bobo, olhou para Kieran, que, levantando a mão, passou-a com delicadeza pelo rosto dela.

A raiva diante de tal atrevimento se concentrou no estômago de Niall. Desde quando Kieran cortejava Gillian? Nesse momento, chegou Diane, segurando seu cavalo.

— E você, quem é, milady? — interessou-se Kieran ao vê-la.

Niall, ainda transtornado pelo que havia acabado de escutar e ver, olhou para Gillian. Mas ela não o olhava, só tinha olhos para Kieran. Contrariado, ele se voltou para o amigo, enquanto Duncan, Axel, Lolach e as mulheres esperavam fora das cocheiras.

— Kieran O'Hara, esta é Diane McLheod — disse em um tom rude. — Vive perto de minhas terras em Duntulm e é prima de Alana.

— Prazer em conhecê-la, milady — cumprimentou Kieran, cortês.

— Digo o mesmo — respondeu Diane, olhando para Gillian de soslaio e se surpreendendo ao vê-la sorrir.

Diane, ao ver o modo como Niall olhava para a outra, tossiu, contrariada; e para chamar a atenção do homem, disse com voz melosa:

— Niall, poderia me ajudar a montar? O cavalo é tão alto e eu sou tão frágil que não consigo montar sozinha.

É uma idiota!, pensou Gillian, mas não disse nada.

Com um sorriso deslumbrante, Niall assentiu. Tomando Diane pela cintura, ergueu-a como se fosse uma pluma, até deixá-la sobre a sela. Com um ar sedutor que fez Gillian sentir vontade de matá-la, Diane montou de lado, ostentando sua elegância e feminilidade.

— Obrigada, Niall. É tão educado e forte... — suspirou Diane.

Oh, Deus! Não a suporto, pensou Gillian, dando meia-volta.

Niall montou em seu cavalo, True, que estava ao lado da pobre Hada. Sem afastar o olhar inquietante da bela Diane, seguiu-a para fora da estrebaria, onde os outros os esperavam.

Gillian, com raiva nos olhos, suspirou. Então, Kieran, pondo o dedo sob o queixo dela, fez que olhasse para ele.

— Você é mais bonita que ela, não duvide.

— Isso não me preocupa, Kieran. A beleza murcha com o tempo.

— Posso perguntar uma coisa? Vai ser sincera comigo?

— Sim.

— Por que foi tão dura com Niall e não o perdoou? Ele morreria por você.

Gillian deu de ombros.

— Não sei. Eu me comportei como uma ignorante, uma tola, rude. A raiva me deixou cega e não consegui pensar em mais nada. Mas garanto que me arrependo disso todos os dias de minha vida. Apesar de que é a primeira vez que reconheço isso. Depois, o tempo passou, ele não tornou a falar comigo e...

— Escuta, Gillian. Desde que conheço Niall, seu olhar sempre se iluminou ao falar de você. Na Irlanda, você era o motivo de sua existência, e quando você terminou o noivado, ele ficou arrasado. Não sei se ele a perdoará, mas eu conheço o meu amigo e sei que não te esqueceu, e que você é, foi e sempre será a única mulher capaz de roubar o coração dele.

— O que você disse é muito bonito, Kieran, mas, como viu, outra já o roubou.

— Duvido — sorriu o homem com segurança. — Eu conheço Niall, e ela não é o tipo de mulher que ele quer.

— E que tipo de mulher ele quer?

— Uma como você.

Gillian sorriu, mas, ao olhar para fora, viu o homem por quem suspirava todo bobo com Diane. Furiosa diante da intimidade que parecia haver entre eles, ela foi para o fundo das cocheiras.

Kieran, notando o que estava acontecendo, seguiu-a.

— Que cavalo vai montar? — perguntou, dando-lhe um tempo para se acalmar.

Bufando, a jovem mudou de expressão.

— Vou com Thor. É meu melhor cavalo. Não é lindo?

— Sim, Gillian, lindo como você — disse Kieran, olhando para ela.

— Estamos esperando por vocês — disse Niall nesse momento, atrás deles, com voz grave.

Gillian, ao ver Kieran sorrir, segurou-se na crina de Thor e, com um impulso, subiu. Ela não precisava de ajuda como Diane, aquela idiota.

— Kieran, te espero lá fora — disse, passando por Niall.

— Tudo bem, linda. Já estou indo.

Ao ouvir o apelido, Niall olhou para o amigo, que caminhava em direção ao seu cavalo com um sorriso bobo nos lábios.

— Sinceramente, amigo, não sei o que está fazendo — disse Kieran.

Niall guiou seu cavalo até Kieran e, enquanto o via montar, perguntou:

— E você? O que está fazendo?

Kieran, apesar da raiva que detectou nos olhos do outro, não se acovardou.

— Estou cortejando uma linda garota para que antes do fim do dia ela queira ser minha mulher.

E sem dizer mais nada, esporeou seu cavalo para sair dali.

Durante o curto trajeto até o mercado, Niall não conseguiu parar de olhar para Gillian. Boquiaberto e contrariado, notou que aquela insubordinada não lhe dirigia nem um único olhar. Desde que Kieran havia chegado a Dunstaffnage, era como se Niall não existisse, e isso o irritava. E mais ainda o irritava ver que a proximidade daquela mimada estava começando a lhe ofuscar a razão. Por todos os santos, não estava disposto a cair de novo no feitiço daquela McDougall; de novo não.

De sua posição privilegiada, Megan observava a todos. Sabia tudo que acontecia entre eles, e até notou que Diane duas vezes olhara para Gillian contrariada. Quando viu Niall balançar a cabeça, sisudo, esporeou Stoirm, seu cavalo, para se aproximar de seu cunhado. E dando uma piscadinha para Cris, que a olhava alegre, disse, sabendo que Diane a escutaria:

— Que belo casal formam Kieran e Gillian, não acha?

Niall a olhou com cara de poucos amigos e praguejou ao vê-la sorrir. Sua cunhada era uma bruxa! Mas ficou ainda mais contrariado quando a idiota Diane respondeu:

— Tem razão. Se eles se casarem, vão ter filhos maravilhosos. — Megan, com um sorriso, assentiu. — Kieran é tão bonito e Gillian tão loura que tenho certeza de que seus filhos serão verdadeiros querubins louros de olhos azuis.

Niall cravou o olhar no chão. Não ia responder; recusava-se.

— Oh, Deus! Que sorte tem Gillian! Kieran é um guerreiro espetacular — aplaudiu Cris, ganhando um olhar de aceitação de sua irmã.

— É verdade, Kieran é um guerreiro incrível, além de divertido e incrivelmente atraente — concluiu Megan.

Nesse momento, Niall, sem poder evitar, blasfemou.

— Que foi? — perguntou Diane.

— Estou tentando lembrar o que foi que meu avô me pediu para comprar — respondeu Niall com rapidez depois de trocar um olhar com sua cunhada descarada.

Pouco depois, chegaram ao mercado, um lugar cheio de barracas, trovadores e gente agitada com vontade de se divertir. Niall, sisudo, ajudou Cris e Diane a descerem de seus cavalos. Seu sangue ferveu quando viu Kieran colocar as mãos na cintura de Gillian com delicadeza para ajudá-la também.

Maldição, O'Hara! Ela não precisa de ajuda para desmontar, pensou.

Após deixá-la no chão, Kieran afastou do rosto de Gillian uma mecha de cabelo louro como o trigo. Niall se sentiu sufocar, mas desviando o olhar, tentou se acalmar. Não devia lhe importar o que acontecia entre eles. Ele tinha certeza absoluta de que não queria nada com Gillian; ou queria?

Mas o humor de Niall foi de mal a pior ao ver que tudo que Gillian olhava em qualquer barraca, Kieran comprava para ela. Esse martírio o estava fazendo travar uma batalha interna terrível e dolorosa.

Deus, dai-me forças, ou os matarei, pensava sem parar, tentando manter o controle.

Capítulo 11

No meio da manhã, depois de visitar várias barracas do mercado, decidiram entrar em uma taberna para se refrescarem. Niall tornou a praguejar ao ver Gillian beber da taça de Kieran. Por acaso não podia pedir uma cerveja para ela?

Cansado da visão que aqueles dois, com seus flertes e sorrisos, lhe ofereciam, fugiu de Diane e saiu da taberna sem dizer nada a ninguém. Precisava tomar um pouco de ar; se continuasse presenciando cenas desse tipo, desembainharia a espada e mataria Kieran e, com certeza, também a bruxa da Gillian.

Enquanto os homens terminavam suas bebidas e as mulheres conversavam, Megan e Gillian dirigiram-se a uma barraca que vendia lindos pingentes e anéis. Niall, ao vê-las sair, disfarçadamente as seguiu, sem que elas o vissem.

— Por Deus, Gillian! — sussurrou Megan. — Se Niall não reagir, com tudo que Kieran e você estão fazendo, não sei o que faremos.

— Na verdade, Kieran é um homem encantador. Acho que eu até poderia me apaixonar por ele — sussurrou Gillian, marota.

— Ai, meu Deus, não me assuste! — murmurou Megan.

Niall viu Gillian gargalhar e sorrir. Sempre havia gostado de seu riso cristalino. Adorava ver seus lindos olhos azuis se apertarem ao sorrir. Atraído como um ímã, caminhou para ela, desviando das pessoas que andavam ao seu redor.

— Megan, não se preocupe. Kieran só está tentando me fazer parecer feliz aos olhos do grosseiro do Niall, mais nada. Mas também digo uma coisa: eu prefiro me casar com Kieran que com Ruarke, aquele repugnante. Kieran pelo menos é bonito e sensual, coisa que o outro não é.

Niall ouviu as últimas palavras e ficou petrificado a poucos centímetros delas.

Bonito e sensual?, pensou cada vez mais contrariado.

Nesse momento, Gillian parou diante de uma das barracas e, estendendo a mão, pegou um anel lindo e delicado com uma bela pedra marrom-clara. Durante alguns instantes, Gillian, com um sorriso sonhador, ficou olhando o anel. Achando que era Megan quem respirava atrás dela, sussurrou:

— Que anel bonito! A pedra tem a cor dos olhos de Niall.

Ao escutar a confidência e a doçura da voz de Gillian, Niall engoliu em seco e, dando um passo para trás, afastou-se. O que estava acontecendo com ele? Por que as palavras adocicadas daquela malcriada o faziam se sentir tão mal?

Após admirar o anel por alguns instantes, por fim, apesar da insistência do vendedor, Gillian o deixou onde estava com pesar. De nada adiantaria recordar a cor dos olhos de Niall se não os podia ter. Depois de sorrir para o vendedor e lhe dizer pela décima vez que não o compraria, seguiu com Megan a outras barracas.

Terminadas as compras no mercado, o grupo decidiu voltar ao castelo de Dunstaffnage para almoçar. Diane parecia enfurecida. Niall não lhe dava atenção alguma. Só olhava para a idiota da Gillian e seu amigo.

Ela conhecia o passado daqueles dois e não estava disposta a permitir que se repetisse. Niall era dela. Contrariada, tentou atrair a atenção do homem reclamando constantemente de dor nas costas devido ao longo trajeto a cavalo. Não conseguiu, mas pelo menos ele olhou para ela.

— Quando ela se comporta assim, não a suporto — sussurrou Cris.

Sua meia-irmã era igual a sua madrasta. O que Diane estava fazendo era o mesmo que a mulher de seu pai fazia para que ele lhe desse atenção. Assim que seu pai elogiava algo que Cris havia feito, rapidamente aquela bruxa dava um jeito de fazê-lo esquecer para que ele só tivesse olhos para Diane.

— Ela reclama igual a Alana — riu Shelma, olhando para Megan. — Vê, as duas querem chegar ao castelo logo para se sentar entre almofadas.

Duncan sorriu. Era verdade o que diziam de Alana e Diane. Durante metade do caminho reclamaram de tudo, até do ar que respiravam.

— Elas são outro tipo de mulher. São mais delicadas — disse Duncan.

Megan cravou seus olhos pretos nele.

— Gostaria que eu fosse esse tipo de mulher? — perguntou.

Shelma olhou para seu marido também à espera de resposta.

Lolach e Duncan sorriram, e embora com sua primeira reação tenham tentado fazê-las acreditar no que não era verdade, por fim, caíram na gargalhada. Duncan se aproximou para dar um beijo no pescoço de sua mulher.

— Não, meu amor — sussurrou. — Eu gosto de você. Uma mulher que tem, entre muitas outras coisas, uma força e um gênio que me deixam louco.

Lolach, divertindo-se com a cara de Shelma, disse, fazendo-a sorrir:

— Mandona, se você não fosse assim, eu não te amaria tanto.

Gillian, cansada de seguir a trilha a trote, decidiu que já era hora de se afastar do grupo. Levou seu cavalo até o de seu irmão, que nesse momento estava conversando com Niall, e disse:

— Kieran e eu vamos desviar daqui. Nos encontramos no castelo.

Antes que Axel pudesse responder, Niall pegou com força a mão de Gillian e, fazendo com que o olhasse, sibilou, surpreendendo-os:

— Não acho uma boa ideia. É melhor que continue com o grupo.

Gillian, pasma, puxou com força sua mão.

— Eu não falei com você. Falei com Axel.

Inquieta devido ao suave contato com a pele dele, Gillian virou seu animal e se aproximou de Kieran. Esporearam os cavalos e começaram a galopar subindo a colina, como o diabo fugindo da cruz. Niall, furioso, observava-os e não os perdeu de vista nem um instante. Sabia que ela era uma boa amazona.

— Essa Gillian um dia nos dará um desgosto se continuar montando assim — suspirou Alana ao ver sua cunhada se afastar daquele jeito.

— Ela é como minha irmã. Não tem controle! — disse Diane, feliz por Gillian ter ido embora.

Cris, de seu cavalo, gritou para sua irmã, fazendo rir a todos menos a própria:

— Ei, Diane, cuidado com o que diz, *querida*.

— Eu penso que uma garota deve saber se comportar como uma dama — continuou Diane, sem dar atenção a Cris —, para que ninguém duvide de sua feminilidade. — E, olhando para Axel, acrescentou. — Alana comentou comigo que a sua irmã, além de cavalgar como vimos, sabe manejar a espada, é verdade?

— Oh, sim! Disso eu não duvido — brincou Cris olhando para Niall, que sorriu.

— Sim — assentiu Axel. — Ela é uma guerreira excepcional, bem mais hábil que muitos homens que conheço — concluiu ele, para desgosto de sua mulher.

Alana rapidamente disse, dirigindo-se a sua prima horrorizada:

— Mas nós proibimos Gillian de ensinar essas coisas a nossa filha. Eu adoro Gillian, mas acho que certas coisas só os homens devem fazer.

— Concordo com você, prima — assentiu Diane.

— Pois eu não — disse Cris.

— Nem eu — afirmou Megan, fazendo seu marido sorrir.

— Nem preciso dizer que eu também não — disse Shelma com cara de nojo.

Alana sorriu, e Diane acrescentou:

— Lamento escutar isso de vocês. De minha irmã eu já esperava, mas pensei que soubessem que certas coisas não são dignas de uma dama.

— Fecha essa boquinha, Diane. Fica mais bonita — censurou-a Cris.

— Escute, Christine — respondeu Diane —, só vou dizer que se um dia Gillian ou você tiverem que ser senhoras de seus lares, duvido muito que seus maridos gostem dessas habilidades que têm. Os homens querem mulheres femininas e delicadas, não embrutecidas.

Para irritação de sua irmã, Cris sorriu com sarcasmo. E Megan, olhando para seu marido e ganhando uma piscadinha, disse:

— Diane... acho que está muito equivocada.

— Não, não estou, não é verdade, Niall?

Mas ele não respondeu. Niall estava ocupado olhando disfarçadamente para os dois que se afastavam. Quando desapareceram, viu o deboche no rosto do irmão e da cunhada, e corou intensamente.

Capítulo 12

Depois de uma boa cavalgada pelas terras de Dunstaffnage, Gillian e Kieran voltaram ao castelo antes do almoço. Com as faces coradas devido à corrida divertida e à conversa que haviam tido, a jovem foi direto às cocheiras para deixar Thor, enquanto Kieran ficou na entrada conversando com um dos seus homens.

Após desmontar do enorme corcel negro, ela foi ver sua égua, Hada. Durante alguns segundos, Gillian lhe deu toda sua atenção e lhe fez carinhos. Quando virou-se para sair, deu de cara com Niall, que a olhava com um brilho especial nos olhos.

— Desculpa, não vi você — disse ela.

Sem sair do lugar, Niall lhe perguntou com voz dura:

— Gostou do passeio, milady?

A jovem, levantando o queixo, assentiu e sorriu. Isso fez o sangue do homem começar a ferver. O fato de não saber o que havia acontecido entre seu amigo e ela era uma tortura.

— Oh, sim! Eu me diverti muito.

Gillian tentou passar, mas Niall não permitiu. Então, deu um passo para trás para se afastar dele.

— O que está acontecendo?

— O que acha? — respondeu ele, aborrecido.

Estavam em pé de guerra. Niall soltava fogo pelo olhar, mas Gillian não estava com vontade de discutir.

— Poderia fazer o favor de me deixar passar, McRae?

— Não.
— Como?!
— Eu disse que não, malcriada!
— Tosco!
— Mimada!
— Grosseiro!

Niall mal a ouvia; só a observava. Como podia estar de novo nessa situação? Como podia ter cometido outra vez o mesmo erro? Tê-la diante de si, com as faces coradas, o cabelo despenteado e o desafio no olhar o deixava louco. Nunca a havia esquecido. Nunca se permitira esquecê-la. E depois daquele confronto dias atrás no campo, sua obsessão por ela se acentuara. Vê-la brandir a espada com tamanho fervor o excitara, e ele só podia pensar nesse calor e nessa entrega na cama. Sem pensar nem só um instante, ele a puxou para si e a beijou. Pegou-a pela cintura e, sem lhe dar tempo de protestar, capturou aquela boca gostosa e a devorou.

Fazia dias, meses, anos que ansiava esses lábios doces e suaves, e quando Gillian correspondeu ao beijo e começou a brincar com sua língua, ele se endureceu e soltou um grunhido de satisfação. Pegando-a no colo, beijando-a ainda, foi até o fundo das cocheiras. Ali ninguém poderia atrapalhar.

Usufruindo daquele momento de inesperado prazer, Gillian se deixou levar. Permitiu que ele a beijasse, que a abraçasse, que a levasse à semiescuridão das cocheiras, mal podendo respirar. Sentir-se nos braços dele era o que ela mais desejava. Não queria falar. Não queria pensar. Só queria beijá-lo e ser beijada. Fazer e receber carinho. Aturdida diante da sensualidade desse homem, ela se sentiu desmanchar quando os lábios de Niall percorreram seu pescoço.

— Gata... minha gata... — murmurava ele.

Ouvi-lo chamá-la desse jeito, de uma forma tão íntima, fez Gillian reagir.

— Sua gata!? — grunhiu, recordando Diane. Dando-lhe um empurrão, afastou-o.— E sua linda Diane, o que é para você? Como a chama?

Ao ver seus olhos ardentes de ciúmes, Niall sorriu. Adorava essa ferinha, admitindo ou não. Sentia-se excitado por seus arroubos, sua loucura, sua paixão. Na verdade, do que é que não gostava nela? Com vontade de continuar beijando-a, ele a apoiou em uma tábua e perguntou:

— Você não muda nunca, não é?

— Não, McRae — sibilou ela, arfando e olhando para aqueles lábios que queria capturar de novo.

Niall, incapaz de conter as centenas de acusações que guardava, aproximou-se um pouco mais dela.

— Ouvi dizer que foi cortejada por muitos homens — sussurrou ele, rouco.

— Ouviu bem. Homens não me faltaram.

Contrariado diante da arrogância dela, tentou intimidá-la perguntando:

— Se foi assim, por que os rejeitou?

Por você, maldito imbecil, pensou ela.

— Porque nenhum me agradava — disse. — Eu nunca quis casar com um homem que eu não admirasse. É uma boa resposta?

Niall gargalhou e, calibrando seu nível de intransigência, disse:

— Ah, claro! Por isso se diverte com os cavalariços, não é?

— Vai para o inferno, McRae!

Mas Niall continuou:

— Não quero desiludir você, querida Gillian, mas acho que Carmichael, seu futuro marido, deixa muito a desejar. Ou devo acreditar que o admira?

Ver a zombaria nos olhos e nas palavras dele, ainda mais sabendo que ele havia recusado a oferta de se casar com ela, fez Gillian pisar com toda a força no pé de Niall. Mas ele aguentou firme. Sem se alterar, tocou com delicadeza o rosto dela.

— Gillian, eu... — sussurrou.

Ouviram alguém entrar nas cocheiras, e nenhum dos dois se mexeu. Não queriam ser descobertos. Niall sorriu, e Gillian, agitada, sem vontade de conter seus impulsos, jogou-se sobre ele e o beijou com paixão. Ao diabo o que ele pensasse dela.

De repente, ouviram a voz de Kieran.

— Gillian, linda, está por aqui?

Niall ficou tenso e a afastou. Kieran esperou alguns instantes e, como ela não respondeu, foi embora.

— Desde quando Kieran te visita e te chama de *linda*?

A jovem, ao se sentir rejeitada, levantou o queixo e disse.

— Desde quando flerta com a idiota da Diane?

— Responde, Gillian — exigiu ele, furioso.

— Não, não tenho que te dar explicações.

— Não me irrite mais, mulher.

Dando-lhe um soco no estômago com todas as suas forças, ela grunhiu.

— Não te irritar mais? Há dias vejo que só presta atenção na Diane e só fala comigo para me humilhar e me desprezar. Sei que não sou uma santa, nem a melhor pessoa do mundo, e também sei que mereço o seu ódio e certas recriminações. Mas depois de tudo que venho tendo que suportar estes dias diante de minha família, pretende que eu te dê explicações?

Niall, surpreso diante dessa revelação, deu um passo para trás. Ela estava com ciúmes de Diane, e isso só podia significar que ainda sentia algo por ele. Mas ele não queria dar o braço a torcer e, apesar de querer muito estar com ela, controlando suas emoções, afirmou:

— Sim, Gillian. Exijo explicações.

— De quê? De agora? De anos atrás? De quê?

— De tudo.

Abalado por ter lhe revelado algo tão íntimo, ela sibilou:

— Pois não vou te dar nenhuma, McRae.

— Ah, não?

— Não, não vou dar.

— Acho que me deve explicações, Gillian. Você...

— Eu não devo absolutamente nada a você — interrompeu ela, mesmo sabendo que estava errada.

Niall sentiu vontade de gritar. Esse jogo estava acabando com sua pouca paciência. Tomando-a pelo braço com brusquidão, disse em tom duro:

— Maldição, Gillian! Você acabou com o nosso noivado sem me dar a oportunidade de me explicar. Eu queria morrer no campo de batalha, porque minha vida sem você não era nada. E agora, quando penso que nós dois não temos mais nada para falar, você pretende que eu dê explicações a respeito de Diane ou do que faço com ela?

Gillian o fitou, e Niall, muito irritado, urrou, decidido a deixar as coisas bem claras para sempre:

— Não, milady... não. Pode continuar se agarrando com seus cavalariços. Você é a última mulher a quem eu daria explicações sobre qualquer coisa, porque não é ninguém para mim.

Ele estava tão irado que Gillian não pôde responder. Quis lhe dizer tantas coisas, pedir-lhe tantas desculpas, mas seu orgulho não lhe permitiu. Ela e somente ela havia agido errado, e ambos estavam pagando o preço havia anos. Tomado pela fúria, Niall se afastou dela como se queimasse, e antes de sair da cocheira, acrescentou:

— Não sei o que estou fazendo aqui sozinho com você. E muito menos sei por que a beijei. Mas nada disso tornará a acontecer. Nunca! — gritou, colérico, fazendo-a se encolher. — Só espero que amanhã se case com esse Carmichael e que ele a leve para longe daqui. Assim, terei certeza de que jamais tornarei a ver você na vida.

Então, saiu, deixando-a sozinha e arrasada. Sem forças, Gillian se sentou em um monte de palha para se acalmar. Ele tinha razão em tudo, e ela nada podia fazer.

Capítulo 13

Naquela tarde, Axel organizou uma festa de aniversário no castelo para sua irmã. Queria vê-la feliz. Precisava vê-la feliz. No dia seguinte, sem que ele pudesse impedir, ela teria que se casar com o idiota do Carmichael.

Ele conhecia sua irmã e sabia que ela seria infeliz com aquele intrometido. Preocupava-se com o destino dela depois do casamento e, por isso, não conseguia dormir. Gillian não era uma mulher dócil, e Axel temia que em um dos seus arroubos acabasse com a vida de Carmichael, e ela própria acabasse decapitada.

Com curiosidade, procurou Niall pelo salão. Viu-o conversando com Ewen, seu homem de confiança, e Duncan. Parecia descontraído, mas Axel o conhecia e sabia que quando Niall virava o pescoço para os lados era porque estava tenso. Era o mesmo movimento que sempre fazia antes de entrar em batalha. De certo modo, isso o fez sorrir.

Ainda pode haver esperança, pensou, pegando de novo uma caneca.

Nos aposentos superiores do castelo, Megan conversava com Gillian enquanto ela acabava de se vestir.

— Não seja cabeça-dura, Gillian. Eu me recuso a pensar como você.

Furiosa ainda pelo que havia acontecido mais cedo, Gillian andava de um lado para o outro como uma leoa enjaulada. Seu tempo estava acabando, e os resultados eram nefastos. Mais cedo, depois de se acalmar nas cocheiras, havia procurado Niall por todos os cantos do castelo para falar com ele, mas não o encontrara. Precisava lhe pedir perdão e lhe dizer que ele tinha razão. Ela era a culpada por suas desgraças. Queria gritar que o amava. Mas tinha sido impossível. Ele estava ocupado com Diane.

— Eu o odeio! — gritou Gillian, jogando a escova na porta. — Por que ele está se comportando assim?

— Você provocou, Gillian — censurou-a Megan. — Você mesma fez a situação chegar a esse ponto.

— Eu não sabia do trato de meu pai com esse Carmichael!

— Não me refiro a isso, e você sabe — gritou Megan, pondo as mãos nos quadris.

Gillian assentiu e se aproximou da janela. Megan tinha razão. Apoiando-se no peitoril, murmurou:

— Sabe o que Niall me dizia quando estávamos noivos?

Megan notou a mudança no tom de voz de sua amiga e se aproximou. Pegando-lhe a mão com carinho, disse:

— Conhecendo meu cunhado, tenho certeza de que devia ser alguma bobagem.

Gillian sorriu.

— Dizia: "Quando nos casarmos, nosso lar será uma ilha de amor no meio da extensa planície".

— A extensa planície? — repetiu Megan.

Gillian assentiu.

— Nosso lar ficaria no alto de uma pequena colina cercada por uma extensa planície. Lembro que eu dizia que gostaria que essa planície estivesse coberta de flores coloridas, e ele ria e respondia que sua flor mais bonita era eu.

Surpresa diante da revelação, Megan suspirou. Ficava triste por ver duas pessoas que amava nessa situação. Ia responder, mas nesse momento ouviram umas batidas na porta. Atônitas, viram que era Diane.

— Posso entrar?

— Claro que sim, Diane, entre — disse Gillian, serena.

Essa era a última pessoa que ela queria ver, mas decidiu ser gentil. A garota não lhe havia feito nada.

Diane entrou. Estava linda. Usava um vestido vermelho-vivo que se ajustava perfeitamente a seu corpo magro e sensual, e o cabelo ruivo estava preso com uma tiara de flores. Era uma mulher muito bela, isso ninguém podia negar.

A recém-chegada, depois de olhar para Megan, que a observava descaradamente, disse a Gillian:

— Podemos conversar um instante a sós?

Megan lançou-lhe um de seus olhares e, a seguir, disse para sua amiga:

— Gillian, espero você no salão. Não demore, certo?

— Sim, Megan; não se preocupe, descerei logo.

Já sozinha no quarto, Gillian a convidou a falar:

— Pode falar, Diane.

A garota se aproximou e disse, surpreendendo-a:

— Preciso saber se entre Niall e você existe algo mais que amizade. Faz algum tempo que sei que no passado foram noivos, mas que o compromisso foi rompido.

— Sim, é verdade — assentiu Gillian, sentindo um nó no estômago.

— Ainda o ama? Porque se assim for, quero que saiba que não vou permitir. Niall me interessa, e penso que sou uma excelente mulher para ele, não acha?

Perplexa, com o coração acelerado, Gillian respondeu:

— Em primeiro lugar, acho que é um atrevimento que fale comigo nesse tom. Em segundo lugar, você não é ninguém para me permitir ou não absolutamente nada, e em terceiro lugar, o que eu sinto ou não por Niall não te diz respeito.

Diane, com desprezo, aproximou-se ainda mais de Gillian e, evidenciando a baixa estatura desta, sibilou:

— Diz respeito a mim, sim. Eu disse que o quero para mim, e sua presença me incomoda.

O sangue de Gillian começou a ferver. Quem era essa aí para falar assim com ela? Sem que a altura de Diane a amedrontasse, Gillian perguntou:

— Está com ciúmes, Diane?

Com a voz seca devido à fúria, ela cravou seus olhos verdes em Gillian.

— Não vou permitir que estrague o que Niall e eu cultivamos faz tempo. Se eu vim com ele, foi porque sabia que você estaria aqui.

Gillian sorriu.

— Este é meu lar, Diane. Onde queria que eu estivesse?

— Quem dera já estivesse nas terras dos Carmichael! Tenho certeza de que seu casamento com Ruarke fará com que Niall esqueça você.

Gillian ficou desconcertada.

— Tem tanto medo assim do que ele pode sentir por mim? — perguntou, desafiando-a com o olhar.

Diane a empurrou e Gillian caiu em cima da cama. Antes que pudesse evitar, Diane a pegou pelo cabelo e disse pertinho de seu rosto:

— Afaste-se de Niall. Não vou permitir que uma insolente como você, neta de uma maldita *sassenach*, o tire de mim. Ele é meu. Meu!

Gillian, furiosa, tirou a adaga da bota e, pondo-a no pescoço de Diane, gritou, morrendo de vontade de cravá-la na moça:

— Solte-me, ou vai pagar por isso, maldita vadia!

Assustada ao sentir o frio da lâmina em seu pescoço, Diane se afastou com rapidez e se liberou. Gillian, com a adaga ainda na mão, levantou-se e, cravando seus olhos azuis cristalinos e frios em Diane, urrou, fora de si:

— Saia do meu quarto antes que eu decida cortá-la em pedacinhos! Você não é ninguém para me dar ordens ou exigir qualquer coisa, absolutamente ninguém. E vou avisá-la uma única vez: da próxima vez que sua boca mencionar minha avó, corto sua língua. Não esqueça!

Branca como a neve, Diane fugiu sem olhar para trás. Gillian, ainda confusa pelo que havia acontecido, guardou a adaga na bota. Tinha certeza de que ganhara uma inimiga.

Capítulo 14

Após o episódio com Diane, Gillian retocou o penteado e saiu do quarto. Conforme ia descendo a escada circular de pedra cinza, o som das gaitas ficava cada vez mais perto. A raiva transparecia em seu rosto, de modo que ela decidiu sentar-se em um dos degraus gastos e se acalmar até parar de tremer.

Abaixando a cabeça, apoiou-a nos joelhos, e sentiu uma vontade louca de chorar. O que havia feito? Como podia ter destruído sua vida e a de Niall? O que faria? O dia de seu aniversário estava acabando e cada vez sentia mais próximo o hálito podre de Ruarke. Pensar nele a deixava doente, mas tinha que cumprir a promessa de seu pai, mesmo que isso a levasse diretamente ao túmulo.

— Gillian, o que faz aqui? O que aconteceu? — perguntou Kieran de repente.

Levantando a cabeça, Gillian encontrou aqueles olhos azuis e, dando de ombros, sussurrou:

— Acho que estou lutando contra o impossível. O dia está acabando e meu casamento...

Kieran sorriu. Seu amigo teimoso e aquela mulher eram feitos um para o outro. Tomando-lhe o rosto nas mãos, ele perguntou para animá-la:

— Decidiu se render, linda? Porque se assim for, eu ficaria decepcionado. A Gillian de quem Niall sempre me falava era uma garota divertida, romântica, falante, carinhosa e, acima de tudo, não se rendia diante de nada nem de ninguém.

— Essa Gillian de que está falando, de certo modo, não existe mais — sussurrou ela, levantando-se. — Eu mudei e...

— Isso quer dizer que quer se casar com Ruarke Carmichael?

Ao ouvir esse nome, Gillian levou as mãos ao estômago.

— Não, não quero me casar com ele. Mas o dever me obriga.

Kieran levantou-lhe o queixo com uma mão.

— Ainda há tempo, Gillian. Pense bem.

— Foi um pacto que meu pai fez, e não vou desonrá-lo. Além do mais, ninguém quer se casar comigo. Nestes últimos anos, eu ganhei o apelido de Desafiadora. E sabe por quê? — Ele negou com a cabeça, e ela prosseguiu: — Fiquei tão furiosa com Niall e comigo mesma que me comportei muito mal com todos os homens que se aproximaram de mim. E por isso, cedo ou tarde, se paga, não é verdade?

— Está falando sério? — perguntou, sorrindo.

— Sim. Se quer saber o que pensam de mim, pergunte... pergunte.

Maravilhado diante de tanta sinceridade, Kieran respirou fundo e disse:

— Gillian, se quiser, posso te ajudar oferecendo-te minha casa, meu sobrenome, minhas terras e...

— Como?! — interrompeu ela, desconcertada.

O highlander deu de ombros.

— É isso mesmo. Eu sei que não me ama nem eu a você, mas se quiser...

— Ficou louco?! — sussurrou ela, olhando-o diretamente nos olhos. — Que ideia é essa de me propor uma coisa dessas?

— É para ajudar você...

Sem deixá-lo terminar, Gillian começou a blasfemar de tal maneira que Kieran ficou sem palavras. De repente, ela parou.

— Kieran O'Hara, nunca mais diga isso a mulher nenhuma, até que encontre a pessoa certa — e dando-lhe um tapa que o fez rir, prosseguiu: — Você é um homem atraente, além de um guerreiro corajoso e muitas outras coisas mais, e tenho certeza de que um dia encontrará a mulher certa que te fará muito feliz.

Satisfeito com o que ouvia, ele gargalhou. Em seus quase trinta anos, apesar de ser um highlander bastante cobiçado pelas mulheres, nenhuma havia deixado marcas nele. Romantismo não era seu forte.

— Por acaso não acredita no amor, Kieran?

— Não.

— Nunca sentiu que a presença ou o olhar de uma mulher te tirava o fôlego, e que sua existência murchava ao deixar de vê-la?

— Nunca.

— Impossível.

— Não, Gillian, não estou mentindo.

A jovem não podia acreditar no que ouvia.

— Por todos os santos, Kieran! Como um homem tão sedutor como você pode não acreditar no amor?

— Talvez porque ninguém me fez senti-lo.

— Se vovô escutasse você, diria que sua mulher está em algum lugar esperando que sorria para ela.

— Seu avô Magnus é sensível demais para meu gosto — disse Kieran com ironia.

— Não, Kieran. Meu avô se apaixonou por sua Elizabeth. Ele me contou que quando sentiu que não podia parar de olhar para ela nem se afastar dela, soube que era sua mulher. Você deve encontrar essa mulher. Tenho certeza de que ela está em algum lugar esperando que um highlander bonito e valente como você a encontre. — Ele sorriu. — Prometa-me que vai procurar por ela, senão, eu vou procurar por você. Oh, Deus! Às vezes os homens são tão imaturos.

— Tudo bem, linda — gargalhou Kieran ao reconhecer a Gillian de quem tanto ouvira falar.

— Ora, Kieran, como pode pensar uma coisa dessas? — Ao ver que ele continuava sorrindo, erguendo o dedo, afirmou: — Não desejo me casar com você e nunca me sentirei mulher de Ruarke, aquele idiota, porque só me casarei por amor. E se não for assim, para mim nunca será verdadeiro. Eu adoro Niall, aquele cabeça-dura, desesperadamente — sussurrou. — Sempre o amei e sempre o amarei. E só de pensar que outro beije meus lábios ou toque minha pele, ah... fico doente.

Kieran soltou uma gargalhada que retumbou pela escada. Acrescentou:

— Fico feliz por saber que aquele cabeça-dura tinha razão. Você é uma mulher de gênio forte e romântica.

— Segundo ele, sou uma malcriada — respondeu Gillian.

Enquanto ambos riam, apareceu Megan, que estava subindo em busca de Gillian. E ao vê-los sentados na escada, perguntou:

— Posso saber o que estão fazendo aqui?

Gillian, com um sorriso nos lábios, levou as mãos aos quadris.

— Você acredita que Kieran está disposto a se casar comigo para que eu não me case com Ruarke, aquele ignorante?

Incrédula e surpresa, Megan olhou para o homem. E ao ver a cara dele, disse, fazendo-o rir com mais vontade:

— Kieran, quando vai aprender isso que você chama de a arte da caça? — E acrescentou, pensativa — Mas talvez não seja má ideia fazer com que os outros acreditem que isso pode acontecer de verdade.

— Não, nem pensar — sentenciou Gillian.

— Calada, sua chata! — grunhiu Megan. — Não vê que uma notícia dessas pode fazer Niall reagir?

— Megan! — suspirou Kieran — Pretende que os selvagens McRae passem metade da vida me surrando?

— Não, eu não quero isso — reconheceu Megan.

— Mas você viu como são os homens de Niall, não é? — perguntou o highlander de novo.

Pondo as mãos na cintura, Megan se apoiou na parede da escada e disse:

— Vejamos, Kieran, você não acabou de pedir Gillian em casamento?

— Mulher... eu sabia que ela diria não. Basta conhecê-la um pouco para saber que se não for com Niall, ela não se casará com ninguém.

A saída do rapaz fez as mulheres gargalharem. Gillian, dando-lhe um tapa, murmurou:

— Pois, veja só... estou começando a pensar a respeito. Você não é uma opção tão ruim.

— Obrigado, linda — riu o homem.

Megan, espantada diante do senso de humor de ambos, olhou para eles e grunhiu:

— Querem parar de brincadeira? O tempo está se esgotando.

— Megan... não podemos fazer nada, não vê? — murmurou a loura ao ver sua amiga de cenho franzido.

— Não vou permitir que destrua sua vida e a de Niall de novo, está ouvindo? — E olhando para Kieran, disse: — E você... é a única salvação deles.

O highlander, suspirando com resignação, olhou para as mulheres.

— Tudo bem — aceitou. — Pode contar comigo. Mas que fique registrado que você vai sofrer as consequências dos maus bocados que eu tiver que passar.

— Eu não vou permitir que isso aconteça — disse Gillian. Mas ao ver como aqueles dois se olhavam, sussurrou: — Estão me assustando.

— Eu acho que seria uma linda senhora O'Hara.

— Já disse que não.

Mas Megan tinha certeza de que isso resolveria o grave problema.

— O que pensa que meu querido cunhado fará quando souber que vão se casar?

— Vai me matar, certeza — debochou Kieran.

— Mas eu não vou me casar com você — defendeu-se Gillian.

Ele, alegre, tomou-lhe a mão.

— Lute pelo que quer e mostre a esse burro que tipo de mulher é. Sorria, divirta-se, dance na frente de Niall. Eu o conheço, e sei que ele não vai poder afastar os olhos de você. É valiosa demais para que ele deixe que outro se apodere de você.

— Mas...

— Vamos descer para sua festa — continuou Kieran. — Vamos nos divertir e fazê-lo acreditar que vai se casar comigo antes que a noite termine. Se Niall não reagir diante disso, não reagirá diante de nada.

— Que ideia fantástica! — assentiu Megan.

— Mas... mas... eu não posso...

Kieran, certo de que dormiria com um olho roxo, no mínimo, desceu os degraus e não a deixou terminar a frase.

— Gillian, espero você no salão, certo?

A garota, pálida, assentiu, e Kieran, com um sorriso espetacular, desapareceu.

— Vamos... tenho que falar com Shelma, Alana e Cris para que nos ajudem — urgiu Megan.

— Ai, Deus! Acho que vamos causar uma grande confusão.

Decidida, Megan beliscou as bochechas de sua amiga, que estavam pálidas, e, segurando sua mão com força, puxou-a.

— Melhore essa cara, e que São Fergus nos proteja.

— Espero que sim — acrescentou Gillian.

Instantes depois, as duas desciam de mãos dadas a escada circular de pedra cinza, à espera de que um milagre acontecesse.

Capítulo 15

Quando Megan e Gillian apareceram no salão, os convidados começaram a dar os parabéns à aniversariante. Gillian sorria, feliz, até que viu Ruarke a observar de longe. Rapidamente, ela afastou o olhar. No fundo do salão, Niall conversava com a insuportável Diane. Nervosa, procurou Kieran. O jovem highlander estava com Axel, e pela expressão de seu irmão, intuiu sobre o que estavam conversando.

— Ai, Deus! Ai, Deus! — sussurrou para si mesma.

Megan lhe deu uma caneca de cerveja e, depois de fazer com que Gillian a tomasse inteira, incitou Myles, um dos guerreiros de seu marido, a dançar com ela. Ewen, o homem de confiança de Niall, observava-os.

Gillian, incapaz de recusar o convite, começou a dançar com Myles. Acabada essa dança, o belo Kieran se aproximou dela e, diante de vários guerreiros, disse:

— Gillian, meu coração, dança comigo?

Ewen, testemunha do tratamento tão carinhoso entre os dois, não perdeu tempo e foi até Niall para lhe contar.

— Sorria, linda. Seu amado McRae está nos olhando — cochichou Kieran.

Um sorriso iluminou o rosto de Gillian. Niall começou a andar pelo salão, observando-os. Desde que a beijara nas cocheiras, não conseguira tirá-la nem um instante da cabeça. E ali estava ela, diante dele, com aquele sorriso que sempre o deixara louco. Vê-la dançar era um deleite para a vista. Gillian era uma exímia dançarina, e a graça que punha em cada movimento o deixava excitado.

— Niall, quer dançar? — perguntou Diane, aproximando-se.

— Não, Diane, agora não — respondeu ele, categórico, ao ver que começava outra música e Gillian continuava dançando com Kieran.

Maldito O'Hara! Adora arranjar encrenca, pensou ao vê-lo colocar possessivamente a mão na cintura de Gillian.

— Quer dar uma volta? — Diane voltou ao ataque.

Mas Niall não a escutava. E a jovem, caprichosa, ciente de que ele observava Gillian, sentiu-se ignorada e levantou a voz:

— Niall! Estou falando com você.

Fitando-a de cenho franzido, o highlander praguejou.

— Diane, vá dançar com outro. Eu não quero dançar — disse, sem se importar com seus modos.

Nesse momento, chegou Megan. Olhando para Diane, pegou o braço de seu cunhado.

— Niall, vem dançar comigo.

Sem negar, Niall a seguiu, e Megan o levou bem para o lado daqueles que ele observava. Quando ouviu o riso cristalino de Gillian, Niall sentiu seu coração se despedaçar. Ela estava linda de vestido amarelo. Até parecia feliz. Isso o alertou. Ele a conhecia e sabia que, depois do que havia acontecido nas cocheiras e seu casamento iminente, ela deveria estar contrariada com a situação. Mas não, parecia contente. Com uma expressão dura, Niall cravou os olhos nos de Kieran, mas este nem olhou para ele. Só tinha olhos para Gillian. *Sua Gillian*.

Megan, deliciando-se com o momento, cochichou:

— Niall, quero sua opinião sobre uma coisa.

— Pois não.

— Hoje de manhã, andei olhando a ferida da égua de Gillian e acho que ela ainda deveria descansar uns dias antes de viajar. O que acha?

Niall olhou para a cunhada. Por que essa pergunta agora?

— Sim. O ferimento é bastante profundo, e se a égua cavalgar, tornará a abrir. Ela precisa de repouso.

— Foi o que pensei — assentiu Megan com graça, vendo Diane os observar. — A propósito, Diane McLheod é sua noiva?

— Não — respondeu Niall, categórico, cravando o olhar em sua cunhada.

— Certeza?
— Sim.
— Então, por que...
— Chega, Megan! — interrompeu ele.

Não estava de bom humor. Dando-lhe um tapa no braço, Megan chamou sua atenção.

— Por que me bateu? — protestou ele.
— Porque mereceu — sibilou ela. — Desde que chegou a Dunstaffnage deixou de ser você mesmo e se transformou em um resmungão, como fica meu amado Duncan de vez em quando.

Niall teve que sorrir. Sua cunhada morena e maluca que havia entrado na vida deles anos atrás sempre o animava.

— Niall, onde está seu sorriso e seu maravilhoso senso de humor?
— Talvez eu não tenha motivos para sorrir nem brincar — respondeu ele, mudando de expressão ao ver Gillian cochichar com Kieran.
— Por São Ninian! — sussurrou Megan. — Se olhares matassem, a McLheod já teria me assassinado.

Niall se voltou para Diane e se surpreendeu ao ver seu olhar frio. Mas assim que ela se deu conta de que ele a observava, rapidamente o calor voltou ao seu rosto.

— Não se preocupe, eu nunca permitiria isso — murmurou ele, olhando de novo para Gillian.
— Nem eu — sussurrou Megan com segurança.

Nesse momento, chegou Duncan, galante, e parou na frente de seu irmão.

— Permite que eu dance com minha mulher? — pediu com segurança.

Niall sorriu e lhe cedeu a mão de Megan.

— É toda sua, irmão.

Duncan, com uma expressão cativante que fez Megan tremer, sussurrou enquanto a tomava e a aproximava de si:

— Sempre minha.

Alegre diante da paixão permanente de seu irmão e sua cunhada, Niall se afastou para falar com Ewen. Instantes depois, percebeu que Gillian havia parado de dançar e conversava na lateral do salão com o padre Gowan.

Depois de dar ordens a Ewen para que mantivesse Diane longe dele, sem perder Gillian de vista, caminhou até uma das grandes mesas de madeira para pegar uma caneca de cerveja. Começou a beber, e logo se deu conta de que Alana, Cris e Shelma estavam sentadas não muito longe dele e pareciam cochichar. Disfarçadamente, aproximou-se.

— Tem certeza? — sussurrou Shelma.

Alana, com uma expressão de contrariedade no rosto, assentiu.

— Axel acabou de me contar. Kieran e Gillian decidiram se casar antes do fim da noite, e como o padre Gowan está aqui, ele oficiará a cerimônia.

Niall ficou boquiaberto e nem se mexeu, até que viu Gillian e Axel abandonando o salão. Aonde estava indo aquela louca?

— Que emocionante! — exclamou Cris ao ver a expressão de Niall.

— Oh! — sussurrou Shelma, dando-lhe uma piscadinha. — Não acha muito romântico que Kieran entregue sua vida a Gillian para que ela não tenha que se casar com aquele Ruarke fedido?

— Sim, Shelma — assentiu Alana, enxugando os olhos. — Acho que é muito romântico. Mas o amor vai chegar para eles, tenho certeza. Ambos são jovens e têm a vida toda pela frente para se conhecer. Além do mais, Gillian será muito mais feliz com ele que com Ruarke, e como disse Diane, terão filhos lindos.

Soltando de súbito sua caneca na mesa, Niall deu por concluída a intromissão. Seu coração batia a uma velocidade desenfreada enquanto caminhava para a saída em busca de explicações.

Nesse momento, Shelma, Cris e Alana se voltaram para Megan, e esta, dando-lhes uma piscadinha, sorriu. Duncan, ao ver que sua mulher de repente começava a rir, olhou para ela.

— Do que está rindo, meu amor? — perguntou com estranheza.

Feliz porque seu plano parecia estar funcionando, ela o beijou sem se importar com quem estivesse diante deles. E, com olhos cintilantes, disse enquanto o puxava:

— Duncan, vem... vamos.

O homem a seguiu, e se surpreendeu quando viu que seu avô, mancando, e o velho Magnus iam atrás deles. Por sua vez, Shelma puxava Lolach. Todo esse movimento chamou a atenção de Ewen, que se afastou de Diane disfarçadamente para segui-los.

Já tendo saído do salão, Duncan, com um puxão, deteve sua mulher e perguntou:

— Aonde vamos, Megan?

— Corre, Duncan — cochichou ela, excitada. — Niall caiu na armadilha e vai se casar.

Duncan levantou as mãos ao céu. Quando o resto do grupo chegou a eles, olhou para sua mulher e, erguendo a voz, rugiu:

— Megan, por todos os santos, o que você fez?

Sem se acovardar diante dos impressionantes olhos verdes e irados que seu marido cravava nela, respondeu:

— Eu fiz o que devia fazer para que duas pessoas que eu amo muito fiquem juntas de uma vez por todas.

Duncan não podia acreditar no que ouvia, e gritou ao recordar o que seu irmão pretendia fazer essa noite:

— Maldição, mulher! Você estragou tudo.

— Nada disso — disse Shelma diante da cara de susto de Cris.

— Mas o que você fez? — grunhiu Lolach.

— Como sempre, nos meteram em problemas — disse Duncan.

Lolach, entendendo o que estava acontecendo ali, levou as mãos à cabeça e blasfemou. O plano que haviam traçado estava indo por água abaixo.

Megan, sem saber o que Lolach, Duncan e Niall pretendiam fazer, olhou para seu marido e disse:

— O que esperava? Que eu permitisse que Gillian se casasse com aquele Ruarke idiota sabendo que ela ama o cabeça-dura de seu irmão e que ele a ama também?

— Megan tem razão — assentiu Marlob.

— Vovô, por favor — grunhiu Duncan, desesperado. — Não lhe dê razão como sempre.

— Pois eu penso como elas também — sorriu Magnus. — Minha neta e Niall foram feitos um para o outro, e acho que é uma boa opção que se casem.

Ewen, semioculto nas sombras, correu para a capela. Tinha que avisar Niall da armadilha.

— Vocês ficaram loucos? — gritou Lolach.

Shelma cravou o olhar nele e disse sem delicadeza alguma:

— Lolach McKenna, nunca mais insinue algo assim sobre nenhum de nós, senão teremos problemas.

Duncan e Lolach se entreolharam, incrédulos. Todos haviam ficado malucos?

— Vamos... vamos depressa, meus jovens, ou vamos nos atrasar, e não quero perder esse casamento — urgiu Magnus.

Duncan, espantado ao ver os velhos tão felizes, olhou para sua intrépida mulher e disse:

— Eu não gostaria de estar na sua pele, minha querida, se esse enlace der errado.

Dando um suspiro divertido, Megan pegou a mão de seu marido com força.

— Se esse enlace der errado como o nosso, eu me darei por satisfeita — sussurrou, fazendo um carinho no marido.

Sem dizer mais nada, todos se dirigiram à pequena capela do castelo de Dunstaffnage. Um casamento seria celebrado ou não?

Capítulo 16

Com os nervos à flor da pele, Gillian não parava de olhar em direção à porta da capela, enquanto o padre Gowan bufava e Kieran sorria como um bobo no altar.

— Padre Gowan, estou meio nervoso — debochou o suposto noivo.

Enxugando o suor da testa com um lenço que tirou de seu hábito, o homem suspirou.

— Filho... ainda não sei o que estou fazendo, mas confesso que quando minha querida Megan me pediu, não pude lhe dizer não.

Todos riram. Ainda não conheciam ninguém que Megan não houvesse conseguido convencer quando queria.

— Kieran — advertiu Axel, olhando para ele —, se Niall não aparecer, eu te obrigarei a casar com minha irmã. Não vou permitir que Ruarke a humilhe quando souber disto, entendeu?

— Fique tranquilo, Axel, aquele cabeça-dura vai aparecer. Senão, eu vou me casar com ela.

— Não, não vai se casar comigo. Não vou consentir — disse Gillian.

— Cale a boca — replicou Axel.

— Eu não vou me casar com Kieran, não me importa o que diga — disse, voltando-se furiosa para seu irmão.

A expressão infantil e a teimosia de Gillian fizeram os homens sorrirem e Kieran aproveitou para recordar-lhe:

— Isso é exatamente o que tem que dizer a Niall para que ele insista em se casar. Não esqueça.

Nesse momento, ouviram passos rápidos se aproximando. Kieran, pegando com rapidez as mãos de Gillian, sorriu.

— Desejo que seja muito feliz, linda — sussurrou, dando-lhe um beijo no rosto.

Como se um vendaval houvesse aberto as portas da capela, surgiu Niall. Seus olhos castanhos soltavam faíscas e se cravaram naqueles que se olhavam nos olhos de mãos dadas diante do padre Gowan. Sem se deter, Niall foi até eles e, com brusquidão, deu um soco na cara de Kieran, fazendo-o cair para trás. Axel foi ajudá-lo.

Niall, enfurecido, voltou-se para Gillian, trêmula, que olhava para ele. Estava tão pálida quanto o padre Gowan.

— Você não vai se casar com ele! Eu te proíbo! — gritou.

A garota quis falar, mas pela primeira vez na vida não conseguiu. Niall fora impedir seu casamento. Isso só podia significar que ainda a amava.

Niall, ainda mais irado ao ver que ela não dizia nada, tomou-lhe o braço com brutalidade e, olhando para Axel e Kieran, vociferou:

— Se alguém há de se casar com ela, esse alguém sou eu.

Como Axel assentiu sem um pio, Niall se sentiu seguro.

— Eu não vou me casar com você, McRae. Você é o último homem que me desposaria — murmurou Gillian, trêmula, após um aviso de Kieran.

Niall voltou seus olhos ferozes para ela e bufou:

— Gillian, não vou permitir que se case com outro homem que não seja eu.

Ewen entrou na capela a passos largos e se aproximou do furioso Niall.

— Precisamos conversar — sussurrou.

— Agora não, Ewen — respondeu Niall. — Depois.

— Mas, meu senhor...

— Eu disse agora não, Ewen! — urrou Niall, contrariado.

Atônita diante do tom de voz de Niall, Gillian ia se afastar, mas ele pegou sua mão com força, puxou-a e, tendo-a debaixo de seu semblante assustador, disse:

— Não vou repetir o que já disse, Gillian. Não me subestime.

Então, apareceram Megan, Duncan e todos os outros, que, depressa, se sentaram. Ewen trocou um olhar significativo com Duncan e, a seguir, deu de ombros e se posicionou na lateral da capela. Instantes depois, chegaram os barbudos de Niall, que, ao vê-lo no altar com aquela jovem, surpreenderam-se.

Duncan, incapaz de se calar e fazer o jogo de sua mulher, levantou-se, para horror dela.

— Niall, preciso falar com você.

— Agora não, Duncan.

— É importante. Muito importante — insistiu Duncan, consternado ao ver que a capela se enchia de gente.

Precisava falar com ele a sós. Mas Niall não queria escutar ninguém. Só queria uma coisa: casar-se com Gillian antes que qualquer outro o fizesse. Por fim, depois de insistir mais algumas vezes, Duncan se sentou, diante do olhar triunfal de sua mulher.

— McRae — provocou Kieran, passando a mão no rosto —, se continuar pensando, no final, eu vou me casar com ela.

— Só por cima do meu cadáver — urrou Niall diante de todos. — Eu vou me casar com Gillian e ninguém vai me impedir.

— Tem certeza, Niall? — perguntou Marlob.

— Sim, vovô. Tenho certeza.

— Pense bem no que vai fazer, rapaz — disse Magnus. — É com minha linda neta que vai casar, e não quero que depois diga que foi obrigado ou ludibriado.

Com um olhar de predador que deixou Gillian arrepiada, ele assentiu, e disse diante de todos os presentes:

— Eu sei muito bem o que estou fazendo.

Megan quase aplaudiu, enquanto seu marido praguejava. Aqueles dois velhos astutos estavam enrolando Niall. Com aquelas perguntas, haviam conseguido fazer o seu cunhado manifestar diante de todos sua vontade e desejo de se casar deliberadamente com Gillian.

— Pois que assim seja — assentiu Axel, feliz.

Instantes depois, a tensão ainda pairava no ambiente. E quando a pequena capela já estava transbordando de gente, Niall olhou para trás e percebeu que sua adorada cunhada piscava para Kieran e este assentia satisfeito. Então, olhou para Axel, que desviou o olhar. Já os dois velhos, cochichavam, satisfeitos.

De repente, Niall teve um estranho pressentimento, e ao olhar para Ewen e depois para Duncan e vê-los balançar a cabeça, blasfemou em silêncio. Como se houvesse levado uma chicotada, entendeu tudo. Haviam brincado com ele, haviam-no enganado, e agora já não havia volta.

Sentindo-se um imbecil por não ter percebido a armadilha, cravou seus olhos escuros em Gillian, e pela tensão que percebeu em seu rosto, soube que ela havia lido sua mente. Ao vê-la pedir ajuda a Kieran com olhos assustados, ele endureceu a voz e disse ao homem que o olhava com um sorriso estúpido:

— Pare de sorrir, O'Hara, porque quando eu sair desta capela, vou matá-lo! Maldito bastardo!

— Niall, não vou permitir que blasfeme na casa de Deus — censurou o padre Gowan.

— O senhor sabia, não é? — sibilou Niall, olhando para o padre.

— O que, filho? — perguntou o padre Gowan angustiado, enxugando o suor da testa com um paninho.

Duncan e Lolach se entreolharam e entenderam que Niall havia acabado de se dar conta da armadilha; mas já não podiam fazer nada. O futuro cunhado olhou para Axel e, com voz profunda, disse:

— Espero que com isto todas as minhas dívidas com você fiquem saldadas.

— Claro que sim — assentiu Axel.

Com ar desafiador, Niall se voltou para Gillian do alto de sua estatura, e ela quase soltou um grito quando o ouviu dizer:

— Padre Gowan, pode começar a cerimônia.

— Não! — gritou Gillian, assustada.

— Sim.

— Não...

— Sim. — E erguendo-a contra seu corpo, sibilou em seu ouvido: — Que foi, gata? Já estou onde queriam você, o idiota de Kieran e certamente mais alguns. Agora vai dar para trás?

Gillian se arrepiou inteira. Ele sabia da verdade. Sabia da armadilha. Com um sorriso frio, ao ver que ela não respondia, Niall sussurrou:

— Eu prometo que vai chorar dia e noite por não ter se casado com Ruarke Carmichael. Eu farei que sua vida seja tão insuportável quanto você fez a minha.

Gillian estava à beira da histeria. Aquele deveria ser seu príncipe, não seu carrasco. Esse casamento era o que sempre havia desejado, e, de repente, tudo se transformara em um verdadeiro pesadelo. Assustada, olhou para seu irmão em busca de auxílio, mas não o recebeu. O que podia fazer?

O padre Gowan começou a cerimônia e perguntou quem entregaria Gillian.

— Eu, seu irmão, Axel McDougall.

Horrorizada, Gillian tentou se voltar para o irmão, mas dessa vez Niall não lhe permitiu. Segurava-a de tal maneira que ela não podia se mexer. Enquanto o sacerdote falava sobre o sacramento do matrimônio, Gillian, quase sem poder respirar, sussurrou:

— Solte-me agora mesmo, McRae, e vamos acabar com isto.

A resposta de Niall foi o silêncio.

— Niall McRae, aceita lady Gillian McDougall como sua legítima esposa? — perguntou o padre Gowan.

Gillian se sentiu desfalecer. A vida inteira esperando ouvir essa frase, a vida toda amando-o, e agora compreendia que esse casamento era um erro terrível.

Niall olhou para ela. E sorrindo ao vê-la tão desesperada, respondeu categórico:

— Aceito. Claro que aceito.

O padre Gowan pegou a mão de Gillian e, tomando a de Niall a seguir, fez que ela pusesse no dedo dele um lindo anel que havia pertencido a seu pai. Triste por ver o anel, que ela sempre guardara com tanto amor, no dedo do homem errado, teve vontade de chorar, mas se conteve. Não ia aceitar esse casamento. Quando o padre Gowan lhe fizesse a pergunta, ela diria que não. Depois disso, com toda certeza, seu irmão, envergonhado por seu comportamento, a internaria em um convento pelo resto da vida. Mas não se importava, preferia isso a se casar com aquele animal.

Os murmúrios de alegria de Megan, Shelma e Alana tiraram Gillian de sua abstração e, então, ela escutou o padre Gowan lhe fazer a mesma pergunta:

— Lady Gillian McDougall, aceita Niall McRae como teu legítimo esposo?

Assustada, sem saber o que fazer, fechou os olhos pronta para suportar os gritos de seu irmão. Seria uma desonra para sua família. Mas, de repente, ouviu seu avô sussurrar: "Diga que sim, minha menina... diga que sim". A partir desse momento, dentro dela começou a se travar uma batalha. O que devia fazer? Ofender de novo sua família, ou aceitar seu destino? Por fim, abriu os olhos, levantou o olhar e, cravando seus olhos azuis no homem que a olhava transtornado, decidiu aceitar um futuro terrível.

— Aceito — murmurou.

— Ponha o anel nela, filho — sussurrou o padre Gowan a Niall.

Ele, dando um sorriso torto, disse:

— Padre, minha mulher terá o melhor, mas como tudo isto foi tão precipitado, não tenho nenhum comigo. Por hora, isto deve servir, não é, *querida*?

E pegando um pedaço de couro marrom puído que guardava no bolso, amarrou-o no dedo dela como se fosse um anel. Surpresa, Gillian olhou para aquilo e sibilou:

— Um pedaço de couro velho?

— Você nunca foi uma mulher materialista como a linda Diane, não é? — perguntou ele com maldade.

Ela sentiu vontade de cortar o pescoço dele com aquele pedaço de couro e lhe arrancar os olhos, mas não estava disposta a dar mais um desgosto a sua família.

— Este pedaço de couro serve — murmurou.

Niall, debochado, deu de ombros, e ela sentiu vontade de esbofeteá-lo. O padre Gowan, incitado pelos velhos Marlob e Magnus, acelerou a cerimônia até declará-los oficialmente, e diante de todos, marido e mulher. Quando o padre acabou de dizer essas palavras, o jovem marido ergueu Gillian no colo e a beijou. Foi um beijo duro e exigente, diferente do doce beijo de amor com que ela sempre havia sonhado. A seguir, soltou-a com brusquidão e levantou os braços, bem no momento em que seus homens começavam a gritar e a aplaudir, para horror do padre Gowan.

Rapidamente, todos se aproximaram para lhes dar os parabéns, mas Niall, implacável, deteve-os. Não queria felicitações de ninguém. Queria explicações. De repente, ouviram um grito de horror e, ao se virarem, viram Ruarke Carmichael na porta da capela, furioso, segurando no colo a jovem Diane, cujos olhos estavam brancos devido ao desmaio.

Capítulo 17

Acabada a desastrosa cerimônia, todos gritavam, irados. Ruarke Carmichael e seu pai se aproximaram de Gillian, intimidadores. Ela estava tão aturdida por tudo que acontecia ao seu redor que nem sequer se mexeu. Mas no momento em que Ruarke levantou a mão para esbofeteá-la, Niall se interpôs e deu-lhe tamanho soco que o fez voar por cima dos bancos da capela. Então, gritou que se voltasse a se aproximar de sua mulher, o mataria.

Depois disso, os Carmichael abandonaram o local e, um pouco mais tarde, o castelo de Dunstaffnage. Niall, ao ver que a jovem Diane voltava a si, ordenou a Ewen que a levasse para o salão. Cris os acompanhou. Conhecia sua irmã e tinha certeza de que enlouqueceria o pobre Ewen. Os homens de Niall continuavam vociferando dentro da capela, de modo que este lhes deu ordem para irem descansar na clareira do bosque, visto que ali não havia nada a celebrar.

Depois de assinar os documentos que o padre Gowan, assustado, estendeu aos noivos, Niall saiu da capela como um cavalo desembestado arrastando Gillian pela mão. Já do lado de fora, soltou-a e começou a socar Kieran sem dó, enquanto Lolach, Megan e Shelma tentavam separá-los.

A poucos metros deles, Axel e Duncan discutiam enquanto Alana chorava desconsoladamente ao lado dos velhos Marlob e Magnus pelo que tinha acontecido depois da cerimônia. Gillian, aturdida e certa de que seu casamento havia sido a pior coisa que já fizera na vida, fugiu para a cozinha. Precisava desaparecer.

Depois de beber um pouco de água e se acalmar, olhou incrédula para o pedaço de couro amarrado em seu dedo. Decidiu ir para seu quarto. Precisava ficar sozinha e pensar no que havia acontecido. Mas, ao abrir a porta de seu refúgio particular, ficou petrificada ao ver Niall apoiado tranquilamente no peitoril da janela. Sua expressão selvagem quando a olhou a fez estremecer dos pés à cabeça. Mas não de prazer, e sim de medo.

Niall olhou fixo para ela durante um bom tempo, enquanto se perguntava pela enésima vez por que havia se casado com ela. Não sabia a resposta, de modo que esqueceu o assunto momentaneamente. Então, pensou em Duntulm, seu lar. Gillian não era uma mulher fraca, mas levá-la para viver nas frias e duras terras da ilha de Skye talvez fosse demais para ela; ou talvez para ele.

Ao vê-la fechar a porta com valentia e se apoiar nela, tomou a decisão de deixá-la no castelo de Eilean Donan a cargo de Duncan, Megan e seu avô Marlob. Era a melhor opção. Isso lhe evitaria muitos problemas.

— Nunca mais desapareça sem me dizer aonde vai — disse ele com dureza. — Venha aqui, senhora McRae.

Ao ouvir o tom de voz de Niall, Gillian quis desaparecer, mas antes que ela tivesse tempo de fazer qualquer movimento, ele falou de novo, dessa vez com pior humor.

— A primeira regra que preciso que aprenda é que eu não repito as coisas. Se não quiser problemas, comece a obedecer.

Contudo, ela continuou olhando-o como se estivesse alheia.

— Quer que eu te castigue, ou prefere uns tapas na bunda? — acrescentou.

A pergunta conseguiu fazê-la reagir. Cravando nele seus frios olhos azuis, ela se aproximou.

— Nem vai me castigar, nem vai me bater, senão...

De repente, ele a tomou pelo braço e a puxou, deixando-a a sua frente. Pousando suas mãos grandes na cintura de Gillian, puxou-a para si e a beijou. O beijo a pegou tão desprevenida que ela mal podia se mexer. Sentia suas pernas tremerem com a investida voraz contra sua boca. Assustada diante de tamanha intensidade, Gillian tentou escapar, mas foi impossível. A boca de Niall era exigente e selvagem, e suas mãos ainda mais. Sentindo-se invadida, mordeu a língua de Niall. Ele a soltou.

— Maldição, gata! — bufou, contrariado. — Nunca mais faça isso.

Respirando com dificuldade, Gillian se afastou dele e, com a cama entre ambos, sibilou com olhos coléricos:

— Nunca mais me chame assim, McRae. — E ao vê-lo sorrir, gritou: — Quem pensa que é para fazer o que fez?!

Coçando o queixo, Niall contornou a cama. Ela pulou e se afastou por cima dela.

— Sou seu marido. Seu dono e seu senhor! Acha pouco?

Ela não respondeu.

— E, por isso, eu vou te chamar como me der na telha e vou te tratar da mesma maneira, entendeu?

— Não.

— Como?!

— Eu disse que não! — gritou ela de novo. — E, pegando a adaga que levava na bota, ameaçou-o: — Não me obrigue a fazer algo que não quero.

Niall sorriu, mas um sorriso tão frio quanto seus olhos.

— Hummm... Acho que preciso domar esse seu gênio.

— Nem sonhe com isso, McRae.

Vê-la diante de si daquele jeito o deixou excitado; aquele olhar desafiador o fascinava. Em circunstâncias normais, ele teria tirado a adaga dela com um tapa, teria a deitado na cama e feito amor com a mesma paixão com que olhava para ela. Mas não. Gillian precisava aprender. Embora seus atributos o deixassem louco, não pretendia lhe dar trégua, e menos ainda permitir algo como o que ela estava fazendo naquele momento.

— Solte a adaga, Gillian, senão, terei que te dar um castigo.

Ela sabia que esse jogo era perigoso, mas, uma vez começado, não conseguia parar. Por isso, segurou a adaga com mais firmeza.

— Se você se atrever a me castigar, Niall, vai pagar por isso — disse ela.

Depois de uma gargalhada que a fez se arrepiar, ele disse:

— Já estou pagando, mulher. Estar casado com você é um castigo.

— Por que se casou comigo?! — gritou ela. — Maldição, Niall! Eu não te obriguei.

Niall assentiu e a olhou com uma profundidade que a fez estremecer. Nunca lhe diria a verdade, não revelaria o plano que havia traçado com Duncan e Lolach. Ele havia pensado em raptá-la depois do jantar para lhe confessar seu amor e se casar com ela.

— Por quê? Por que se casou comigo? — gritou de novo.

— Quer a verdade? — vociferou ele, mas incapaz de confessar.

— Sim.

Depois de fitá-la por alguns instantes, disse:

— Eu devia vários favores a seu irmão, e essa foi uma maneira de pagá-los. Satisfeita?

— Uma troca de favores, é isso que sou para você — sussurrou ela com um fio de voz.

Niall soltou uma gargalhada, e ela teve vontade de lhe arrancar os dentes.

— Sim... Gillian — respondeu —, isso é o que é, gostando ou não. Mas, sabe de uma coisa? Essa troca vai te fazer sentir a mesma solidão que eu senti todos os meus dias por sua culpa. Quero que deseje morrer tantas vezes quanto eu desejei enquanto lutava na Irlanda, sentindo-me sozinho e rejeitado por ser um homem de palavra e servir minha pátria. Você acabou com minha vida, Gillian, você me tirou a vida. — Doeu nele ver a expressão de horror no rosto dela, mas prosseguiu: — Não quero nada de você como mulher, prefiro me divertir com qualquer prostituta dessas com quem já me divirto faz tempo. Mas não vou mentir, gata. Agora que me casei, quero um filho. Um herdeiro. Um menino que governe minhas terras.

— Isso qualquer prostituta pode te dar.

— Eu sei — assentiu Niall.

— Quem disse que já não tem um filho?

— Não, gata, quero um herdeiro de minha esposa. E você é a minha esposa. Depois que conseguir o que quero, nunca mais me aproximarei. Você não me interessa.

Gillian sentiu sua boca secar. Como era possível estar passando por isso? Como Niall podia falar desse jeito com ela? O que estava acontecendo? O que havia feito com ele?

— Ouça, Gillian, não tenho intenção de me aproximar de você, a não ser que esteja tão bêbado a ponto de te confundir com uma das prostitutas que de vez em quando aquecem a minha cama.

Levando as mãos à cabeça, Gillian sussurrou:

— Isto é humilhante... Eu...

Niall não a deixou terminar. O que estava dizendo era mentira, mas queria machucá-la, queria fazê-la se sentir mal.

— Por isso, como seu marido, dono e senhor, quando eu pedir um beijo, você me atenderá. Se eu pedir que seja gentil, será. E se ousar desobedecer a qualquer ordem minha, por São Ninian, eu juro, gata, que sem me importar com quem estiver diante de mim, eu te pegarei e te darei uns tapas na bunda.

— Não! — gritou ela. — Se você se atrever a me tocar, juro que te mato.

Com uma gargalhada que fez Gillian ficar paralisada, Niall pulou por cima da cama. Bem na hora que estava descendo para pegá-la, com um chute, ela pôs um pequeno baú no caminho dele. Niall perdeu o equilíbrio e caiu no chão. Gillian sorriu, mas quando viu como ele a olhava, gemeu. Antes que ela pudesse se mexer, Niall a pegou pela saia e, com um puxão, fez ela rolar sobre ele. A adaga voou pelos ares e se cravou atrás do baú. Com maestria, ele a pegou e rolou com ela pelo chão. E, ficando por cima, deu-lhe outro profundo beijo na boca que a deixou sem fôlego. Niall, ao notar que estava ficando excitado, decidiu se levantar, e com Gillian ainda no colo, sentou-se na cama e a pôs de bruços sobre suas pernas.

— Solte-me! — gritou ela, horrorizada, ao sentir que ele ia humilhá-la.

Mas Niall não a soltou, e com voz clara, disse, entredentes:

— Hoje, querida gata, você receberá o que seu irmão e seu avô deviam ter te dado há muito tempo.

— Não se atreva a pôr a mão em mim, McRae!

Sem levantar as saias para não machucar Gillian, ele lhe deu um tapa na bunda que a fez gritar. Ela tentou se soltar, e até mordeu a perna dele, mas foi impossível. Niall a segurava de tal maneira que ela não podia fazer nada, exceto continuar apanhando.

— Esposa, se continuar gritando, todos pensarão que seu primeiro contato íntimo com seu marido foi muito prazeroso.

Envergonhada diante dessa possibilidade, e humilhada por tudo que ele estava fazendo e dizendo, gritou:

— Solte-me, maldito imbecil!

Outro tapa caiu sobre ela.

— Não me insulte, esposa, senão, não vou parar.

Assim ficaram um bom tempo, até que por fim Gillian parou de insultá-lo e se calou. Niall, com o coração mais dolorido que a mão, ao notar seu silêncio, parou. Levantando-se da cama, levantou-a também, e sem soltá-la, fitou-a. Em seus olhos viu a raiva e a humilhação, e nesse momento, decidiu que não queria tê-la longe e que a levaria com ele para Skye. Seu lar. Gillian era sua mulher e tinha que assumir sua nova vida. Soltando-a, tirou-lhe a adaga do cinto e fez um corte em seu próprio braço, para horror de Gillian.

Sem demonstrar dor, Niall retirou o cobertor da cama com um puxão e deixou cair umas gotas de sangue nos lençóis para que os criados, pela manhã, espalhassem que o casamento havia sido consumado.

— Vá preparando suas coisas — disse, fitando-a. — Depois de amanhã, ao alvorecer, vamos para minha casa. E só vou dizer mais uma coisa: se não quiser que sua família sofra, tente fazê-los acreditar que está feliz.

Com uma batida de porta que retumbou por todo o castelo, Niall saiu. Gillian, furiosa, massageou as nádegas. Agachou-se para pegar a adaga e, praguejando, jurou que preferia a morte a ser mulher daquele animal.

Capítulo 18

Naquela noite, depois de sair do quarto de Gillian como um potro desembestado, Niall procurou Kieran e partiu para cima dele. Todos no castelo foram separá-los e, por fim, Niall, disposto a esclarecer certas coisas, exigiu conversar a sós com Kieran. O highlander aceitou, mesmo sabendo que isso significava continuar brigando. Pegaram seus cavalos e ordenaram a seus homens de confiança que não os seguissem.

Chegaram a um riacho e desceram de seus cavalos. Com um olho quase fechado e uma dor de cabeça terrível, Kieran se voltou para Niall para conversar, mas este, sem uma palavra, deu-lhe um soco. Dessa vez, Kieran não ficou quieto, e, com um grito, voou para cima dele.

Rolaram pelo chão se enchendo de socos e, quando as forças de ambos começaram a dar sinais de fraqueza, ficaram deitados. Os dois, esgotados, estavam feridos e sem fôlego.

— É um maldito bastardo, O'Hara. Nunca pensei que faria uma coisa dessas.

Kieran, respirando com dificuldade, perguntou:

— Realmente pensa que eu queria me casar com sua adorada Gillian?

Niall, enxugando o sangue que escorria por seu lábio, urrou:

— E você acha que eu ia permitir que ela se casasse com aquele Carmichael?

Kieran soltou uma gargalhada. Niall prosseguiu:

— Maldito! Eu tinha um plano. Você só precisava não ter se intrometido para que eu pudesse ter feito as coisas do meu jeito. Mas não!

Kieran blasfemou e levantou os braços.

— Por São Fergus, Niall! — exclamou. — Se tinha um plano, por que não me disse nada?

Então, foi Niall quem gargalhou.

— Maldito cabeça-dura! — continuou Kieran. — Se tivesse me contado, eu nunca teria escutado Megan nem teria tentado ajudar Gillian.

Eu sabia que minha cunhada tinha algo a ver com tudo isso, pensou o highlander.

— Sabe, Niall? Quase me convenceu de que não se importava com essa mulher. Eu te vi tão bobo diante daquela lindeza da Diane que...

— Diane não é nada para mim — interrompeu Niall. — Sei que ela tinha ilusões a nosso respeito, mas eu nunca a enganei. Há bastante tempo deixei claro a seu pai e a ela que nossa união nunca aconteceria. Mas ao saber que eu viria a Dunstaffnage para o batizado do filho de Axel, e sendo prima de Alana, ela insistiu em vir e não pude dizer não.

— Pois, pensei que...

— Ah! E você pensa? — debochou Niall.

— Claro que penso, ao contrário dos McRae.

Durante um tempo ficaram em silêncio.

— Kieran, preciso de um favor — disse Niall por fim.

— Ah, não, McRae! — respondeu o outro, rindo. — Por acaso pretende que agora eu apanhe de sua mulher?

Ambos soltaram uma gargalhada e a tensão se desvaneceu.

— Anda, diz, que favor?

— Como sabe, depois de amanhã voltarei para casa. Parte do caminho farei com Duncan e Lolach e, sinceramente, amigo, seria bom se você não ficasse perto de Gillian.

— Não me diga que ainda pensa que quero cortejar sua esposa!

— Não diga bobagem, Kieran — respondeu Niall, descontraído. — Estou pedindo isso porque preciso me concentrar o máximo possível para que minha querida esposa me julgue um ogro, e com você por perto me julgando, será impossível.

— Tudo bem. Partirei amanhã logo cedo.

Niall, ao ver Kieran levar a mão, ao olho machucado, suspirou. Levantou-se e se aproximou. Estendeu a mão, e seu amigo, com um sorriso, pegou-a e se levantou também.

— Obrigado.

— Você me agradece por eu ter te dado uma bela surra? — perguntou Niall, com humor.

— Eu também não fiquei quieto — disse Kieran, indicando o sangue na boca de Niall.

Ambos riram e foram até o riacho para lavar as feridas.

— Acho que vou começar a evitar você e o seu irmão — brincou Kieran. — Estou começando a ficar farto dos seus socos carinhosos.

— Você se deixa enrolar pelas mulheres com muita facilidade.

— Pelas mulheres, não. Por Megan.

Ao ouvir o nome de sua cunhada, Niall gargalhou.

— Isso é porque você...

Kieran não o deixou terminar.

— Isso é porque eu tento ajudar suas mulheres. O que fiz por Megan naquela época faria de novo mil vezes. Até o que fiz por sua esposa hoje, apesar dos resultados nefastos. Eu conheço você, Niall. Essa sua mulher, a quem quer torturar como se fosse um ogro, exerce tamanho feitiço sobre você que vai dobrá-lo, assim como Megan dobrou Duncan.

— Eu já dei um jeito nisso — riu Niall com amargura. — Deixei bem claro a essa malcriada que sua vida comigo não vai ser um mar de rosas.

— Por São Drostran, Niall, o que fez?

— Simplesmente a sentei sobre meus joelhos e lhe dei uns tapas, para que saiba quem manda.

Um forte soco no rosto fez Niall cair para trás.

— Você bateu em Gillian? — vociferou Kieran fora de si, pois se havia algo que odiava era homens que tratavam as mulheres com violência.

— Maldição, O'Hara! — grunhiu Niall, levantando-se. — Eu não bati nela. Nunca faria algo tão cruel. Só lhe dei uns tapinhas na bunda para que veja que não pode continuar se comportando desse modo. Por acaso acha que eu seria capaz de bater em minha mulher, ou em qualquer outra?

Kieran negou com a cabeça enquanto Niall massageava a mandíbula.

— Que São Fergus te proteja, porque tenho certeza de que esses "doces tapas" de que está falando deixaram sua mulher louca da vida.

— Muito — assentiu Niall recordando a cena.

Nesse momento, ouviram sons de cavalos se aproximando a galope. Eram Lolach e Duncan, que ao ver os dois perto do riacho, ficaram mais tranquilos.

— Tudo bem por aqui? — perguntou Duncan, descendo do cavalo.

— Sim, Duncan, não se preocupe — respondeu Niall.

Lolach foi até Kieran e, vendo que seu olho estava cada vez mais fechado, debochou.

— Kieran O'Hara, quando vai aprender a ficar longe das mulheres dos McRae?

Os quatro caíram na gargalhada. Montaram de novo e voltaram ao castelo.

De madrugada, Niall entrou no quarto onde Gillian, ainda vestida, dormia. Espantou-se ao ver mais de uma dúzia de velas acesas. Por que isso? Não queria fazer barulho para não acordá-la, de modo que se apoiou na parede e simplesmente ficou olhando para ela.

Capítulo 19

Na manhã seguinte, ninguém sabia realmente como estavam os recém-casados após o que acontecera na noite anterior. O que poderia ter sido um motivo de felicidade para todos havia se transformado em motivo de preocupação. Após a partida dos Carmichael, Axel havia respirado aliviado, mas os insultos e os gritos de sua irmã no quarto o haviam acordado. Teria sido boa ideia esse casamento? Mas quando o silêncio reinou de novo, ficou mais calmo.

À tarde, Gillian resolveu aparecer no salão do castelo. Seu avô e seu irmão se alegraram ao vê-la. E ela, ao notar a preocupação dos dois, sentiu-se culpada. Ostentando seu melhor sorriso, tentou fazê-los acreditar que estava feliz; e conseguiu. Não queria que eles soubessem o imenso erro que ela havia cometido. Gillian pagaria o preço, mas eles jamais saberiam.

Mais tarde, conseguiu enganar Megan e as demais mulheres, que, sentadas na parte externa do castelo, olhavam para ela com um sorriso maroto e certa compaixão. Sabiam por Helda, a criada, que nos lençóis da moça estava a prova da perda da virgindade.

— Não se preocupe, Gillian! Dói na primeira vez, mas vai ver que, com o tempo, a dor desaparece e, cada vez que fizerem, sentirão um prazer imenso — sussurrou Shelma, tocando o cabelo da amiga.

— Por todos os santos, Shelma! — reclamou Alana. — Precisa comentar esse tipo de coisa com tanta clareza?

— Claro que sim — assentiu Megan. — Acho que um pouco de informação de mulheres experientes como nós sempre é bom para uma mulher que acabou de conhecer a arte do amor. — Ao ver que Gillian olhava para ela e assentia, prosseguiu: — É preciso que ela saiba que depois da primeira vez, dolorosa e apavorante, vão chegar outras maravilhosas. E, com o tempo, ela é quem vai possuí-lo.

— Oh, Deus! Não quero escutar! — Alana tampou as orelhas e saiu.

As outras riram. As três amigas se levantaram e decidiram dar um passeio até o lago enquanto conversavam. Gillian parecia feliz, apesar das leves olheiras que tinha. Mas isso era normal em uma recém-casada. Com certeza não havia dormido nada.

— Bem, Gillian, conta tudo: como foi a primeira noite com Niall? — perguntou Megan com um sorriso maroto. Havia confiança suficiente entre elas para que pudessem conversar sobre a experiência sem se escandalizar.

Disposta a continuar com a farsa, Gillian sorriu.

— Maravilhosa. Para ser sincera, eu nunca imaginei que seria assim — disse ela com um fio de voz.

Realmente, Gillian não estava mentindo. Nunca teria imaginado que passaria sua noite de núpcias sozinha, com raiva e desesperada.

— A propósito, Kieran partiu ao amanhecer — disse Megan. — Mas deixou um bilhete dizendo que da próxima vez que for a Eilean Donan irá, ou melhor, iremos, visitar você em Duntulm.

— Eu não pude lhe agradecer tudo que fez por mim — lamentou Gillian, sorrindo.

Megan pôs uma violeta nos cabelos.

— Ele sabe que está grata, não se preocupe.

— Mas quem não para de choramingar como uma tonta é aquela Diane insossa — disse Shelma, mudando de assunto.

— Lamento dizer, mas não tenho pena nenhuma. Nunca gostei dessa mulher, nem nunca vou gostar — acrescentou Megan.

— Espero não ter problemas com ela, senão, eu vou lhe mostrar quem é a Desafiadora — retrucou Gillian com amargura.

Todas riram.

— Ficou muito assustada quando viu Niall nu? — perguntou Shelma. — Eu ainda me lembro da primeira vez que vi Lolach, e oh, meu Deeeeuuus!

O que digo, o que digo?, pensou Gillian.

— Bem, um pouco — respondeu rapidamente. — Niall é tão grande que...

A intimidade as fez rir de novo. Megan a abraçou.

— Não fique preocupada. Aquilo que de início assusta, com o tempo você vai adorar, e odiará pensar que outra que não você possa pôr as mãos nele.

— Megan, que descarada! — recriminou-a Gillian, rindo ao entendê-la.

— Eu gosto de ser descarada.

Shelma, rindo, aproximou-se ainda mais de Gillian e murmurou:

— Nós aconselhamos que o que fez ontem à noite na cama, você faça na água. É uma delícia!

Ao ver a recém-casada com os olhos arregalados, Megan explicou:

— Vai entender quando estiver com Niall na banheira ou em um lago e fizerem amor molhados. Oh, Deus! Só de pensar sinto necessidade de ir encontrar Duncan urgentemente.

Gillian as escutava sem entender bem o que diziam, e teve vontade de lhes dizer a verdade, mas não queria decepcioná-las. Estavam tão felizes com sua união que decidiu prosseguir com a farsa. Para que preocupá-las se nada ia mudar?

Não muito longe delas, Duncan e Niall conversavam com seus homens perto do muro do castelo. Ao ouvir as gargalhadas das mulheres, voltaram-se e as viram desaparecer entre as árvores.

— O que estão tramando? — murmurou Duncan, satisfeito ao ver sua esposa rir e levantar os braços para o céu.

— Com certeza nada de bom — respondeu Niall.

Assim como Gillian, Niall não contara nada sobre o que havia acontecido na intimidade de seu quarto. Sentia-se confuso. Quando pensava que Gillian era sua, sorria; mas quando recordava que havia se casado com ela, ficava irado. Não estava feliz com as coisas terríveis que lhe havia dito, mas também não se culpava. Durante anos ela o havia tratado pior que a um cão, e merecia sentir seu desprezo.

Um pouco depois, de repente, um dos vigias das ameias, nas muralhas do castelo, deu voz de alarme. Havia avistado um movimento estranho na mesma direção que as mulheres estavam. Imediatamente, Duncan, Niall e alguns dos seus homens saíram correndo e, quando chegaram às árvores, Duncan sentiu um calafrio ao ouvir Megan gritar; mas rapidamente as avistaram. Encontraram Shelma e Megan com pés e mãos amarrados, caídas no chão. Niall olhou ao redor. Onde estava Gillian?

— Uns homens nos assaltaram e levaram Gillian — gritou Megan, olhando para seu cunhado. — Pegaram o caminho do lago.

Niall e seus homens continuaram correndo, enquanto Duncan e Lolach desamarravam as mulheres.

Com o coração batendo a uma velocidade que Niall desconhecia, ele olhava ao redor em busca de sua esposa, mas não via nada. Então, de repente, ouviu:

— Solte-me, anão maldito!

O highlander sorriu. Sua mulher estava bem, e sua voz lhe indicava para onde ir. Niall ordenou aos seus homens que se jogassem no chão quando viu cinco homens com Gillian perto do lago. Surpreso com o sequestro absurdo, Niall cravou o olhar naqueles sujeitos. Por suas roupas sujas e rasgadas, não deviam pertencer a nenhum clã; pareciam simples ladrões. E também confusos e desorganizados. Niall se alegrou, seria fácil! Porém, quando viu que os homens que andavam atrás de Gillian olhavam sua bunda com desejo, blasfemou. Ordenou a seus homens que os cercassem e esperou o melhor momento para atacar. A última coisa que queria era que ela se ferisse.

Gillian, surpresa diante do que estava acontecendo, não entendia, na verdade, o que aqueles idiotas queriam. Pareciam aturdidos e inexperientes. E quando viu os cavalos, sorriu. Realmente pretendiam fugir dali com aqueles pobres e velhos animais?

O homem mais velho que a empurrava tinha menos dentes que um idoso. Ele perguntou a seus companheiros:

— O que vamos fazer com esta fera?

O mais jovem, que tinha uma aljava nas costas, contemplou Gillian descaradamente e disse, estalando a língua:

— Eu tenho algumas ideias.

Se me tocar... eu te mato, pensou Gillian, desafiando-o com o olhar; tinha certeza de que, se tivesse sua espada, aquele sujeito não duraria nem um assalto.

Um ruivo de meia-idade murmurou:

— O trato é matá-la. Vamos jogá-la no lago com as mãos amarradas, e quando se afogar, tiraremos a corda para que pareça um acidente.

Gillian, atônita, mas sem demonstrar nem um pingo de medo, deu um pontapé na perna do desdentado e gritou:

— Quando meu esposo souber que...

— Seu esposo?! — gritou o jovem, aproximando-se dela. — Fique tranquila, pequena, ele vai sentir sua falta na cama por alguns dias, mas tenho certeza de que rapidamente terá quem o aqueça de novo.

Uma raiva estranha se apoderou de Gillian. Com todas as suas forças, deu um pontapé no homem, mas ele se esquivou. Pegando-a pela cintura, o estranho tentou beijá-la, mas a soltou quando levou uma mordida.

— Cadela! — gritou, dando-lhe uma bofetada.

— Filho de Satanás! Vai me pagar! — exclamou ela enojada, e lhe cuspiu no rosto.

— Chega, Eddie! — gritou o velho. — Não nos pagaram para isso. Vamos fazer nosso trabalho e sair daqui o quanto antes.

E então, levaram Gillian até a margem do lago. O velho entrou na água. Por sua vez, o homem que a havia esbofeteado a empurrou, e ela caiu no lago.

Gillian tentava se livrar das cordas que prendiam suas mãos nas costas, mas era impossível.

— Por que está fazendo isto? — perguntou.

O velho não respondeu e a arrastou para o meio do lago.

— Meu irmão e meu marido vão encontrar vocês e os matarão. Eles nunca vão acreditar que me afoguei.

— E quem vai lhes dizer que fomos nós? — riu o homem. — Milady, cada um ganha a vida como pode, e nosso trabalho é este. Para nós, não importa quem morra desde que recebamos nosso dinheiro.

Gillian ia responder, mas sua boca se encheu de água. Mesmo na ponta dos pés, a água chegava a seu nariz.

O homem, sem uma gota de piedade, soltou-a. Gillian gemeu ao se sentir sozinha no meio do lago. Assustada, começou a dar pulos para subir à superfície e pegar ar. Em um desses saltos, viu por uma fração de segundo um dos barbudos de seu marido brandir a espada contra um dos assaltantes.

Sim... sim... eles já estão aqui, pensou, aliviada. Mas ao sentir que seus pulmões estavam fraquejando e que seus saltos eram cada vez menos vigorosos, desconcentrou-se, perdeu o equilíbrio e caiu para trás. Sua saia se enroscou em suas pernas, o mundo escureceu e ela não teve forças para pegar impulso e subir. Histérica devido à asfixia e à escuridão, quando achava que ia morrer, sentiu umas mãos grandes a pegarem com força e a puxarem para fora.

Boqueando como um peixe, Gillian mal conseguia raciocinar. Só tossia e tentava encher os pulmões de ar. Precisava de ar!

— Fique tranquila, Gillian. Respire.

Era a voz de Niall. Ele a havia encontrado! Olhando para ele através de seu cabelo emaranhado, tentou entender o que ele dizia. Niall, vendo-a tremer, pegou-a com delicadeza pela cintura e agradeceu que os tremores dela não a deixaram notar os seus.

Quando pulara na água e vira que Gillian não emergia, pensara o pior. O lago era escuro e lamacento; e sentira seu sangue gelar ao pensar que não chegaria a tempo de resgatá-la. Por isso, enquanto caminhava com ela nos braços, respirou aliviado.

Chegou à margem, sentou-a na terra seca, levantou-lhe o queixo, afastou com cuidado o cabelo emaranhado do rosto dela e a fitou. Não havia falado com ela desde que saíra irado do quarto na noite anterior. E vê-la ali diante de si como um pintinho molhado o fez sorrir.

— Não vejo graça, McRae — balbuciou ela, olhando para aquele rosto cheio de hematomas. Sem precisar perguntar, sabia que o de Kieran estava pior.

— Já viu esses homens antes?

Gillian, voltando-se para sua direita, encontrou os olhares sisudos dos guerreiros barbudos de seu marido. Desviou os olhos e observou os homens que jaziam mortos no chão.

— Não, nunca os vi.

Nesse momento, Megan e Shelma se aproximaram.

— Gillian, você está bem? — perguntou Megan.

E cravando o olhar em seu marido, grunhiu:

— Maldição, Duncan! Nunca mais vou sair sem minha espada.

— Ah, pode ter certeza que não! — exclamou Shelma, também olhando para seu marido.

— Fiquem tranquilas — murmurou Niall. — Ela está bem.

Enquanto as mulheres conversavam sobre o acontecido, Duncan se aproximou de seu irmão.

— Quem eram esses homens? — perguntou.

Niall, com uma careta, disse que não sabia, e blasfemou ao ver que seus homens os haviam matado antes de obter informações.

— Tome esta manta, milady — disse Ewen. — Vai aquecer a senhora.

— Obrigada, Ewen. — E murmurou olhando para as amigas: — Eles disseram que alguém havia pagado para me ver morta.

Os highlanders trocaram olhares.

— Sinceramente, minha esposa, algo me diz que muitos pagariam por isso, e talvez até mesmo eu não demore muito — brincou Niall ao ver a cara de raiva de Gillian.

— Niall! — censurou Megan.

Mas um olhar duro de seu marido a fez calar.

— Oh, Deus! — urrou Gillian, levantando-se. — É um maldito bruto. Um tosco. Garanto, McRae, que eu pagaria para que você desaparecesse.

Então, todos a observaram, perplexos. Como podia dizer aquilo sendo recém-casada? Ao se dar conta do que havia dito, ela fechou os olhos e praguejou em silêncio. Niall a pegou pelo braço e, puxando-a para aproximá-la de si, sibilou em seu ouvido:

— Lembre, minha mulherzinha, não me irrite, senão, terei que te dar uns tapas.

— Rá! Não se atreva! — exclamou ela, levantando o queixo.

Incrédulo diante da reação dela, e zangado por causa do modo como seus guerreiros olhavam para ele, Niall exigiu, mal movendo os lábios:

— Beije-me e peça desculpas.

— O quê?!

— Beije-me. Estão todos nos olhando.

Ainda ofegante, ela ficou na ponta dos pés, jogou os braços ao redor do pescoço dele e, cravando-lhe os olhos como se fossem punhais, disse:

— Meu amorzinho, perdoe-me pelo que disse. Estou nervosa e...

Ele a pegou pela cintura, ergueu-a e, capturando aqueles lábios que tanto desejava beijar, devorou-os. Segundos depois, Niall ouviu seus homens aplaudirem. Abriu um olho e viu sua cunhada sorrindo. Mas também percebeu que um dos ladrões se levantava e, antes de cair morto, jogava uma adaga contra eles. Sem pensar em si, Niall girou sua mulher para evitar que a atingisse, mas, com o movimento, bateu-a contra uma árvore.

— Maldição! — grunhiu ela. — Quer quebrar minha cabeça, sua besta?

Ele não respondeu, mas a soltou. Gillian, então, viu a adaga cravada no ombro de seu marido e gritou, assustada:

— Ai, Niall! Ai, meu Deus! Você está ferido!

— Não me chame de amorzinho — respondeu ele, dolorido.

Megan cuidou dele e, com rapidez, fez um curativo depois de tirar a adaga com delicadeza. Niall mal mudava a expressão de seu rosto enquanto a mulher tratava seu ferimento. Gillian, horrorizada, escutava os homens de seu marido relatarem como ele a havia protegido com seu corpo, de modo que se sentiu péssima.

Depois de comprovar que todos os bandidos estavam mortos, colocaram-nos sobre dois cavalos e voltaram ao castelo. Axel ficou indignado ao saber o que havia acontecido em suas terras. Duncan, preocupado com seu irmão, obrigou-o — apesar de suas constantes negativas — a ir para o quarto para que Megan pudesse acabar de tratar a ferida. Ali, ela e Shelma, sob o olhar atento de Gillian, suturaram o ferimento. Quando acabaram, saíram, deixando-os sozinhos no quarto.

Niall, nu da cintura para cima, exceto pela faixa que cobria parte de seu ombro, estava sentado na beira da cama, com as costas eretas, enquanto Gillian, apoiada na janela, admirava as costas esplendorosas de seu marido. Seus ombros largos, fortes, morenos, brilhavam à luz das velas. Suas costas musculosas, cobertas de cicatrizes, deixaram-na comovida. Com prazer, baixou o olhar até onde a calça começava e suspirou ao notar a sensualidade que aquele corpo transmitia.

— Quer um pouco de água? — perguntou, cautelosa.
— Não.

Tentando puxar assunto, perguntou de novo:
— Está tudo bem?
— Sim.

Como Niall dificultava as coisas, voltou ao ataque:
— O ombro dói?
— Para mim isso não é dor.

Escutar o doce tom de voz de Gillian acabava com ele. Queria sair daquele quarto, mas, se o fizesse, seu próprio irmão ou o dela o questionaria, e não estava com vontade de discutir com ninguém.

Com a respiração entrecortada pelo que sentia vendo-o seminu na sua frente, após um breve silêncio, Gillian disse com uma voz aveludada:
— Obrigada por não ter permitido que a adaga me atingisse. Sei que...
— Você não sabe de nada, Gillian. Cale a boca.

Mas, poucos segundos depois, ela percebeu seu marido se encolher.
— Niall, se está doendo, pode me dizer — murmurou.

Primeiro, ele a fitou com curiosidade; depois, ia dizer algo, mas não pôde. Ela era tão bonita, tão linda, que o que menos queria fazer com ela era falar. Ao sentir seu olhar, Gillian saiu de onde estava, pôs-se diante dele e se agachou, sem tocá-lo.

— Niall, deixa eu agradecer por você não ter permitido que eu me afogasse no lago, e por impedir que a adaga me atingisse. — Ao ver que ele não respondia, querendo vê-lo sorrir, sussurrou:— Por acaso se deu conta de que hoje poderia ter se livrado de mim?

Fitando-a, contudo, ele percebeu outra coisa: o que mais desejava nesse momento era fazer amor com ela. Mas isso era querer o impossível e, sorrindo pelo que ela havia dito, murmurou:

— Eu devia ter pensado nisso antes. Acho que da próxima vez vou considerar isso.

Esquecendo os desentendimentos, ela retribuiu o sorriso. Ele, enfeitiçado por sua linda mulher, disse para acabar com essa tortura:

— Descanse, Gillian. Amanhã ao amanhecer partiremos para Skye, e a viagem é longa. — Ao ver que ela o olhava assustada, acrescentou, fechando os olhos: — Não se preocupe, durma tranquila. Não vou fazer nada.

Uma mistura de alívio e decepção dominou a jovem. Levantando-se, ela se dirigiu à lareira e acendeu mais duas velas.

— Pelo amor de Deus, Gillian, chega de iluminar o quarto, senão, não conseguiremos dormir.

Ela parou e, olhando com resignação para as velas ainda apagadas, murmurou:

— É que não consigo dormir no escuro.

— Como?!

— Não... não gosto da escuridão.

— Tem medo?

Sem se importar com o que ele pudesse pensar, respondeu com sinceridade:

— Sim, Niall. Nunca gostei do escuro.

Surpreso diante dessa revelação, ele deu uns tapinhas na cama e em um tom mais afável, disse:

— Deite. Eu estou aqui, não tem nada a temer.

Com a pulsação a mil, ela queria sair correndo dali. Não conseguia ceder, de modo que deu uma desculpa.

— Niall, eu me mexo muito na cama, e não quero machucar seu ombro. É melhor que eu durma na cadeira. — E sentando-se nela, disse: — É muito confortável.

— Nem pense nisso, mulher.

Ele se levantou, puxou-a e a obrigou a se deitar ao seu lado.

— Vai dormir na cama comigo, e não se fala mais nisso.

Ao ver que ela o fitava com a cabeça apoiada no travesseiro, não pôde evitar e roçou-lhe o rosto com sua mão calejada. Sussurrou, deixando-a arrepiada:

— Durma, Gillian. Confie em mim.

E dizendo isso, com dor no coração, Niall se virou. Gillian tentou dormir, mas não conseguiu.

Capítulo 20

Gillian cavalgava sobre Thor mais calada que o normal, enquanto observava de longe um daqueles highlanders barbudos tratar Hada com carinho. Quando fechava os olhos, ainda ouvia a respiração pesada de Niall em sua cama. Suspirou. Aquela noite havia sido a primeira que dividira o leito com um homem. Com seu marido. Niall. Durante anos havia imaginado esse momento cheio de ternura e paixão, e não como o que foi: uma noite cheia de sentimentos contraditórios e solidão.

Megan e Shelma, que cavalgavam ao seu lado, tentaram puxar conversa, mas rapidamente viram que ela não estava muito falante. O que estava acontecendo com Gillian? Cochichando entre si, as irmãs chegaram à conclusão de que era a tristeza por se afastar de seu lar e de sua família que a mantinha tão absorta.

Para Gillian, a coisa mais difícil que já tivera que fazer na vida fora se despedir de seu irmão, Axel, de seu avô, Magnus, e de todas as pessoas que haviam convivido com ela no castelo desde que nascera. Como não quis deixá-los tristes, seguiu o conselho de Niall, e com um sorriso fantástico de felicidade, despediu-se deles prometendo voltar em breve para visitá-los.

Durante as longas horas de cavalgada, Gillian observava com curiosidade os homens de seu marido. Eram sujos, horripilantes, grosseiros e sem nenhuma classe. Nada a ver com os guerreiros de Duncan ou Lolach. Tempos atrás, tinha ouvido dizer que a maioria deles eram assassinos, mas quando Cris lhe disse que isso não era verdade, quis acreditar nela.

Contudo, ao notar seus olhares e ver como sorriam para ela com seus modos toscos, começou a duvidar.

Chegada a tarde, os lairds ordenaram que parassem. Estavam todos famintos. Rapidamente, alguns homens acenderam uma fogueira e começaram a cozinhar. Durante toda a viagem, Niall não olhara nem uma única vez para Gillian, nem falara com ela. E quando ela o viu descer de seu cavalo imponente e ir para a carroça de Diane, blasfemou. Então, ambos se dirigiram ao bosque, e ela quis degolá-los.

Malditos... malditos!, pensou, furiosa.

Indignada diante de tamanha humilhação, ela cravou os calcanhares em Thor, mas quando sacou a espada, o bondoso Ewen pegou as rédeas de seu cavalo e a deteve.

— Não é uma boa ideia, milady.

Gillian estava tão cega de raiva que não respondeu, mas deixou que o homem a guiasse até onde estavam os cavalos de seu novo clã. O clã de Niall.

Mal-humorada por causa de tamanha audácia, ela pulou do cavalo e, de repente, se encontrou no meio de todos aqueles barbudos fedorentos. Tentando não se intimidar pela aparência deles, levantou o queixo e saiu andando; mas um galho traiçoeiro a fez tropeçar, e se Ewen não a houvesse segurado, teria acabado no chão. Como era de se esperar, os homens caíram na gargalhada.

— Cuidado para não cair, mulher! — gritou um.

— Mais um pouco e beijaria o chão, lourinha — gargalhou outro.

Ewen, ao vê-la bufar, fitou-a e disse:

— Eles não são más pessoas, mas não sabem como tratar a senhora. Dê um tempo a eles e garanto que acabará sentindo orgulho.

Gillian alisou a saia, disposta a lhes dar o voto de confiança que Ewen pedia.

— Como sabe, eu me casei com o laird de vocês e me devem respeito. Meu nome é Gillian. Não lourinha, nem mulher, nem nada do tipo. Portanto, eu peço, cavaleiros, que me chamem de milady.

— Oh, quanta delicadeza! — riu um deles, e os outros o imitaram.

Gillian, olhando para eles, convenceu-se de que esses brutos só entenderiam as coisas se os tratasse com brutalidade. Portanto, decidiu mudar de tom:

— O próximo que me chamar de lourinha, garota ou de qualquer um desses nomes que estão acostumados a usar quando veem uma mulher, juro por meus pais, que vai se ver comigo.

Surpresos com a ousadia daquela mulher tão pequena de cabelo claro, eles se olharam e caíram na gargalhada. Gillian foi até seu cavalo, pegou a espada e a ergueu diante de todos.

— Quem quer ser o primeiro a medir sua coragem comigo? — perguntou.

Ewen, aproximando-se dela, disse:

— Milady, acho que não deveria...

Gillian o fitou e lhe pediu silêncio. Voltou-se para os barbudos:

— Por acaso acham que tenho medo de vocês porque sou mulher? Ou pretendem que eu me sinta inferior porque sou menor e mais delicada?

— Não, linda, só pretendemos que não se machuque — gritou um homem com uma barba loura incipiente.

Gillian cravou nele seus frios olhos azuis e se aproximou.

— Qual é o seu nome?

Incomodado pelo modo como todos olhavam para ele, o rapaz respondeu:

— Donald Howard.

Gillian, notando a corpulência do homem, baixou a espada e lhe estendeu a mão.

— É um prazer conhecê-lo, Donald. — E recolhendo a saia, fez uma leve reverência.

O highlander, desconcertado, olhou para seus companheiros, que deram de ombros. Ao ver que ela continuava com a mão estendida para ele, olhou para Ewen, que, com um gesto rápido, disse que lhe beijasse a mão.

— Igualmente, lou... digo, milady — respondeu o rapaz, beijando-lhe a mão e fazendo o mesmo movimento que ela com a perna.

Alegre, Gillian compreendeu que aquele selvagem não sabia o que tinha que fazer.

— Você não deve se agachar como eu. Quando um homem cumprimenta uma dama com educação, após beijar-lhe a mão, só deve inclinar a cabeça.

Donald continuava perplexo.

— Ewen, poderia mostrar a estes cavaleiros como se cumprimenta uma mulher? — pediu Gillian.

O homem se aproximou até ficar em frente a ela. Ao ver sua expressão marota, sorriu. Haviam se passado seis anos desde a última vez que a vira, mas a jovem continuava sendo uma criatura encantadora.

— Como se chama? — perguntou ela gentilmente.

— Mas, mulher! Acabou de chamá-lo pelo nome! — gritou um deles.

— Talvez tenha batido a cabeça e perdeu a memória — debochou outro.

— Ou bebeu muita água do lago — gritou um ruivo, fazendo com que todos soltassem mais uma gargalhada.

Gillian não podia acreditar; como eram broncos!

— Maldito bando de selvagens, eu sei que Ewen se chama Ewen — gritou. — Só queria mostrar como se faz, seus estúpidos!

Eles riram de novo, mas Gillian não se rendeu.

— Como se chama, cavaleiro? — perguntou de novo a Ewen.

— Cavaleiro!? Ewen é um maldito highlander, mulher! — gritou uma voz ao lado de Gillian.

Com uma rapidez espetacular, Gillian se virou e, deixando todos boquiabertos, passou sua espada a poucos centímetros do rosto de quem havia falado, arrancando-lhe um bom pedaço de barba.

— Se mais alguém me interromper — rosnou —, juro que a próxima coisa que farei vai ser cavar o túmulo do infeliz, entendido?

Todos ficaram mudos; parecia até que nem respiravam. Gillian, após passar o olhar por todos, dirigiu-se a um jovial Ewen e perguntou de novo:

— Como se chama, cavaleiro?

— Ewen McDermont.

— É um prazer conhecê-lo.

Gillian flexionou os joelhos, inclinou a cabeça com graça e levantou a mão, e Ewen, pegando-a com suavidade, inclinou também a cabeça e deu-lhe um delicado beijo nas costas da mão.

— É uma honra, milady — disse.

Terminada a demonstração, Gillian se voltou para os homens e gritou:

— A partir deste momento, não pretendo que beijem minha mão toda vez que me virem, mas quero que aprendam pelo menos como me tratar, porque não vou permitir que ninguém volte a me chamar por outro nome que não seja o devido, entenderam?

Todos olharam para ela, mas ninguém respondeu. De repente, Gillian percebeu que um daqueles selvagens simplesmente se virava para ir embora. Rapidamente tirou a adaga da bota e a lançou com destreza; a arma passou roçando a orelha do homem e se cravou em uma árvore. Surpreso, o guerreiro parou, levou a mão à orelha e viu sangue. Virou-se e encontrou rostos confusos e a contrariedade de Gillian.

— Eu perguntei, malditos ignorantes, se me entenderam — gritou ela fora de si.

Absolutamente todos balançaram a cabeça, assentindo. Instantes depois, os homens desapareceram dali, exceto Ewen.

— Milady, acho que assustou eles — disse ele, achando graça.

Ela foi até a árvore, puxou a adaga e, voltando-se para o highlander que a olhava com um sorriso, sussurrou:

— Segure-me, Ewen, que estou tremendo até os dentes.

Contente, ele tomou-lhe o braço e a acompanhou até o cavalo a fim de pegar uma manta para aquecê-la. Conversou um pouco com ela e foi embora. Gillian se sentou debaixo de uma árvore enorme, distante dos outros. Cansada devido a tudo que acontecera e à noite em claro que havia passado, ela se aconchegou encostada no tronco, e quando seu corpo começou a relaxar, uma voz a sobressaltou:

— O que fez com meus homens?

Gillian abriu os olhos rapidamente e encontrou Niall com cara de poucos amigos parado diante dela.

— Como?!

— Não faça essa cara de inocente, Gillian, eu te conheço.

Gillian o olhava de boca aberta enquanto se levantava do chão.

— Arnald, um dos meus homens, veio falar comigo muito aborrecido — gritou. — Você cortou um pedaço de sua barba, ele está mal por isso, e quase arrancou a orelha de Jacob.

— Mas que asnos chorões! — disse ela, incrédula. — Eu não fiz nada; eles mesmos provocaram isso se comportando como animais.

Durante grande parte da viagem, Niall havia pensado em como facilitar o entendimento entre ela e seus homens. Sabia que Gillian tinha um gênio forte, mas nunca teria imaginado que ela seria capaz de enfrentar todos eles sozinha.

— Esses seus homens da caverna, além de sujos, fedorentos e mal-educados, oh, Deus, cospem em qualquer lugar, que nojo! E não pararam de me olhar com lascívia desde que saímos de Dunstaffnage. E te digo uma coisa, McRae: eles que se alegrem por eu só ter cortado a barba de um e arranhado a orelha de outro, porque, se continuarem assim, a vida deles comigo será muito pior. — Niall a ouvia pasmo; não conseguia nem falar. Estava completamente enfeitiçado. — Não vou permitir que esses... esses... ordinários, toscos e broncos me chamem de lourinha ou de linda, como se eu fosse uma criada qualquer. Que tipo de educação eles têm? Onde arranjou esse bando de estúpidos? Por acaso não lhes disse que agora sou a senhora deles e que me devem respeito? — Ao vê-lo sorrir, mais irada ainda, gritou: — Se tenho certeza de algo é que não vou permitir que esses broncos barbudos me envergonhem diante de ninguém. Ouviu bem, McRae? — Ele assentiu. — No dia de nosso casamento, além de me humilhar e de me pôr no dedo este... este ridículo pedaço de couro marrom — disse, mostrando-o —, você deixou bem claro que eu só seria dona de seu lar, e que gostasse ou não, teria que viver com eles. E pretendo lhes ensinar bons modos.

Enquanto Gillian continuava desabafando, andando de um lado para outro, Niall a admirava, contemplava e desfrutava de sua esposa. Aquela mulher miudinha havia enfrentado mais de uma centena de homens com cara de assassinos sem hesitar e sem um pingo de medo. Ele gostava disso. Preferia que ela fosse assim, e não toda frágil como Diane. Satisfeito, olhou o dedo de Gillian e viu que o pedaço de couro marrom continuava amarrado ali. Sorriu. Sabia que os modos de seus guerreiros eram péssimos, mas nunca se importara, até esse momento. Ia dar um jeito nisso essa mesma noite. Falaria com eles e deixaria tudo bem claro. Gillian era sua esposa e, efetivamente, senhora de todos. Tinha que pensar no que ela exigia, senão, Gillian os deixaria tão loucos que por fim teria que temer que aplicassem a lei por conta própria. Ao decidir o que fazer, concentrou de novo a atenção em Gillian.

— Esses seus guerreiros mentecaptos, burros e insossos apren...

— Se tornar a insultar mais uma única vez algum dos meus homens — interrompeu-a Niall, categórico —, eu é que vou te ensinar bons modos e vou te dar umas palmadas na frente deles, entendeu?

Ela abriu a boca para responder e pestanejou, incrédula pelo que ele estava disposto a fazer com ela. Suspirou, e de uma maneira que fez o coração de Niall disparar, saiu a passos largos. Seguindo-a com o olhar, ouviu-a praguejar. Com um sorriso nos lábios, murmurou:

— Ainda bem que se afastou, gata; senão, eu teria me rendido a seus pés.

Capítulo 21

Dois dias depois, em meio à chuva e à lama, a comitiva seguia seu caminho. Niall e Gillian sustentavam sua falsa felicidade diante dos outros, apesar dos constantes flertes de Diane. Em várias ocasiões, Gillian teve vontade de puxar sua bela cabeleira e arrancar-lhe os fios um por um. Mas sabia que isso só lhe causaria problemas e se conteve.

Todos percebiam a situação constrangedora que Diane causava entre os recém-casados, mas não diziam nada. Megan e Shelma, na intimidade, haviam comentado que, se isso acontecesse com elas, abririam a intrusa ao meio. Cris observava, como todos, e não dizia nada. Pensava como as outras. Notava que Gillian mal podia se conter. Bastava ver a cara com que olhava para sua irmã e bufava, afastando-se quando Diane aparecia.

Durante o dia, os recém-casados tentavam se cruzar o menos possível, mas quando o faziam, sorriam como bobos e, às vezes, até se beijavam diante de todos. Eram beijos que Niall exigia e dos quais Gillian, apesar de resmungar, gostava. Quando jantavam todos juntos, brincavam e riam, mas por baixo da mesa trocavam pontapés.

À noite, quando chegava a hora de descansar e entravam na tenda, Niall e Gillian infernizavam um ao outro, até que ele ia dormir ao relento com seus homens, ou ela pegava sua manta e se enrolava com ela em um canto da tenda, longe do colchão, do conforto e da proximidade de seu marido.

Durante aqueles dias, os homens de Niall, depois da conversa que este havia tido com eles, tentaram se aproximar o menos possível da mulher de seu laird. Mas aconteceu algo que a surpreendeu: em duas ocasiões, aqueles guerreiros toscos a chamaram de milady. Ela sorriu.

Uma das noites, depois de jantarem todos juntos, Duncan e Megan decidiram dar uma volta pelos arredores. Precisavam de um pouco de privacidade. Gillian, com a ajuda do jovem Zac, levou Johanna e Amanda à tenda para dormir. Niall observava sua mulher rir e dar beijinhos nas meninas.

Eu daria tudo para que me beijasse assim, pensou, fitando-a com desconfiança. Mas, levantando-se, decidiu ir ver seus homens. Falar com eles refrescaria sua cabeça e acalmaria sua excitação, que estava a cada dia mais forte.

Depois de beijar as meninas, Zac saiu. Havia visto a linda Diane sair de sua carroça e correu para lhe fazer companhia. Sua juventude fazia que a seguisse como um cordeirinho por todos os lados.

— Tia Gillian, é verdade que tia Shelma uma vez deu um soco no nariz de tio Lolach?

Ao recordar esse momento, Gillian sorriu.

— Totalmente verdade. Mas não diga isso ao tio Lolach; tenho certeza de que ainda dói.

As meninas gargalharam. Então, a pequena Amanda perguntou:

— E também é verdade que mamãe, tia Shelma e você certa noite fugiram de tio Niall e depois ele encontrou vocês?

Surpresa com as perguntas que as meninas faziam, Gillian as fitou e disse:

— Quem é que conta essas coisas?

— Mamãe — confessou Johanna. — À noite, quando nos leva para a cama, ela nos conta histórias divertidas para nos fazer rir.

— Ora, a mãe de vocês... — murmurou Gillian. — Mas ao ver a cara das meninas, assentiu, e disse: — Sim... é verdade. Uma vez, escapamos do tio Niall, mas não devíamos ter feito isso, porque quase morremos. E, a propósito, se não quiserem que ele se aborreça, não comentem isso com ele, está bem?

As meninas assentiram, e Johanna sussurrou:

— Conte alguma coisa. Hoje mamãe não está, e queremos nossa história.

— E o que querem que conte?

— Eu quero que conte como se sentiu na primeira vez que viu o tio Niall. Ele é tão bonito!

— Ah, minha querida, faz muito tempo, e eu era muito pequena — suspirou Gillian; não queria recordar esses tempos.

Amanda, fazendo um grande esforço para não adormecer, perguntou:

— Já tinha uma espada como a minha?

Bem-humorada, Gillian sorriu. Dando-lhe um beijo e passando a mão nos olhos da garota para que os fechasse, sussurrou:

— Não, meu amor, eu só tive uma espada maravilhosa como a sua quando cresci. Foi Mauled, um dos avós de sua mamãe, quem me deu. Agora, durma.

A menina, aconchegando-se a sua amada espada, adormeceu rapidamente. Johanna resistiu um pouco mais, mas Gillian, cantando uma canção que falava de belas princesas e príncipes elegantes, conseguiu fazê-la fechar os olhos e por fim adormecer.

Certificando-se de que as meninas estavam dormindo, Gillian saiu da tenda. Mergulhada em seus pensamentos, encaminhou-se para a sua, mas, antes, foi visitar seus cavalos.

A ferida na pata de Hada parecia melhor, e isso a deixou muito feliz.

— Boa noite, milady.

Gillian levantou a cabeça e se surpreendeu ao ver que quem a havia cumprimentado era o barbudo que dias atrás havia servido de bode expiatório diante dos demais homens.

— Olá, Donald, boa noite. Está de guarda?

Boquiaberto por ela recordar seu nome, ele parou e a fitou.

— Sim, senhora, esta noite é minha vez. Pode dormir tranquila.

Surpresa com seus bons modos, Gillian sorriu, mas, ao vê-lo cuspir, franziu o cenho.

— Oh, Deus, Donald, como pode fazer algo tão desagradável? — disse.

— O que, milady?

— Pelo amor de Deus. Onde vocês foram criados?

O highlander não sabia o que responder.

— Isso que acabou de fazer, cuspir, é feio, irritante e sujo, e as mulheres sentem muito nojo.

— Eu não tenho mulher, não preciso me preocupar.

Oh, Deus, só batendo com um tronco na cabeça deles, pensou Gillian.

— Mas deve ter alguma pretendente, não é?

— Não, milady. As mulheres não costumam olhar para mim, e quando olham, fogem.

Sem poder evitar, ela assentiu.

— Viu, Donald? Como pretende que uma mulher olhe para você com interesse se faz essas porcarias? E se elas fogem de você é por causa da sua aparência de urso fedido.

— Não me esforço para agradar às mulheres. Sou um guerreiro.

Gillian revirou os olhos e suspirou.

— Donald, uma coisa não impede a outra. É possível ser um guerreiro feroz e agradar às mulheres.

Dando de ombros, ele respondeu:

— Milady, eu só quero ser um bom guerreiro. O resto não me importa.

— Não gostaria de formar sua própria família?

O homem baixou o olhar e não respondeu.

— De onde é? — continuou ela.

— Antes eu vivia em Wick.

— E não tem família lá? Pais, irmãos...

— Tinha... tinha mulher e filho, mas morreram.

Essa revelação tocou o coração de Gillian.

— Por isso fui lutar com seu marido na Irlanda, e agora meu lar é Duntulm. Não quero voltar a Wick, acho que as lembranças me matariam.

Comovida, Gillian se aproximou do homem.

— Lamento por sua família — sussurrou. — Sinto muito, Donald. Eu não sabia...

— Não se preocupe, milady, isso aconteceu há muito tempo.

Ficaram um momento em silêncio.

— Quantos anos tem? — perguntou Gillian, por fim.

— Vinte e oito.

Ela o fitou, incrédula, e levou as mãos à cabeça.

— Por São Ninian! É apenas dois anos mais velho que eu e parece meu avô!

Ao ver a cara do homem, apressou-se a dizer:

— Oh, perdão, Donald! Às vezes, como agora, falo demais.

— Não, não fala demais, milady.

— Sim, Donald, falo. Mas, apesar disso, preciso dizer que essa barba, esse cabelo emaranhado e seus modos toscos fazem você parecer mais velho.

— É o que sempre tentei fazer — disse o homem com orgulho.

— Mas, Donald, por que todos vocês insistem em usar essas barbas e esses cabelos? Parecem um exército de selvagens.

O homem riu. Fitando-a, disse:

— Milady, após anos de luta, todos nós fomos feridos em batalha. Eu, particularmente, tenho uma cicatriz que atravessa meu pescoço, e a barba a esconde. E como eu, há muitos.

— Então, está me dizendo que deixam crescer essas barbas e esses cabelos para esconder o que anos de luta fizeram com seus rostos e corpos?

— Sim, milady. Não é agradável quando vamos a uma aldeia e as pessoas, em especial as mulheres, olham as cicatrizes com nojo.

Por Deus, onde encontro um tronco?, pensou.

— Por todos os santos, Donald! Nunca pensou que talvez elas olhem para vocês assim pela aparência que têm? Parece que não entram em um lago desde o dia em que foram paridos...

Ele sorriu. Ela tinha razão, não eram muito amigos de água e sabão.

Ciente de que era como falar com a parede, Gillian decidiu lhe dar boa-noite e não insistir mais. Então, dando um beijo em Hada e em Thor, voltou-se para o guerreiro e se despediu.

— Boa noite, Donald. E bom trabalho.

Só havia dado dois passos quando o homem a chamou.

— Milady, posso perguntar uma coisa?

Espantada, ela se virou.

— Pois não.

O homem, engolindo em seco, fitou o chão e murmurou:

— A questão, milady, é que há uma jovem que trabalha no castelo dos McLheod chamada Rosemary, e eu gostaria de cortejá-la. Mas ela nem sequer sabe que eu existo.

Oh, a parede está ruindo!, pensou Gillian com emoção.

Boquiaberta diante da confidência, ela se aproximou dele.

— É normal, Donald. Acabei de dizer. As mulheres reparam muito nessas coisas, e não gostamos nem um pouco dessa barba e dessa aparência de selvagem. As mulheres se sentem atraídas por homens limpos, educados e asseados.

— Sério? — perguntou ele, surpreso.

— Totalmente sério, Donald.

Vendo que ele estava pensativo, ela sorriu e disse:

— Faça um teste, Donald. Tire a barba para que ela veja seu rosto, tome um banho e arrume um pouco esse cabelo — disse, indicando-lhe a cabeleira. — Se fizer isso, talvez, e digo talvez, ela repare em você. Talvez se surpreenda ao descobrir que, se ela gostar de você, no que menos vai reparar é na cicatriz em seu pescoço.

Donald suspirou. Isso daria muito trabalho.

— Rosemary é bonita? — insistiu Gillian.

Foi mencionar o nome da mulher e Donald se transformou, mostrando que tinha um belo sorriso.

— Oh, sim, milady. Ela é linda, e tem um sorriso encantador.

Satisfeita ao ver que Donald sabia sorrir, deu-lhe duas palmadas no ombro. Então, Gillian se afastou, mas antes o advertiu:

— Eu já te mostrei o caminho. Agora, você deve decidir se quer que o lindo sorriso de Rosemary seja só seu. Boa noite, Donald.

— Boa noite, milady.

A conversa com Donald deixara-a de bom humor e Gillian se dirigiu contente a sua tenda. Ao entrar, encontrou-a escura e vazia. Onde estava Niall? Rapidamente acendeu várias velas para iluminar o espaço e vestiu a camisola. Sem esperar que seu marido voltasse, enrolou-se em duas mantas e o sono logo a venceu.

Capítulo 22

Já bem avançada a noite, Niall entrou na tenda e ficou olhando para ela. Seus bravos homens debochavam toda vez que chegava a noite e ele entrava na tenda com sua nova esposa. O que eles não sabiam, nem ele pretendia revelar, era que ainda não a havia possuído. Mas essa noite, como tinham bebido demais, seus homens o acompanharam e, no lado de fora, juraram por São Ninian, São Fergus e todos os santos escoceses que não sairiam dali enquanto não vissem a tenda chacoalhar impelida pela paixão. Meio ébrio, mas não tão bêbado quanto os outros, Niall olhava para Gillian à luz de velas, quando ela, sobressaltada, acordou.

— Que foi? — perguntou ela, esfregando os olhos.

Niall, com o cabelo despenteado, a camisa aberta e um sorriso sarcástico, disse mais alto que o normal:

— Esposa, tire a roupa!

Gillian ficou paralisada. Mas quando ouviu os vivas dos homens a poucos metros dela, entendeu tudo. Fitando os olhos ébrios de seu marido, sussurrou, pegando sua adaga:

— Se pensar em se aproximar, juro que não respondo por mim.

Megan e Duncan, que voltavam de seu passeio, ao ver tal congregação de homens ao redor da tenda de Gillian e Niall se aproximaram, curiosos. Instantes depois, Shelma e Lolach se juntaram a eles.

Enquanto isso, dentro da tenda, Niall, bem-humorado, murmurava:

— É minha esposa e como tal vou te possuir, queira ou não.

Assustada, a jovem se levantou depressa e o fitou de cenho franzido.

— Niall, não me faça fazer o que não quero e do que sei que me arrependerei amanhã — advertiu ela. — Se encostar em mim, juro que enfiarei a adaga inteira em você.

Ele gargalhou, e instantes depois, ouviram as gargalhadas do lado de fora. E antes que ela pudesse se esquivar, ele a pegou pela cintura e tentou beijá-la. Então, Gillian, sem querer, cravou-lhe a adaga no braço. Mas ao senti-la entrar na carne, gritou.

Seu grito fez os guerreiros vociferarem e brindarem, enquanto Niall, incrédulo, olhava a ferida.

— Niall! Oh, Niall! Tira a camisa... Oh, Deus...! Oh, Deus! — gritava Gillian, procurando algo para fazer um curativo.

Megan e Shelma riram, enquanto Lolach dava tapinhas nas costas de Duncan, que, surpreso, sorria.

Niall, sem tirar os olhos de sua mulher histérica, que não parava de gritar, tirou a camisa, sem se importar com o sangue que corria por seu braço.

— Oh, Deus! Que grande... que graaaande! — gritou ela, transtornada, ao ver o corte que havia feito nele.

— Não me toque — sibilou ele, furioso.

Aquela bruxa o havia ferido e ele estava furioso.

— Não diga isso. Deixe-me tocar! Deixe-me lavar...

— Eu disse não me toque, Gillian.

Compungida, ela sussurrou:

— Oh, Deeeeeeuus! Eu faço tudo errado.

Remexendo em um dos baús, Gillian rasgou com fúria um pedaço de pano, mas quando foi pô-lo no braço de Niall, ele a rejeitou, tirou o pano de sua mão e ele mesmo fez o curativo.

Perturbada pelo que havia feito, Gillian foi atrás dele. E arrependida como nunca na vida, sussurrou:

— Niall, desculpa — e tentando ajudá-lo, disse: — Por favor... por favor... por favor, não se mexa; deixe que eu continue. Eu faço melhor... Deixe que eu...

— Não, deixe que eu faço, mulher — urrou ele. — Fique quietinha.

Shelma e Megan se olharam, incrédulas. Nossa... como Gillian era fogosa!

— Ai, Deus, Niall! Eu... eu só queria...

— Sei muito bem o que você queria — vociferou ele.

— Não, não pode saber.
— Sim, eu sei.
— Náááááooo!

Brava com a grosseria dele e sentindo-se culpada por tê-lo ferido, gritou:

— Oh, Niall, maldição! Quer parar e deixar que eu faça? Sei fazer isso muito bem, juro.

Afastando-se dela e cada vez mais contrariado com sua insistência, sibilou:

— Não, fique quieta, já fez o bastante.

Mas Gillian não cedeu.

— Por favor, Niall — pediu ela, adoçando a voz —, prometo que farei com delicadeza. Terei cuidado. Por favor... por favor... deixe.

Nesse momento, ouviram uma voz de fora, que gritou acima de todas:

— Meu senhor... deixe que ela faça e aproveite, que sua mulher parece fogosa.

Ao ouvir isso, ambos se olharam ao mesmo tempo. Niall sorriu e, para deleite de seus homens, gritou, diante do espanto dela:

— Oh, sim, Gillian! Faça... continue. Você é apaixonante!

— Não grite, Niall, pelo amor de Deus — murmurou ela, envergonhada.

— Continue, Gillian... continue — insistiu ele, divertindo-se com a situação.

Os homens, enlouquecidos, gritaram de novo e felicitaram uns aos outros, diante da incredulidade de Megan e Shelma.

— Ai, Deus!... — suspirou Gillian, vermelha como um tomate, ao ouvir os gritos dos homens.

Mas sem poder evitar, e surpreendendo seu marido, levou a mão à boca, jogou-se no chão e começou a rir.

Os homens que cercavam a tenda, satisfeitos com o que haviam ouvido, começaram a dispersar. Megan e Shelma foram com seus maridos a suas respectivas tendas, dispostas a se divertir tanto quanto sua amiga estava se divertindo.

Niall não podia acreditar no que havia acontecido. Ao ver Gillian rolando no chão, morrendo de rir, desabou também e ambos riram como há muito tempo não faziam.

— Ai, Niall! — disse Gillian, deitada no chão. — Foi a coisa mais divertida que já me aconteceu na vida.

O highlander, com o estômago dolorido de tanto rir, esqueceu o corte e assentiu. Durante um bom tempo, compartilharam risos e olhares cúmplices, até que ela recordou o que havia feito e se sentou no chão.

— Dá aqui seu braço ferido.

— Para quê?

— Dá aqui.

Niall não queria mais se aborrecer. Ainda deitado no chão, estendeu o braço, e Gillian, com rapidez, avaliou a ferida.

— Maldição, por que fui fazer isso?

Pondo o outro braço embaixo da cabeça, Niall suspirou.

— Talvez porque seja uma selvagem.

Cravando seus olhos claros nele, a mulher ergueu uma sobrancelha, mas rapidamente Niall disse com um sorriso encantador:

— É brincadeira... é brincadeira. Foi sem querer, eu sei. Não se preocupe.

Com delicadeza, ela lavou a ferida, e ao ver que era mais superficial do que pensara de início, suspirou, aliviada.

— Tenho o prazer de informar que não morrerá por causa disto.

— Que bom. Fico feliz por saber que não vou abandoná-la.

Gillian, enfeitiçada pelo momento, pela luz das velas e pela quietude da noite, inclinou-se para ele e o beijou. Fazia dias que desejava isso, mas não se atrevia. Só aproveitava seus beijos quando estavam diante das pessoas e ele exigia que o beijasse. Mas essa noite não. Essa noite foi ela quem tomou a iniciativa. Mordiscando primeiro o lábio inferior dele, fez que abrisse a boca e o devorou.

Com o coração disparado pela impulsividade dela, Niall se deixou beijar. Era a melhor coisa que lhe havia acontecido nos últimos dias, e queria aproveitar. Gillian, surpresa com seu próprio atrevimento, cada vez mais excitada e com o coração a mil, deitou-se em cima dele.

— Gillian, acho que...

— Shhh... calado! — interrompeu ela com um tom de voz rouco e sensual.

Não queria pensar. Só queria ficar assim, sentindo a agitação ardente e notando o centro de seu sexo se umedecer ao desejar algo que lhe pertencia.

Enlouquecido pelo momento, Niall respirava agitado, com o olhar cada vez mais ardente de luxúria. A mulher que estava em cima dele rebolando e apertando o sexo contra ele era sua Gillian, sua gata. Seu sangue fervia ansiando seu contato.

Sem perder tempo, ela pegou as mãos dele e as pôs ao redor de sua cintura. Então, ele percebeu que ela estava só com a fina camisola e uma calcinha. Cego de desejo, ele colocou as mãos por baixo da roupa dela. Gillian era deliciosa e tentadora. Subiu a mão com delicadeza pelas costas suaves, e ela gemeu perto de seu ouvido. Com as retinas obscurecidas pela luxúria, Niall rolou com ela pela tenda até deixá-la debaixo de si. E apoiando-se nos cotovelos para não a esmagar, sussurrou gemendo:

— Eu arrancaria sua roupa e possuiria você aqui e agora.

— Arranque — incitou ela com veemência. — Sou sua.

O convite fez Niall enrijecer ainda mais. Ele desejava mais do que nunca fazer amor com ela. Desejava despi-la, lamber cada pedacinho de sua gata até que ela caísse rendida diante dele, diante de seu marido. Queria ouvi-la gemer enquanto a penetrava com paixão sem parar, fitando-a nos olhos, mas esse não era o lugar. Ela havia se rendido e se entregado sem que ele exigisse nada, e Niall queria aproveitar a oportunidade; mas algo dentro dele gritava que não fizesse isso.

Corajosa, Gillian levantou uma mão, tocou-lhe a testa e afastou o cabelo do rosto de Niall, olhando-o com a respiração acelerada, como se fosse a primeira vez na vida que o via. *Oh, Deus, ele é tão atraente...* Pensar que outra pudesse beijar aqueles lábios ou tocá-lo a fez sentir uma pontada no coração.

— Vou beijar você — murmurou Niall com a voz entrecortada.

Ela assentiu; não desejava outra coisa. Fechou os olhos, e ele a devorou. Mordeu seus lábios, brincou com sua língua, enquanto suas mãos vagavam por aquele corpo que vibrava debaixo dele pedindo mais. Sem deixá-lo pensar, ela começou a passar as mãos por aquelas costas incríveis, musculosas, enquanto instintivamente abria as pernas embaixo dele até tê-lo encaixado de tal maneira que Niall sentia o calor que o sexo dela exalava por ele.

Saber que podia rasgar a fina calcinha que ela usava para entrar nela o fez tremer. E quando Gillian sentiu a dura ereção, sem fôlego, gemeu:

— Oh, Deus!

A cada instante mais enlouquecido, ele a apertou contra seu sexo. Ao ouvi-la arfar, sorriu. Durante alguns segundos olharam-se fixamente, com a respiração entrecortada, e ele se apertou contra ela de novo. Mexeu seus quadris com um movimento rotativo sobre ela que a fez arfar de novo.

— Continue... — implorou ela.

— Tem certeza, Gillian?
— Sim...

Ele mexeu os quadris e ela repetiu:

— Sim.

Niall a olhava com uma ternura que a deixava extasiada, enquanto sentia sua pele pegar fogo, como se estivesse entrando em uma fornalha. Não tinha medo do que ele pudesse fazer. Desejava-o. Desejava enfrentar Niall corpo a corpo, como no dia em que lutara contra ele no campo.

Quando Niall tornou a apertar seu corpo contra o dela e ela arfou de novo, sentiram a pele queimar de desejo. E quando sentiu as mãos dele debaixo de sua calcinha tocando seus pelos louros, se ele não houvesse tomado sua boca, teria gritado de excitação.

Duro como pedra, ele continuou explorando-a, até levar seus dedos ao centro do desejo dela. Estava ardendo. Olhando-a nos olhos, ele abriu com delicadeza as dobras de seu sexo e vibrou ao sentir nela exaltação, delírio, ardor e desejo.

— Oh, sim, Niall!
— Está me deixando louco, meu bem.

Com um sorriso maroto devido ao tratamento afetuoso, ela murmurou:

— Eu sempre gostei de te enlouquecer, esqueceu?
— Ah, é? — riu ele.
— Sim — arfou ela, arqueando-se.
— Hoje eu é que vou te enlouquecer — disse ele, louco pela entrega dela e o jeito como se mexia embaixo dele.

Gillian, tomada pelo desejo, abriu mais as pernas para facilitar as coisas. Sentiu as mãos quentes de Niall naquele lugar tão íntimo, enquanto ele devorava sua boca com paixão. A sua luxúria explodiu quando ele introduziu primeiro um dedo e depois dois, e começou a mexê-los dentro dela.

Niall adorava vê-la gemer e se arquear para ele em busca de suas carícias íntimas. Até que ele notou o corpo dela começar a tremer até chegar ao clímax.

— Você é linda, querida — sussurrou Niall, beijando-a com paixão enquanto ela tremia.

Com toda a ternura, ele a aconchegou junto a si. Precisava senti-la perto para aliviar a dureza que protestava em desespero por não ter sido convidada àquela dança luxuriosa de suspiros e gemidos. Quando Gillian quis falar, ele não a deixou. Pôs um dedo em seus lábios, e dando-lhe um beijo na testa, obrigou-a a se calar, até que, exausta, ela adormeceu.

Ao amanhecer, Niall olhava para ela, ciente de que aquele ataque passional de sua mulher havia derrubado parte de suas defesas. Agora, ele a desejava mais que antes, e isso ofuscava sua razão. O que acontecera não havia sido um triunfo para ele, ao contrário. Sua mulher linda e guerreira havia conseguido tocar de novo seu coração ferido, e se não detivesse o ataque a tempo, sabia que cedo ou tarde se arrependeria.

Capítulo 23

Naquela manhã, quando saíram da tenda para seguir viagem, nem se olharam, nem se dirigiram a palavra, mas todos os felicitavam com sorrisos descontraídos, sem ter ideia do que havia acontecido entre eles. Quando Gillian viu Megan e Shelma, pensou em lhes contar a verdade, mas elas começaram a relatar a noite de paixão que haviam tido com seus maridos e ela decidiu não dizer nada.

Já na estrada, cada vez que Gillian fechava os olhos e pensava no que havia acontecido à noite, ficava excitada. Ele a chamara de querida, ou havia sido imaginação? Recordar que Niall a havia tocado naquele lugar tão íntimo a deixava acesa de novo. Ficou preocupada. Não podia passar o dia todo pensando no que havia feito, nem desejando que acontecesse outra vez.

Alegrou-se ao ver que seu marido a olhava com mais frequência nessa manhã. Estaria pensando o mesmo que ela?

Ao entardecer, decidiram pernoitar em uma aldeia chamada Pitlochry. Já na estalagem, os lairds, suas mulheres e as irmãs McLheod refrescaram-se em seus quartos. Estavam precisando disso.

Depois de se lavar, Niall abandonou o quarto com rapidez. Ficar a sós com Gillian fazia sua boca secar e, além do mais, sentia uma comichão constante de excitação. A jovem, ao vê-lo sair, suspirou.

Usou a bacia que havia no quarto para se lavar e, sem demora, pôs um vestido verde musgo e penteou seus longos cabelos, tudo isso ainda pensando em Niall.

Desde o que acontecera na noite anterior, só de olhar para qualquer parte do corpo dele sentia vontade de pular em seu pescoço. Mas não, não podia. Como ela é que havia tomado a iniciativa a primeira vez, sentia necessidade que ele a tomasse agora.

— Oh, Deus, que vergonha de mim mesma. Pareço uma rameira vulgar — sussurrou, frustrada, olhando-se no espelho.

Levantou-se, e apesar da chuva que caía, abriu a janela para que o ar frio das Highlands a despertasse. Ao sentir as gotas caírem em seu rosto, sorriu, mas parou quando ouviu umas mulheres conversando debaixo de sua janela:

— Estou dizendo, podemos enrolar e roubar o que quisermos desses highlanders que estão acampados na periferia da aldeia.

— Viu a barba que têm? São repugnantes — murmurou uma morena.

— Será que sabem o que é água e sabão?

Gillian imediatamente entendeu que estavam falando dos homens de Niall. Não havia dúvida. Atiçada pela curiosidade, tirou metade do corpo para fora da janela para poder ver melhor as mulheres, que haviam se reunido debaixo do telhado. Viu que eram quatro. Pela aparência, deviam ser as prostitutas de Pitlochry. Mas não disse nada e continuou escutando.

— Ouvi dizer que hoje à noite virão à taberna para refrescar suas gargantas toscas — disse uma ruiva de seios fartos. — Basta deixá-los tontos com nossos encantos, e esses estúpidos não se darão conta de que lhes roubamos uma ou outra moeda.

Mas que sem-vergonhas!, pensou Gillian.

— Mas eu vi muitos highlanders — murmurou uma morena.

— Sim, mas estou falando dos de barbas longas e aparência suja. Parecem meio tolos — explicou a ruiva.

— Não sei, Brígida — interveio outra mulher. — Não sei se é uma boa ideia.

— Faça o que quiser — sibilou descaradamente a ruiva—, mas, para mim, esses selvagens são presa fácil. Reparou bem? Basta se esfregar um pouco neles para se dar bem.

— Na verdade, tem razão — acrescentou a morena. — Conte comigo! Umas moedas extras cairão muito bem. Se eu conseguir roubar alguma coisa, depois posso vender e ter algum lucro.

As mulheres se afastaram gargalhando. Gillian sentia seu sangue ferver. Como podiam ser tão desavergonhadas?

Contrariada pelo que havia ouvido e ensopada de chuva, ela foi fechar a janela quando notou uma jovem de cabelo castanho com duas crianças. Viu-a parar em frente à estalagem debaixo do aguaceiro. Deu um beijo em uma menina de uns dez anos, deixou um bebê em seu colo, tirou sua capa velha e esburacada e cobriu os dois. A seguir, atravessou a rua e entrou no estabelecimento.

Congelada, Gillian por fim fechou a janela, secou o rosto com um pedaço de pano e penteou o cabelo de novo. A umidade o deixara frisado. Depois de um tempo, olhou-se no espelho, levantou o queixo e pensou: *Gillian, siga em frente*. Com segurança, saiu pelo corredor escuro de madeira, desceu uma escada e chegou a uma grande sala cheia de gente. Procurou Megan ou Niall com o olhar, e, quando os viu, dirigiu-se a eles.

Ele a viu chegar; estava tão bonita e reluzente que sorriu. Sua mulher era uma preciosidade. Não gostou de ver os olhares que os estranhos cravavam nela. Possessivo, pegou-a pelo braço e a sentou ao seu lado. Não queria problemas. Com um sorriso maravilhoso, Gillian brincou com Megan, Shelma e Cris. Quando perguntou por Diane e a irmã dela disse que ela estava cansada e preferiu ficar em seu quarto, alegrou-se.

Durante o jantar, todos estavam descontraídos e alegres. Gillian notou que Niall parecia estar mais atento a ela que em qualquer outra noite. Em duas ocasiões seus olhos se encontraram, e ele sorriu para ela de uma maneira muito diferente. Seu sorriso denotava felicidade; ela gostou de ver. Degustaram um prato maravilhoso de cervo ao molho, com sabor glorioso, e todos pareciam felizes, até que Gillian reparou na garota que os servia: era a mesma que havia visto beijar as crianças e entrar na estalagem. Olhou-a e se surpreendeu ao ver seus olhos vermelhos. Teria chorado?

Gillian percebeu que depois de deixar os talheres em cima da mesa, antes de voltar à cozinha, a jovem foi até a porta da estalagem e olhou para fora com preocupação. O dono do lugar, pegando-a pelos cabelos, fez com que voltasse ao trabalho.

O que é que esse homem está fazendo?, pensou Gillian, indignada.

Não entendia o que estava acontecendo. Viu a garota tentar dizer algo, mas o homem não a escutava, gritava que a estalagem estava cheia e que ela tinha que trabalhar. Por fim, a jovem pegou outro caldeirão cheio de ensopado e começou a servir mais porções.

Gillian, desviando o olhar para o outro lado do salão, viu que no fundo estavam as prostitutas que ela ouvira conversando debaixo de sua janela. E recordando suas intenções, decidiu não tirar os olhos delas, especialmente quando viu Aslam, Liam e Greg rindo com elas.

— O que há com você? — perguntou Niall em seu ouvido.

Ela estava tão concentrada no que acontecia ao seu redor que se esquecera dele, e quase pulou da cadeira.

— Nada! Eu gosto de reparar nas pessoas, só isso.

Com um movimento de cabeça, Niall assentiu. Ia dizer alguma coisa, mas Duncan puxou conversa com ele. Nesse momento, a jovem criada se aproximou e deixou várias canecas de cerveja na mesa. Quando ia embora, Gillian tomou-lhe a mão com delicadeza e perguntou:

— Aconteceu alguma coisa?

Surpresa, a garota negou rapidamente com a cabeça, mas seus olhos vermelhos e cheios de lágrimas a delatavam.

— Não, milady. Não se preocupe.

Afastou-se depressa, mas, antes de voltar ao trabalho, olhou de novo pela porta da estalagem. A curiosidade foi mais forte que Gillian, que, levantando-se e dizendo que ia ao banheiro, foi até a porta. Imediatamente, entendeu tudo quando viu debaixo d'água a mesma menina com o bebê no colo, que vira antes de descer para jantar, embaixo de uma carroça.

Com rapidez, Gillian saiu, e, pondo o capuz da capa na cabeça, foi até a carroça e se agachou.

— Olá, meu nome é Gillian. Como se chama? — disse.

A menina se assustou e apertou mais o bebê contra seu corpinho enquanto respondia, tremendo:

— Demelza.

— Oh, que nome mais lindo! Adorei. E o bebê, como se chama? — perguntou Gillian, sorrindo debaixo da chuva.

— Colin. Meu irmãozinho se chama Colin.

— Lindo nome também — comentou ela, observando o bebê que dormia.

Então, estendeu-lhe a mão e disse:

— Demelza, acho que você e Colin estão com frio, não é?

A menina assentiu.

— Venha comigo, não tenha medo. Vou levar vocês a um lugar mais quentinho.

Com medo nos olhos, a menina negou com a cabeça.

— Não posso. Minha mãe disse para esperar aqui até que ela volte. Ela está trabalhando na estalagem. — E, arregalando os olhos, sussurrou: — Esta noite, com certeza trará um pouco de comida.

Comovida, Gillian não pensou duas vezes e se enfiou debaixo da carroça, bem no momento em que Niall saía pela porta atrás dela. Ele ficou de queixo caído ao ver o que Gillian estava fazendo.

— Demelza, por que não está em casa? Em uma noite como esta não é boa ideia estar na rua. Seu irmão e você podem ficar doentes por causa do frio.

— Não temos casa, senhora. Vivemos onde podemos.

Gillian sentiu um calafrio.

— Também não têm um parente que cuide de vocês até que sua mãe volte? —perguntou.

Com uma tristeza que fez o coração de Gillian se apertar, a menina negou com a cabeça. Ia falar algo quando, de repente, ouviu um vozeirão dizer:

— Por todos os santos, Gillian, que está fazendo aí embaixo?

A menina reagiu se encolhendo e fechando os olhos. Gillian olhou para o marido, que a observava, atônito, e, suavizando a voz, disse:

— Niall, estes são Demelza e Colin. — E cravando os olhos nele, murmurou: — Estava tentando convencer Demelza a me acompanhar para dentro da estalagem. Está muito frio para ficar aqui, não acha?

Ao ver os olhos de Gillian angustiados pela situação daquelas crianças, Niall mudou o tom de voz e, dirigindo-se à menina, disse:

— Demelza, acho que minha mulher tem razão. Se entrar na estalagem, vai ficar melhor que aqui.

A menina, quase chorando de tão assustada que estava, negou com a cabeça.

— Não podemos entrar. Se entrarmos, o dono da estalagem vai ficar bravo com minha mãe e, então, não teremos um jantar quentinho.

Niall sentiu seu estômago revirar. Como podia aquele homem ser tão cruel? Mas Gillian, decidida a não deixá-la ali, insistiu, tirando-lhe a capa velha e ensopada e pondo a sua própria para agasalhá-la. A menina e o bebê precisavam mais que ela.

— Escuta, tenho uma ideia. O que acha se meu marido falar com ele para que não brigue com sua mãe? — A menina olhou para ela. Gillian, com um sorriso, acrescentou: — Garanto que meu marido, Niall McRae, sabe convencer muito bem as pessoas, e o estalajadeiro vai escutá-lo. Vamos tentar?

A menina olhou para Niall, que, agachado, observava-os e sentia a raiva se apoderar dele diante do sofrimento daquela criança.

— Não se preocupe, Demelza, eu vou falar com ele, certo?

Olhando para os dois, a menina deu de ombros.

— Enquanto eu saio daqui com eles, por favor, Niall, entre e diga a Megan que precisarei de alguma roupa de Johanna e algo seco para Colin.

Niall assentiu, tirou a capa e a estendeu a sua mulher, que, com um sorriso, a pegou. Imediatamente, ele correu para a estalagem, enquanto Gillian abandonava a proteção da carroça e ajudava a menina a segui-la. Não pôs a capa de seu marido, mas a jogou por cima da menina, que nesse momento, fora da proteção da carroça, parecia tremer ainda mais.

— Não tenha medo, querida. Agora venha... vamos entrar na estalagem.

Gillian tentou tirar o barro que manchava seu vestido. Estava encharcada, com o cabelo colado no rosto e gelada. De modo que, sem perder mais tempo, atravessou a rua com as crianças e entrou na estalagem.

— Aqui está mais quentinho, não é? — perguntou à menina, sorrindo.

Contudo, antes que Demelza pudesse responder, o estalajadeiro foi para cima dela e começou a empurrá-la.

— Saia daqui, mulher! E leve essas crianças. Aqui não é lugar para vocês.

Niall, que estava falando com Duncan, ao ver que se tratava de sua mulher, quis correr até eles, mas seu irmão o impediu. Gillian, colérica, havia dado um pontapé na canela do estalajadeiro, que gemia de dor. Ela pôs as crianças atrás de si e gritou, diante dos olhos de todos:

— Se me tocar de novo, verme maldito, vai pagar.

Nesse momento, a mãe viu seus filhos e soltou a caçarola para ir até eles e abraçá-los. Pareciam congelados. Mas o homem, enfurecido, pegou-a pelo cabelo e a jogou no chão, fazendo-a rolar até bater em umas cadeiras. A menina, assustada ao ver sua mãe nesse estado, chorou, enquanto ele gritava:

— Eu disse centenas de vezes, Helena, que não quero ver seus filhos em minha estalagem! Como tenho que falar? Tire agora mesmo esses fedelhos daqui, se não quiser que eu mesmo os tire a pontapés.

Gillian, incrédula diante do que aquela besta dizia e fazia, rapidamente tirou a adaga da bota, e pondo-a no pescoço do homem, gritou, vendo que Megan e Cris ajudavam a mulher a se levantar:

— Maldito filho de Satanás! Só um covarde é capaz de tratar uma mulher e seus filhos desse jeito.

O estalajadeiro, que mal podia acreditar que aquela ladrazinha o enfrentava de tal maneira, puxou uma adaga do cinto com rapidez e a pôs no estômago de Gillian.

— Tire agora mesmo a adaga do meu pescoço — gritou, cravando a ponta da sua nela —, senão, eu juro, maldita prostituta, que te abro de cima a baixo...

Mas não pôde dizer mais nada. Uns braços poderosos o seguraram por trás e o afastaram da mulher. E, depois de lhe baterem a cabeça na parede, alguém disse em seu ouvido:

— Se tocar um só fio de cabelo de minha mulher, dessas crianças ou de sua mãe, quem vai te abrir de cima a baixo sou eu, ouviu?

O homem, ao voltar os olhos e ver laird Niall McRae segurando-o, empalideceu. Nunca pensaria que aquela mulher miúda, ensopada, com o vestido cheio de lama, pudesse ser sua esposa.

— Desculpe. Eu não sabia... Mas as crianças...

Gillian se aproximou com as mãos na cintura e o encarou.

— As crianças não vão sair daqui. Está chovendo, fazendo frio, e elas não incomodam ninguém. Se for necessário, dormirão em meu quarto, entendido?

Contrariado, o estalajadeiro olhou para Niall, depois para Gillian e, por fim, para a mãe das crianças.

— Tudo bem — sibilou.

Dito isso, afastou-se. Gillian, voltando-se para a criada, gritou ao ver sua boca sangrar:

— Maldito bruto! Helena, sinto muito, eu...

Mas a mulher, pouco se importava era com seu ferimento; só pensava no bem-estar de seus filhos, que essa noite não passariam mais frio.

— Obrigada, milady! Eu serei eternamente grata.

— Não foi nada, de verdade — sussurrou Gillian, fitando-a.

Nesse momento, Megan tomou a mão da mulher.

— Venha comigo. Tenho roupa seca para seus filhos e para você em meu quarto — disse.

As mulheres se dirigiram à escada, mas quando Gillian se voltou para segui-las, uma mão a segurou. Ao se voltar, encontrou Niall encarando-a.

— Está bem? Ele machucou você? — perguntou ele, com voz aveludada.

Bufando e fazendo Niall sorrir, respondeu.

— Não se preocupe, estou bem. O importante é que Demelza e Colin estão aqui. Eu não podia permitir que continuassem embaixo da carroça passando frio.

Pegando-a de maneira possessiva pela cintura, Niall a acompanhou até a escada que levava aos quartos. E, dando-lhe um beijo nos lábios molhados, murmurou:

— Ande, troque de roupa, ou quem vai ficar doente é você. E desça depressa, porque vou pedir um caldo para te aquecê-la.

Subindo os dois primeiros degraus, o rosto dela ficou diante do dele. Com um sorriso travesso, Gillian disse:

— Tem certeza de que o estalajadeiro não vai tentar me envenenar?

— Se ele tem amor à vida, é melhor que nem tente — respondeu ele, orgulhoso.

— Puxa... fico feliz de ver que se preocupa com a minha vida, McRae — murmurou ela como uma boba.

Ao se dar conta da preocupação que havia demonstrado por ela, o highlander deu um passo para trás para não a beijar e, enquanto se afastava, disse, para contrariá-la:

— Não, Gillian, o que aprecio é minha tranquilidade. E hoje quero ter uma noite tranquila, embora, como o estalajadeiro, às vezes, sinta vontade de te envenenar.

Gillian praguejou em silêncio, mas sorriu. E sem lhe dar o prazer de responder, subiu. Depois de trocar de roupa e visitar Helena e seus filhos, que estavam no mesmo quarto que Johanna e Amanda, voltou ao salão. O estalajadeiro a olhou com raiva, e ela, debochada, pestanejou.

— Gillian, nem olhe para ele — repreendeu-a Megan, se divertindo.

Com um sorriso nos lábios, ela se sentou de novo na mesa onde estavam todos. Vendo uma vasilha fumegante de caldo em sua frente, perguntou a seu marido:

— Tem certeza de que posso tomar sem nenhum perigo?

Niall, risonho, ficou olhando para ela.

— Pergunto porque, por suas últimas palavras, acho que não só o estalajadeiro pode tentar me envenenar.

Ele, sem responder, pegou a vasilha e, levando-a aos lábios, tomou um gole e tornou a deixá-la onde estava.

— Está mais tranquila agora?

— Sim, mas vou esperar alguns instantes antes de tomar, para ver se não cai fulminado.

Niall soltou uma gargalhada. Sua mulher era inacreditável.

Depois de um tempo, enquanto os homens conversavam entre si e as mulheres umas com as outras, Gillian percebeu que as prostitutas não estavam mais ali, nem Aslam, Liam e alguns outros.

Maldição! Foram embora e não percebi. Com certeza vão cair na armadilha daquelas vadias, pensou ao olhar ao redor e não os ver.

— Faz tempo que os homens de Niall foram embora? — perguntou, voltando-se para suas amigas.

Megan e Shelma deram de ombros; não haviam reparado. Mas Cris respondeu:

— Sim, eu os vi sair enquanto você estava trocando de roupa.

— Saíram com as prostitutas que estavam com eles? — quis saber, mal-humorada.

Cris assentiu. Gillian, praguejando, deu um tapa na mesa que atraiu a atenção de todos, inclusive de seu marido.

— O que foi agora? — perguntou Niall.

— Oh, nada! Acabei de lembrar que deixei o vestido ensopado em cima da cama. — E, levantando-se, acrescentou. — Vou tirá-lo, senão, esta noite o colchão estará molhado.

Niall assentiu e voltou a conversar com Duncan e Lolach, enquanto Shelma e Cris continuaram com suas confidências. Mas Megan, que a conhecia muito bem, levantou-se.

— Espere, Gillian; vou subir com você.

Depois de dar um beijo em seu marido e boa-noite aos demais, desapareceram pela escada, mas antes de chegar a seu quarto, Megan, puxando-lhe o braço, perguntou:

— Gillian, aonde pensa que vai?

Surpresa diante da pergunta, Gillian pensou em lhe contar uma mentira, mas ao ver o deboche nos olhos de sua amiga, decidiu lhe dizer a verdade. Minutos depois, ambas pulavam da janela de Gillian, de espada em punho.

Quando chegaram ao lugar onde os homens haviam acampado, cumprimentaram vários highlanders que faziam a guarda. Eles se surpreenderam ao vê-las andando por ali em uma noite tão fria e chuvosa, em vez de estarem quentinhas na estalagem com seus maridos.

Sem perder tempo, chegaram ao local onde os homens de Niall pernoitavam e, com paciência, escondidas atrás de umas árvores, esperaram que acabassem de fazer o que os suspiros deles e gritinhos delas indicavam que estavam fazendo.

Passado um tempo, viram as prostitutas sairem debaixo das mantas. Depois de se reunirem as quatro, prepararam-se para voltar para a aldeia.

— Ora, ora... que surpresa encontrar vocês por aqui! — disse Gillian, interceptando-as.

As mulheres, ao verem diante de si as esposas dos irmãos McRae, se entreolharam, surpresas. Mas a ruiva perguntou descaradamente:

— Há algum motivo que nos impeça?

Megan olhou para Gillian.

— Não... acho que não. Você sabe de algum? — disse com ironia.

Gillian, depois de dar duas estocadas no ar com a espada, cravou os olhos na ruiva de seios fartos.

— Hum... tem razão, Megan. Não, acho que não há motivo algum.

A morena, afastando o cabelo do rosto, murmurou:

— Então, saia de nosso caminho. Estamos com pressa.

— Oh! Estão com pressa... — debochou Megan.

— E por que estão com tanta pressa? — perguntou Gillian, aproximando-se da ruiva.

— Não é da sua conta.

Gillian e Megan se olharam, e, então, a primeira disse alto:

— Tirem a roupa!

As mulheres se entreolharam sem entender nada, até que a ruiva, dando um passo à frente, sorriu.

— Ora, milady! Não sabia que gostava desses joguinhos, mas se te agrada, por algumas moedas, eu vou te satisfazer.

— Argh! Que horror — respondeu Gillian.

Megan riu. Então, uma delas falou:

— Desculpe, milady, sempre pensei que os ferozes irmãos McRae eram homens suficientes na cama...

Megan logo entendeu o que a mulher queria dizer, de modo que ergueu a espada com rapidez e bateu com ela na bunda da prostituta.

— Nossos esposos nos satisfazem na cama como nenhum outro homem poderia fazê-lo. Não entendam mal.

— Mas, então, o que querem? — gritou a morena, cada vez mais nervosa.

Nesse momento, vários homens que haviam tido relações com elas se aproximaram.

— Está acontecendo alguma coisa, senhoras? — perguntou Aslam.

Gillian voltou o rosto para ele e, sem poder se conter nem um instante a mais, perguntou:

— Qual delas você levou para a cama, Aslam?

Incrédulos diante do que ouviam, os homens se agitaram. Quem era ela para perguntar uma coisa dessas?

— Aslam, responda — exigiu Megan.

O highlander, cada vez mais ofendido pela indiscrição, olhou para elas sério e respondeu:

— Não creio que seja da sua conta quem levo para cama.

— Milady — disse Liam —, seu esposo nunca exigiu que contássemos nossas intimidades.

— Tem toda razão — concordou Gillian —, mas se pergunto é porque tenho motivos. Certamente, o que fazem ou deixam de fazer na sua intimidade não me diz respeito, mas se estou aqui é porque tenho motivos, acreditem.

As prostitutas, cansadas daquilo, ameaçaram partir, mas Gillian, voltando-se com rapidez, interceptou-as.

— Daqui só saem depois de tirarem a roupa.

— Milady! — gritou Donald, surpreso.

Nesse momento, a ruiva deu um passo para Gillian e, com as mãos nos quadris, grunhiu:

— Olha, senhora, nós somos prostitutas, mas não somos burras.

— Não... certamente burras não são — sibilou Megan.

Decidida a acabar com essa situação, e visto que ninguém queria cooperar, Gillian olhou para os homens e, contrariada, gritou:

— Tenho mesmo que acreditar que, além de sujos e fedorentos, são idiotas a ponto de não perceberem o que estas mulheres fizeram com vocês?

— Milady — riu Liam—, eu gostei do que essa mulher fez comigo...

— Estúpidos! Fecha o bico, Liam, não quero saber mais nada! — murmurou Gillian, enquanto Megan ria.

Surpreendendo a todos, Gillian pegou a morena, que tremia, e arrancando-lhe a capa com um puxão, pegou uma bolsinha. Ao abri-la e tirar uma adaga e um anel, perguntou:

— De quem é isto que tenho nas mãos?

Liam, ao reconhecer a adaga de seu pai e o anel de sua irmã, franziu o cenho.

— É meu, milady.

Gillian, olhando a todos, gritou com as coisas ainda na mão.

— Se estou aqui é porque ouvi estas ladras comentando o que pretendiam fazer. Elas acham que por suas aparências sujas são uns idiotas selvagens que podem ser roubados com facilidade.

Atônitos, os homens se olharam. De repente, Aslam se aproximou da ruiva e a pegou pelo braço.

— Devolva o que pegou, se não quiser que corte o seu pescoço.

Sem pensar duas vezes, a mulher tirou uma adaga de baixo da capa e tentou cravá-la no estômago de Aslam. Ele foi rápido, mas, mesmo assim, ela o atingiu.

Rapidamente, Megan e Donald o ajudaram. Gillian, de espada na mão, horrorizada diante do que a prostituta havia feito, desarmou-a – para deleite dos homens – e gritou centenas de obscenidades pelo que acabara de fazer a um dos seus.

Uma a uma, elas devolveram todos os pertences que haviam roubado, diante dos olhos incrédulos dos highlanders. Nesse momento, avisados por alguns dos seus homens, Duncan e Niall dirigiam-se a elas furiosos. O que suas mulheres estavam fazendo ali?

— Oh-oh! O seu marido e o meu estão vindo — sussurrou Megan ao vê-los se aproximar com cara de bravos.

Gillian se voltou e encontrou o olhar furioso de Niall. Suspirou.

— Maldição! Por que tem que saber tudo que faço?

Os irmãos McRae se aproximaram e, ao entender o que tinha acontecido, já que Aslam estava bem apesar do ferimento, deixaram as prostitutas irem. Então, o grupo de highlanders começou a se espalhar, exceto os barbudos.

— Podem ir — ordenou Niall, zangado com sua mulher.

— Desculpe, senhor — disse Aslam. — Antes, gostaríamos de agradecer a nossa senhora e à mulher de seu irmão pelo que fizeram por nós. E eu, pessoalmente, quero agradecer a lady Megan por ter tratado do meu ferimento com tanta delicadeza.

— Agora, o que tem que fazer é ter cuidado para que a ferida não abra e viajar na carroça. Fará isso? — perguntou Megan. O homem assentiu — Serão apenas dois dias, até que a ferida cicatrize. De qualquer maneira, amanhã à noite eu farei outro curativo.

— Obrigado, milady — disse Aslam e, voltando-se para Gillian, acrescentou: — Quero que saiba que tenho muito orgulho de que seja minha senhora, e de saber que é capaz de desembainhar a espada para defender um highlander selvagem e sujo como eu.

— Aslam... Não diga isso, por favor — sorriu Gillian, comovida.

Ouvir que aqueles homens acolhiam Gillian como sua senhora fez o pulso de Niall se acelerar. Saber que, se algo acontecesse a ele, esses homens dariam a vida por ela encheu-lhe o coração, mas não mudou sua expressão séria. Tinha que ficar zangado com ela.

— Senhoras — disse Liam —, muito obrigado por evitar que essas mulheres levassem nossos tesouros mais queridos.

— Ah, não se preocupem. O importante é que não conseguiram — sorriu Megan diante da cara sisuda de seu marido, que a puxava para levá-la dali.

— Muito obrigado, senhora — responderam os demais highlanders vendo a morena se afastar enquanto discutia com o marido.

Voltando-se para Gillian, que ainda sorria parada diante deles, Aslam disse:

— Não sei como agradecer por ter evitado que essa mulher levasse o anel de minha falecida irmã. Muito obrigado, milady.

Cada vez mais comovida por suas palavras e gratidão, Gillian disse:

— Não têm nada que me agradecer. Eu apenas fiz por vocês o que sei que fariam por mim. Quando ouvi aquelas mulheres dizerem o que pretendiam fazer com meus homens não gostei e, simplesmente, tentei impedir. Mas também vou dizer uma coisa: elas e outras mulheres, por causa do aspecto sujo e descuidado de vocês, consideram vocês uns tolos. Deveriam se preocupar um pouco mais com a aparência. Não digo que devam cheirar a flores, mas um aspecto como o dos homens de Duncan ou Lolach beneficiaria a todos, isso eu garanto.

O highlanders assentiram. E, quando foram embora, Niall não sabia se devia ou não se zangar com sua mulher. Pegou-a pelo braço e, aproximando-se do ouvido dela, sussurrou:

— Tem consciência de que cada vez desejo te envenenar com mais vontade?

Com um sorriso que o fez estremecer, ela respondeu:

— Tem consciência de que se fizer isso, *meus homens* irão atrás de você?

Niall não respondeu. Sem falar mais nada, levou sua mulher à estalagem. E depois de se deitar ao lado dela, virou para o outro lado e tentou dormir. Mas ela estava com frio e com os pés gelados e, sem poder evitar, se aproximou dele. Sentir seu calor, mesmo que só de suas costas, reconfortava Gillian. Niall, ao sentir o corpo frio dela, virou-se e, passando o braço por baixo de seu pescoço, puxou-a para si.

— Obrigada — sussurrou ela, emocionada.

— Durma, Gillian. É tarde — respondeu ele sem se mexer. Senão, o que faria a seguir seria amor com ela.

Capítulo 24

De manhã, quando Gillian acordou, estava sozinha no quarto. Cheirou o lençol onde Niall havia dormido e sorriu. Depois de enrolar durante alguns segundos na cama, por fim, se levantou, arrumou-se e, com um sorriso no rosto, desceu os degraus até chegar ao salão, onde viu seu marido conversando com a insuportável Diane. Mesmo com o desconforto que aquela mulher lhe causava, não franziu o cenho. Sentou-se ao lado de Niall à espera de um "bom-dia", mas ele nem a olhou, e continuou conversando com a outra.

Enquanto tomava o café da manhã, Megan e Shelma desceram com seus filhos, e, sem pensar duas vezes, Gillian pegou seu prato de mingau e foi se sentar com elas. Niall, ao notar que ela se levantava, seguiu-a com o olhar, mas não disse nada.

Depois que todos comeram, os lairds pagaram as moedas devidas ao dono da estalagem e decidiram partir. Mas quando haviam dado apenas dez passos, alguém gritou:

— Lady Gillian... lady Gillian!

A jovem se voltou e viu Helena, a mulher que havia salvado das garras do estalajadeiro na noite anterior, correr para ela. Estava com seus filhos, Demelza e Colin.

— Helena, podia ter dormido mais! Meu marido deixou o quarto pago por um dia.

— Obrigada, milady — respondeu —, mas, se me permite, queria pedir um favor muito importante.

— Diga. O que foi?

A mulher, com os olhos chorosos, pediu a sua filha que se afastasse uns passos com o bebê e, engolindo em seco, disse com um fio de voz:

— Milady, minha vida é muito difícil e acho que dificilmente melhorará. Meus filhos passam fome e frio, e não posso fazer nada para evitar. Por isso, com toda a dor de meu coração, queria pedir que os levasse. Sei que com seu clã eles poderão ter um teto que os abrigue e uma vida melhor que a que eu posso lhes dar.

A mulher, ao ver o aturdimento de Gillian, torceu as mãos, nervosa, e continuou:

— Entendo que três bocas para alimentar é demais, por isso, eu peço que leve apenas meus filhos. Eles ainda não comem muito, são pequenos, mas... mas tenho certeza de que daqui a alguns anos trabalharão com força e... e... poderão ser úteis...

Gillian não a deixou continuar. Pegou-lhe as mãos e disse:

— Helena, como pode me pedir para levar só seus filhos?

— Estou desesperada, milady, e tenho medo de que morram de frio na rua. Por favor... por favor...

Arrasada diante da súplica e da dor da mulher, Gillian enxugou as lágrimas dela com os dedos e, erguendo-lhe o queixo, murmurou:

— Vocês três formam uma família, e se estiver disposta a viajar conosco para Skye, posso falar com meu marido e tentar convencê-lo a...

— Não há nada para falar, Gillian — interrompeu Niall, aproximando-se.

Disposta a brigar, ela o encarou.

— Helena, vou adorar que faça parte de nosso clã em Skye — disse ele. — De maneira nenhuma permitirei que se separe de seus filhos. Como disse minha mulher, vocês três são uma família, e assim devem continuar. Pegue o que quiser levar, coloque em uma das carroças e venha para o seu novo lar.

Helena, emocionada, pegou o bebê no colo e segurou a mão de sua filha.

— Aqui está tudo que tenho, meu senhor.

— Muito bem — assentiu ele.

Com um assobio, Niall chamou Ewen, que, após ouvir o seu senhor, assentiu e voltou-se para Helena, que tremia.

— Venha comigo. Vou te levar até uma das carroças para que possa viajar com seus filhos.

A mulher olhou para Gillian e Niall e beijou-lhes as mãos.

— Obrigada... obrigada... muito obrigada.

Instantes depois, quando Helena saiu com Ewen, Gillian, orgulhosa, olhou para seu marido e, com um sorriso radiante que quase paralisou o coração dele, aproximou-se para lhe dar um beijo rápido nos lábios.

— Muito obrigada, Niall. O que acabou de fazer mostra que é um homem honrado.

Aturdido pelo beijo, ele balançou a cabeça. Em seguida, deu meia-volta e começou a dar ordens a seus homens.

Naquela manhã, Gillian viajou com um sorriso no rosto. Emocionara-se com o que Niall havia feito. Saber que Helena e seus filhos iam com eles para Skye a deixara muito feliz.

No meio da manhã, ela foi até a carroça onde viajavam a mulher e seus filhos, e se surpreendeu ao ver que Aslam, que estava na mesma carroça, trazia o pequeno Colin no colo. Desconcertada pelo modo como ele sorria, trocou um olhar satisfeito com Ewen, que se sentia da mesma forma.

Em várias ocasiões, Gillian notou que seu marido durão olhava em sua direção. Estaria procurando por ela?

Oh, Deus, sou uma boba. Basta ele me olhar e já fico sorrindo como uma idiota.

Depois de um bom trecho, os lairds levantaram a mão para indicar que parariam para comer. E, como sempre, os responsáveis por preparar a comida de todos rapidamente acenderam o fogo.

— Gostaria de ir caçar conosco?

Gillian se surpreendeu ao ver seu belo marido ao seu lado.

— Sim... claro que sim. Eu adoraria.

— Posso ir também? — perguntou Cris.

— Claro que sim — assentiu Niall.

Instantes depois, uns dez homens e as duas mulheres se afastaram do grupo. Eles providenciariam a comida. Niall pôde ver que sua mulher, aquela pequena loura, era uma caçadora incrível. Sem precisar descer do cavalo, ela mirava e, com tiros certeiros e decididos, conseguia caçar os coelhos.

Ela e Cris facilitaram de tal maneira o trabalho que em menos tempo que de costume já tinham em seu poder uma dúzia de coelhos. Para refrescar os cavalos, Niall propôs que parassem perto do lago, assim os animais aplacariam a sede. Quando desmontaram, alguns se deitaram para aproveitar os poucos raios de sol que penetravam o arvoredo, enquanto as mulheres lançavam adagas, testando a pontaria.

— Vamos prender umas folhas com uns gravetos na árvore — disse Gillian.

Fizeram isso. Quando Gillian acabou, começou a girar com agilidade sua adaga entre os dedos. Niall sorriu e recordou que havia visto Megan fazer o mesmo, e que ela lhe dissera que Gillian lhe ensinara a fazê-lo.

— Muito bem — disse Cris quando acabou de colocar as folhas.

Com maestria, as duas lançaram as adagas diversas vezes.

— Ganhei!

— Da próxima vez, eu vou ganhar.

— Rá! Eu não vou deixar — debochou Gillian. — Eu sou invencível com uma adaga. Em Dunstaffnage, meu irmão ficava bravo porque nunca conseguia ganhar de mim.

— Sério? — riu Cris.

— Oh, sim! Axel não gosta de perder. E de mim, menos ainda.

Riram. Seu marido e os guerreiros riram também. Niall se levantou e foi até elas.

— Eu te desafio. Tem coragem? — disse, surpreendendo Gillian.

A jovem se voltou para ele e sorriu. Seu marido queria disputar pontaria com ela, o que a agradou.

— Tem certeza? — perguntou ela, diante da expressão brincalhona dele.

O descaro da mocinha desafiando seu marido fez os guerreiros caírem na gargalhada; mas Niall estava cada vez mais convencido, e assentiu.

Cris colocou várias folhas na árvore, enquanto Niall e Gillian observavam.

— Vinte arremessos está bom? Quem cravar mais vezes a ponta da adaga no centro do graveto que segura as folhas será o ganhador.

— Perfeito! — concordou Gillian.

Ao lançar a primeira vez, Niall cravou a adaga no graveto. Gillian só o roçou. Os homens aplaudiram. Seu laird tinha uma pontaria incrível.

Ora, ora, McRae! Nada mal, pensou, olhando-o de soslaio. Voltou-se para ele e disse em tom meloso:

— A propósito, meu esposo, não estipulamos o prêmio do ganhador. O que poderia ser?

Niall sorriu, sentindo sua excitação começar. Imaginar que seu prêmio seria ela era a coisa mais sensual do mundo.

— O que você propõe?

Gillian, com um sorriso provocante, fingiu pensar na resposta, enquanto seus olhos percorriam o corpo de Niall de cima a baixo. Aproximando-se um pouco mais dele, disse, fazendo-o se arrepiar:

— Acho que o mais justo para os dois é que cada um peça o que mais deseja nesse momento, não acha?

Meu Deus, Gillian, vai me enlouquecer, pensou ele, e engolindo em seco, assentiu:

— Tudo bem, gata.

Com um sorriso, a jovem afastou o cabelo do rosto, deu uma piscadinha e lançou de novo. Dessa vez acertou, e partiu o graveto ao meio.

Arremesso após arremesso, eles se esforçavam ao máximo para acertar. Ambos eram excelentes e queriam vencer. A certa altura, Niall percebeu que ela massageava o braço e franzia o cenho, mas não reclamava. Entre os arremessos com ele, os anteriores com Cris e a caça, o cansaço estava começando a cobrar seu preço. Comovido, o highlander perguntou:

— Quer parar?

Surpresa, ela suspirou; lançou e acertou em cheio.

— Oh, não! Aposta é aposta — sussurrou, umedecendo os lábios, provocante.

Estavam empatados e só faltavam cinco arremessos. Mas Niall só podia pensar nos lábios úmidos e tentadores de Gillian e, por isso, errou o arremesso.

— Empate! — gritou Cris, enquanto os homens aplaudiam.

Gillian, agitada, premeditadamente recolheu o cabelo com as mãos, deixando à mostra seu pescoço frágil e suave. Com uma sensualidade que de novo deixou Niall atordoado, foi até sua amiga com ar divertido.

— Nossa, que calor!

Niall, que não podia afastar os olhos daquela pele fina e sedosa, sentia-se como um bobo. Só podia admirá-la enquanto latejava de desejo por aquela mulher. Já havia escolhido seu prêmio: ela. Estava tão absorto que só despertou de seus devaneios quando ouviu Cris dizer:

— Niall, é sua vez.

Tentando deixar de lado seu desejo, ele se concentrou e mirou na árvore; flexionou as pernas e arremessou. Mas a ponta da adaga ficou a poucos milímetros do graveto.

— Ponto para Gillian — aplaudiu a garota.

A jovem lançou com rapidez e acertou em cheio.

— Ponto para Gillian, e faltam três arremessos para cada um — advertiu Cris.

Gillian, satisfeita com o desconcerto que via nos olhos de Niall, olhou para sua amiga e deu uma piscadinha.

— Enquanto ele lança, vou me refrescar um pouco.

Mal-humorado por ter errado, Niall a seguiu com o olhar, e de novo ficou petrificado quando a viu se aproximar do lago, molhar as mãos e pousá-las no pescoço, e muito... muito lentamente, ir descendo-as para seus seios.

Oh, Deus, isso é pior que uma tortura, pensou Niall, atordoado.

Animada, a jovem voltou para perto dele, ainda molhada, e, atraindo de novo sua atenção, perguntou em tom meloso:

— Ainda não jogou?

Ele a fitou para responder, mas ao ver como gotas desciam pelo decote dela, sussurrou:

— Só um instante, mulher.

Concentrando-se, Niall arremessou e acertou em cheio.

— Ponto para Niall — disse Cris. E de novo sem lhe dar tempo de respirar, Gillian lançou e acertou também. — Ponto para Gillian, e restam dois arremessos.

— Ótimo! — gritou a jovem.

Os homens, cuja curiosidade pelo que acontecia aumentava, reuniram-se ao redor deles. De novo Gillian entrou em ação. Pegou uma folha de árvore, limpou-a com a mão e levou-a aos lábios. Com uma sensualidade que fez todos suspirarem, sorriu.

Oh, Deus! Não devo olhar para ela... não devo olhar para ela, pensava Niall. E ao ver que todos observavam sua mulher, sua concentração desapareceu e ele errou o lance.

— Ponto para Gillian — gritou Cris, emocionada e rindo da fraqueza dos homens diante dos encantos das mulheres.

— Merda! — resmungou Niall. Só lhe restava um arremesso, e aquela bruxa o estava enfeitiçando com seus encantos.

De novo, ela jogou e acertou.

— Ponto para Gillian, e só resta um arremesso para cada um — disse Cris.

Contrariado e mal-humorado por aquela bruxinha estar ganhando com suas artimanhas, fez o último arremesso e errou. Ao passo que ela, com um sorriso sarcástico, lançou e ganhou.

— A vencedora é Gillian — sentenciou Cris, diante da decepção dos barbudos.

As mulheres se abraçaram e começaram a pular. Niall, contrariado por ter sido derrotado na frente de seus homens, sibilou para Ewen, que o olhava sorrindo:

— Mude essa cara, senão, juro que hoje você e essa bruxa vão dormir no fundo do lago.

— Sim, senhor — respondeu o homem, rindo.

E quando Niall ia lhe dar um soco, ouviu atrás de si:

— Meu esposo, já posso receber meu prêmio?

Ele se voltou para ela e a observou. Estava linda.

— Claro. O que quer? — perguntou ele, com a boca seca.

Gillian, a Desafiadora, ficou andando devagar ao redor de Niall, até ficar de novo de frente para ele. Na ponta dos pés, enroscou os dedos no cabelo fino dele, atraindo-o para si. *Santo Deus!*, pensou ele, excitado. E quando o cheiro e o hálito dela conseguiram fazê-lo respirar fundo e estremecer, ela o soltou e, aproximando-se de sua amiga, que a olhava tão desconcertada quanto Niall, disse:

— Um abraço de Cris é o que mais desejo neste momento.

Nesse instante, Niall teve vontade de pô-la sobre seus joelhos e dar--lhe uns tapas. Aquela bruxa de olhos cor de céu e pele sedosa havia feito o mesmo que ele fizera no dia em que duelaram de espada. Ao ver seus homens sorrirem e ela o olhar com aquele ar desafiador de que tanto gostava, teve que balançar a cabeça e aceitar sua derrota.

Enquanto voltavam com a caça, os homens ainda riam pelo que havia acontecido. Ewen e Cris cavalgavam juntos, e Gillian se aproximou de seu marido.

— Niall, preciso parar um segundo com urgência.

— O que está acontecendo?

Contrariada por ter que confessar uma coisa dessas, ela sussurrou:

— Sinto uma necessidade urgente.

— Tão urgente que não pode esperar até chegar ao acampamento? — debochou ele.

Incrédula diante da ousadia de Niall, ela assentiu.

— É só um segundo. Eu suplico.

Com um sorriso nos lábios, indicou a Ewen que seguissem caminho enquanto eles desviavam. Ao chegar a um arvoredo, Gillian desceu do cavalo apressada.

— Não se afaste, amorzinho — gritou seu marido com ironia.

Gillian não quis responder à provocação e adentrou o bosque. Depois de aliviar sua urgência, voltou, sentindo seu estômago rugir. Estava faminta. De repente, sentiu que umas mãos a puxavam e cobriam sua boca. Começou a espernear, e viu que eram dois homens. Pela aparência suja e desalinhada, podiam ser confundidos com os selvagens de seu marido, mas não eram. Esses sujeitos nada tinham a ver com os homens de Niall.

— Ora, que pombinha tenra e saborosa caçamos hoje!
— Nem me fale.

Nesse momento, o estômago de Gillian tornou a rugir. Os homens, surpresos, entreolharam-se e sorriram, enquanto amarravam-lhe as mãos nas costas.

— Ora, parece que está com tanta fome quanto eu. — E aproximando-se mais, o mais alto sibilou: — Se bem que eu tenho mais fome disso que guarda entre suas lindas pernas.

Gillian abriu a boca e, com toda a força do mundo, mordeu a mão do homem, fazendo-o gritar.

Foi esse grito que alertou Niall. Ao correr até onde ela havia desaparecido e não a ver, ele praguejou e entrou no bosque.

— Maldição! Ela me mordeu!
— E vou morder mais se puser sua mão em mim, porco!

Com a mão dolorida, o homem lhe deu uma bofetada que a fez cair para trás.

— Cale a boca, senão conseguirá fazer que eu te mate antes de desfrutar de seu corpo.
— Calar a boca! Rá! Não acredite nisso, nem bêbado.

Sofrendo devido à mordida terrível de Gillian, o homem se voltou para seu companheiro e exigiu:

— Tape a boca dessa aí antes que eu a feche com uma pedrada.
— Não vai conseguir — gritou ela. — Solte minhas mãos e veremos quem dá a pedrada antes.

Rapidamente, o outro pegou um trapo sujo e o pôs na boca de Gillian, fazendo-a se calar.

Niall chegou e, sem ser visto, viu que se tratava apenas de dois bandidos. Pensou no que fazer. Havia deixado a espada no cavalo e não queria voltar e perdê-los de vista; por isso, sem mais demora, interceptou-os.

— Senhores, creio que têm algo que me pertence.

Gillian suspirou, aliviada.

Os homens, ao ver aquele indivíduo aparecer por entre as árvores, entreolharam-se, cautelosos.

— O quê? — perguntou um deles.

Depois de um bocejo que para Gillian pareceu interminável, Niall respondeu sem grande interesse.

— Essa fera que calaram é minha esposa insuportável.

Os bandidos riram; mas Gillian não.

— E embora às vezes — prosseguiu Niall — eu sinta vontade de matá-la ou cortar-lhe o pescoço de tão insuportável e problemática que é, não posso. Ela é minha querida esposa.

Gillian, ainda com o trapo na boca, grunhiu, mas eles não lhe deram atenção.

Com irritação, aquele que havia sido mordido por ela, perguntou:

— Se ela é tão insuportável, por que veio resgatá-la?

Niall coçou a cabeça e respondeu com pesar.

— Porque embora eu não goste de reconhecer, tudo que ela tem de brava tem de quente na cama.

Gillian não podia acreditar que ele havia dito essas palavras terríveis. Ela protestou e gesticulou, e Niall sorriu.

— Na verdade, ela é muito bonita — afirmou um dos bandidos, passando a mão nos seios dela —, e sua pele parece muito suave.

Ver aquele verme tocar os seios de Gillian deixou Niall tenso. Ninguém, exceto ele, cometia tamanha ousadia. Mataria o homem. Mas, mantendo-se impassível, disse:

— Oh, sim! Ela é muito suave. Pode tocar, eu não me importo — estimulou-os, para desconcerto de Gillian.

Nesse momento, o estômago da jovem voltou a roncar. Para seu horror, os homens riram.

Maldita fome!

— Ela não te faz lembrar aquela Judith, a prostituta de Portree? — disse o bandido mais alto a seu companheiro.

Ora... que sorte a minha!, pensou ela.

— É verdade. É pequena, mas tem um corpo tentador — concordou o outro, fitando-a com desejo. — E, pela braveza, parece ser tão quente quanto Judith. Oh, irmão, como nos divertimos com ela debaixo dos cobertores, não é?

— Nem me fale! — disse o outro, lambendo os beiços.

Gillian tentou gritar. Ia matar Niall. Não queria ser comparada a uma prostituta, e menos ainda saber dos detalhes daquela relação pecaminosa. Niall, vendo que aqueles dois tinham menos cabeça que um bebê, e sabendo que com duas estocadas se livraria deles, disse, para seu regozijo e horror de sua mulher:

— Se gostam tanto de minha esposa sensual, eu a troco por algo de valor. Tenho certeza de que ela os fará esquecer essa tal de Judith quando a tiverem na cama. — Ao ver sua mulher revirar os olhos, sorriu e prosseguiu: — É uma maneira de eu não ter que suportar mais ela, e assim todos ficamos satisfeitos. O que acham?

Eu te mato... eu te mato, McRae... Desta vez eu te mato, pensou Gillian, que não podia acreditar no que Niall havia proposto. Como podia deixar que a levassem?

Os homens trocaram um olhar e assentiram:

— Tudo bem. A moça merece. O que deseja em troca? — perguntou o mais jovem.

Gillian, praguejando através do trapo, gritou. Se aquele tosco descerebrado a trocasse, ele que se preparasse para quando ela o encontrasse. Ia arrancar seu couro. Mas Niall, sem olhar para ela para aparentar desinteresse, passou os olhos pelos poucos pertences dos homens e propôs, indicando uma das duas espadas que estavam no chão:

— Que tal minha mulher loura por essa espada e uns bolinhos de aveia?

Bolinhos de aveia? Ah, quando eu te pegar, McRae!, disse Gillian para si mesma, cada vez mais humilhada.

Os bandoleiros, um mais estúpido que o outro, trocaram olhares e assentiram. Rapidamente, o mais jovem foi até a espada, pegou-a, junto com uma bolsa de bolinhos de aveia, e entregou tudo a Niall.

Como se tivesse nas mãos uma espada de aço damasquinado, Niall a observou com interesse.

— É uma boa espada — disse o homem. — Eu a roubei de um inglês faz tempo. É uma boa troca.

Niall deu duas estocadas ao ar e assentiu. Então, com um movimento rápido, pegou o homem pelo pescoço, e acertando-o com a empunhadura da espada, deixou-o sem sentidos no chão. Sem dar tempo ao outro para reagir, pôs a ponta da espada no pescoço dele.

— Se tem apreço por sua vida e a de seu irmão — ameaçou —, pode sair correndo, e não volte até que minha mulher e eu tenhamos ido embora, entendeu?

Sem hesitar, o homem saiu correndo espavorido sem olhar para trás. Outra hora voltaria para buscar o irmão. Quando ficaram sozinhos com o homem desmaiado caído no chão, Niall foi até Gillian, brincalhão, e tirou-lhe a mordaça.

— Bolinhos de aveia! — gritou, aborrecida. — Ia me trocar por uns bolinhos de aveia?

O highlander pôs de novo a mordaça. Ela gritou, com vontade de cortar o pescoço de Niall.

— Se vai continuar gritando, não vou tirar a mordaça — ameaçou, rindo.

Segundos depois, um pouco mais calma, ela assentiu, e ele tirou a mordaça.

— Bolinhos de aveia! — exclamou ela. — Ia me trocar por uns malditos bolinhos de aveia!

Niall sorriu. Era impossível não rir vendo a cara de indignação dela.

— Dizem que são muito nutritivos e dão força — murmurou ele enquanto desamarrava as mãos de Gillian.

Já livre, Gillian o fitou com intenção de protestar e dar-lhe um tabefe pelo que ele a havia feito acreditar, mas ao vê-lo sorrir, sorriu também. O entendimento entre ambos foi tão forte que Niall a pegou pela cintura, puxou-a e a beijou. Em seguida, teve que soltá-la ao ouvir de novo o estômago dela rugir como um urso.

Que vergonha, meu Deus!, pensou ela ao se afastar e ver a cara dele.

— Acho... acho que levarei uns bolinhos para comer no caminho — sussurrou, aturdida.

Ele, alegre, agachou-se, pegou um pacote e o jogou para ela, pensando: *Vamos voltar ao acampamento antes que eu fique faminto, pois não vou me satisfazer só com bolinhos de aveia.*

Capítulo 25

No dia seguinte, depois de uma noite quase sem dormir observando sua mulher na semiescuridão da tenda, Niall se levantou sem forças. Dia a dia, a presença e o gênio de Gillian o consumiam. Quando não tinha vontade de matá-la ou dar-lhe uns tapas na bunda por causa das constantes confusões em que se metia, queria tomá-la, arrancar-lhe a roupa e possuí-la. Mas se abstinha, sua intuição lhe dizia que, se fizesse isso, seria a sua perdição.

Cavalgou longe de Gillian grande parte da manhã, até que por fim pararam para comer. A jovem se alegrou, porque isso significava ficar próxima de Niall. Mas quando o viu levar a idiota Diane para caçar com ele e seus homens, teve vontade de pegá-lo pelo cabelo e arrastá-lo por todo o acampamento. Por que fazia isso com ela? Por que a beijava com tanta paixão e depois nem a olhava? Por que insistia em andar com aquela avoada em vez de ficar com sua mulher, como faziam Lolach e Duncan?

Todas essas perguntas não paravam de martelar a cabeça de Gillian, até que o mau humor a dominou. Mas não ficaria ali olhando como uma boba. Se ele queria andar com aquela estúpida, que fosse; ela arrumaria o que fazer. Rapidamente desmontou de Thor e, decidida a não pensar no desejo que Niall despertava nela, pegou uma escova e começou a escovar o cavalo com tanto brio que, se continuasse assim, deixaria o coitado sem pelo.

Estava tão absorta em seus pensamentos e na escovação que não percebeu que alguém se aproximava por trás.

— Milady, acabamos de voltar do riacho e... e... gostaríamos que visse o resultado.

Quando Gillian levantou o olhar para responder, quase caiu de costas. Diante dela estavam Donald e Aslam, que haviam raspado aquela barba terrível e cortado o cabelo. Ela via novos homens, altos, bonitos, de feições bem-feitas, donos de uns olhos penetrantes e expressivos, castanhos e verdes, respectivamente.

— Donald?! — perguntou ela.
— Sim, milady.
— Aslam?! — tornou a perguntar.
— Eu mesmo, senhora — respondeu ele, rindo.

Ela ficou boba com a mudança e, em seguida, emocionou-se.

— Donald, não conheço sua adorada Rosemary, mas se quando te vir, não cair a seus pés, é porque é totalmente cega.

E, olhando para o outro highlander, prosseguiu:

— Aslam, acho que alguém que não está muito longe, quando te vir, vai ficar tão surpresa quanto eu.

O highlander sorriu e, comovido, passou a mão no queixo.

— Acha mesmo, milady? — espantou-se o homem.
— Claro, posso garantir.
— Pensa realmente que assim minha linda Rosemary vai saber que eu existo? — insistiu Donald.

Gillian assentiu com alegria.

— Eu garanto, Donald. Mas, se ela não reparar em você, garanto que muitas outras mulheres vão.

Nesse momento, Gillian viu Cris passar e a chamou. Quando ela se aproximou, perguntou:

— Cris, você conhece todos os homens de meu marido, não é?

Sem dar atenção aos highlanders que estavam com Gillian, a jovem respondeu:

— Sim, feliz ou infelizmente, tenho que tratar com frequência com esse bando de selvagens. Por quê? O que fizeram agora?

Pasmos diante do que a jovem havia dito, os homens olharam para ela.

— Conhece estes homens? — perguntou Gillian.

Cris observou aqueles jovens bonitos de cabelo claro e pensou que, se os houvesse visto antes, lembraria. Por isso, negou com a cabeça.

— E se eu te disser que são Donald e Aslam, o que diria?

Assombrada, a garota tornou a cravar os olhos neles.

— São vocês? — perguntou.

Com um sorriso incrédulo diante da surpresa causada, eles assentiram:
— Sim, lady Cris, eu sou Donald.
— E eu Aslam, posso garantir.
Dando um tapa no ar, a garota, atônita, deu um passo para trás.
— Por todos os santos, estão maravilhosos! — exclamou. — Mas... por que não fizeram isso antes? São uns guerreiros muito bonitos.
Gillian, contente, disse:
— Viram? Viram como as mulheres agora sim vão admirar vocês?
Confusos, deram de ombros. Nunca entenderiam as mulheres.
Nesse momento, vários homens de Niall se aproximaram, e um deles vociferou, olhando ao redor:
— Onde diabos está Donald? Faz tempo que o procuro e não o encontro.
Donald se voltou, estranhando por não ter sido reconhecido.
— Estou aqui, Kevin, está cego?
Os highlanders barbudos olharam para ele e, incrédulos, aproximaram-se.
— Pelas barbas de meu bisavô Holden! — exclamou um.
— Se me contassem, eu não acreditaria — comentou outro ao reconhecer a gargalhada de Aslam.
Morrendo de rir, Gillian e Cris testemunhavam aqueles selvagens se aproximarem dos highlanders e os observarem pasmos. Durante um bom tempo, divertiram-se com as brincadeiras que faziam, e pela primeira vez Gillian se sentiu parte do grupo. Pouco depois, ouviu Johanna a chamar. Despediu-se dos homens e foi até as crianças. Todas brincavam juntas, exceto Demelza, que ainda não queria se afastar da mãe.
— Tia Gillian — disse Johanna —, Trevor não acredita que você e mamãe sabem cavalgar sobre dois cavalos, com um pé em cada um.
Ela sorriu. Fazia anos que não treinavam essa brincadeira maluca. Olhando para o menino, respondeu:
— Trevor, sua tia Megan e eu fazíamos isso faz tempo. Mas não fazemos mais.
— Viu, espertinha? — disse o menino olhando para sua prima. — Sua mãe e Gillian são muito velhas para fazer esse tipo de coisa.
Gillian ficou chocada com o que aquele fedelho havia dito.
— Você me chamou de velha, Trevor? — perguntou.
O menino, ao ver a mulher com as mãos na cintura, desculpou-se.
— Não. Eu não...

— Sim, sim, chamou — disse Johanna.

Trevor, constrangido pelos olhares de tantas mulheres, por fim suspirou:

— Tudo bem, tudo bem. Eu disse, mas foi sem querer.

As desculpas fizeram Gillian rir. Passando a mão na cabeça dele para bagunçar-lhe o cabelo, deu a entender que estava tudo bem.

— Sem problemas, meu amor; não se preocupe. Mas vou te dar um conselho: nunca chame mulher nenhuma de velha, senão, sua vida será um inferno, certo?

Com um sorriso idêntico ao de seu pai, Trevor assentiu e se afastou.

— Mamãe disse que você é a mulher mais valente que ela conhece — disse Amanda, chupando o dedo.

— Oh, não, querida! Megan é mais valente que eu! Isso eu posso garantir.

— Tia Gillian, vou contar um segredo. Minha mamãe ainda faz a brincadeira dos cavalos. Eu vi — cochichou Johanna, aproximando-se de Gillian.

— Sério? — perguntou ela, incrédula.

A menina assentiu com a cabeça.

— E seu pai viu?

A menina, marota, negou com rapidez, e se aproximou de Gillian antes de sussurrar:

— Papai ficaria muito bravo se visse as coisas que mamãe faz com o cavalo. É um segredo nosso; ela me ensina e eu não conto para ele.

— Ah, é um excelente segredo! — respondeu Gillian, bem-humorada.

Johanna saiu correndo atrás de seu primo Trevor.

— Eu quero aprender a andar a cavalo para ser uma grande guerreira como papai e tio Niall — gritou a pequena Amanda com sua espadinha de madeira na mão.

Gillian, agachando-se, deu-lhe um beijo.

— Quando crescer um pouquinho mais, sua mãe vai te ensinar tudo que você quiser. Você vai ver! — afirmou.

A menina ficou feliz e abraçou o pescoço de Gillian com seus bracinhos curtos e lhe deu um beijo. Feliz com a demonstração de carinho, a jovem lhe fez cócegas, e Amanda começou a gargalhar. Sentia tantas cócegas quanto Megan.

As gargalhadas da menininha atraíram o olhar de Niall, que voltava da caçada nesse momento. O pouco tempo que havia estado longe dela em companhia de Diane o havia feito valorizar de novo a personalidade lutadora e divertida de sua esposa. O oposto de Diane, que a cada dia ficava mais insossa, frágil e boba, características que ele detestava em uma mulher.

Desceu do cavalo, caminhou até uma árvore e se apoiou nela. Dali, ficou observando encantado enquanto Gillian brincava com a pequena Amanda. Até que Duncan apareceu.

— Como foi a caça hoje? — perguntou.

— Bem. Quase uma dúzia de coelhos — respondeu Niall, absorto.

Duncan, ao ver como seu irmão olhava para sua filha e Gillian, sussurrou:

— Quando vai parar de evitar o inevitável?

Sabendo o que Duncan queria dizer, Niall o olhou sisudo. Seu irmão, balançando a cabeça, acrescentou:

— Essa mulher que você olha como um babão é sua esposa. Mas, se não a quiser perder, pare de dar corda para a McLheod.

— Não dou corda para Diane.

— Tem certeza de que não dá? Porque lamento te dizer, irmão, mas é o que todo o mundo pensa.

— Certamente Megan veio com essa história, não é?

Contrariado, Duncan respondeu:

— Megan também percebeu, mas não estou falando disso. Estou falando que todo mundo está começando a comentar. Você acabou de casar com a Gillian, não é normal que vá caçar ou passear com a McLheod. — Vendo que seu irmão não respondia, inquiriu: — Gostaria que Gillian fosse passear com outro homem pelo bosque? Porque é isso que você faz diante dela e de todos, e tenho certeza de que é para provocar ciúmes nela.

O corpo de Niall reagiu à bronca de seu irmão. Inflando o peito, afirmou:

— Ela nunca vai fazer isso.

— Escute, ela...

Niall não lhe deu tempo de terminar.

— Quanto aos ciúmes, não sei do que está falando. Diane é apenas uma mulher muito agradável.

Uma grande gargalhada de Duncan fez com que Niall o olhasse e grunhisse.

— Pare de rir como um idiota, ou vou ficar aborrecido com você.

Mas seu irmão, dando-lhe um tapa nas costas, continuou rindo.

— Quer mesmo que eu acredite que preferiria estar casado com uma mulher como a McLheod, e não com Gillian?

— Não.

— Eu sabia — respondeu o highlander ainda rindo e contemplando Megan e Shelma juntas.

— Mas, às vezes, eu gostaria que ela fosse menos impetuosa, menos guerreira, menos...

— Não fale bobagem — interrompeu Duncan. — Se há algo que sempre o atraiu nela é seu jeito de ser. Eu e você não gostamos de mulheres que só costuram e visitam abadias. Os McRae gostam de mulheres com personalidade, capazes de brandir uma espada em defesa dos seus, e doces e apaixonadas na intimidade.

Niall sorriu, e Duncan prosseguiu:

— Há algum tempo, um amigo... — disse, pensando em Kieran O'Hara — disse para eu nunca tentar domesticar nem mudar Megan, porque deixaria de ser ela mesma. E posso garantir que ainda lhe agradeço por essas palavras. Gosto dela como é, mesmo que às vezes sua teimosia me faça ter vontade de matá-la. Adoro seu jeito de ser. Fico louco com nossas brigas, e mais ainda quando fazemos as pazes. Fico apaixonado ao vê-la aproveitando a vida de nossas filhas, sua loucura e o amor. E isso, irmão, não tem preço.

Niall ficou comovido com a franqueza de Duncan e sorriu. Sempre soube que Megan e seu irmão haviam sido feitos um para o outro, e também sabia que Gillian e sua cunhada eram farinha do mesmo saco. Eram duas guerreiras.

— Tudo bem, Duncan, entendo o que quer dizer, mas...

— Nada de mas, Niall. Se realmente a ama, pare de joguinhos com Diane. Porque, conhecendo Gillian como eu conheço, cedo ou tarde isso vai te trazer problemas.

Dito isso, Duncan deu-lhe um tapa no ombro e se dirigiu para sua mulher. Quando a alcançou, beijou-a e deu uma piscadinha para seu irmão, que sorriu, e foi dar uma volta com Megan.

Capítulo 26

Niall pensou no que Duncan lhe havia dito. Gostava de sua mulher mais que de qualquer outra, mas se recusava a ceder aos mesmos encantos de amor a que seu irmão e Lolach haviam cedido. Sem saber por que, foi em direção a Gillian. Indiferente à presença de seu marido, ela deu um último beijo na pequena Amanda e a deixou no chão. A menina correu atrás de sua irmã e de seu primo.

Com um sorriso carinhoso nos lábios, Gillian os observava correr em volta dos guerreiros quando a voz de Niall a sobressaltou:

— Comeu alguma coisa, minha esposa?

Voltando-se para ele, ela mudou de expressão. Ainda estava aborrecida por ele ter ido caçar com Diane e não ter falado com ela. Só de pensar que aquela pudesse beijá-lo, ficava doente. Mesmo assim, fingindo, respondeu:

— Não. Ainda não comi. Vou agora.

Sem querer olhá-lo nos olhos, contornou-o para passar por ele. Mas Niall a pegou pela cintura.

— Que foi, Gillian? — perguntou.

— Nada. Por quê?

Cravando seus lindos olhos nela, ele sussurrou:

— Queria voltar logo para te ver. Você também queria me ver?

Sem-vergonha! Por isso saiu com Diane?

Incapaz de permanecer impassível, ela lhe deu um pisão, fazendo-o franzir o cenho.

— Com certeza, eu vi! Por isso, em vez de me chamar para caçar com você, chamou Diane, aquela idiota. Como é, McRae? Ela te faz alguns favores quando estão sozinhos?

Maldição! Por que não fiquei calado?, pensou ele. Ouvir isso era a última coisa que esperava, especialmente depois da advertência de Duncan.

— Minha relação com Diane é...

Mas Gillian não queria escutar.

— Não quero falar dessa idiota, nem da relação de vocês, e também não estou com vontade de falar com você. — E pondo as mãos na cintura, murmurou: — Já dizia Helda: quando um homem atinge seu propósito, nunca mais olha para você. E claro, você já conseguiu enfiar as mãos debaixo de minha saia, e como o que tenho não te agradou, busca o prazer com outras, não é?

Estupefato, boquiaberto, surpreso com as palavras de Gillian, ele respondeu:

— Que diabo está falando, mulher?

— Mulher? Sou de novo sua mulher!? Maldição, ignorante! Me respeite.

Por todos os santos! Ela não se cansa de brigar, pensou Niall, incrédulo. Mas gritou:

— Você me deixa louco! Você é insuportável, amorzinho.

Agora vem com amorzinho, pensou ela com mais raiva.

— E você, um estúpido.

Impressionado com a reação dela, Niall suspirou. Sua intenção ao se aproximar havia sido aproveitar sua companhia, pois era o que mais queria; mas, como sempre, seus encontros acabavam em discussão. Por isso, mal-humorado, sentenciou:

— Se continuar me insultando diante de meus homens, terei que tomar medidas drásticas, ouviu?

Cruzando os braços diante dele, ela bateu o pé no chão e debochou.

— Claro que ouvi, meu esposo!

Cada vez mais irritado, ele a pegou pelo braço e saiu andando a grandes passos, diante do olhar atônito de todos.

— Ei, me solta! Aonde está me levando?

— Feche a boca, esposa, e me respeite — gritou Niall.

Bufando diante do tom dele, ela provocou.

— Oh, desculpe meu atrevimento, *esposíssimo*!

Do alto de sua estatura, Niall olhou para ela e sorriu, inexplicavelmente. Tê-la perto desse jeito, sentindo seu maravilhoso perfume que emanava frescor e sensualidade, deixava-o louco. Queria gritar que ficava com Diane para não sucumbir a seus encantos, mas isso o deixaria vulnerável. Por isso, sem baixar a guarda, não respondeu, e continuou caminhando.

Niall foi até onde um dos guerreiros estava cozinhando. O ensopado que ele mexia em um grande caldeirão escuro tinha um cheiro muito bom. Com rapidez, o homem encheu duas vasilhas de ensopado e as entregou. Com um sorriso deslumbrante, Gillian lhe agradeceu, e o cozinheiro, um jovem do clã de Lolach, assentiu, satisfeito. Niall sentiu ciúmes e, sem soltar-lhe o braço, levou-a até uma árvore, onde, sentando-se no chão, obrigou-a a fazer o mesmo ao seu lado. Sem se olharem nem falarem, começaram a comer.

Em silêncio, observaram as crianças que brincavam. Johanna e Trevor provocavam a pequena Amanda, que com a espada de madeira na mão corria atrás deles. Inconscientemente, vendo suas sobrinhas, Niall sorriu.

— Eu sempre gostei muito de crianças, mas Johanna e Amanda, essas duas lindas daminhas, roubaram meu coração.

O tom de voz suave que ele empregou ao falar de suas sobrinhas enterneceu Gillian. Ela olhou para ele, mas controlou a vontade de tocar seu cabelo quando uma rajada de vento o desarrumou.

— Sim, acho que Duncan e Megan tiveram muita sorte com as filhas.

— São duas meninas lindas, e valentes como os pais — disse ele, soltando uma gargalhada ao ver a pequena Amanda se jogar em cima de seu primo. — Amanda, Johanna, Trevor, vocês vão se machucar! — gritou.

O menino, levantando-se, deu um pontapé na bunda de sua prima Johanna e saiu correndo. Ela, de cenho franzido, levantou-se do chão, recolheu as saias e correu atrás dele, possessa. A pequena Amanda, olhando para seu tio, abriu um sorriso que teria derretido até o inferno. Depois, gritou enquanto corria atrás das outras crianças:

— Tio Niall... eu sou uma guerreira, e guerreiros não se machucam.

— Ora, essa menina! — disse Gillian, sorrindo.

— São verdadeiras McRae — disse Niall com orgulho.

— Desculpa, mas também são filhas de Megan — disse ela.

Curvando os lábios, Niall olhou para onde estavam seu irmão e Megan, que riam nesse momento.

— Tem razão. São filhas de ambos. Mas essa pequena mistura de sangue inglês que corre pelas veias de minha cunhada louca é o que mantém meu irmão enfeitiçado, e todo mundo que a conhece. O mesmo digo de Shelma.

Gillian sorriu. Ela também tinha sangue inglês, coisa que Niall sabia, mas que evitara comentar.

— Que Deus ajude os homens que se apaixonarem por minhas sobrinhas. Suas vidas serão uma verdadeira batalha.

O comentário brincalhão descontraiu o ambiente e fez com que se olhassem com doçura, mas ficaram tão desconcertados que rapidamente fecharam a cara e desviaram os olhos.

Diane, que passava perto das crianças acompanhada de sua pobre criada, reclamou ao ver o pó que levantavam com a brincadeira de guerra. Rapidamente se afastou, horrorizada. Não gostava de crianças. Gillian riu.

Nesse momento, Megan foi até suas filhas e seu sobrinho e, brigando porque estavam se sujando, obrigou-os a ir para a carroça para lavar as mãos antes de comer. Quando se foram, Niall e Gillian ficaram em silêncio, até que um grito de Diane atraiu de novo sua atenção. A jovem havia espetado o dedo no galho de uma árvore e gritava, angustiada.

— Se essa mulher é capaz de morar onde você mora, eu também sou — sussurrou Gillian, sofrendo ao ver como tratava sua pobre criada, que tentava olhar o dedo ferido. Mas Diane, mimada, só olhava para Niall pedindo ajuda. Ele, no entanto, ignorou-a; só tinha olhos para sua mulher. Ela, ali tão perto, oferecia-lhe um espetáculo incrível. Gillian era um deleite para os olhos. Seu lindo cabelo louro ondulado, seu cheiro, seu seio suave e claro, que se mexia ao compasso de sua respiração, faziam Niall se excitar como um idiota. Por isso, limpando a garganta, disse:

— Preciso falar com você sobre o que aconteceu há algumas noites, e também sobre sua nova casa.

— Sobre o que aconteceu? — suspirou ela. — Quero que saiba que...

Mas os gritos de Diane a fizeram se calar. Olhando para seu marido, Gillian grunhiu:

— Oh, Deus! Essa idiota é insuportável com seus gritinhos de javali no cio!

Niall conteve uma gargalhada. Não restavam dúvidas de que Diane era insuportável. Mas não queria lhe dar razão, de modo que a olhou sisudo e disse:

— Seja educada, mulher. Diane é uma dama e merece ser tratada com respeito. O fato de você não ter a mesma delicadeza e os mesmos modos não te dá o direito de falar assim dela. Respeito, Gillian; respeito.

Sentindo vontade de dizer tudo que lhe passava pela cabeça, Gillian suspirou e, com fúria, respondeu:

— *Meu senhor*, acho que sua amiga Diane demanda a sua presença. — E debochando, acrescentou: — Pobrezinha, deve ter cravado um espinho no dedo e precisará de sua compreensão.

Niall achou engraçado o comentário, e em especial o tom, mas continuou sisudo.

— Por que esse *meu senhor* agora? — perguntou.

— Você me pediu respeito...

— Gillian... quem é insuportável agora?

Não querendo dar o braço a torcer, ela respondeu:

— *Meu senhor*, acabou de deixar claro que eu devia...

— O que eu deixei bem claro foi que não pretendo permitir que continue se comportando como se comportava em Dunstaffnage. Não pretendo que me ame com loucura, mas sim que seja educada e saiba se comportar como minha mulher, senão...

— Senão?! — disse ela, cada vez mais contrariada.

Devo ser masoquista, mas adoro quando ela me olha assim, pensou ele, e prosseguiu:

— Senão... terei que te dar uns tapas de novo e te ensinar bons modos.

Gillian tentou se levantar, mas ele, segurando seu braço, não permitiu.

— Quando eu estiver falando com você, escute. E enquanto eu não terminar o que estou dizendo, não pode sair, entendido?

Ela beliscou o braço dele, e apesar de Niall sentir uma dor incrível, não a soltou.

— Gillian, se não se comportar — murmurou, apertando os dentes —, terei que tomar providências contra essa sua personalidade impertinente de menina mimada.

Ela parou de beliscá-lo e olhou ao redor. Ninguém estava olhando. Levantando o queixo, perguntou:

— Providências? Que providências?

Ao ver que ele não respondia, prosseguiu sem medo algum:

— Pretende me jogar de um precipício, açoitar-me ou me queimar em uma fogueira por ser mimada, diante dos olhos lindos e incríveis de sua doce dama Diane? Porque se for o caso, juro que lutarei para me defender, mesmo que acabe morta e despedaçada. E se ser uma dama é ser e representar o que é ela, fico feliz de ouvir de você que sou o contrário.

Louco de vontade de beijá-la, pegou-a pelo cabelo com força para puxá-la para si e sibilou perto de sua boca:

— Gillian, não me dê ideias, para o seu bem, e procure não me aborrecer. Não sou mais o jovem tolo que você manipulava como queria anos atrás. Eu mudei, e hoje, quando me irritam, sou capaz de qualquer coisa.

Suportando a dor, ela bufou.

— Eu sei que é capaz de qualquer coisa. Você se casou comigo.

Por fim, Niall levou sua boca até a dela e a beijou. Com deleite, mordiscou o lábio inferior dela, até que a fez abrir a boca e a tomou. Surpresa, ela tentou escapar, mas, ao provar seu doce sabor, rendeu-se. Vibrou ao sentir-se em seus braços. Desejava-o. Mas então, ele começou a rir, ela ficou tensa e a magia desapareceu.

Pensou em lhe dar um tapa ou beliscar a ferida que lhe havia feito no braço, mas o desejo irresistível que a envolvia a impediu de raciocinar. Niall percebeu a tensão dela, mas não a soltou, e enfiou ainda mais a língua em sua boca, exigindo que não parasse. Para sua satisfação, por fim, ela soltou um gemidinho que a delatou.

Nesse momento, ouviram aplausos e gritos dos guerreiros. Niall a liberou e se afastou dela para receber, sorrindo, a ovação de seus homens.

Humilhada por se sentir o centro das atenções em um momento tão íntimo, Gillian fechou os punho para lhe dar um soco, mas Niall, fitando-a, sussurrou:

— Se fizer isso, vai pagar, amorzinho.

Ela se conteve.

— Não gosto que me trate na frente de todos como acabou de fazer, e menos ainda que me chame assim.

Depois de uma gargalhada que fez com que todos os olhassem, ele murmurou:

— Eu te chamarei e tratarei como quiser, entendido? Você é minha esposa. Minha! Não esqueça.

— Claro que não esqueço. Você quis me trocar por bolinhos de aveia.

— Pelo menos são nutritivos, e não daninhos como você. — E sem lhe dar tempo de responder, acrescentou: — Nunca se esqueça que sou seu dono e que te trocarei pelo que quiser. Você não é tão valiosa quanto Diane ou qualquer outra dama. Quem pensa que é?

— Quem dera eu não estivesse aqui e minha vida fosse outra! Quem dera eu pudesse voltar atrás! Se houvesse me casado com Carmichael, pelo menos eu saberia o que esperar: morte por assassinato. Mas de você? O que posso esperar, além de humilhação? Não vou permitir... não. E se tiver eu mesma que acabar com minha vida, farei isso antes que você o faça. Eu te detesto, Niall. Eu te detesto tanto que não pode nem imaginar.

Ferido e confuso pelas palavras duras e terríveis dela, Niall a olhou e, sério, sentenciou:

— Não me deteste, Gillian; é melhor que me tema.

Furiosa, a jovem levantou a mão, mas, ao ver o olhar gelado dele e dos guerreiros, baixou-a. Com um sorriso maléfico, Niall coçou o queixo.

— A partir de hoje, cada vez que cometer um erro, eu cortarei uma mecha de seu adorado cabelo. — Ela blasfemou. — E se continuar sendo desrespeitosa, eu vou te trancar em uma torre escura até que consiga te dobrar e que fique tão assustada que nem sequer lembre seu nome, entendeu?

Ela não respondeu. Limitou-se a lhe dirigir um olhar glacial. Ele continuou:

— Esquece o que eu disse sobre ter um herdeiro com você. Tinha razão, posso tê-lo com uma das prostitutas com quem me deito, e tenho certeza de que será mais agradável e prazeroso. Mas você cuidará dele e o criará como se fosse seu próprio filho. — Ofendida, ela não conseguia nem abrir a boca. — E fique tranquila, o que aconteceu aquela noite, quando se jogou sobre mim, não tornará a acontecer. Só vou te pedir um ou outro beijo e exigirei sorrisos para que as pessoas não comecem a comentar. Você foi e ainda é um problema. Seu irmão e seu avô tinham certeza de que acabaria na forca por matar Carmichael, e não estavam errados — disse, recordando o que ela havia comentado. — E só direi uma última coisa para esclarecer nossa situação: se não permiti que Kieran se casasse com você, não foi porque gostava de você. Não, não se engane, amorzinho. Se me casei, foi porque eu devia muitos favores a seu irmão e, casando-me, saldei todas as minhas dívidas pelo resto da vida.

— Você é desprezível — sussurrou ela, respirando com dificuldade.

— Sim, Gillian, sou desprezível. E, para você, pretendo ser a pessoa mais desprezível de toda a Escócia, porque tê-la ao meu lado é um castigo muito difícil de suportar.

— Eu te odeio — gemeu Gillian, sentindo seu coração parar.

Niall sorriu com maldade, mas era tudo fachada. Seu coração palpitava acelerado vendo o horror e a dor nos olhos dela.

— Fico feliz por saber que me odeia, meu amor, porque você será apenas senhora de meu lar, não de minha vida nem de minha cama. Gosto de outro tipo de mulher — disse, olhando para Diane de forma insinuante. — Duas coisas me atraem em uma mulher: a primeira, a sensualidade, e a segunda, que saiba do que eu gosto na cama. E você não tem nada do que procuro.

— É um filho de Satanás. Como pode me ofender assim?

E tentou esbofeteá-lo.

Com um movimento rápido, ele a deteve. Puxando a adaga do cinto, ele cortou uma mecha do cabelo dela. Ela gritou, e Niall, mostrando-lhe o troféu, sibilou:

— Cuidado, Gillian. Se não se controlar, vai ficar careca em breve.

Aquilo era insuportável. Levantando-se, furiosa, tentou ir embora, mas Niall puxou-lhe a saia e a fez cair sobre ele. Tomando-a com rudeza nos braços, aprisionou-a e, sem lhe dar tempo de respirar, beijou-a. Mas dessa vez ela não gemeu nem respondeu.

Instantes depois, quando Niall afastou os lábios com um sorriso triunfal, sussurrou:

— Estou em meu direito de te tratar como quiser e fazer com você o que quiser — disse, mostrando-lhe a adaga que havia tirado da bota dela. — Não esqueça, amorzinho.

— Devolva a minha adaga.

— Não, agora não. Talvez mais tarde — respondeu ele, guardando-a com a sua em seu cinto.

Soltando-a como quem larga um fardo de feno, deixou-a ir bem no momento em que começava a chover. Com um sorriso frio, viu-a se afastar furiosa e aborrecida. Imaginava que estava praguejando, mas não a ouvia.

Nesse instante, Ewen se aproximou.

— Meu senhor, acho que deveria me acompanhar.

— Agora? — perguntou ele, contrariado.

— Sim, agora.

Ele precisava que Niall visse o que estava acontecendo com seus homens.

Niall, voltando-se para olhar sua esposa, que desaparecia atrás de umas árvores, gritou:

— Gillian, seja boazinha e não se meta em confusão.

A mulher parou e, de repente, pondo as mãos nos quadris, disse, irada:

— Não, amorzinho, não se preocupe.

Vendo-a se afastar a grandes passos, Niall suspirou. Levou a mecha de cabelo aos lábios e a beijou. A seguir, guardou-a e foi com Ewen ver seus homens.

Capítulo 27

Praguejando como o pior dos guerreiros, Gillian se afastou. Precisava sentir o ar frio e a chuva no rosto para ter certeza de que estava acordada e de que o que havia escutado não era um pesadelo. Como aquele asno podia tratá-la desse jeito e, ao mesmo tempo, em outros momentos ser tão doce e irresistível?

Sentando-se no chão debaixo de uma árvore enorme, ela suspirou. Pegando seu lindo cabelo, praguejou ao ver a falha. Soltando-o com raiva, pensou: *Estúpido!*

Ele pretendia ter um filho com outra, humilhá-la e ainda por cima obrigá-la a cuidar da criança. Nunca! E menos ainda permitiria que a tratasse como pretendia. Preferia a morte.

Nesse momento, viu Trevor e Johanna saírem correndo de trás de uma moita, mas não viu a pequena Amanda. Estranhou e, durante alguns instantes, esperou que a menina aparecesse. Contudo, quando ela não apareceu, Gillian foi para a mata.

— Amanda! — chamou.

Mas a menina não respondeu.

De repente, ouviu um gemido não muito longe e correu até a margem do rio, onde encontrou a menina agarrada a um galho dentro da água. Rapidamente, Gillian entrou no rio e, surpresa, viu-se engolida. Era uma margem falsa e devia ter acontecido a mesma coisa com a menina. Com a cabeça para fora da água, nadou até Amanda e, segurando-a com força, sussurrou, beijando-a:

— Meu amor, não chore. Já estou aqui, e nada vai acontecer.
— Minha espada — disse, gemendo, a menina.

Gillian olhou ao redor e, ao ver que o brinquedo de madeira flutuava não muito longe delas, disse:

— Olhe, meu amor. Está ali, viu?

Mas a menina fez um biquinho.

— Um dragão a levou.

Gillian sorriu.

— Meu amor, dragões não existem.

E antes que pudessem se mexer, Gillian, impressionada, viu um bicho se enrolar lentamente na espada e a levar. Assustada, Amanda soltou um grito de pânico. Com rapidez, Gillian nadou para a margem, tirou-a da água, saiu e a abraçou.

— Pronto, meu amor. Pronto.
— O dragão levou minha espada! — gritou Amanda.
— Fique calma, querida. O bicho não nos fez nada — sussurrou, beijando-a com o pulso acelerado. — E não se preocupe com a espada. Tenho certeza de que mamãe ou papai vão te dar outra.
— Mas essa era a espada de tio Zac. Eu quero minha espada! — soluçava a menina, tentando pular na água de novo.

Gillian viu de novo a espada, que parecia flutuar. Odiava serpentes. Tinha pânico delas.

— Mamãe sempre disse que você é muito valente, mas não vou acreditar se deixar esse dragão levar minha espada. Por favor... não deixe que ele leve minha espaaaaaaaaaaaaadaaaaaaaaaaa!

Gillian olhou de novo para o rio, onde parecia que só a maldita espada flutuava. Nem louca!

— Amanda, meu amor, não estou com as flechas nem com a adaga para matar o dragão — explicou, ouvindo os berros da criança. — Também não estou com a espada para poder pegar a sua no lago.

Mas ao ver o beicinho e os soluços da menina, disse:

— Tudo bem, vou tentar pegar a maldita espadinha.

Com cuidado, entrou de novo no rio, mas a coragem a abandonou. Sem adaga nem espada, se o bicho a atacasse, não poderia se defender. Sabia que dentro d'água aquela serpente nadava à vontade e estremeceu ao pensar nisso. E se houvesse mais?

— Amanda, não tenha medo, querida — gritou para dar coragem a si mesma.

— Não, tia, não tenho — disse a menina, tiritando. — E você, tem medo do dragão?

Oh, Deus! Sim. Se o bicho aparecer, vou ter um troço, pensou.

— Não, meu amor. Eu não tenho medo de nada — disse, muito a contragosto.

Dominada pelo terror, ela foi nadando até o brinquedo da menina. Nesse momento, sentiu algo roçar suas pernas. Agitando braços e mãos, sentiu uma pequena beliscada na coxa direita, mas continuou. Então, notou que havia perdido o cordão de seu dedo. Sua aliança de casamento. E parando, procurou ao redor.

— Maldição, maldição! — vociferou, angustiada, porque, gostando ou não de reconhecer, aquele cordão encardido significava muito para ela.

— Que foi, tia? — perguntou a menina.

— Ai, Amanda! Acabei de perder minha aliança de casamento.

A menina deu de ombros.

— Não importa. Tio Niall vai comprar outra.

Gillian suspirou.

— Ah, sim! Não duvido que aquele tosco compre mesmo — sussurrou para que a menina não ouvisse.

Sem ver o cordão insuportável em lugar nenhum e apressada para sair da água, com determinação, Gillian pegou a espada e nadou até onde a menina esperava. Já fora, respirou. Não precisava mais temer aquele réptil nojento. A pequena Amanda, emocionada, jogou-se sobre Gillian para beijá-la e pegar sua amada espada.

— Obrigada, tia Gillian. Você é a melhor. A mais valente. Mamãe tem razão.

Com o coração quase saindo pela boca devido ao medo que havia passado, Gillian conseguiu sorrir. Olhava com pesar para seu dedo. Por fim, pegou a menina no colo e, tremendo, voltou ao acampamento, onde Johanna gritou ao vê-las chegar ensopadas.

— Mamãe! Amanda caiu de novo no rio.

Megan se levantou de um tronco onde estava sentada e, ao ver o aspecto de sua filha e de sua amiga, correu para elas. Duncan, Niall e Lolach, que nesse momento conversavam, ao ouvir os gritos de Johanna se viraram e, com rapidez, Duncan foi atrás dela. Niall, ao ver sua mulher toda molhada e com uma aparência péssima, seguiu seu irmão, mas, antes, pegou dois *plaids* para cobrir aquelas duas descerebradas.

— Oh! Papai vai brigar comigo. E mamãe está com cara de brava — sussurrou Amanda no ouvido de Gillian. — Ela disse para eu não me aproximar da água.

— Não se preocupe, querida — sussurrou Gillian, congelada. — Eu direi que caí e que você pulou para me ajudar.

— Que ideia boa! — disse, feliz, a menina.

Megan parou diante delas com cara séria e olhos risonhos.

— Posso saber o que aconteceu para estarem assim? — perguntou.

Amanda se encolheu no colo de Gillian. Suspirando, a moça disse:

— Megan, sou uma desastrada! Eu caí no rio, e Amanda pulou para me salvar.

Sua amiga, comovida diante da mentira, disse, pegando sua filha:

— Oh, minha menina! Como é valente!

Amanda, feliz por sua mãe ter acreditado, sorriu, mostrando sua boca roxa.

— Sou uma guerreira, mamãe.

— Ainda bem que ela estava lá — disse Gillian. — Senão, não sei o que teria feito. Obrigada, Amanda, você é uma excelente nadadora.

Duncan e Niall chegaram e, ao ouvir o que Gillian dizia, sorriram. A menina disse:

— Tio Niall, Gillian perdeu o anel de casamento, mas não brigue com ela, está bem?

Gillian praguejou em silêncio, e Niall, ao recordar o cordão de couro, sorriu internamente, mas gritou:

— Como?!

A menina, ao perceber o tom dele e a cara de desgosto de Gillian, disse, tocando o rosto dele com sua mãozinha fria:

— Tio, olhe para mim.

Ele olhou.

— Não fique bravo com ela. Ela o procurou na água fria por muito tempo, mas não encontrou. E eu, para que ela não chorasse, disse que você ia comprar outro mais bonito.

— Tem que ser mais bonito? — brincou Niall.

— Claro, tio! Gillian merece um anel de princesa.

Os olhos de Niall cruzaram com os de sua mulher, mas ela, ainda contrariada, desviou o olhar.

— Andem... Vão trocar de roupa, senão, vão pegar uma pneumonia — urgiu Duncan.

Gillian batia os dentes. Niall deu um *plaid* a Megan para que cobrisse a menina e outro para sua mulher.

Gillian pegou a manta que Niall lhe oferecia, mas quase gritou quando escutou:

— Mulher, como você é desajeitada! — Ela o olhou, furiosa. — Perdeu o anel que te dei em nosso casamento! Ande, tome sua adaga e vai pôr uma roupa seca. Está pior que os selvagens dos meus homens.

O primeiro instinto de Gillian foi querer cravar-lhe a adaga que ele havia acabado de lhe devolver, mas limitou-se a dizer:

— Tentarei ser menos desastrada, amorzinho.

E, levantando o queixo, saiu.

— Você não acreditou que Amanda salvou Gillian, não é? — sussurrou Duncan, com humor.

Com uma careta de deboche que fez seu irmão sorrir, Niall respondeu:

— Claro que acreditei! Minha sobrinha Amanda é uma grande guerreira.

Capítulo 28

A noite caiu. Como chovia muito, por fim haviam decidido não levantar o acampamento.

As crianças brincavam em volta da mesa e Megan, brava, conseguiu fazer com que os três, que não paravam, se sentassem. Cris estava conversando com Shelma quando viu sua irmã se aproximar. Sem cumprimentar ninguém, ela se sentou à mesa improvisada.

— São incríveis as mudanças pelas quais seus guerreiros estão passando, Niall — disse Shelma, rindo e observando alguns.

— São bonitos! — sussurrou Megan, sentando-se e observando Aslam, que passeava com Helena e seus filhos.

Niall ainda não havia se recuperado do choque que tivera quando acompanhara Ewen e os encontrara sem barba e sem aquele aspecto rude e feroz. De repente, seu exército de barbudos estava se transformando em um punhado de highlanders preocupados com a aparência.

Quando perguntou o motivo da mudança e Donald explicou que se devia aos sábios conselhos de Gillian, blasfemou. Por fim, porém, acabou sorrindo.

— Acho, com sinceridade, querido cunhado, que Duntulm vai ficar cheio de mulheres — afirmou Megan. — Vai dar casamento quando muitas das jovens casadouras que conheço os virem!

— E muitas crianças vão nascer! — brincou Duncan, fazendo-o sorrir.

— Por todos os santos! — exclamou Cris ao ver de novo os guerreiros. — Donald é muito bonito. Quem diria que debaixo de toda aquela montanha de cabelo havia um jovem tão másculo?

— De fato... — concordou Lolach. — Antes eram conhecidos como o exército dos selvagens e, agora, serão conhecidos como o exército dos pimpolhos.

— Desde que não percam a hombridade, a aparência não me interessa — disse Niall, contrariado por ver que Gillian não aparecia. Onde estaria?

— Vai ser um clã muito bonito, comandado por um laird muito elegante. Tenho certeza de que aonde quer que forem, vão conquistar muitos corações — acrescentou Diane, conseguindo fazer com que todos olhassem para ela.

Megan, surpresa pela desfaçatez da jovem, não pôde evitar dizer:

— Ah, sim! Sem dúvida, Gillian tem razões para estar felicíssima. Ter um esposo tão bonito e apaixonado, e um exército de homens tão elegantes que dariam a vida por ela, aquece o coração, não é verdade, Diane?

Apesar de contrariada pelo modo como Megan havia deixado claro, na frente de todos, que Niall era de Gillian, Diane não respondeu.

Duncan e Niall se olharam e sorriram. Megan defendia sua gente como ninguém; e Gillian era sua gente.

— A propósito, onde está Gillian? — perguntou Cris, estranhando não a ver ali.

— Não a vi a tarde toda — respondeu Shelma, sentando-se à mesa.

— É verdade, depois que voltou ensopada com Amanda, não a vi mais — disse Megan.

Niall, que estava pensando a mesma coisa, olhou para Ewen.

— Vá até minha tenda e diga a minha querida esposa que a estamos esperando — ordenou.

O highlander saiu imediatamente. Niall, para disfarçar a impaciência por vê-la, bebeu de sua taça. Poucos instantes depois, Ewen voltou.

— Senhor, sua esposa disse que não se sente bem e pediu que a desculpe.

Megan trocou um olhar com sua irmã. Levantando-se, pôs um pouco de pão e queijo em um prato.

— Vou levar algo para ela comer.

Duncan a deteve e, olhando para seu irmão, disse:

— Niall, não acha que deveria levar algo para sua esposa comer?

Contrariado porque todos o olhavam, e em especial pelo sorrisinho bobo de seu bom amigo Lolach, ele pegou o prato que sua cunhada lhe estendia e saiu.

Mal-humorado, foi até onde estava sua mulher. Aquela mimada gostava de chamar atenção; mas ele a trataria como merecia. Porém, ao se aproximar da tenda e vê-la tão escura, surpreendeu-se. Gillian odiava escuridão. Abrindo o pano, entrou, e quando seus olhos se acostumaram à escuridão, viu-a. Aproximou-se e cutucou com o pé onde supunha que estaria sua bunda.

— Gillian, amorzinho, o que foi?

— Estou com muito frio — respondeu ela com um fio de voz.

— Mulher, você é tão frágil que não resistirá muito tempo em minhas terras.

Ela murmurou algo que ele não entendeu.

— Diz que Diane é fraca por espetar um espinho no dedo e choramingar. Mas o que devem pensar meus homens ao ver que você, a Desafiadora, está quase morta de frio?

— Me deixe em paz, Niall — grunhiu ela sem forças.

Mas ele não queria deixá-la em paz. Queria ouvi-la, e continuou:

— A propósito, esposa, quando quiser propor mudanças a meus homens, eu gostaria que falasse comigo antes.

Ela não respondeu.

— Maldição, Gillian! Que ideia foi essa de ordenar que se transformassem em belos Adonis, sendo que o que necessito são guerreiros ferozes que metam medo? Por acaso não sabe que preciso de highlanders aterrorizantes para defender minhas terras?

Ao ver que ela continuava calada, estranhou. De modo que voltou a atacar:

— Nunca imaginei que fosse tão fraca para um pouquinho de frio.

— Não sou.

— Oh, sim, é! Não tente negar, menininha malcriada. Sinceramente, acho que está fazendo drama porque ainda está magoada com o que te disse hoje. Assuma, Gillian.

Em vão, ele esperou alguns segundos por uma resposta.

— Está me escutando?

— Sim... sim...

Dado o baixo tom das respostas dela, por fim, Niall disse:

— Precisa comer. Eu trouxe um pouco de pão e queijo. Vai te fazer bem.

Passados alguns instantes, ela respondeu sem se mexer:

— Não... não... posso.

Mas Niall não estava disposto a deixar que aquela mimada conseguisse o que queria. Era tudo puro teatro. Ela estava aborrecida pelas coisas que ele havia dito, mas ele não tinha a intenção de permitir esse jogo absurdo por nem mais um minuto.

— Amorzinho, se antes de eu contar até três você não se levantar, juro que vai me pagar. Todos estão jantando e esperando por você, não percebe?

— Não posso, Niall... Estou... com muito fri... frio — sussurrou, querendo que ele a deixasse em paz. Não queria nem podia brigar. Não tinha forças.

Farto de tanta contemplação, ele se aproximou dela no escuro, descobriu-a, pegou-a por baixo das axilas e a sentou. Esperava que ela gritasse e espernasse, mas ao ver que Gillian não fazia nada, levou a boca ao ouvido dela e notou que estava com o cabelo ensopado, como se houvesse acabado de sair do rio. Estranhando aquilo, ele tocou-lhe a testa e, ao notar o calor excessivo, deitou-a. Ela não se mexeu. Rapidamente, Niall pegou uma vela, foi até a fogueira mais próxima e a acendeu.

Com passos decididos, entrou de novo na tenda. Ao vê-la enrolada no cobertor, aproximou a luz. Ficou sem fala ao vê-la ensopada de suor, trêmula e com uma estranha cor azulada no rosto.

— Por todos os santos, Gillian, o que você tem?

Ela mal conseguia abrir os olhos. Estavam vazios e sem vida, contornados por círculos pretos. Depressa, Niall saiu da tenda e, sem se afastar da entrada, gritou chamando sua cunhada. Megan se levantou sem demora e, seguida por todos, correu para onde ele estava.

— Que foi?

— Alguma coisa está acontecendo com Gillian — disse ele desconcertado, sem saber o que fazer.

Entraram na tenda e, já com mais luz, ficaram todos sem fala ao ver a jovem tremer descontroladamente.

— Meu Deus, o que ela tem? — perguntou Cris, assustada.

Diane, ao ver o rosto azulado de Gillian, abandonou a tenda sorrindo disfarçadamente.

— Vou buscar sua bolsa de ervas — disse Shelma com rapidez.

Niall se agachou ao lado de sua esposa trêmula e, levantando-a do chão, segurou-a nos braços enquanto Megan se agachava também.

— Gillian, querida, o que está sentindo? — perguntou Megan, passando-lhe a mão pelos cabelos sem poder acreditar no tanto que suava e tremia.

Ao ouvir sua voz, a jovem abriu os olhos, mas não disse nada. Só a olhou, e pouco depois desmaiou.

— O que está sentindo? — vociferou Niall, chacoalhando sua mulher. — Gillian, maldição, não faça isso comigo! Acorde.

Mas Gillian não acordou. Estava mergulhada em um sono profundo. O acampamento entrou em alvoroço devido ao que estava acontecendo.

Shelma entrou com rapidez na tenda com a bolsa de ervas. Megan, olhando para seu marido e para Lolach, pediu ajuda para que convencessem Niall a soltar sua mulher.

— Se não a soltar, pouco poderei fazer por ela — disse Megan.

— Por que ela está assim? O que ela tem? — perguntou Niall, desesperado, depois de deixar, com delicadeza, sua jovem esposa sobre algumas mantas.

— Sabe se ela comeu algo que poderia lhe fazer mal?

— Não, não sei — sussurrou Niall.

Não queria nem imaginar que ela pudesse ter provocado isso. Mas ao pensar nas coisas terríveis que lhe havia dito, o imponente highlander tremeu recordando as palavras dela: "Prefiro acabar com minha vida antes que você o faça". Se algo acontecesse a ela por sua culpa, ele nunca perdoaria a si mesmo.

Capítulo 29

Estavam angustiados cuidando de Gillian quando entraram as crianças. Rapidamente, Cris e Zac as levaram dali.

— Não sei o que pode estar acontecendo — sussurrou Megan, desesperada.

Agitado, enlouquecido de pensar que Gillian poderia ter feito uma bobagem, Niall ia dizer algo quando a cortina da tenda se abriu e surgiu Zac com a pequena Amanda no colo.

— Tire ela daqui agora mesmo — ordenou Duncan ao ver sua filha olhando para Gillian com cara de horror.

— Um minuto — pediu o rapaz. E olhando para sua irmã disse: — Amanda acabou de dizer que hoje à tarde, quando entrou no rio para salvar Gillian, havia um dragão na água.

— Meu, Deus! Tire a menina daqui agora mesmo — gritou Niall, desesperado.

Adorava sua sobrinha, mas não era hora de ouvir bobagens. Dragões não existiam. Contudo, Shelma e Megan se entreolharam e rapidamente perguntaram:

— Querida, você lembra como era o dragão?

A menina, assustada no colo de Zac, assentiu.

— Tinha a cabeça gorda com listras cor de laranja.

— Oh, Deus! — sussurrou Shelma, levando a mão ao rosto.

Niall, sem entender a que as mulheres se referiam, olhou para elas. Megan imediatamente descobriu a jovem trêmula e gritou:

— Saiam todos daqui!

Duncan, notando a urgência na voz de sua mulher, não perguntou e saiu com Lolach e os outros. Ficaram na tenda só Shelma, Megan e Niall.

Sem dizer nada, as mulheres começaram a despir Gillian, diante dos olhos incrédulos de Niall.

— O que está fazendo? Ela vai ficar com frio.

Mas Megan, soltando os laços do vestido de Gillian, disse:

— Acho que foi mordida por uma serpente, e temos que encontrar onde.

Sem esperar nem mais um segundo, Niall as ajudou, explorando com atenção braços, cotovelos, mãos... até que, de repente, Shelma gritou:

— Aqui!

Niall olhou a coxa fina e torneada de Gillian e viu uma pequena marca vermelha que supurava um líquido dourado.

— Vou buscar água quente — disse Shelma, e desapareceu.

Megan, examinando a ferida, murmurou:

— Pegue a minha bolsa. Preciso ver se tenho tudo de que necessito.

Abalado com a quietude de sua mulher nesse momento, Niall entendeu o desespero de seu irmão quando Megan ficava doente. Vê-la ali deitada, imóvel, sendo Gillian uma jovem ativa, divertida e guerreira, era de matar. De repente, ela se mexeu, e abrindo os olhos de uma vez, disse, olhando para Megan:

— Não deixe que vão embora.

— Fique tranquila, Gillian — sussurrou Megan, enxugando-lhe a testa.

Mas ela gemeu de novo.

— Não... não vão. Diga para mamãe me dar um beijo.

Niall, desconcertado, olhava para sua cunhada. E antes que ele dissesse alguma coisa, murmurou:

— O veneno está fazendo ela delirar. Não leve em consideração nada do que disser.

— Papai, mamãe, não me deixem! — gritou Gillian, fazendo-os se arrepiar.

Instantes depois, ela deu um grito de horror e, também gritando, disse que seus pais haviam morrido. Quando Shelma entrou com um caldeirão cheio de água quente, Megan jogou nele algumas sementes pequeninas, umas ervas vermelhas e um pouco de casca de carvalho. Isso tudo teria que ferver um pouco.

— Ai, Megan, estou com medo. Ela está com uma cor péssima — sussurrou Shelma.

Megan não respondeu. Seu cunhado a olhava em busca de respostas, mas ela não podia falar; estava terrivelmente assustada. O veneno havia corrido pelo corpo de Gillian durante muito tempo e talvez fosse tarde demais.

Nesse momento, Gillian se voltou para Niall e cravou nele seus olhos sem vida.

— Niall... está aqui — murmurou ao reconhecê-lo.

Sem se importar com mais nada, exceto com sua mulher, ele sorriu e se aproximou dela.

— Claro, onde mais eu estaria?

Ela pestanejou, e Niall pensou que ia voltar a desmaiar, mas com seus impactantes olhos azuis fixos nele, inquiriu:

— Ainda gosta de meus beijos com barro?

Então, as mulheres olharam para ele com vontade de chorar. Ela estava falando de quando eram crianças. Bem crianças.

— Claro que sim, querida. Seus beijos, com barro ou sem, são os melhores que já recebi — respondeu Niall, enxugando-lhe a testa.

Gillian sorriu, e com um fio de voz, perguntou:

— Pode me beijar agora?

Sem pensar, ele levou seus lábios aos dela e a beijou. Mas o calor que sentiu nos lábios abrasadores de Gillian foi uma tortura. Ela estava ardendo, e embora sua cunhada não dissesse nada, Niall via a preocupação em seus olhos.

— Niall, desculpe. Eu... eu, às vezes... Não me troque por bolinhos de aveia...

— Fique tranquila, querida. Nunca mais vou trocá-la por nada — murmurou ele, beijando-lhe a testa.

Levantando a mão com fraqueza, Gillian a olhou e, com um biquinho, soluçou:

— Eu perdi meu anel horroroooooooooso. Sou uma desastrada.

Niall, engolindo a emoção, acariciou o cabelo ensopado dela e, com uma ternura que fez sua cunhada se emocionar, sussurrou em seu ouvido:

— Escute, gata. Vou te comprar o anel mais bonito que alguém jamais teve, mas não quero te ver chorar. É uma mulher forte, uma guerreira e não uma desastrada como eu disse hoje à tarde. Nada do que disse era verdade, entendeu?

Com um doce sorriso, ela fechou os olhos de novo e caiu outra vez em um sono profundo e atormentado. Shelma começou a chorar. Duncan, que havia entrado segundos antes, olhando para sua mulher, pegou sua cunhada — que não opôs resistência —, tirou-a da tenda e a levou para Lolach. Ao ver Shelma chorar daquele jeito, ele pensou o pior, mas suspirou ao saber por Duncan que Gillian ainda estava viva.

O tempo passava e Gillian piorava. Nada podiam fazer, exceto rezar e esperar por um milagre. Megan, vendo o que Niall estava passando, pensou em como poderia ajudá-la, mas estava tão preocupada com Gillian que mal podia pensar com clareza.

— Niall, vá esticar as pernas.

— Não. Quero ficar com ela — murmurou ele, enxugando-lhe o suor com um pano úmido.

Não pretendia se afastar de sua mulher. De sua Gillian. Sentia-se culpado pelo acontecido, e embora soubesse que tinha sido a mordida que a deixou naquele estado, culpava-se sem parar. Queria ficar com ela, ao lado dela. Precisava pegar sua mão e tocar com delicadeza seu rosto perfeito e gracioso, e pensar que tudo acabaria bem. Gillian não podia morrer. Não podia desaparecer de sua vida.

Mas Megan insistiu:

— Escute, Niall. Você não pode ajudar com mais nada. Só preciso fazer com que ela beba a infusão. A bebida tem que entrar nela para que o veneno que se espalhou por seu corpo seja expulso, e temos que rezar para que o emplastro que pusemos absorva ao máximo a peçonha concentrada que sem dúvida ainda está na ferida. Se o emplastro ficar preto é porque está funcionando. Mas pouco mais podemos fazer. E embora me doa na alma dizer isso, temos que estar preparados para o pior.

Niall negou com a cabeça e afirmou com a segurança de um guerreiro:

— Ela vai melhorar. Gillian é forte e não vai se render.

Com carinho, Megan tocou o rosto de seu cunhado. Com um sorriso triste, sussurrou, esgotada:

— Niall...

— Não, Megan — replicou ele. — Gillian não vai morrer. Eu não vou permitir.

Assentindo, triste e cheia de olheiras, Megan deu um beijo na testa de Gillian e, olhando para seu cunhado, sussurrou enquanto se sentava no fundo da tenda para esperar:

— Deus te ouça, Niall. Deus te ouça.

Quando Megan se recostou, Niall se deitou ao lado de Gillian. Nada podia fazer, exceto estar perto dela e esperar. Então, conhecendo a alma guerreira da sua esposa, aproximou-se e murmurou em seu ouvido:

— Escute, mulher malcriada e mimada, nem pense em morrer para escapar de mim, porque juro por minha vida que, se fizer isso, vou te buscar de qualquer maneira e vou te trazer de volta comigo, e juro por Deus que vai me pagar.

Ela se mexeu, inquieta, e Niall suspirou, certo de que ela o havia ouvido.

Capítulo 30

Durante a noite longa e tormentosa, obrigaram Gillian a beber aquela poção amarga e malcheirosa várias vezes. Não foi fácil. Ela, em seu delírio, insistia mais em cuspir que em engolir, mas Niall não se rendeu. E com uma cara feroz, embora estivesse exausto, ordenava sem parar que engolisse, até que Megan dizia que já podia parar. O emplastro que haviam colocado na mordida parecia estar funcionando e, com o passar das horas, começou a escurecer. Isso os alegrou.

Ao amanhecer, Gillian continuava igual, mas viva. Duncan tentou tirar sua mulher da tenda para que descansasse, mas ela se recusou. Não sairia dali enquanto Gillian não estivesse a salvo. O mesmo aconteceu com Niall.

O highlander passou as longas horas do dia seguinte olhando para sua esposa inerte, enquanto sua consciência o atormentava por tudo que havia dito. Como havia sido capaz de dizer a ela aquelas barbaridades?

Pacientemente, ajudava Megan, que estava exausta, com a infusão e, ao anoitecer do segundo dia, ambos relaxaram ao notar que a mulher delirava e tremia cada vez menos, e a febre parecia ceder.

— Tinha razão, Niall — sorriu Megan, tirando o emplastro da coxa para colocar outro limpo. — Gillian é muito forte.

— Eu te disse — sorriu o highlander pela primeira vez.

Nesse momento, o pano da tenda se abriu e Duncan apareceu.

— Querem algo para comer? — perguntou, sabendo que aqueles dois não sairiam dali sem Gillian.

— Não, meu amor — suspirou Megan, levantando-se. — Me leve para descansar um pouquinho, estou esgotada. Niall pode ficar sozinho com Gillian. Acho que o perigo já passou.

— Desejo concedido, meu amor — sussurrou Duncan, pegando-a pela cintura.

Com um sorriso nos lábios, o highlander piscou para seu irmão que, com ar cansado, balançou a cabeça. Tomando a mão de Megan, beijou-a e, antes que saísse, disse:

— Sabe que te adoro, não é?

Com carinho, ela se agachou e, dando um beijo no rosto de Niall, respondeu:

— Tanto quanto eu te adoro, bobinho.

Duncan, emocionado pelo carinho verdadeiro que aqueles dois emitiam, sorriu e sussurrou no ouvido de sua mulher:

— E me adora também, minha senhora?

Vendo que seu cunhado ainda os olhava e sabendo quanto ele gostava de ver o irmão sorrir, deu um suave beijo nos lábios de Duncan e disse:

— Eu te quero, te adoro, te amo e, às vezes, te odeio. Que mais pode pedir, Falcão?

Com uma gargalhada que encheu o coração de Megan, Duncan a pegou no colo e a levou para sua tenda. Sua mulher precisava descansar, e ele precisava dela perto.

Esgotado pelas horas transcorridas, mas feliz pela melhora de Gillian, Niall se deitou ao lado de sua mulher. Vigiando a respiração dela, aproximou sua testa da de Gillian.

— É uma verdadeira McRae. Uma lutadora. E não repetirei estas palavras diante de você, mas preciso dizer que te amo mais que a minha vida, porque você sempre foi e sempre será meu único e verdadeiro amor.

Instantes depois, esgotado, adormeceu ao lado dela.

O terceiro dia amanheceu e, com ele, a atividade do acampamento. Todos estavam felizes por saber que a mulher do jovem laird McRae estava melhorando e se recuperaria: todos exceto Diane, que praguejava de raiva dentro de sua carroça.

Niall acordou sobressaltado. Havia adormecido. Depressa, observou Gillian, que parecia dormir tranquilamente. Viu que aqueles círculos pretos que contornavam seus olhos não estavam mais ali. Seu lindo rosto tinha de novo uma cor normal e a febre havia desaparecido por completo.

Feliz e motivado pela melhora, Niall levantou a manta e observou a coxa de Gillian e, ao ver o emplastro enegrecido, fez o que havia visto Megan fazer. Tirou-o e, com delicadeza, pôs um novo. Sem poder evitar, observou seu corpo suave e curvilíneo. Nunca a havia visto completamente nua, então, com malícia, levantou um pouco mais a manta e suspirou ao ver como era linda.

Ao sentir sua ereção diante do espetáculo, baixou a manta, deu-lhe um beijo na testa e se levantou. Decidiu sair da tenda. Precisava se refrescar, ou seria capaz de possuir sua mulher apesar do estado em que se encontrava. Quando Niall a deixou na tenda, Gillian abriu um olho e sorriu.

Capítulo 31

Dois dias depois, Gillian já estava quase recuperada e viajava recostada em uma das carroças com Helena, que se revelou uma companhia encantadora e agradável. Com curiosidade, Gillian observava seus guerreiros. Aqueles homens antes toscos e barbudos estavam começando a mudar. Ficou satisfeita.

— Helena, o que pensa de Aslam? — perguntou ao ver aquele guerreiro feroz transformado em um Adonis que se exibia, sempre que podia, diante da mulher para fazê-la rir.

— Ele é agradável, milady.

Gillian, fazendo graça, aproximou-se mais e cochichou em seu ouvido:

— Só agradável?

Helena riu. Ainda recordava o primeiro impacto que sofrera ao entrar naquela carroça e ver aquele gigante barbudo e peludo fitando-a. Sentira medo dele.

— Milady, o que está querendo dizer? — inquiriu Helena, envergonhada.

— Helena... Helena... você entendeu.

A gargalhada de Helena fez Aslam, que levava Demelza em seu cavalo, olhar para ela com cara de bobo e os demais highlanders rirem dele.

— Milady, entendo o que quer dizer, e só posso responder que ele é encantador com meus filhos e comigo. E não estamos acostumados a isso.

— Isso é maravilhoso, Helena — suspirou Gillian, olhando as costas largas de seu marido.

Nesses dias, depois do acontecido, a relação entre Niall e Gillian estava mais descontraída. Ele tentava suavizar seus comentários mordazes, e ela ficava grata. Um pouco de paz depois de vários dias de luta era um alívio, mas custava horrores a Gillian conter seus impulsos assassinos cada vez que via Diane cavalgar como uma louca para ficar perto dele.

Circunspecto, Niall percebeu que seus homens mudavam dia a dia. Um após outro havia tirado a barba e ajeitado o cabelo, e até tentavam não ficar cuspindo toda hora, algo que lhe agradou e que as mulheres agradeciam imensamente.

Ver o rude Aslam passeando ao anoitecer com um bebê no colo e segurando a mão de uma menina era algo que Niall jamais imaginara. Mas desde a chegada de Helena, aquele tosco preferia uma boa conversa com ela sentado debaixo de uma árvore a uma bebedeira com seus companheiros.

Durante esses dias, nos momentos de ócio, com carinho, paciência e a ajuda de suas amigas – inclusive de Helena, às vezes –, Gillian ensinou aos highlanders modos para cortejar as damas.

Uma dessas noites, Aslam deixou bem claro que Helena era assunto dele, e todos os seus companheiros o respeitaram. E dia a dia, Niall percebia que não só sua vida estava mudando com a presença de Gillian, mas a de todos.

Quando a melhora dela se fez notável, sem que entendessem por que, a rivalidade entre ambos voltou. Ele parecia contrariado em muitas ocasiões, apesar de ela tentar agradá-lo. O que Gillian não sabia era que Niall lutava única e exclusivamente contra si mesmo. Diante das pessoas mantinham as aparências e o sorriso, mas assim que ficavam sozinhos na tenda à noite, pouco faltava para se pegarem a golpes de espada.

Todas as noites, Niall demorava o máximo possível para ir dormir. E se entrava e percebia que ela estava acordada, pegava sua manta e se deitava o mais longe que podia dela. A tentação de sucumbir aos encantos de sua mulher era cada vez maior, e só podia controlá-la mostrando-se zangado e irritado com ela. Gillian, em silêncio, sentia tanta rejeição da parte dele que desejava que outra serpente a mordesse para que Niall se aproximasse e fosse gentil. Mas não dizia nada.

Por sua vez, Niall mal descansava. Pensar que a poucos metros estava a mulher que havia roubado sua vida o estava matando. Ele a adorava como nunca adoraria nenhuma outra, mas não estava disposto a facilitar as coisas; ela não merecia.

Megan percebia que algo estava acontecendo. Mas depois de conversar com Duncan e de ele lhe aconselhar a não tomar partido, tentou não se meter no relacionamento deles. Mas não pôde evitar contar mil vezes a Gillian, com paixão, como Niall a havia beijado desesperado quando ela estava delirando. Sua cunhada sorria, e se de início pensava que o que julgava ter ouvido havia sido um sonho, a cada dia tinha mais certeza de que não era.

Na manhã em que Gillian teve que se despedir de Shelma, Trevor e Lolach, ela ficou triste. Haviam chegado ao ponto da viagem em que os três desviariam para Urquarq. Depois de muitos beijos e votos de voltarem a se ver logo, cada grupo seguiu seu caminho, e Gillian se deu conta de que em breve ficaria sozinha com Niall.

Nessa noite, chegaram ao castelo de Eilean Donan, o lindo lar de Duncan, Megan e suas filhas. Lá, as aldeãs casadouras, ao ver os belos homens de Niall, os cumprimentaram com sorrisos e piscadinhas, deixando-os aturdidos. Foi tal o desconcerto dos homens ao ver que mulheres decentes sorriam para eles que não sabiam o que dizer. Gillian os observava pasma.

Para comemorar a chegada deles a Eilean Donan, o povo do castelo fez um jantar de boas-vindas. Como era de se esperar, Diane não compareceu. Preferiu ficar no quarto, louca para que amanhecesse para ir embora dali.

Depois do jantar, os moradores começaram a tocar bandurria e gaita, e logo os aldeões de Eilean Donan começaram a dançar. Gillian observava como os toscos guerreiros de seu marido olhavam para as jovens, mas não se atreviam a lhes dizer nada. Estavam tão acostumados a tratar com prostitutas que quando uma doce mocinha os olhava ficavam vermelhos como um tomate.

Vamos, rapazes, coragem, pensava ela.

Sentada ao lado de seu marido, acompanhava a conversa dele com Duncan, mas seus olhos estavam naqueles homens rudes que com movimentos desajeitados lhe pediam ajuda. Megan, que também havia se dado conta da situação, sorria ao ver algumas mulheres que conhecia cochichando sobre eles. Mas Gillian não aguentava mais, e voltando-se para seu marido, que parecia tê-la esquecido, chamou:

— Niall... Niall...

— Sim, Gillian — respondeu ele, fitando-a.

— Você se importaria se eu dançasse com alguns dos seus homens?

Surpreso diante da prudência dela ao perguntar, olhava-a com desconfiança enquanto ela continuava falando.

— Todas essas jovens querem dançar com eles, mas não sei o que acontece com esses palermas que nenhum deles se atreve.

Niall desviou o olhar para seus homens e quase gargalhou ao ver a cara de paisagem deles. Uns pareciam cordeiros degolados de olhar caído, e outros, highlanders furiosos prestes a puxar a espada. Por fim, Niall se sentiu incapaz de negar aquilo a sua mulher, então, olhou para ela e, perto de seu ouvido, sussurrou:

— Eles não estão acostumados a tratar com mulheres decentes, com exceção de você, por isso, estão assustados.

A confidência fez Gillian sorrir. Achando graça, comentou:

— Olha a cara de Kennet... Por todos os santos, Niall, ele está ficando vesgo!

Niall sorriu e, dando-lhe corda, acrescentou:

— O pobre Johan parece que foi pregado na parede.

— Oh, Deus, coitadinho! — gargalhou Gillian, cobrindo a boca com a mão e se escondendo atrás de seu marido.

Niall ficou satisfeito com o grau de cumplicidade e confiança entre eles e, como sempre que se deixava levar, desfrutou cada momento da proximidade de Gillian. Vê-la rir daquele jeito encostada em seu ombro era um bálsamo delicioso que não podia deixar escapar; por isso, preferiu continuar se divertindo um pouco, até que por fim entendeu que seus homens precisavam de ajuda.

— Tem razão. Acho que, se dançar com um deles, o resto vai se animar.

— Sim, acho que é a melhor opção — assentiu Gillian.

Mas ao tentar se levantar, Niall a obrigou a se sentar de novo.

— Em troca, exijo um beijo.

Ao ver que ela o olhava surpresa, o highlander explicou:

— Quero que todos vejam que vai dançar com meus homens com a minha autorização.

Animada, ela se aproximou, deu-lhe um beijo doce, mas rápido, e perguntou:

— Satisfeito?

— Não — sussurrou ele.

E com uma intensidade que fez o sangue de Gillian se aquecer, Niall afundou a mão nos cabelos sedosos dela, imobilizou-a e lhe deu um beijo implacável. Ambos vibraram, loucos de paixão.

Quando separaram os lábios, Niall olhou para sua mulher atordoado pela intensidade do beijo.

— Agora pode ir dançar com meus homens.

Ai, meu Deus, não sei se conseguirei, pensou ela. Mas por fim se levantou.

— Certo.

Como se flutuasse, mergulhada em seus pensamentos, antes de chegar aos homens de seu marido, foi até uma das mesas laterais onde as criadas haviam posto bebidas frescas. Com a boca seca e o coração acelerado, pegou uma caneca e a encheu de cerveja. Santo Deus! Cada vez que ele a tocava, ela ardia. O beijo abrasador a havia deixado seca e com as pernas tão bambas que pareciam de farinha. Voltando-se para seu marido, olhou-o disfarçadamente e se alegrou ao vê-lo conversar com o irmão.

Megan contemplava, alegre, o calor de Gillian depois de beijar o marido, e convidou Cris para irem dançar também.

— Ora, ora! É paixão isso que vejo em seus olhos, Gillian? — perguntou Megan.

— Humm... Eu acho que é desejo, excitação, fogo... — acrescentou Cris.

Gillian engasgou ao ouvir os comentários e derramou parte da cerveja.

Deus, dá para notar tanto assim?, pensou. Sorriu ao ver as amigas alegres, deixou a caneca na mesa e disse, olhando para os guerreiros:

— Ora, deixem de bobagem e vamos convidar esses brutos para dançar. Eles precisam de nós.

Gillian sugeriu a Helena que tirasse Aslam para dançar, enquanto elas se dirigiram a Donald, Kennet e Caleb. E essa foi a primeira dança das muitas dessa noite.

De madrugada, quando as mulheres decidiram ir para seus quartos descansar, Gillian notou que seu marido a olhava com uma intensidade imensa. Ficou nervosa. Quando chegou ao quarto, trocou de roupa e, ansiosa, esperou sua companhia. Mas, para sua decepção, o tempo passou e ele não apareceu. Por fim, triste, adormeceu.

Capítulo 32

De manhã, seguiram viagem para Skye a bordo de uma enorme barca. Gillian, com lágrimas nos olhos, mas consolada por Cris, despediu-se de Megan e das meninas, que com um sorriso nos lábios acenavam e gritavam que logo iriam visitá-la. Niall, ao ver os olhos chorosos de sua mulher, sentiu vontade de abraçá-la, mas não se aproximou. Na noite anterior, apesar de ter ido várias vezes até a porta de seu quarto, acabou não entrando.

Depois de desembarcar no porto de Portree, conforme adentravam a ilha de Skye, pouco a pouco, a estrada se tornava estreita e lamacenta. Tudo era selvagem e estranhamente virgem; não havia sido explorado nem pelos escoceses. Gillian olhava tudo com curiosidade. A paisagem era rústica demais para o que ela estava acostumada. Como era de se esperar, Diane não parava de reclamar dentro de sua carroça.

Sem se afastar de Gillian, Cris ia comentando curiosidades do local. Isso amenizou a viagem, já que Niall, de novo, nem olhava para ela. Como podia tê-la beijado com tanta paixão na festa da noite anterior e depois não lhe dar a menor atenção? Estava absorta em seus pensamentos quando passaram por uma grande rocha. Ao ver que Gillian a olhava com surpresa, Cris explicou que aquela pedra enorme era chamada de Storn pelos moradores dali.

Desceram uma colina escarpada e, então, surgiram diante deles vários homens a cavalo. Nesse momento, Gillian ouviu Cris blasfemar.

— Que foi, Cris?

Com uma expressão sombria e apertando os dentes, ela respondeu:

— Problemas.

Assustada, Gillian observou os guerreiros que se erguiam diante deles. Ficou tensa. Niall, que ia à frente com Ewen, levantou a mão e ordenou a seus homens que se detivessem.

— Maldição! — grunhiu Cris, sem sair do lado de Gillian, ao reconhecer os dois homens que se aproximavam.

— Quem são esses? — perguntou Gillian ao notá-la nervosa.

— Laird Connors McDougall e o insuportável filho dele, Brendan.

McDougall, como eu, pensou Gillian.

Com curiosidade, mas alerta, observou Niall descer do cavalo e cumprimentar os homens, que, como ele, haviam desmontado de seus corcéis. Pareciam se conhecer e se dar bem. Então, Niall disse algo a Ewen, e este se dirigiu a Gillian.

— Milady, seu marido está chamando. Deseja apresentar a senhora aos McDougall.

— Oh, que emoção — disse Cris com ironia.

Ewen sorriu, mas, com um movimento de cabeça, ordenou que se acalmasse. Assentindo, Cris obedeceu.

— Bem, se ele quer nos apresentar, não recusarei — disse Gillian. E olhando para Cris, perguntou: — Vem comigo?

— Não, Gillian. Eu não me aproximo desses McDougall nem que esteja me afogando.

A resposta de Cris a pegou de surpresa. Esporeou seu cavalo e, depois de uma pequena galopada, chegou ao local onde estavam os homens. Sem esperar que seu marido a ajudasse a desmontar, desceu e se aproximou.

Ao notar sua presença, eles cravaram seus olhos claros nela. Niall, pegando-a possessivo pela cintura, puxou-a para si.

— Gillian, estes são Connors e Brendan McDougall. — Ela sorriu, e Niall prosseguiu: — Connors é laird dos McDougall de Skye, e Brendan é seu filho.

— É um prazer conhecer vocês — disse Gillian com graça.

Os ferozes guerreiros a olharam de cima a baixo de uma maneira que a deixou alerta. O primeiro que se aproximou foi Connors, o mais velho, um homem alto, de barba loura e cheia, olhos frios e sobrancelhas grossas, que, fitando-a do alto de sua enorme estatura, disse:

— É um prazer conhecer você, milady. Quando Niall nos disse que havia se casado, não acreditei. Mas, ao ver sua beleza, sinto inveja dele.

— Obrigada pelo elogio — respondeu ela, ainda agarrada a Niall, que a segurava com força.

Então, chegou a vez do mais jovem. Era alto como Niall e, diferente de seu pai, seus olhos eram cálidos; contudo, ao cumprimentá-la, sua voz soou fria e cheia de ironia.

— Fico feliz de saber que meu amigo Niall se casou com uma bela mulher, embora eu não compartilhe de seu péssimo gosto para escolher uma companheira.

— Brendan! — urrou Niall, puxando a espada.

De repente, Gillian ouviu o som do aço. Viu todos os homens de seu marido desembainharem as espadas e depois os outros.

— Não vou permitir que seja descortês com minha mulher, Brendan. Exijo que peça desculpas imediatamente.

— Como você se atreve a trazer uma McDougall de Dunstaffnage a Skye? — vociferou o jovem. — Por acaso não sabia o que isso provocaria?

Gillian, ao ver a tensão no corpo de Niall enquanto a escondia atrás de si, ia dizer algo quando o ouviu sibilar:

— Quando cheguei aqui, há anos, deixei bem claro a vocês e aos McLheod que eu, Niall McRae, sou um homem que escolhe as próprias amizades e, mais ainda, minha mulher. Ninguém nunca vai me dizer com quem vou lutar ou confraternizar, entendeu, Brendan?

O mais velho, ao ver a ferocidade nos olhos de Niall, exigiu ao seu filho:

— Peça desculpas à mulher de Niall agora mesmo.

Mas o jovem, rebelando-se, gritou, olhando para Gillian:

— Pai, como pode permitir que a neta de uma inglesa suja pise nossas terras?

Ao ouvir isso, Gillian entendeu tudo. Liberando-se do braço protetor de seu marido, parou na frente daquele homem e se ergueu o máximo que pôde.

— Se voltar a falar de minha avó nesses termos, maldito miserável — berrou —, vai se ver comigo. Ninguém insulta minha família na minha frente, entendeu, McDougall de Skye?

Brendan sorriu.

— Está rindo de que, estúpido ignorante? — vociferou ela.

Atônito, Niall pegou sua mulher pelo braço para que ficasse quieta e não complicasse ainda mais as coisas.

— Gillian, feche a boca, é uma ordem.

Ela resistiu, mas voltou a ficar atrás dele.

Connors McDougall, surpreso com o modo que aquela mulher pequenina os havia enfrentado, olhou para Niall e disse:

— Ora, McRae, sua esposa tem personalidade.

Niall ia responder, mas Gillian, ainda atrás dele, se antecipou:

— Ah, sim! Não tenha dúvida. Me provoque e vai ver só.

Voltando-se de novo para ela, Niall cravou-lhe seu olhar mais sanguinário. Gillian suspirou.

— Está bem, desculpe, já estou quieta.

Brendan, sentindo o olhar de seu pai, quando Niall se voltou para eles, disse:

— Perdoe meu atrevimento. — E andando para o lado para ver a mulher sisuda, repetiu: — Milady, desculpe minhas palavras.

Niall guardou a espada, e seus homens fizeram o mesmo. Depois, voltou-se para sua mulher raivosa e, indicando-lhe que não abrisse a boca, pegou-a pela cintura e a pôs no cavalo.

— Gillian, se despeça e volte imediatamente com os meus homens — ordenou.

Ela fez o animal girar e, com fúria nos olhos, saiu. Quando chegou a Cris, que havia testemunhado a cena, praguejou:

— Maldito estúpido, esse Brendan McDougall!

Com um sorriso, Cris assentiu:

— Concordo totalmente com você. É um estúpido de marca maior!

— Juro que tive vontade de pegá-lo pelo pescoço!

— Relaxe, Gillian — sussurrou Cris enquanto observava os McDougall de Skye partindo e Niall montando em seu cavalo. — Não vale a pena, acredite em mim.

Furiosa, Gillian seguiu caminho, até que, pouco a pouco, graças aos comentários divertidos de Cris, relaxou. Ao anoitecer, avistaram uma fortificação. Era a fortaleza de Dunvengan, propriedade dos McLheod. Cris, Diane e sua sofrida criada ficariam ali.

Conforme se aproximavam, Gillian observava o castelo, e sentiu um calafrio percorrer seu corpo ao notar como era tenebroso. Visto sem a luz do dia, o lugar tinha um aspecto lúgubre, tétrico, fantasmagórico. Nada a ver com seu lindo castelo de Dunstaffnage.

Niall, aproximando-se, perguntou:

— Por que essa cara?

Surpresa com a proximidade dele, e em especial por vê-lo falando com ela, respondeu:

— Que lugar mais triste! Só de ver, já fiquei arrepiada.

Niall sorriu. Ela havia tido a mesma percepção que ele quando viu o lugar pela primeira vez. Mas sem dar explicações, disse:

— Prepare-se. Jesse McLheod, pai de Cris e Diane, fazem festas fantásticas. Sabendo de nossa chegada, deve ter planejado alguma coisa.

Desceram um pequeno morro e tomaram um caminho que os levou diretamente às portas do castelo de Dunnotar. Gillian olhou para os homens de seu marido e, com um sorriso, viu que as aldeãs sorriam, enquanto eles, com elegância, inclinavam a cabeça ao passar.

Muito bem, rapazes... muito bem, pensou, orgulhosa deles.

Quando chegaram a um pátio quadrado iluminado por centenas de tochas, um homem grande, de barba ruiva abundante, saiu para recebê-los.

— McRae! Bem-vindo!

Outro barbudo, pensou Gillian.

O homem olhou para Diane, que havia insistido em fazer o último trecho do caminho montada em um lindo corcel escuro.

— Diane, meu amor, finalmente!

— Sim, pai, voltei a meu lar — suspirou ela com doçura.

Sentindo-se ignorada, Cris deu uma piscadinha com cumplicidade a Gillian e disse:

— Oi, papai, eu também voltei.

O homem a olhou, assentiu com um sorriso e voltou a olhar para sua doce Diane com olhos apaixonados.

Incrédula diante de tamanha indiferença, Gillian olhou para sua jovem amiga, e Cris, aproximando seu cavalo do dela, murmurou:

— Como pode ver, em meu próprio lar, diante da beleza de minha irmã perfeita, sou invisível.

Instantes depois, uma mulher de cabelos louros e vestido reluzente saiu pela porta e gritou enquanto Niall, com um sorriso encantador, descia do cavalo.

— Onde está minha linda filha?

— Aqui, mamãe — gritou Diane, como se fosse uma criança.

Gillian, estupefata diante da frieza com que tratavam Cris, ia dizer algo, mas ficou sem palavras ao ver seu lindo marido primeiro ajudar Diane a descer de seu cavalo. Indignada, viu-a se jogar sobre ele e olhá-lo nos olhos.

Deus, dai-me forças, senão, sou capaz de arremessar minha adaga na cabeça dela, pensou Gillian, cada vez mais ofendida.

— Argh! Minha irmãzinha se supera a cada dia, e seu marido é mais idiota do que eu pensava — debochou Cris, descendo sozinha do cavalo.

Contrariada diante da cena, Gillian pulou de seu corcel, e, antes que seu marido olhasse para ela, estava ao seu lado com um sorriso sedutor, mas frio.

O barbudo, beijando primeiro Diane e depois Cris, olhou para ela e perguntou:

— E esta mocinha encantadora, quem é?

Aquela que vai arrancar os olhos de sua linda Diane, pensou Gillian.

Niall a pegou pela cintura para puxá-la para si e anunciou com tranquilidade na voz:

— Jesse McLheod, esta é lady Gillian McRae, minha mulher.

Era a primeira vez que ela escutava Niall a apresentar assim. Ficou toda arrepiada; ele até parecia sentir orgulho disso.

— Você se casou, Niall? — perguntou a mulher, surpresa.

Diane, com um beicinho, olhou para sua mãe e assentiu.

— Oh, meu Deus! — murmurou a mulher, aturdida.

Gillian, sentindo reprovação na voz da mulher que abraçava Diane, foi falar, mas Cris se antecipou:

— Sim, madrasta — explicou Cris, fitando-a com dureza. — Niall se casou com Gillian, uma mulher maravilhosa que, para minha sorte, caça e maneja a espada como eu. Portanto, a partir de agora, terá que arranjar outro candidato para sua linda e encantadora Diane.

— Christine! — urrou Jesse.

Mas Cris, pestanejando com graça para seu pai, fez ele sorrir, para desagrado das outras duas.

Cada vez mais pasma, Gillian olhava para seu marido, que permanecia impassível, sem mover um só músculo do rosto. Depois de tão maravilhosa recepção, Cris entrou no castelo. Diane e sua mãe a seguiam, pesarosas. Jesse McLheod, suspirando, convidou todos a entrar em seu lar. A partir desse instante, Niall não soltou Gillian.

Capítulo 33

Como bem havia dito Niall, os McLheod deram um grande banquete seguido de uma festa maravilhosa. Dessa vez, os homens de Niall dançaram e riram com as mulheres da aldeia. Donald, em um momento da celebração, atraiu a atenção de Gillian e, disfarçadamente, apontou para uma jovem loura, meio roliça, com um lindo rosto angelical.

Ora, Donald, essa deve ser sua Rosemary, pensou Gillian, sorrindo. Por meio de sinais, incentivou-o a se aproximar. Vermelho como um tomate, o highlander lhe obedeceu. Aproximou-se, tomou-lhe a mão, beijou-a com delicadeza e começou a conversar com ela. Feliz por tamanha conquista, Gillian teve vontade de aplaudir, mas se conteve.

Naquela noite, entre uma cerveja e outra, Niall notou de novo que seus homens buscavam continuamente a aprovação de sua mulher cada vez que se aproximavam de alguma moça. E isso o encheu de orgulho. Aqueles brutos estavam começando a amá-la.

Durante a noite, Niall não permitiu que Gillian se afastasse dele nem um só instante, e quando outros homens pediram permissão para dançar com ela, não a concedeu. Só a deixou dançar com os homens de seu clã.

— Por que não posso dançar esta música? — perguntou ela aproximando-se enquanto ele enchia sua taça de prata com cerveja.

— Precisa descansar — disse ele, sério, observando os outros dançarem.

Mas ela adorava aquela música e, ao ver Cris dançando, sentiu inveja.

— Ora! Estou perfeitamente bem. Não estou cansada.

— Não, não vai dançar.

— Mas...

Sem deixar de fitá-la, o highlander franziu o cenho e sussurrou no ouvido dela:

— Eu disse que não, e não quero repetir... amorzinho.

Contrariada e furiosa, Gillian bateu o pé no chão, mas, por azar, acertou sem querer a perna de Niall. Então, em resposta, ele mexeu de propósito o braço e bateu nas costas dela. Gillian estreitou os olhos em busca de vingança antes de mexer a mão em cima da mesa e derrubar a taça cheia de cerveja sobre seu marido. Vendo que estava se molhando, ele deu um passo para trás e ela, livre da mão dele, conseguiu escapar.

Zangado pela jogada de sua mulher, mas sabendo que não podia arrancá-la do guerreiro que dançava com ela na frente de todos, vigiava-a sério, e praguejou quando ela lhe deu uma piscadinha e sorriu de um modo indecoroso.

Gillian conhecia seu potencial quando dançava. Sempre havia sido elogiada pela graça de seus movimentos. E, com o olhar cravado em seu marido, começou a mostrá-la. Seu desejo por ele crescia cada vez mais. Ao ver como as mulheres daquele castelo o olhavam, entendeu que ele havia compartilhado seu leito com muitas delas, o que ela não estava disposta a permitir, menos ainda estando presente.

Com graça, girou sobre si mesma e, quando tornou a olhar para seu marido, viu-o conversando com Diane, que, aproveitando que ela não estava, sentara-se em seu lugar.

Oh, Diane! Minha paciência com você está chegando ao limite, pensou, cravando-lhe o olhar.

Niall tornou a olhar para sua mulher. Não via graça em vê-la dançando com outro, e se surpreendeu ao ver o olhar assassino que ela lançava para Diane. Recordou a advertência de Duncan: *Tome cuidado, porque, conhecendo Gillian, no fim acabará tendo problemas.*

Feliz com o que a expressão dela revelava, dedicou um sorriso provocante à filha de McLheod, o que fez Gillian perder o passo e quase cair. Vendo a cara de seu marido, praguejou em silêncio e, aproximando-se de seu acompanhante, falou algo em seu ouvido, e ele sorriu. Isso fez Niall parar de sorrir como um bobo e tornar a prestar atenção nela.

Contente, quando pensou que havia conseguido captar toda a atenção de seu lindo marido, outra mulher, voluptuosa, de grandes seios, levou uma caneca de cerveja gelada a Niall. Ele, satisfeito, dedicou-lhe um dos seus sorrisos maravilhosos e a mulher se foi. Mas, da esquina, virou-se e lhe jogou um beijo.

Não pode ser. Mais concorrência?, pensou Gillian, quase voando para cima dela.

Quando olhou de novo para seu marido, com um ar nada inocente, ele deu de ombros. Contrariada, Gillian tirou a taça da mão de seu acompanhante, deu um belo trago – o que alguns guerreiros ovacionaram escandalosamente – e a devolveu. Provocou seu esposo sisudo dando de ombros e sorrindo. Niall, com o semblante sério, ordenou que ela voltasse para junto dele com um gesto. Mas ela continuou dançando.

Não, McRae... não irei.

Nesse momento, Diane pousou a mão no ombro de Niall, e ele, aproveitando a proximidade, disse algo em seu ouvido, e a boba, com uma sensualidade que deixou Gillian louca, corou. Ficou de queixo caído quando seu marido voltou seus olhos inquietantes para ela e gargalhou.

Muito bem, McRae. Se quer guerra, é o que vai ter.

Para que ele a observasse, Gillian dançou uma música atrás da outra, diante do desconforto de seu marido, que se mexia nervoso na cadeira ao testemunhar como os guerreiros do clã McLheod a olhavam com luxúria.

À meia-noite, esgotada, com uma dor nos pés infernal de tanto dançar, ao ver que Niall conversava com Ewen, escapuliu e foi até uma das longas mesas para beber alguma coisa gelada.

Ui, ui! Acho que pela primeira vez na vida estou meio alta, pensou, sentindo o chão se mexer.

Estava com sede. Sentia a boca seca como um pedaço de casca de carvalho. Como não viu nenhuma caneca de água, optou por encher outra de cerveja.

— Adoro ver como você dança — disse Cris, alegre. —, não como Diane, aquela pata, que parece ter três pés, em vez de dois.

Gillian riu, e vendo que Diane cochichava com a mãe, perguntou:

— Cris, sua relação com sua madrasta não é muito boa, não é?

— É péssima — assentiu Cris. — Meu pai era viúvo quando conheceu Mery. Eu tinha sete anos, e até aquele momento era sua vida, a luz dos seus olhos. Ele me ensinou a montar e a caçar, mas quando se uniu a essa bruxa, tudo mudou. Se meu pai saía sozinho comigo para caçar, ela dizia que não a amava, e assim com todo o resto. Depois, nasceu Diane. — Com escárnio, acrescentou: — A luz e a beleza da vida deles! E Mery soube convencer meu pai de que a delicadeza de minha irmã era mil vezes mais recomendável para uma donzela que a minha brutalidade. Os anos se passaram, Diane foi ficando cada vez mais bonita, mais mimada e delicada, e eu... assim como você está vendo.

— Eu vejo uma garota linda e corajosa que poderia liderar seu clã — explicou Gillian —, ao passo que sua irmã só causaria problemas. Isso é o que vejo.

Comovida diante dessas palavras, a jovem sorriu.

— Obrigada, Gillian. Nunca vai poder imaginar como fico feliz por ter te conhecido — e, dando de ombros, disse: — Para meu pai, sou a coisa mais parecida com o filho que ele nunca teve. Para minha madrasta, sou a filha que não devia existir, e para Diane, a irmã horrível que uma garota fina como ela não deveria ter.

— Mas que bobagem! — disse Gillian, estalando a língua. — Ah, Cris! Acho que bebi demais, estou meio tonta.

Soltando uma gargalhada, Cris a pegou pelo braço e a levou para perto de uma grande janela. O ar frio faria bem a ambas.

— Oh, Deus! Está tudo girando — sussurrou Gillian, fechando os olhos.

Ao abri-los, viu Diane e a mãe conversando com Niall. Cris, ao ver para onde sua amiga olhava, sussurrou, bem-humorada:

— Não se preocupe. Seu belo marido nunca quis nada com ela.

Gillian sorriu e, bebendo um bom trago de cerveja, disse:

— Que ninguém nos ouça, Cris: espero não ter que arrancar os cabelos da cabeça de sua linda irmã, um a um. Se bem que vontade não me falta.

— Oh, Gillian, eu adoraria te ajudar.

As jovens soltaram uma gargalhada tão sonora que todo mundo olhou para elas.

— Cris, acha que meu marido é um homem bonito? — perguntou Gillian, bebendo mais um pouco.

— Oh, sim! Sem dúvida, Gillian. — E pegando a taça dela para beber, acrescentou: — Tem um esposo muito bonito, mas, particularmente, não é meu tipo de homem.

Então, Gillian recordou algo.

— Por falar nisso, querida amiga, lembro que em Dunstaffnage você me comentou que em sua terra havia alguém especial e que, quando fosse a hora, me contaria.

Corando como Gillian nunca a havia visto corar, Cris assentiu.

— Vou te apresentar a ele, quando for a hora.
— Está me enrolando!
— Só vou te dizer que quando me beija... vejo estrelas.

Levando as mãos à cabeça, Gillian disse em tom de deboche:

— Christine McLheod, como pode ter beijado um homem sem ser casada? Você é a vergonha de sua família. Descarada!

Soltando uma gargalhada escandalosa, as duas conseguiram outra vez fazer com que todos olhassem para elas.

— Por todos os santos! Se Niall se der conta de que estou bêbada, vai me matar — balbuciou Gillian, cobrindo a boca.

Mas ele, avaliando os movimentos descontrolados dela, intuiu o que estava acontecendo. Levantando-se – para desgosto de Diane –, dirigiu-se a sua mulher.

— Oh, oh! Disfarça, que aquele que vai te matar está vindo para cá — debochou Cris.

O highlander se aproximou e as observou. Ao ver as faces coradas delas, disse, puxando Gillian para a escada:

— É tarde, Gillian. Acabou a festa por hoje. Cris, vá para o seu quarto antes que sua madrasta veja o seu estado.

Sem conseguir soltar seu braço, Gillian tentava andar ao ritmo da marcha de seu marido. Quando começou a subir os degraus, tropeçou e, se Niall não a segurasse, teria rolado pela escada.

— Quer fazer o favor de olhar por onde anda? — grunhiu Niall.

Mas, ao observá-la e ouvir sua resposta, teve que sorrir.

— Ai! Niall, não corra tanto. Os degraus estão ficando cada vez maiores.

Ele desfrutou o sorriso ébrio de Gillian, e ela, flutuando, deu de ombros e cochichou:

— Sabia que as mulheres pensam que meu marido é muito bonito?

— Não me importa o que as mulheres pensam.

Mas Gillian, encurralando-o contra a parede, subiu dois degraus para ficar da altura de Niall e, aproximando a boca da dele, sussurrou:

— Gosto muito que meu marido seja bonito. Fico feliz — explicou, afastando o cabelo do rosto. — Mas devo dizer, querido esposo, que assim como me agrada que seja atraente, odeio que as mulheres olhem para você. E acho que se passássemos mais dias com a bonita e burra da Diane, você teria um grave problema.

Sem se afastar dela, Niall perguntou:

— É mesmo? Que problema?

Ela soprou para tirar uma mecha de cabelo que lhe caía nos olhos.

— Vou acabar matando-a por querer se apropriar do que é meu — respondeu. E beijando-o sem jeito, sussurrou: — E você, não esqueça que é meu.

Ele gostou do que ouviu. Era a primeira vez que ela falava com ele com propriedade e admitia que ele era seu marido.

— Nossa! Por São Ninian, que calor!

Ela se abanou com uma mão, enquanto com a outra levantava o cabelo para se refrescar.

Feliz com a quantidade de coisas que sua esposa estava revelando, um sorriso se esboçou em seu rosto. Ela o beijou de novo:

— Ai! Você me deixa louca quando sorri... Como é boniiiiiiiito!

Cada vez mais surpreso com a bebedeira de Gillian, perguntou:

— O que você bebeu?

Diante da pergunta, ela deu um passo para trás e gritou:

— Estou com gosto ruim na boca?!

— Não, Gillian, seu gosto está ótimo.

Mas ela não o ouviu; com gestos cômicos, levou as mãos à boca e começou a baforar nelas. Horrorizada, olhou para ele e sussurrou:

— Argh! Que nojo! Estou com o cheiro das cocheiras de Dunstaffnage.

Vendo que sua mulher precisava dormir, pegou-a no colo com seus braços fortes e subiu com ela até um dos quartos, sorrindo com os comentários tolos dela sobre tudo que iam encontrando no caminho.

Chegando ao quarto que Mery, mãe de Diane, havia disponibilizado para eles, abriu a porta e entrou com Gillian.

— Noooossa... que lugar elegante! Sua casa é tão chique quanto esta?

— Não, Gillian, acho que não — respondeu ele, rindo.

Sem parar de sorrir, ele a deixou com cuidado em cima da cama para que dormisse, mas Gillian, agarrando-se ao seu pescoço, fez com que tropeçasse e caísse em cima dela.

— Niall, está me esmagando!

— Não me surpreende. Você está me puxando — reclamou ele, apoiando as mãos na cama para tentar se levantar.

Mas Gillian não deixou. E, cravando seus olhos marrons amendoados nela, Niall sussurrou bem perto de sua boca:

— Acho que é melhor me soltar, Gillian. Você não está em condições de...

Não pôde terminar a frase, porque ela se levantou e o beijou. Tomou seus lábios e, com deleite, mordeu o inferior com tal frenesi que por fim ele correspondeu. Sentiu tantas emoções que deixou cair de novo seu corpo sobre o dela, mas, fazendo-a rolar na cama, colocou-a em cima dele. Não queria esmagá-la.

Gillian, brincalhona, abaixou-se e começou primeiro a passar a língua no pescoço dele. Em seguida, distribuiu-lhe doces beijos no rosto e nos lábios, enquanto ele tentava se controlar.

Não, agora não, pensava o highlander enquanto ela o beijava.

Não queria que fosse desse jeito. Ela merecia coisa melhor. Se fizesse amor com ela bêbada, além do fato de que nunca se perdoaria, ela o atormentaria a vida inteira. Então, sentando-se na cama com Gillian em cima, sussurrou com voz rouca, cheia de paixão:

— Não, Gillian, querida, não é o momento.

Contrariada por ele lhe negar o que tanto desejava, ela mexeu os quadris para frente e para trás, e ele endureceu instantaneamente.

— Gillian... para. Não sabe o que está fazendo.

Ela sorriu e, descendo a boca até o ouvido dele, sussurrou:

— Niall... adoro seus beijos. Seus beijos e seus lábios são as coisinhas mais gostosas que já provei.

Agora o contrariado era ele. Aquela libertina se dava o direito de lhe revelar detalhes que ele não queria conhecer. Torturado, perguntou:

— E posso saber quantos lábios beijou antes dos meus?

A mulher, jogando-se para trás em uma atitude altamente lasciva, pôs seu decote diante do rosto de Niall e, soltando o cabelo, respondeu:

— Oh, por Deus! — e riu como uma boba. — Durante anos, vários homens tentaram me possuir, e todos começavam por minha boca.

Seu cabelo caía no rosto. Soprando-o com graça, prosseguiu:

— Vejamos: que me lembre, fui beijada por... James, Ruarke, Deimon, Harald, Gre...

Tapando-lhe a boca com a mão, ele disse, severo:

— Chega. Não quero ouvir nem mais um nome, senão, quando voltar a Dunstaffnage, vou matar vários.

— Está com ciúmes, Niall? — perguntou ela, espantada.

Ele levantou as sobrancelhas e negou.

— Não, Gillian, apenas surpreso com sua experiência.

Ela gargalhou e, mexendo-se descaradamente para se colocar bem em cima do sexo duro dele, sussurrou em seu ouvido enquanto ele tentava recuar, sem êxito.

— Tenho que confessar uma coisa, McRae. Nenhum dos lábios que me beijaram são fantásticos como os seus, que são quentes, apaixonados e fazem minhas pernas tremerem.

Então, quem tremeu foi ele. Sentia-se agitado como o mar de Duntulm nos dias frios de inverno. Mas, fechando os olhos, tentou se controlar. Não podia se deixar levar pelo momento. Sabia que, se fizesse isso, depois se arrependeria.

— Niall?

— Sim? — disse ele, torturado pela ereção.

— Eu faço suas pernas tremerem?

Você faz eu me sentir no céu, pensou ele, fitando-a. Mas não estava disposto a agradá-la, de modo que respondeu:

— Não sei, Gillian. Não te provei o suficiente para saber se é gostosa.

Ela se contraiu.

Ao fitá-la, ele viu que estreitava os olhos. Estava ficando zangada. Bom! Assim acabariam com essa agonia prazerosa, mas tortuosa. Gillian, ao imaginar Niall beijando outras apaixonadamente, deu um pulo ágil para trás e se levantou.

— Maldito, maldito... maldito, McRae! Eu te odeio pelo que acabou de dizer. — E puxando a adaga da bota com rapidez, deixou Niall sem palavras quando cortou uma mecha de seu cabelo e jogou nele, gritando: — Tome, já fiz o trabalho por você. Maldito filho de Satanás!

Ao vê-la tão furiosa, com um puxão Niall a obrigou a se sentar de novo em cima dele. Mexendo-se rapidamente, rolou na cama até ficar sobre ela. Sem perder o autocontrole, beijou-a. Devorou sua boca de tal maneira que ela pensou que morreria asfixiada.

— Que está fazendo agora, McRae? — suspirou ela, sem forças.

Com uma fingida indiferença, ele respondeu:

— Experimentando para ver se gosto de você tanto quanto você de mim.

— Nem pense nisso! — gritou ela, horrorizada.

— Por que, Gillian?

Tremendo como uma vara verde ao se sentir presa, ela murmurou:

— Estou com hálito de guerreiro. — E, franzindo o nariz, sussurrou: — Tenho nojo de mim!

Ele sorriu. Gillian podia parecer qualquer coisa, menos um guerreiro, e lhe causava de tudo, menos nojo. Seu cabelo louro e descontrolado caindo sobre aqueles olhos azuis sonhadores o deixava louco. Desejava-a tanto que só podia pensar em abrir-lhe as pernas e tomar sua virgindade como um canalha. Mas não faria isso.

— Quero te beijar. Posso agora?

Embriagada pela proximidade dele, ela assentiu, e Niall devorou seus lábios tentadores, vermelhos e abrasadores, enquanto ela abria a boca para recebê-lo. Com delicadeza, ele a degustou, saboreou. E quando ela achava que não aguentava mais, ele começou a descer perigosamente a boca por seu pescoço delicado.

— Gosta assim, Gillian?

— Sim — sussurrou ela.

Contorcia-se enquanto sentia os lábios dele lambendo-a com posse, e suas mãos acariciando seus seios suaves e sedosos. Com deleite, ele tornou a tomar-lhe a boca; aquela boca carnuda e provocante que o deixava louco, e apertava, com a roupa no meio, seu sexo duro e forte contra ela. Não faria amor com Gillian, mas precisava fazê-la sentir o que tinha para ela. Acalorada pela infinidade de sensações que seu corpo experimentava, ela respirava com dificuldade. Tudo isso era novo para Gillian, mas ela ansiava mais. Desejava mais. Não queria parar.

Ele era ardente, suave, rude e desejável, e quando algo explodiu dentro de si e ela soltou um gemido de paixão, Niall soube que a tinha à sua mercê, e que, nesse momento, poderia desonrar seu corpo que ela ainda assim exigiria mais.

Incapaz de resistir à suavidade de sua mulher e a seus gemidos doces e excitantes, os beijos de Niall se tornavam mais exigentes, mais passionais, mais profundos e vorazes. Gostava de vê-la entregue, enfiar sua mão calosa debaixo das saias dela e senti-la, sem nenhum pudor, abrir as pernas.

— Oh, sim! Sim... que delícia.

Embriagada pelo momento, ela afundou seus dedos no cabelo dele e o atraiu para sua boca para beijá-lo mais profundamente. Totalmente entregue às carícias dele, desfrutava com avidez o que Niall lhe oferecia. Adorava seus beijos doces e maravilhosos, ficava louca ao sentir sua paixão.

Com a pulsação acelerada, apesar do controle que ele exercia sobre seu próprio corpo, mordeu-lhe o lóbulo da orelha, beijou-a e sussurrou:

— Quer que eu continue, gata?

Ao ouvir esse apelido, ela gemeu; tonta com o sabor dele e as emoções que experimentava, assentiu. Niall soltou um grunhido de satisfação, levantou-lhe as saias e, tocando, possessivo, primeiro os quadris e depois as pernas dela, afastou-as. Ela o fitou, e ele se situou de tal maneira sobre ela que a fez se sobressaltar, excitada, ao sentir aquela dureza.

Com a respiração entrecortada, ouviu-a arfar. Nesse momento, jurou que acabaria com esse jogo. Um jogo que nada tinha a ver com os que praticava com as prostitutas com quem costumava se deitar.

Aquelas mulheres queriam ser subjugadas por ele, queriam que as penetrasse, não queriam beijos doces nem doces palavras de amor como Gillian desejava. Por isso, sabendo que se não parasse nesse momento não poderia parar mais, deu-lhe um beijo doce e lânguido nos lábios e se afastou, contrariado. Gillian, quando deixou de sentir a pressão que ele exercia sobre ela, abriu os olhos com desespero e, olhando-o, sussurrou:

— Não pare, Niall, por favor.

Mas ele, sem lhe dar ouvidos, respondeu:

— Está bêbada, e isso não precisa acontecer assim. Se eu continuar, amanhã vai me odiar.

Depois de olhar para ela uma última vez, Niall abriu a porta do quarto e saiu.

Mal-humorado, subiu às ameias do castelo de Dunvengan disposto a matar quem encontrasse no caminho. Estava desesperado para amar sua mulher, mas não devia. Sabia que não devia.

Enquanto isso, na intimidade do quarto, Gillian, com os olhos cheios de lágrimas, chorou. Não entendia por que ele não quisera fazer amor com ela. Pouco depois, encolheu-se entre os lençóis e, sem se dar conta, adormeceu.

Capítulo 34

Ao amanhecer, uma criada do castelo de Dunvengan a acordou. Tinha que se levantar depressa, pois seu marido e seus guerreiros queriam partir. Rapidamente, apesar de sentir que sua cabeça ia explodir, vestiu-se. Quando estava descendo a escada, encontrou Cris, que subia para procurá-la.

— Que horror, Gillian! Estou tão triste. Pensei que ficariam pelo menos um dia aqui.

Ainda meio adormecida, a jovem suspirou.

— Eu também, Cris... mas, pelo visto, meu marido está com pressa de chegar em sua casa.

— Casa de vocês, Gillian... de vocês.

Prendendo o cabelo com um pedaço de couro, Gillian disse, sentando-se na escada circular.

— Cris... estou assustada. Pela primeira vez na vida estou com medo. Estarei sozinha com Niall e seus homens, e eu...

— Fique tranquila. Niall e esses brutos vão cuidar de você, eu garanto. — E, ajudando-a a se levantar dos degraus, disse: — Agora vá e mostre à idiota de minha irmã e a sua mãe que é a digna mulher do belo Niall McRae.

Gillian sorriu e a abraçou.

— Vou sentir saudades, Cris.

— Sabe de uma coisa? Isso eu não vou permitir. Moramos tão perto que pretendo ir te visitar assim que voltar de uma viagem que tenho que fazer com meu pai, daqui a alguns dias.

— Promete? Promete que vai me visitar?

— Sem dúvida, Gillian. Eu prometo.

Instantes depois, de mãos dadas com Cris, Gillian chegou onde estava Niall conversando com os McLheod. Depois que se despediram, ele a ajudou a subir em seu cavalo e, para seu desconcerto e das outras, antes de soltá-la, beijou-a.

A caminho do castelo de Duntum, Gillian mal trocou um olhar com Niall. Estava morrendo de vergonha. A bebida da noite anterior não havia lhe nublado a memória; pelo contrário, avivara-a. Com o coração disparado, ela relembrava sem parar os momentos que sua mente insistia em recordar. Pensava em como ele a havia beijado, tocado, feito vibrar e suspirar, e em mais de uma ocasião quase caiu do cavalo. Enquanto isso, Niall parecia tranquilo.

O que Gillian não sabia era que ele estava mais desconcertado que ela. No curto trajeto para Duntulm, Niall não parou de pensar no que havia acontecido na noite anterior. Pensava nos doces beijos dela, na suavidade de sua pele e naqueles seios cheios e redondos que ela esfregava nele. Só de lembrar a entrega dela, ficava excitado de novo.

Quando pararam perto de um laguinho para que os cavalos bebessem água, não se aproximaram. Limitaram-se a se olhar. Com isso, o desejo e os pensamentos dos dois se avivaram ainda mais. Niall só queria chegar a Duntulm, levá-la para seu quarto, arrancar-lhe a roupa e fazer o que não havia acabado na noite anterior.

Quando retomaram o caminho, Gillian viu que em várias ocasiões ele se voltava para olhar para ela. De repente, ele levantou a mão e todos os guerreiros pararam. Dirigindo-se a ela, pediu que se aproximasse. A jovem esporeou Thor até alcançar seu marido. Surpreendendo-a, ele pegou-lhe a mão e, indicando o horizonte, disse:

— Gillian, quero que veja Duntulm comigo pela primeira vez.

Como uma boba, ela ficou olhando os lábios dele enquanto sentia a eletricidade do toque de sua mão na dela. Engolindo a saliva que se acumulara em sua garganta, ela olhou para frente. E seu olhar se suavizou.

— O que acha? — perguntou Niall.

Mas ela não podia responder. Estava maravilhada. Diante dela, uma grande planície acabava aos pés de um castelo ainda em construção, com o mar ao fundo. Perto da costa havia várias casinhas cinza, da cor da pedra da fortaleza, e, um pouco mais afastadas, umas cabaninhas de pedra e telhado de palha.

Sem poder descrever a expressão dela, Niall insistiu, sem soltar-lhe a mão:
— Gosta do que vê?

Ela não respondeu. Só podia admirar a paisagem e seu entardecer alaranjado.

Niall, desconcertado com o silêncio dela, começou a falar:

— Eu sei que o castelo não é tão grande quanto Dunstaffnage, nem tão impressionante quanto Eilean Donan, mas há algum tempo é meu lar. Quando o ganhei de Robert pelos serviços que prestei ao irmão dele na Irlanda, era uma ruína dos pictos, mas, nestes anos, meus homens e eu conseguimos levantá-lo e quase acabá-lo. Vê aquelas terras no horizonte? — Ela assentiu. — São as Hébridas Exteriores. Do nosso quarto a vista é espetacular. Garanto que você vai ver pores do sol maravilhosos, com a ilha de Tulm e o arquipélago ao fundo. — Ela continuava sem dizer nada. Niall estava começando a ficar desesperado — Por aqui, as pessoas se dedicam à agricultura, à criação de gado e à pesca. Nosso clã cuida do gado. Depois vou te mostrar onde ficam os animais. As cabanas que vê ali são usadas por gente de passagem quando chega a época da tosquia.

Tonta e maravilhada, Gillian assentiu. Puxando a mão para que ele se aproximasse, ergueu-se em seu cavalo para ficar mais alta, inclinou-se e o beijou. Precisava fazer isso, mesmo que quando se afastasse ele nem a olhasse. Ao verem isso, os guerreiros aplaudiram e vociferaram. Gostavam de ver seu laird tão bem-tratado por sua esposa. Niall, surpreso com a reação deles, sorriu. Pegando-a pelos quadris, levantou-a do cavalo e, como se ela fosse uma pluma, sentou-a a sua frente.

— Adorei o seu lar — murmurou ela, emocionada.

— Nosso lar, Gillian — corrigiu Niall rapidamente.

Nesse momento, os poucos aldeões e guerreiros que trabalhavam no castelo os avistaram e saudaram, e seus gritos se somaram aos dos guerreiros atrás deles. Niall e Gillian sorriram.

— É o lugar mais bonito que já vi — sussurrou ela, maravilhada.

Niall, com um sorriso parecido aos de antigamente e o cabelo despenteado pela brisa, balançou a cabeça. Segurando Gillian com força, beijou-a e, esporeando o cavalo, fez com que galopasse até chegar ao pátio de armas de Duntulm. Uma vez ali, as pessoas se apinharam ao seu redor. Estavam felizes. Seu laird havia voltado, e com uma esposa. Niall desmontou, e pegando Gillian pela cintura, desceu-a. Teve que conter o desejo de levá-la diretamente a seus aposentos. Segurando-lhe a mão com força, começou a lhe apresentar sua gente, homens barbudos e desalinhados que a receberam com um grato sorriso nos lábios.

Com a felicidade no rosto, Gillian tentava dar atenção e recordar os nomes das pessoas que lhe eram apresentadas. Nesse momento comprovou que o que os homens de seu marido lhe haviam dito no caminho era verdade. Não havia mulheres ali, com exceção das idosas e de duas jovens, que, agarradas a seus maridos, observavam-na.

Quando entraram no castelo e Gillian olhou ao seu redor, quase desmaiou. O lugar estava sujo e malcuidado. Precisava de uma boa limpeza. Quando entrou no enorme salão, viu que só havia uma mesa capenga de madeira escura e dois bancos, um pior que o outro, e perto da enorme lareira, uma velha cadeira acabada que parecia ter os dias contados.

A falta de mulheres é a causa de isto estar assim, pensou Gillian.

Niall, que a conhecia muito bem, sabia o que estava pensando, apesar de seu sorriso. E quase soltou uma gargalhada quando contemplou a cara de sua esposa ao ver que um dos cavalos de seus homens tinha entrado e andava tranquilamente pelo salão.

Ela o fitou, pasma, e ele, dando de ombros, confessou:

— Eu nunca me importei.

Ela suspirou. Decidida a resolver isso, afirmou:

— Uma mão feminina vai cair muito bem aqui. Você vai ver.

Aproximando-se, ele cochichou em seu ouvido:

— Não duvido, amorzinho. Para isso está aqui.

Olhando para ele com uma careta, ela decidiu não responder. Deixou-se levar pelas duas únicas jovens que havia ali, que insistiam em lhe mostrar a cozinha. Helena as acompanhou. E quase caíram para trás quando viram o que aquelas mulheres chamavam de cozinha: um buraco escuro, úmido e velho.

Muitas coisas vão mudar aqui, refletiu, tentando sorrir.

Niall, ansioso, esperou que Gillian aparecesse pela porta e olhasse para ele. Gostando ou não, temia que uma mulher de personalidade como ela, acostumada ao luxo e à elegância de Dunstaffnage, ficasse horrorizada naquele lugar. Mas, quando ela apareceu na porta de mãos dadas com Helena e sorriu, entendeu que as duas haviam encontrado um lar.

Passaram o resto da noite se olhando com paixão, coisa que não deixou ninguém indiferente. Jantaram os deliciosos pratos que as mulheres haviam preparado para celebrar a chegada deles e brindaram com taças de prata, sob a ovação dos homens. Depois do jantar, os brutos guerreiros começaram a bater palmas e a dançar, e logo dois velhos começaram a tocar gaita. Helena dançou com Aslam, feliz e sorridente. Ele havia pedido a seu senhor que lhe permitisse ocupar uma das cabanas próximas à fortaleza com ela e seus filhos. Nessa noite, Gillian dançou com seus guerreiros, e até conseguiu fazer seu marido dançar. Quando a urgência e o desejo de seus olhares se tornaram escandalosos, sem se importar com nada, Niall a pegou no colo e, sorrindo sob a ovação de todos, levou-a até o único lugar que ninguém havia lhe mostrado ainda: seu quarto.

Capítulo 35

Sem dizer nada e com olhar apaixonado, Niall a levou até o andar superior. Quando ele abriu a porta do quarto, o coração de Gillian batia com tanta força que ela achou que ia sair pela boca. Niall a colocou no chão e ela entrou. Ele fechou a porta, apoiando-se nela. Com luxúria, passou os olhos pelas doces curvas de sua mulher pequenina. Era deliciosa. Durante todo o jantar e a festa, Niall só pensara em lhe arrancar o vestido e possuí-la sem piedade, sem parar. Desejava tocar seus seios, enfiar sua língua entre suas coxas e...

Por São Ninian, o que estou pensando?, censurou-se ao sentir-se excitado. Enquanto Gillian, alheia a esses pensamentos pecaminosos, olhava o quarto em ruínas, muito parecido com o resto do castelo. Acostumada a seu quarto adornado em Dunstaffnage, aquele lhe parecia frio e impessoal. À exceção da enorme lareira onde crepitava o fogo e da grande janela, só havia ali uma cama imensa e um velho baú. Mas, emocionada pelo modo como Niall a tratava desde que haviam chegado a Duntulm, voltando-se com graça, sorriu para ele. Esse sorriso o fez dar dois passos para ela e tomar-lhe a mão. Estava gelada.

— Está com frio?

Rapidamente ela negou. Não estava com frio, mas o nervosismo por estar naquele lugar sozinha com ele a torturava. Decidido a acalmá-la, Niall a pegou pelas mãos com delicadeza e, fitando-a nos olhos, murmurou:

— Tenho uma coisa para você.

— Para mim? — perguntou ela, surpresa.

Ele assentiu e ela corou.

— Feche os olhos.

Incapaz de obedecê-lo, Gillian ia protestar, mas ele pôs um dedo sobre seus lábios. Só conseguiu excitá-la ainda mais.

— Confie em mim. Não vou te machucar nem te trocarei por bolinhos de aveia.

— Tem certeza? — brincou ela.

— Eu garanto. Feche os olhos.

Mais segura, Gillian primeiro fechou um e depois o outro. Mas Niall, ao ver que quando ela fechava o direito abria o esquerdo e vice-versa, disse:

— Não trapaceie, Gillian, que estou vendo.

— Argh! Você me pegou.

Por fim, conseguiu que ela relaxasse e fechasse os olhos. Tirou um cordão de couro do pescoço e, pegando um anel que pendia nele, colocou-o no dedo de Gillian. Para finalizar o momento, beijou-lhe a mão.

— Pronto, pode olhar.

Nervosa porque havia sentido o beijo e o roçar do anel ao passar por seu dedo, ela abriu os olhos. Ao vê-lo, ficou fascinada. Era o anel que havia visto no dia de seu aniversário no mercado próximo a Dunstaffnage.

Deslumbrada, ela ia dizer algo quando ele se antecipou:

— Eu ouvi quando você disse a Megan que o marrom da pedra te fazia lembrar os meus olhos. E sem saber sequer se o daria a você ou não, decidi comprá-lo.

— É lindo. Adorei — confessou ela, boba.

E ele ficou satisfeito por vê-la tão maravilhada com o presente.

— Fico feliz de ver que acertei. Por um momento, pensei que poderia jogá-lo na minha cabeça.

Emocionada como uma menina, ela sussurrou:

— Oh, Niall, obrigada!

O highlander, ciente das poucas defesas que lhe restavam diante dos encantos dela, sorriu, feliz da vida.

— Este anel é muito mais apropriado para minha esposa, e não aquele que eu dei no dia do nosso casamento.

— E que eu perdi — suspirou ela ao recordar o cordão de couro.

Saber que ele havia comprado algo para ela e que o guardara durante todo esse tempo deixou-a enfeitiçada. Quando Niall se agachou para abraçá-la com delicadeza e o sentiu afundar o rosto em seu pescoço, o calor a devorou. Levantando as mãos, segurou seu rosto e o beijou.

Foi um beijo especial. Era o prelúdio do que ia acontecer. Percebendo que ela estava tremendo, com uma ternura que Gillian desconhecia, ele perguntou:

— Que foi?

— Quero aproveitar este instante — sussurrou Gillian ainda o abraçando. — Porque sei que amanhã, ou daqui a pouco, não vai mais olhar para mim, e esta trégua maravilhosa entre nós vai ter acabado.

Cravando seu olhar apaixonado na boca de Gillian, ele murmurou:

— Não, querida, eu desejo a paz tanto como você. Mas, para garantir que assim será, deve me prometer três coisas.

— Diga.

— Primeiro: que me respeitará e nunca levantará a espada contra mim.

Espantada, ela arregalou os olhos e murmurou:

— Niall, por Deus, eu nunca faria isso!

— Prometa — insistiu ele.

— Prometo — respondeu e sorriu. — E a segunda?

— Duntulm é sagrado, um lugar de paz, e nunca permitirá que o desastre ou a guerra chegue a nosso lar. Este lugar é nossa vida, não um campo de batalha, porque aqui quero ser feliz com você e minha gente. Promete?

— Claro... claro que sim.

— E a terceira: nunca mentirá para mim.

Gillian sorriu diante desse pedido. Perguntou:

— Acha que algo assim é fácil de prometer?

— Sim.

— Niall... eu não sou mentirosa, mas às vezes uma mentirinha boba é...

— Uma mentira benéfica é aceitável e perdoável. Uma nociva, não.

Com um sorriso gracioso que fez acelerar de novo o coração de Niall, a jovem murmurou:

— Sabendo que mentirinhas bobas são aceitáveis... Prometo, desde que você também não minta para mim.

— Eu prometo, querida... eu prometo.

Nesse momento, Gillian quis gritar de felicidade. Em um tom rouco que a fez se arrepiar, ele murmurou:

— Não tenha medo de mim, Gillian. Eu nunca te machucaria.

— Eu sei — disse ela, entregue. — Eu sei...

Com delicadeza, ele tomou-lhe o queixo para beijá-la de novo. Com uma paixão descontrolada atacou a boca de Gillian, derrubando um a um os medos que ela ainda pudesse guardar.

Perdida em suas carícias, Gillian se deixou levar. Ela era uma mulher inexperiente. Sem pressa, mas sem pausa, com delicadeza, ele começou a desamarrar os cordões de seu vestido, até que a peça caiu no chão e ela ficou só de camisola branca e calcinha. Tentando conter o tremor, Gillian pousou as mãos nos ombros de Niall, e ele, pegando-a pela cintura, levantou-a até sua altura e, fitando-a nos olhos, disse:

— Nunca vai poder imaginar quanto desejei que chegasse este momento, gata.

Impressionada com essas palavras e a submissão que via nos olhos dele, beijou-o enquanto ele a levava para a cama, onde a deixou, com cuidado, sobre os lençóis frios. Gillian ficou arrepiada olhando-o se despir sem afastar seus olhos amendoados dela. Ao ver a cicatriz recente em seu braço, ela sorriu, mas, ao notar a quantidade de cortes e cicatrizes que tinha no abdome, ficou horrorizada. Quanta dor seu marido devia ter sentido!

Com a respiração agitada, observou seus fortes braços, seu largo peito curtido de guerra, suas pernas maciças, e quando ele se desfez da calça de couro marrom e aquele membro tenso e escuro apareceu entre suas pernas, ela ficou escandalizada.

Foi tanta sua confusão ao ver pela primeira vez o sexo de seu marido que, envergonhada, ela fechou os olhos.

— Gillian, abra os olhos e olhe para mim.

Com uma comicidade que surpreendeu Niall, devagar, ela abriu um olho e depois outro, encontrando o rosto sorridente dele. Tomando-lhe as mãos, ele a fez sentar, de modo que sua cabeça ficou bem de frente para o órgão. Ao ver a cara de horror dela, Niall teve que soltar uma gargalhada.

— Me toque.

Com a pulsação acelerada, Gillian levantou a mão e a pousou na perna forte e dura de Niall. Sentiu seu poderio, sua mão continuou subindo pela parte interna da coxa. Trocando um olhar desafiador com ele, passou a mão naquele membro ereto e se surpreendeu ao sentir sua suavidade estranha e prazerosa. Espantada, tocou-o de novo, mas se assustou quando ouviu um som gutural proveniente da garganta de seu marido.

— Ai, meu Deus, eu te machuquei? — perguntou, horrorizada.

Comovido diante da inexperiência de Gillian, Niall sorriu e se deitou na cama com ela.

— Não, querida, ao contrário; é muito gostoso sentir suas carícias.

Voltando-se para ele, Gillian o fitou. Ele, encantado com a beleza dela, deu-lhe um beijo saboroso, abriu-lhe a camisola e a tirou. Gillian não pôde evitar corar ao ficar nua da cintura para cima. Era tudo novo para ela. Sentir o olhar apaixonado dele, mesmo sem que a acariciasse ainda, fazia-a arder. Aproximando-se um pouco mais, ele tirou a calcinha dela e a jogou no chão, e dessa vez ela se encolheu.

A impaciência que sentia para tomar o corpo de sua mulher pulsava no sexo de Niall, mas ele se obrigou a refrear seus próprios desejos e se concentrar em sua esposa. Ela merecia. Mas vê-la nesse estado, acariciar sua pele sedosa e sentir sua total rendição deixara-o tão excitado, de uma maneira a que não estava acostumado. Sentir a doçura de Gillian e pensar que ela era legitimamente sua... deixava-o louco de excitação.

Sabendo bem o que aquilo significava para ela, rolou na cama até ficar sobre ela, tendo o cuidado de não machucá-la. Com delicadeza, afundou os dedos em seus cabelos e começou a movê-los com tanto deleite e naturalidade que fez Gillian suspirar:

— Ah...

— Gosta?

— Oh, sim! Adoro. É uma delícia.

Desfrutando, ele levou sua boca ardente à dela; com sua língua úmida, brincou com os lábios de Gillian, até que ela os abriu com languidez e ele teve acesso a seu interior. Enquanto isso, ela se mexia cada vez mais ansiosa e soltava gemidinhos que o enlouqueciam.

Sem nenhuma pressa, depois de explorar sua boca, ele desceu lentamente a língua pelo pescoço dela, até chegar a seus seios cheios e rosados. Com suavidade, Niall levou os dedos até os mamilos róseos, e quando começou a acariciá-los com movimentos circulares e muito prazerosos, ela suspirou e sentiu seu baixo ventre vibrar. Incapaz de parar de olhar para aqueles seios deliciosos, Niall aproximou sua boca quente de um deles, beliscando o outro com delicadeza. Sentindo essas carícias íntimas, ela se arqueou e arfou. Maravilhado com a sensualidade dela, com cuidado para não a machucar, ele continuou sua exploração.

Depois de um pouco de jogos íntimos, Niall se levantou e se ajoelhou no chão. Estendendo-se sobre ela, beijou-lhe o umbigo. Ela arfou de novo, mas, ao intuir as intenções dele, assustada, sentou-se.

— Não... aí não — gritou.

Com um sorriso luxurioso que a fez estremecer, ele disse:

— Claro que sim.

— Não.

Levantando-se do chão, ele se deitou na cama. Depois de beijá-la, sussurrou com intensidade enquanto lhe acariciava as coxas:

— Abra as pernas para mim, gata.

— Niall...

— Abra, meu amor. Prometo que vai ser prazeroso para nós dois.

Escrava do desejo, por fim, ela fechou os olhos e se deixou vencer.

— Assim... gatinha, relaxe e se abra para mim.

O timbre rouco e profundo da voz de Niall a excitou mais do que ele poderia imaginar. Saber que ele era seu marido e ceder aos seus desejos excitava-a de tal maneira que quando Niall se agachou de novo e tocou aqueles pelos que nunca haviam sido tocados por outro homem, gemeu. Maravilhado pelo que tinha diante de seus olhos, ele passou a boca por aquela trilha linda e, afastando os grandes lábios, começou a tocá-la, primeiro com suavidade; e quando percebeu que estava úmida o suficiente, com jeito possessivo, mas delicado, introduziu um dedo. Gillian gritou e, levantando-se, pegou o rosto de Niall e o beijou. Enquanto ela devorava sua boca, ele sentia que sua autodisciplina desaparecia. Mexeu com cuidado o dedo dentro do corpo de Gillian, que gemia sem parar sobre a boca de dele, até que ela ficou tensa e arfante, e ele entendeu que estava pronta para recebê-lo.

Com a respiração entrecortada, Gillian sentiu que ele tirava o dedo, deitava-a, abria suas pernas e se colocava sobre ela. Mas, antes, pegou uma almofada e a pôs embaixo dos quadris dela, para facilitar a entrada.

Sem afastar os olhos dele, Gillian viu Niall pegar seu membro viril e o levar até o lugar onde ela queria que o introduzisse. Ela mexeu os quadris, nervosa.

— Ei! Cuidado, querida. É a sua primeira vez, e não quero te machucar.

— Gosto quando me chama de querida — sussurrou ela com doçura.

— Então vou te chamar sempre que quiser.

Excitada, alterada pelo que ele dizia e pelo que ia acontecer essa noite, ela arfou. Já havia ouvido muitas mulheres falarem desse momento e sabia que ia doer; só da primeira vez, era o que garantiam todas. Niall, ao ver o medo nos olhos de Gillian, estremeceu. Capturando sua boca enquanto o desejo o consumia, começou a se mexer sobre ela sem parar, conseguindo lhe dar prazer e fazer com que seus suspiros aumentassem. Até que chegou a um muro impenetrável que estava disposto a atravessar. Parando, ele a olhou nos olhos e murmurou com voz rouca:

— Vai doer um pouco, querida. Não posso evitar...

— Eu sei... — disse ela, assustada.

Com o olhar fixo nela, ele a apertou contra si como se seu abraço pudesse absorver sua dor. Vendo que ela fechava os olhos, arremeteu, e no momento em que seu corpo cedeu, Gillian berrou. Com o coração apertado, Niall não se mexeu. Tinha que dar um tempo ao corpo de sua mulher para que se acoplasse a ele antes de continuar. Aturdido, ele não conseguia afastar os olhos dela. Nunca a vira mais bela. Depois de distribuir uma infinidade de beijos doces pelo rosto de Gillian, viu que ela olhava para ele e entendeu que a dor estava começando a diminuir.

Quando sentiu a respiração de Gillian se normalizar, começou a se mexer com certo medo de machucá-la, mas quando ela exigiu mais profundidade com os quadris e cravou as unhas nas costas dele, Niall não pôde resistir e afundou. Começou a entrar e sair dela, controlando a vontade de apertá-la contra si, até que Gillian pediu mais, levantando seus quadris para ele.

Um formigamento sensual e lancinante percorria o corpo de Gillian enquanto ela desfrutava sem parar. Seu corpo se abriu como uma flor e ela se entregou para recebê-lo. A sensação de prazer era imensa. Até que sentiu como se algo nela explodisse e um jato quente de vida percorresse seu corpo, acompanhado por ondas indescritíveis de prazer. Entre espasmos e gemidos luxuriosos, ela se agarrou a ele. Seus suspiros decidiram o fim da determinação de Niall. Ao vê-la nesse estado, não aguentou mais, e, agarrando-a com força, afundou nela uma e outra vez, até que, por fim, depois de um grito másculo e gutural, derramou nela sua semente. Esgotado, parou e rolou para ficar ao lado dela.

Com os olhos fixos no teto, Gillian ainda respirava com dificuldade. Aquele prazer tão pagão do qual sempre ouvira falar era... espetacular.

Sem se atrever a olhar para ele, ouvia a respiração agitada de Niall, que a observava esperando que falasse. Tinha medo de tê-la machucado muito e esperava que ela confirmasse que estava bem.

Desejava com loucura que ela quisesse satisfazê-lo de novo. Desejava tanto desfrutar do corpo de Gillian como precisava que ela quisesse tomar o seu. Então, olhou para ele e, com uma careta reveladora, mostrou que estava bem.

— Foi incrível — sussurrou, surpreendendo-o.

— Tentei não te machucar, mas...

— Eu sei... — interrompeu ela. — Teria doído igual se tivesse sido outro homem. Disseram-me que da primeira vez sempre dói, mas, bem, também dizem que depende da delicadeza do homem. — E, dedicando-lhe um sorriso, murmurou: — Tenho certeza de que já sabe tudo isso, é um homem experiente.

Ouvir "se tivesse sido outro homem" deixou-o contrariado. Franzindo o cenho, ele a pegou possessivamente pelos quadris, girou-a para si e afirmou:

— Nunca ninguém que não seja eu vai te possuir.

Essas palavras, e em especial a sensualidade do olhar de Niall, a fizeram voltar a vibrar. Ela não desejava que outro homem a tocasse nem fizesse o que cabia a seu marido por direito. Com um sorriso torto, respondeu:

— Então, amorzinho, vai me querer não só como a dona da sua casa?

Escutar suas palavras, ver seu olhar e tê-la nua diante de si o fizeram sorrir.

— Acho, minha senhora — disse ele, sentando-se sobre ela —, que preciso provar um pouco mais para saber se realmente quero você como algo mais.

Gillian, então, parou de sorrir e ficou tensa. Niall, ao notar a mudança, pegou-a pelos pulsos e a imobilizou com as mãos acima da cabeça. Sussurrou, fazendo-a sorrir outra vez:

— Por enquanto, querida, não vai abandonar a minha cama, nem agora nem nunca. O resto, veremos.

Sem lhe dar tempo de dizer nada, o highlander apaixonado voltou a devorar os lábios dela. Instantes depois, faziam amor de novo.

Capítulo 36

Durante cinco dias e cinco noites, nenhum dos dois abandonou o quarto. Não queriam se separar, só queriam se beijar e fazer amor sem parar. Passados dez dias, achando graça, os guerreiros olhavam para seu laird. Ao amanhecer, ele se reunia com eles na liça, o campo de combate onde punham em prática todas as suas habilidades com a espada e outras armas. Mas, quando Gillian aparecia, já não existia mais nada.

Niall só tinha olhos para sua mulher. Não lhe importava o castelo, as terras, o gado, só ela lhe interessava, o seu conforto e a sua felicidade. Alguns dias passeavam pelos arredores de Duntulm de mãos dadas enquanto ele observava os avanços das obras e sorria como um bobo diante de qualquer comentário que ela fazia. Gillian era engraçada, viva, divertida, e ele gostava disso. Adorava!

Um dia, cavalgaram até uma das lindas praias de areia branca, onde Gillian, recordando os conselhos de Megan e Shelma sobre "fazer amor cercada de água", fez que seu marido a seguisse correndo pela praia, até que, submersos e cercados pelo mar, fizeram amor apaixonadamente.

Durante esses passeios, Gillian conheceu outros aldeões, gente de seu marido. Eram as pessoas que cuidavam do gado. Trataram-na com adoração, uma adoração que Niall compreendia. Quem não adorava Gillian?

Um mês depois, Aslam e Helena se casaram. Tudo era perfeito. Gillian estava feliz com um marido que a adorava, sua gente a amava e o interior do castelo a cada dia ficava mais aconchegante. Que mais podia pedir?

A gente de Duntulm se acostumou tanto aos beijos de seus senhores quanto a suas constantes discussões. Os velhos os observavam com curiosidade e sorriam; uma hora eram vistos se beijando com paixão, e a seguir, discutindo como verdadeiros rivais. Escutar seu senhor gritar "Gillian!", ou sua senhora gritar "Niall!", já era parte da vida de todos.

No dia em que Cris apareceu em Duntulm, Gillian transbordou de alegria. Ver que sua amiga havia cumprido a promessa de visitá-la depois de voltar de viagem encheu seu coração de felicidade. Orgulhosa, ela lhe mostrou o anel que Niall lhe havia dado; estava loucamente feliz. A partir desse momento, as visitas de Cris passaram a ser constantes, e isso fez com que Gillian se integrasse ainda mais ao novo lar.

Certa manhã, quando Niall teve que sair com alguns dos seus homens para tratar de uns assuntos, Gillian olhava da janela de seu quarto e suspirava. Precisava fazer alguma coisa para exercitar seus músculos. Iria procurar Cris, certamente ela adoraria treinar combate com ela. Depois de se vestir, pôs sua calça de couro debaixo da saia, pegou sua espada e, decidida, foi até a pequena cocheira para pegar Thor.

— Vai sair, milady? — perguntou Kennet, fitando-a.

Gillian decidiu não dizer a verdade. Niall a controlava demais e, se dissesse a esse guerreiro aonde ia, ele insistiria em acompanhá-la. Por isso, mostrando seu melhor sorriso, respondeu:

— Só vou até o lago. Não se preocupe, Kennet.

— Vou com a senhora — ofereceu ele.

Ela soltou um suspiro delicado.

— Kennet, eu gostaria de um pouco de privacidade.

— Mas meu senhor me deu ordens de...

— Vou me banhar, Kennet — interrompeu ela. — Por acaso para isso também preciso de um acompanhante?

Vermelho como um tomate, o homem assentiu.

— Tudo bem, milady, mas tenha cuidado.

Com um sorriso radiante, Gillian montou Thor e cravou seus calcanhares no animal. Galopou na direção que havia mencionado e, ao chegar ao lago, seguiu pela trilha que, conforme Cris lhe havia dito, encurtava o caminho e levava até a fortaleza dos McLheod.

Olhando em volta, desfrutava da paisagem. Seus extensos vales verdes, às vezes abruptos, suas cascatas e até mesmo os penhascos eram incrivelmente lindos. Rapidamente, Gillian passou a amar tudo aquilo.

Quando chegou a uma linda cascata, recordou que estivera com Cris ali e que ela lhe confessara que era seu lugar preferido.

Com curiosidade, guiou Thor e encontrou o caminho serpeante. Sem pensar duas vezes, começou a descer a trilha e se surpreendeu ao ver dois cavalos. Cravou a vista em um deles. Era o cavalo de Cris.

Com um sorriso maroto, Gillian desmontou e, com cuidado para não ser vista, foi para o lugar onde se ouviam risos. Ao chegar a uns grandes arbustos, identificou a voz de sua amiga e sorriu ao vê-la trocando carinhos com um homem. Gillian gostou do que viu e decidiu sair de seu esconderijo.

— Ora, ora, Cris... por fim vou conhecer seu amado — disse, parando diante deles com um sorriso alegre e as mãos nos quadris.

Então, percebeu quem era ele e sua expressão mudou. O que sua amiga estava fazendo com esse homem?

Ele, ao vê-la, afastou-se de Cris e blasfemou, enquanto a moça, alarmada, dirigia-se a Gillian, que os olhava, incrédula.

— Eu posso explicar — sussurrou Cris, pegando-a pelo braço.

Mas Gillian não podia acreditar.

— Brendan!? — gritou.

— Sim. Gillian...

— Seu amado é o cretino Brendan McDougall.

— Shhh! Não grite — pediu Cris.

— Fico feliz de saber que reparou em mim no dia em que nos conhecemos — debochou ele.

Gillian, olhando para ele com desprezo, disse:

— Oh, claro que reparei em você, idiota! E teve sorte que Niall me segurou, porque, senão, eu teria cortado sua língua por falar de minha avó naquele tom.

— Tudo tem uma explicação — afirmou ele.

— Sim, Gillian, deixe que ele se explique — insistiu sua amiga.

— Isso... deixe que eu me explique.

Mas a jovem, com raiva daquele homem, gritou com escárnio:

— Dispenso suas explicações, McDougall de Skye.

As palavras de Gillian fizeram Brendan rir. Mas depois de levar um tapa de Cris no braço, calou-se.

— Não ria, Brendan!

— Cris, por que me bateu? — perguntou ele, contrariado.

— Porque é normal que ela esteja aborrecida. No dia em que falou com Gillian, você se comportou como um verdadeiro animal — respondeu ela.

— Eu diria algo pior — sibilou Gillian.

O highlander sorriu e, olhando para sua namorada zangada, disse:

— Lembre, meu amor, que esse comportamento é o que meu pai espera de mim. Não esqueça.

Meu amor?, repetiu Gillian em pensamento. Cris, derretida pelo jeito como ele a olhava, respondeu:

— Eu sei, amor.

Amor?, repetiu Gillian de novo.

Ela não podia acreditar no que havia acabado de descobrir. Olhou para sua amiga e, levando as mãos à cabeça, gritou:

— Por todos os santos escoceses, Cris, o que está fazendo com este homem?

— Gillian...

— Nada de Gillian, eu...

— Quer fazer o favor de ficar calma? — interrompeu Cris ao vê-la tão alterada.

— Ficar calma!? — gritou Gillian.

— Sim.

— Como quer que eu fique calma se está com este... este... este...

— McDougall de Skye — disse ele com ironia, sentado sobre uma rocha.

Gillian balançou a cabeça e prosseguiu:

— Por todos os deuses, Cris! Niall me contou que o clã dele e o seu são inimigos ferrenhos. Que não se suportam! Que se enfrentam desde sempre.

— Nós sabemos, McDougall de Dunstaffnage, não precisa gritar — Brendan suspirou ao recordar o fato.

Mas Gillian, voltando-se para ele, gritou:

— E você, maldito tosco, teve a ousadia de falar de minha avó e me desprezar diante de meu marido por causa de meu sangue inglês. Que isso não volte a acontecer, senão, juro por este sangue inglês que carrego que corto o seu pescoço.

Surpreso com a ferocidade de Gillian, o jovem a fitou.

— Pode não acreditar, mas eu pretendia te pedir perdão. Mas esperava que fosse em um momento melhor que este.

Cris, sem saber o que dizer, olhava-a desconcertada enquanto Gillian não parava de andar de um lado para o outro em busca de uma solução rápida.

— Mas, Cris, o que está pensando?

— Que o amo, Gillian. Só isso.

A sinceridade de sua amiga a fez parar e fitá-la. O homem, ao escutar sua amada, levantou-se com rapidez e, aproximando-se dela, tomou-a pela cintura e enfrentou Gillian.

— E eu a amo. Não imagino minha vida sem Cris e o resto não me importa.

Atônita, Gillian os olhou e sussurrou:

— Mas as famílias de vocês, seus clãs, nunca permitirão que fiquem juntos, não percebem?

— Eles aceitarão. Eu me casarei com ela e terão que aceitar — disse ele.

Cris sorriu. Isso era uma loucura, uma loucura que com certeza acabaria mal. Gillian suspirou.

— Brendan, pense. Você é o sucessor de seu pai no clã. Acha que ele vai gostar de saber que seu único filho vai se casar com a filha de seu maior inimigo?

— Não, não vai gostar. Eu sei, Gillian. Assim como sei que o pai de Cris também não vai gostar, mas nós nos amamos, e...

— ... eles vão matar vocês — sentenciou Gillian.

— Nossa! Que coisa horrível! — exclamou Cris, sorrindo.

— Mas não veem que estão colocando a vida de vocês em perigo por algo que com certeza seus pais não permitirão?

— Partiremos de Skye e nos casaremos — afirmou Brendan.

— Oh, que romântico! — debochou Gillian.

Cansada da negatividade de sua amiga, Cris interveio:

— Sim... tão romântico quanto tudo que fizemos para que Niall se casasse com você apesar de todos os problemas. E olhe para você agora: está feliz!

Vendo Gillian sorrir com malícia, Brendan acrescentou:

— Olha, Gillian, entendo sua preocupação com Cris, mas o que eu preciso que entenda é que ninguém mais do que eu deseja que ela seja feliz. Só temos que esperar o momento oportuno para tentar fazer com que os outros aceitem.

— Ninguém vai entender — sussurrou Gillian sem olhar para eles.

Então, Cris, pegando-lhe as mãos, perguntou:

— Você entende, Gillian? Pode entender que em minha vida só existe Brendan, e que, se não ficar com ele, não vou ficar com ninguém?

Gillian refletiu. Como podia não entender se ela só havia amado um homem? Ao ver o desespero no olhar dos dois e sentir que havia amor verdadeiro entre eles, admitiu sorrindo:

— Claro que entendo. Você, melhor que ninguém, sabe que eu entendo. — E, olhando-os nos olhos, sentenciou: — Podem contar comigo para o que for preciso. E fiquem tranquilos, da minha boca não vai sair nada.

Comovido pelo significado disso, Brendan lhe estendeu a mão, satisfeito.

— Obrigado por nos entender e ser nossa aliada, McDougall de Dunstaffnage.

— De nada, McDougall de Skye — replicou Gillian com um sorriso, apertando-lhe a mão.

Naquele dia, Gillian percebeu duas coisas: primeiro, que aqueles dois eram loucos por terem se apaixonado; e, segundo, que ela estava completamente louca por ajudá-los.

Capítulo 37

Passou-se outro mês e o segredo de Cris e Brendan continuou bem-guardado no coração de Gillian. Inclusive, com o passar dos dias, ela pôde ver que aquele highlander era um jovem excelente, nada a ver com o tolo que havia conhecido no dia de sua chegada a Skye. Em uma das tantas tardes que ela se encontrava com eles debaixo da cascata, em um arroubo de sinceridade, Brendan lhe contara que essa aparência de ódio era o que seu pai esperava dele. Seu pai queria um filho que odiasse tudo que não fosse do clã McDougall de Skye, e Brendan, por ora, limitava-se a satisfazê-lo.

Durante esse tempo, Gillian não contou nada a Niall. Sabia que não estava certo lhe ocultar esse segredo, mas havia prometido. Quando Niall saía com seus homens ou trabalhava na reforma de Duntulm, com a ajuda das poucas mulheres que havia ali, ela limpava o interior do castelo. Tudo era velho e sujo, mas ela se negava a comprar móveis bonitos enquanto as paredes de pedra não estivessem resplandecendo e o chão de madeira e pedra não ficassem tão limpos que se pudesse comer neles. Ter um castelo tão bem-cuidado como Dunstaffnage era impossível, mas ela sabia que com esforço, ajuda e, acima de tudo, limpeza, seu lar melhoraria muito.

Niall, durante esse tempo, suavizou seu gênio difícil, tanto que às vezes ela temia que um dia tanta doçura acabasse. Adorava como ele a procurava, olhava, beijava ou a pegava pela cintura e a levava a qualquer lugar para que fizessem amor com verdadeira paixão. Suspirava com pureza quando ele a chamava de querida. Durante o dia, sua vida era mansa, com centenas de afazeres, mas suas noites se tornaram uma verdadeira batalha sexual.

Certa tarde, do alto da fortaleza, Gillian observava a enorme planície que se estendia diante dela em um dos lados do castelo. E sorriu como uma boba ao recordar o que Niall um dia sussurrara em seu ouvido: "Nosso lar será uma ilha de amor no meio da extensa planície". Seu lar era uma maravilha. Uma planície como aquela e o mar do outro lado do castelo era um luxo que nem todos podiam possuir.

Apertando no corpo o *plaid* que a cobria, ela olhava ao redor. Tudo era majestoso, apesar do frio e da neblina, que estava começando a desaparecer. Gillian pousou os olhos em Aslam e sorriu ao ver que, quando Helena apareceu com Demelza e Colin, ele foi até ela para beijá-la. Dias atrás, ambos haviam comunicado que estavam esperando um filho, coisa que os encheu de alegria.

— O que está fazendo aqui, a tarde está muito fria!

Voltando-se, Gillian sorriu ao ver Niall caminhar em sua direção.

— Estava admirando a paisagem. É tão bonita que às vezes é difícil acreditar que moro aqui.

Com uma expressão cativante, seu marido a abraçou e, beijando-lhe o pescoço, sussurrou:

— Acredite, querida, é o seu lar.

— Nosso lar — disse ela, marota.

Com um plácido sorriso, Niall olhava para sua mulher e se perguntava se um dia seu coração pararia de disparar cada vez que olhasse para ela. Desde que havia baixado a guarda, seu mundo se transformara em um lugar feliz, cheio de alegrias. Vê-la rir com seus homens ou brincar com as poucas crianças que havia em Duntulm o enlouquecia. E embora às vezes o gênio dela o tirasse do sério, estava tão apaixonado que deixava para lá. Não queria se aborrecer com ela nem permitir que nada estragasse sua felicidade. Nunca ninguém havia conseguido fazê-lo perder o juízo dessa maneira. Não podia pensar em outra coisa que não fosse ela, e precisava ter certeza de que Gillian estava bem e feliz.

— Humm... adoro ficar assim. Gosto tanto que poderia ficar dias, meses abraçada com você.

— Não te tiro a razão, querida — sorriu ele. — Mas se eu tivesse que escolher, o momento de que mais gosto é quando tenho você na intimidade, nua, ardente e arfando de prazer, exclusivamente para mim.

— Ora, que descarado!

Ele sabia que ela sentia o mesmo. Levantou-a no colo e perguntou:

— Por acaso vai me dizer que não gosta?

— Você me enlouquece — sussurrou ela, beijando-o. — A propósito, o que acha de eu te fazer gemer agora mesmo?

— Quem é a descarada agora? — disse ele, rindo.

Mas Gillian, disposta a continuar a brincadeira, pôs as mãos no pescoço de Niall, deu um pulinho e se pendurou nele. Como era de se esperar, Niall, sem perder um segundo, segurou-a. Ela abriu a boca, enfiou a língua nele e o beijou com verdadeira paixão.

— Gillian... não é hora disso. Alguém pode nos ver — murmurou ele, enlouquecido com tanta sensualidade.

— Vamos para esse canto — disse ela com um olhar travesso. — Sente naquela pedra, garanto que ninguém vai nos ver.

Pasmo, Niall olhou para onde ela indicava. Incapaz de recusar, ele foi até a pedra e fez o que ela lhe pediu. Rapidamente, ela abriu as pernas e, com uma naturalidade que fez seu marido se endurecer, Gillian sussurrou, sentindo o núcleo de sua feminilidade pulsar forte:

— Quero que me possua aqui.

— Como!? — disse Niall, surpreso.

— Venha aqui, McRae — murmurou ela, puxando-o.

Pegando a mão dele, levou-a até seu sexo.

— Sente como estremeço por você? Basta te ver que desejo que me possua onde quiser.

Niall sentiu seu corpo começar a reagir. Sentir o calor e a umidade entre as pernas dela o enlouquecia. Soltando um gemido, sorriu.

Decidida a atingir seu propósito, com o sangue fervendo por ele, Gillian levou a mão à fivela do cinto dele e o abriu. Aproximando-o ainda mais, passou a língua pelo pescoço de Niall e disse:

— Não precisa abaixar a calça, é só colocar para fora o que me dá tanto prazer e me penetrar. Quero muito.

Com luxúria no olhar, ele fez o que ela pediu: liberou seu membro e a puxou para si para fazê-la sentir seu próprio ardor.

— Quer tanto assim? — perguntou.

— Sim... muito.

Gillian, inquieta, já não podia esperar mais. Ardia por ele. Precisava que a penetrasse. Segurando-o, foi um pouco mais para frente. Abrindo suas dobras com a própria mão, acoplou-se nele e o fez arfar.

— Você me deixa louco, gata — sussurrou Niall.

Gillian sorriu. Segurando-se nos ombros dele, suplicou:

— Segure meus quadris e me faça gemer.

Totalmente hipnotizado pela sensualidade dela, ele a pegou possessivamente pelos quadris e começou a se mexer em um ritmo alucinante. Sentir seu pênis dentro dela nessa posição o deixou louco. A cada investida, ambos arfavam, desejando outra. Gillian sentia seu sangue ferver a cada estocada, cada vez mais rápida, mais certeira, mais profunda.

O prazer era imenso. Quis gritar, mas não devia. Só podia se deixar possuir por seu marido. Quando o clímax chegou, segurou-se nele com força e gemeu. Niall, ao senti-la abandonada em seus braços, fez uma careta, soltou um grunhido viril e com uma forte investida a penetrou e se deixou cair sobre o ombro dela.

Depois desse arroubo de paixão, só se ouvia o som do vento e os suspiros deles. Até que Gillian se mexeu, e ele, exausto, murmurou:

— Nesse ritmo, antes da primavera, você vai acabar comigo.

Ela riu, aconchegou-se no peito dele e o beijou com doçura.

— Eu te adoro, Gillian — sussurrou Niall com os lábios colados no cabelo dela.

Ela estremeceu; gostou de ouvir isso. Niall era um homem que constantemente demonstrava seu amor com atitudes, mas poucas vezes com palavras.

— Ora... McRae — debochou ela —, parece que o sacrifício que fez de casar comigo valeu a pena.

— Totalmente. Mas, às vezes, quando me desafia ou fica muito teimosa, reconheço que me arrependo por não ter deixado Kieran O'Hara casar com você. — Ele sorria enquanto fechava a calça e o cinto. Vendo a expressão divertida dela, beijou-a e murmurou: — Eu nunca teria permitido que se casasse com outro que não fosse eu, porque seus beijos com barro são meus, e se alguém tiver que te trocar por um bolinho de aveia, serei eu.

Ela gargalhou. Niall, sentindo que havia despido demais seu coração, disse, pondo-a no chão:

— Ande... vamos descer antes que invente mais alguma coisa.

Feliz diante do sorriso maravilhoso que via nele, ela coçou o queixo e disse:

— Hummm... agora que disse isso, acho que se entrarmos nessa ameia...

Niall riu. Jogando-a sobre o ombro, deu-lhe um tapa carinhoso na bunda.

— Como disse, esposa... você quer me matar.

Capítulo 38

No mês seguinte, a felicidade de Gillian e Niall foi completa. Era como se não pudessem parar de se beijar e de se acariciar. A necessidade de se tocarem era tal que Niall começou a se preocupar. Era normal desejar tanto sua mulher?

Certa manhã, Gillian estava tranquila olhando pela janela quando viu Cris chegar a cavalo. Rapidamente, saiu de seu quarto e correu escada abaixo para recebê-la.

— Que alegria ver você! — gritou com as faces coradas por causa da corrida.

Cris pulou do cavalo ao vê-la e a abraçou. Gillian percebeu que havia rastros de lágrimas em seu rosto.

— Que aconteceu, Cris?

Mas, em vez de responder, ela começou a soluçar e a falar coisas que Gillian não conseguia entender. Sem perder um instante, levou-a até um banco de madeira que havia na lateral do castelo. Quando conseguiu fazê-la sentar e se acalmar, perguntou de novo:

— Cris, o que aconteceu?

De novo, ela começou a soluçar. Gillian, desesperada, sem saber o que fazer, abraçou-a. Não lhe ocorria fazer outra coisa.

Não muito longe delas, nas cocheiras, Niall mantinha uma conversa interessante com seu bom amigo e vizinho Brendan McDougall. Conversavam sobre a armaria que Niall queria fazer em Duntulm.

— Vamos entrar no castelo e beber alguma coisa — convidou Niall.

Com passos seguros, ambos se dirigiram à porta principal conversando. Ao virar a esquina, Niall notou que Gillian estava abraçando Cris, que parecia chorar. Brendan parou. O que estava acontecendo com sua amada Cris? Niall, ao ver como Brendan olhava para ela, pensou que ia começar a praguejar por pertencer ao clã inimigo.

— Brendan, Christine McLheod é tão bem-vinda em minha casa quanto você. Controle sua língua. E, por favor, não saia daqui até que eu volte. Não quero problemas.

Brendan, consumido pela preocupação por ver Cris esfregando os olhos, quis correr para ela. Precisava saber o que estava acontecendo, o que havia conseguido fazer desmoronar a imensa força dela. Mas, pensando com frieza, respondeu:

— Não se preocupe, Niall. Não vou sair daqui.

Então, Niall foi rapidamente até as mulheres. Agachando-se, começou a falar com elas. Desesperado, Brendan os observava, e percebeu que Gillian o havia visto. Cris também, mas nenhuma das duas fez sinal algum.

— Cris — bufou Niall —, se não parar de chorar e não responder às minhas perguntas, vou ficar chateado.

Dando-lhe um tapa no braço, Gillian o recriminou.

— Niall, se veio aqui para deixá-la mais nervosa, é melhor voltar para o bruto que está nos olhando. Acho que Cris não vai gostar de saber que ele a está vendo chorar.

— Gillian — bufou Niall, fitando-a —, controle sua língua e seus atos, senão...

— Não discutam por mim — interrompeu Cris ao ver os dois se desafiando.

Imediatamente, ambos cravaram os olhos nela. Gillian perguntou:

— Agora que conseguiu parar de chorar, pode nos contar o que aconteceu?

Cris, assoando o nariz com um pedaço de pano que tirou da manga de seu vestido, olhou para Brendan, que, aturdido, olhava-a também.

— Acabei de saber que o homem que amo em breve vai se casar.

— Como!? — gritou Gillian.

— É isso mesmo — gemeu a jovem, voltando a soluçar.

Não podia ser. Brendan adorava Cris. Desconcertada, Gillian olhou para aquele highlander que, cada vez mais perto, olhava-as com uma expressão terrível. Niall, surpreso ao saber que a destemida Cris amava alguém em segredo, sussurrou:

— Cris, eu não sabia que você...

— Não tinha por que saber — interrompeu Gillian.

— Ora, mulher, não fique assim — disse ele.

— Não discutam! — gritou Cris. — Levantando-se, olhou para Brendan com fúria. — E você, estúpido, o que está olhando?

Niall suspirou e, ficando de frente para Cris, disse categórico:

— Cris, acabei de dizer a Brendan que você é bem-vinda em minha casa, e quero que fique claro que ele é bem-vindo também.

Mas Cris não queria escutar nada; só queria ir até Brendan e lhe arrancar a pele. Movimentando-se rapidamente, encarou o jovem, que a olhava desconcertado, e gritou de novo:

— É um maldito filho de Satanás, Brendan McDougall! Você e todo seu maldito clã.

Ai, meu Deus, vai dar confusão!, pensou Gillian ao ver como Niall olhava para os dois.

Sem entender o que estava acontecendo, Brendan se aproximou e, sem perder a compostura, perguntou no tom mais seco que pôde:

— Por que está me insultando, McLheod?

Gillian, temendo o pior, aproximou-se de sua amiga e sussurrou:

— Cris, por favor, se controle. Vamos conversar em outro lugar. Tenho certeza de que o que você contou não é verdade. Deve haver uma explicação.

Mas Cris, despeitada, voou para cima de Brendan e, como uma fera, começou a lhe dar socos e pontapés.

— Por todos os santos, ficou louca, mulher?! — grunhiu Niall.

Brendan, que segurava Cris, em um murmúrio quase inaudível perguntou no ouvido dela:

— O que aconteceu, meu amor?

Ela não respondeu. Niall a pegou pelo braço e disse.

— Maldição, Cris! Se está furiosa pelo que nos contou, por que desconta em Brendan?

— Você não sabe de nada — gritou a jovem, fora de si.

Niall observou o semblante de seu amigo. Sem entender o que estava acontecendo ali, olhou para ela de novo.

— É tão grande o ódio que sente por ele que o faz pagar também por algo que não lhe diz respeito?

— Vamos, Cris — ordenou Gillian, pegando-a pela mão e olhando impassível para Brendan. Tinha vontade de gritar que ele era um mentiroso, mas não queria complicar mais as coisas.

Cris, humilhada e arrasada, virou-se e, soltando-se de Gillian, correu para seu cavalo.

— Niall, por favor, tente falar com ela. Tenho medo de que faça uma bobagem — rogou Gillian.

Diante da súplica de sua esposa, Niall correu para Cris. Gillian e Brendan ficaram sozinhos.

— É um maldito bastardo, sabia? — bufou ela.

Mas Brendan só podia ver Cris chegar ao cavalo, montar e sair correndo.

— Maldição, Gillian! O que há com ela? O que aconteceu para que esteja assim?

Com precaução, a mulher olhou para trás e, ao ver que seu marido estava suficientemente longe para não ouvir, com uma expressão nada doce perguntou:

— Quando pretendia dizer a ela que estava comprometido com outra mulher?

— Como?! — sussurrou ele, incrédulo.

— Sim... sim, disfarça, maldito estúpido. Cris está arrasada porque soube que em breve vai casar com outra. Como pôde fazer isso com ela?

— Isso é mentira — bufou. — Eu não vou me casar com ninguém!

Oh, graças a Deus!, pensou Gillian, suspirando.

Nesse momento, Niall chegou de volta.

— Desculpe a Cris, Brendan. Ela soube de algo que a deixou alterada, por isso sua reação. Cris é uma boa garota, mas...

Mas Brendan não o deixou terminar:

— Não se preocupe, Niall — gritou, correndo para seu cavalo. — Eu entendo. Depois volto para que possamos continuar conversando. Acabo de lembrar que tenho algo muito importante para fazer.

Instantes depois, viram Brendan partir a galope. Gillian entendeu, mas Niall não. Quando se virou para sua esposa para comentar o acontecido, surpreendeu-se ao ver nela um sorriso significativo, que ela rapidamente apagou. Observando-a, perguntou com voz melosa:

— Gillian, há algo que eu não saiba e que você deveria me contar?

Ah, se soubesse..., pensou ela. Mas, com o mais doce sorriso, pegou-lhe o braço e murmurou:

— Não, amorzinho.

— Certeza?

— Absoluta — assentiu ela, tocando o pescoço.

Mas algo o fez duvidar. Ele a conhecia e sabia que quando Gillian tocava o pescoço e, especialmente, passava a língua pelo lábio inferior, alguma coisa estava acontecendo.

Nesse momento, alguns highlanders a cavalo passaram por eles. Gillian os fitava.

— Quem são?

Niall, sem tirar os olhos dela, respondeu:

— Os homens de Brendan. Ao ver que ele partiu, estão indo atrás dele.

Oh, meu Deus! Oh, meu Deus! Preciso avisá-los, senão, serão pegos em flagrante, pensou, horrorizada.

Rapidamente, soltou-se do abraço de seu marido. Inventando uma desculpa, disse:

— Niall, tenho... tenho que fazer uma coisa urgente.

Certo de que ela sabia mais do que dizia, pegou-a de novo.

— Aonde vai, Gillian? — perguntou.

— Tenho que ir ver Hada no estábulo.

— Agora?!

— Sim.

Com um puxão, soltou-se dele. Mas, antes que pudesse dar dois passos, seu marido a segurou outra vez, sisudo.

— Eu sei que alguma coisa está acontecendo. Vejo isso em seu olhar e em sua pressa. Conte o que é, ou não vai sair daqui.

Com o coração acelerado, Gillian gemeu.

— Não poooossooo!

— Como não pode? Por todos os santos, mulher, está me escondendo alguma coisa?

— Sim, mas eu...

— Gillian, está acabando com minha paciência — disse Niall.

Incapaz de continuar ali sem fazer nada, ela suspirou.

— Tenho que confessar algo... mas... mas quero que o tome como uma mentirinha benéfica.

— Uma mentira benéfica?!

Ao ver a expressão alterada dele, ela pegou-lhe a mão.

— Esse tipo de mentira é aceitável — murmurou. — Você disse, e eu... eu... eu prometi, e... e... então, eu...

— Pelo amor de Deus, o que está acontecendo? — urrou ele.

E concluindo que era preferível que Niall soubesse, e não os pais de Cris e Brendan, com rapidez ela lhe contou o que sabia e deixou seu marido de queixo caído.

— Brendan e Cris...

— Sim — gritou Gillian, ansiosa. — Agora, por favor, vamos avisá-los, senão, todos vão descobrir.

Niall compreendeu a gravidade da situação.

— Realmente, Gillian, não sei como consegue, mas está metida em todas as confusões.

Sem que ela respondesse, montaram em seus cavalos e saíram a galope com a esperança de chegar a tempo.

Capítulo 39

Para a sorte de todos, os guerreiros de Brendan McDougall seguiram para suas terras e passaram reto pela cascata sem saber que seu chefe e a filha do laird do clã inimigo estavam ali.

Quando Gillian e Niall chegaram, os dois discutiam alto. Ele não se surpreendeu; a jovem tinha o mesmo gênio endemoniado de sua mulher e uma maneira idêntica de discutir.

— Ora, ora, Brendan! — disse Niall, surpreendendo-os. — Eu nunca teria imaginado isso.

Ao vê-los, Cris e Brendan olharam para Gillian contrariados. Mas ela desmontou do cavalo e lhes explicou o que havia acontecido, enquanto seu marido, achando graça e totalmente surpreso com a situação, escutava-a montado em seu corcel.

— De verdade, lamento. Sabe que o seu segredo teria ido comigo ao túmulo, mas ao ver seus homens indo atrás de você, pensei que seria melhor que Niall soubesse para que evitássemos que os guerreiros flagrassem vocês dois.

— Sim, é verdade — assentiu Cris, mais tranquila, enquanto Brendan a segurava pela cintura.

Gillian viu que os jovens pareciam mais relaxados, então, perguntou:

— Por favor, alguém pode me dizer o que aconteceu?

McDougall, trocando um olhar com Niall, que continuava sorrindo com cara de bobo, respondeu:

— O que contaram a Cris é mentira. Eu não estou comprometido com ninguém, nem pretendo me comprometer ou casar com outra mulher que não seja ela.

— Oh, fico feliz! — suspirou Gillian, encantada —, porque juro que, quando vi Cris nessa situação, senti um desejo terrível de jogar a adaga e cravá-la no meio de sua testa.

— Mas que sanguinária! — disse Brendan, rindo.

— Você nem imagina — respondeu Niall, descendo de seu cavalo.

Cris, ainda com o rosto vermelho, mas feliz, respondeu:

— Não entendo por que minha irmã disse isso hoje no café da manhã.

— Quem? A divina Diane? — perguntou Gillian com ironia, fazendo seu marido sorrir.

— Sim. Hoje cedo, enquanto meu pai e eu tomávamos café da manhã, ela apareceu de repente e disse que havia ouvido rumores de que Brendan McDougall se casaria em breve com uma jovem de seu clã. Eu juro, Gillian, achei que ia morrer.

— O que não entendo — sussurrou o jovem — é quem pode ter lhe dito tamanha bobagem.

— Não há dúvida de que foi um idiota — disse Niall.

Todos riram. Mas, nesse momento, Brendan deu um pulo e disse, atraindo a atenção de todos:

— Um minuto. Há algumas noites, estava tomando umas cervejas com John, o ferreiro de meu clã, e lembro que, entre uma bravata e outra, eu disse que um dia, em breve, ele se surpreenderia com a notícia de meu casamento. A propósito, agora que estou pensando, ontem à noite ele ficou de me levar umas adagas, mas não apareceu.

— Você disse isso? — sorriu Cris.

— Sim, amor... Lembro que disse.

O jeito carinhoso como Brendan tratava Cris surpreendeu Niall de novo, fazendo-o sorrir. Ele nunca teria imaginado que o tosco McDougall era capaz de dizer palavras doces, e menos ainda a Christine McLheod, a jovem guerreira do clã inimigo. Mas, apesar de a história entre ambos lhe parecer perfeita, sabia que não poderia acabar bem. Ia dizer isso quando Gillian perguntou:

— Mas o que seu ferreiro tem a ver com a idiota da Diane? Do jeito que é tola e fina, ela nunca se aproximaria de um simples highlander.

— Pois é — respondeu Brendan, rindo. — Também ninguém imaginaria que Cris e eu...

— Não acredito! — disse Cris de repente.

— Que foi? — perguntou Niall, perdido.

Ela levou a mão à boca.

— Você disse que ontem à noite tinha marcado com o ferreiro e ele não apareceu?

— Isso mesmo — assentiu Brendan.

— Justamente ontem à noite — continuou Cris —, Diane chegou tarde e muito acalorada de um passeio pelo bosque, e pelo jeito como cobria o pescoço, tenho certeza de que tinha alguma marca. Eu a conheço, é igual à mãe. Tudo que tem de idiota tem de encrenqueira. — Todos riram. — Papai lhe perguntou de onde vinha tão acalorada, e ela, com um sorriso bobo, respondeu que de qualquer lugar onde não houvesse um porco McDougall.

Aplaudindo, Brendan entendeu.

— E ontem à noite John não me levou as adagas que eu encomendei.

— Sua irmã e o ferreiro! — exclamou Niall, com humor.

— Desconfio que sim — disse Cris, e começou a rir.

— Pois não me admira — disse Gillian. — Olha só, a mosquinha morta! Essas são as piores...

Cada vez mais certa do que estava pensando, Cris perguntou a seu amado:

— Meu amor, como é seu ferreiro? Sei perfeitamente de que tipo de homens aquela palerma gosta e, se o descrever, vou saber se ela tem algo com ele.

Bem-humorado, Brendan disse:

— John é alto como eu. Forte. Solteiro. Olhos e cabelos claros, e segundo as mulheres é bem dotado e sedutor. Por falar nisso — acrescentou, rindo —, sempre se vangloria de que, cada vez que se deita com uma mulher, chupa-lhe o pescoço para deixar sua marca.

— Confirmado — disse Cris. — A tola da Diane e seu ferreiro se encontraram ontem à noite.

Gillian e Niall se entreolharam, surpresos. Ela exclamou:

— Viram só... Isso é para não se confiar nas donzelas delicadas.

Niall gargalhou. Sua mulher, às vezes, dizia umas coisas tão engraçadas que era impossível não rir. A partir desse momento, Cris e Gillian começaram a conversar entre si, enquanto os homens olhavam para elas.

Com humor, Niall se aproximou de Brendan e, dando-lhe um tapa nas costas, perguntou:

— Desde quando estão juntos?

Aceitando que seu caso não era mais um segredo, Brendan deu de ombros.

— Faz bastante tempo.

Niall, impressionado com a habilidade que haviam tido para enganar todo mundo, prosseguiu.

— Sabe onde está se metendo, não é?

— Sim.

— Nem seu pai nem os dela vão facilitar as coisas. Seus clãs são rivais desde antes de vocês nascerem. Como pretendem resolver isso?

Brendan, olhando para Cris com doçura e sabendo que a vida sem ela não tinha sentido, murmurou, quase envergonhado:

— Sinceramente, amigo, não me importa que meu pai ou o de Cris tentem me matar. Não vou me afastar dela porque a amo com todo o meu coração.

— Ora... estou surpreso com seu romantismo.

— Por acaso você não morreria por Gillian?

Então, Niall olhou para sua mulher, que adorava uma confusão, e, passando o braço pelos ombros de seu amigo, sussurrou:

— Não tenho a menor dúvida. Adoro essa ferinha.

Capítulo 40

Passados alguns dias, certa manhã, Niall ordenou a seus homens que levassem uma banheira ao quarto. Queria um pouco de intimidade com sua mulher. Mas Gillian se incomodou. Essa manhã ela só queria dormir, e estava com um péssimo humor.

— Bom dia, linda.

— Estou com sono, me deixe dormir — respondeu ela, virando para o outro lado.

Alegre, querendo intimidade, Niall se aproximou e a beijou na nuca. Ao ver que ela não reagia, chacoalhou-a pelos ombros.

— O que minha linda esposa está pensando?

— Que, se não parar, vou partir sua cabeça — respondeu ela, mal-humorada.

Mas Niall continuou insistindo e, batendo palmas, disse:

— Já é tarde, folgada. É hora de levantar.

— Não — protestou ela, fechando os olhos com força.

— Sim.

— Eu disse não.

Sem perder o bom humor nem a paciência, Niall a puxou e a levantou.

— Por todos os santos! — urrou Gillian, irada. Estava com o cabelo revirado e os olhos inchados de tanto dormir — Não pode respeitar meu sono?

— Não, querida. Está tão linda agora que não posso respeitar nada.

Ela ia responder, mas não pôde. Niall, com sua boca ansiosa, já a beijava. Sem hesitar, ela correspondeu, até que de repente o empurrou. Niall não gostou. Franzindo o cenho, perguntou.

— Que foi? Por que rejeita meu beijo?

— Maldição, Niall! Não rejeitei, mas, se não me afastasse, ia morrer asfixiada.

— Você está meio alterada.

Oh, que observador!, pensou ela. E, cravando-lhe um olhar assassino, disse:

— Não estou alterada, mas você me altera. Quero dormir e não sei como te dizer isso para que entenda.

Ele sorriu. Desde que haviam chegado a Duntulm, seus dias haviam se transformado nos melhores de sua vida. A mulher que à noite o abraçava para dormir era sua Gillian, sua gata, e era tamanha sua felicidade que às vezes pensava que seu coração ia explodir, ou que ia acordar e tudo teria sido um sonho.

— Niall, por favor... por favor, me deixe dormir — murmurou ela, tentando se deitar na cama. — Não quero tomar banho agora.

Comovido com a manha dela, ele se sentou na cama e a pôs no colo. Distribuindo beijos doces pelo pescoço dela, disse:

— Vai tomar banho agora comigo.

— Não... não vou.

— Sim... vai sim — ronronou ele, mordiscando-lhe a orelha.

Mas Gillian não aguentava mais. Ao senti-lo puxar seu cabelo, protestou:

— Ai! Está me machucando!

A paciência de Niall estava começando a acabar. Contrariado, perguntou:

— Posso saber o que há com você que não para de resmungar?

— Não há nada comigo — gritou ela. — Mas, se primeiro sinto que me sufoca e depois puxa meu cabelo, o que devo fazer? Ficar quieta e aguentar? Porque, se pretende que me cale quando me machuca ou faz algo que não me agrada, não vou fazer isso, ouviu?

Contrariado pelo tom de voz dela, ele se levantou da cama, mas tão depressa que, sem querer, deixou Gillian cair de bunda no chão.

— Ai! Mas que bruto! — gritou ela, mal-humorada.

Ele tentou ajudá-la a levantar, mas Gillian afastou-lhe a mão com um tapa e se levantou sozinha. Uma vez em pé, jogou a cabeça para trás para falar com seu marido enorme, gritou, muito mal-humorada:

— McRae, não me derrube mais, senão...

— Senão o quê? — vociferou ele, fitando-a com ar bruto.

Por fim, aquela descarada havia conseguido irritá-lo.

— Se disser, não vai ser surpresa — provocou ela, dando um passo para trás.

Estranhando essa resposta, ele a fitou e disse:

— Gillian, não gosto do tom como fala comigo quando me chama de McRae, e menos ainda de seu comportamento mimado.

— E eu não gosto que só porque me queixo de algo que me desagrada você reclame.

Sua mulher não podia se calar? Por que sempre insistia em sair por cima?

— Para tudo tem que ter uma resposta? — perguntou Niall.

— Claro que sim — disse ela descaradamente.

Sabendo que devia controlar seu impulso de castigá-la, o highlander pegou um dos lençóis da cama e, jogando-o na cabeça dela, perguntou:

— Para isto também tem resposta?

Sem mudar de expressão, Gillian pegou os dois travesseiros e os jogou com força.

— Isto serve, ou quer mais?

Ele não queria se aborrecer com sua mulher. Contrariado, foi até a banheira, enfiou a mão na água e a salpicou nela. Ela nem se mexeu.

Ao ver que ela não respondia, molhou-a de novo.

— Vamos! Tire essa cara de mau humor e sorria! — disse ele, tentando selar a paz.

— Não estou com vontade.

Nesse exato momento, Niall jogou um pedaço de sabão na banheira e a água que espirrou molhou Gillian de novo. Mas dessa vez ela respondeu. Pegou com fúria um vaso que havia sobre uma mesinha, tirou as flores e jogou a água no rosto dele.

— A próxima coisa que vou jogar é o vaso.

A expressão de Niall se tornou rude. Gillian deu um passo para trás vendo a água escorrer pelo rosto do homem, que bufava.

— O que há com você, mulher? — urrou ele, contrariado.

Limpando o rosto com raiva, contornou a banheira para se aproximar dela, que recuou.

Assustada pelo jeito como ele se movia e por seu semblante sério, gritou:

— Que vai fazer, Niall?

— O que merece, malcriada!

Com força, ele a pegou e a arrastou para cama. Quando Gillian viu que a punha de bruços sobre suas pernas, levantava-lhe a camisola e deixava sei traseiro exposto, uma raiva incontrolável a fez morder a perna dele com brutalidade. Tal foi a dor que causou que Niall blasfemou e a soltou.

— Maldição, Gillian, você me machucou!

Então, com agilidade, ela pegou sua espada e, com um movimento rápido, pôs a ponta do aço na garganta dele.

— Você pretendia me machucar. Eu só me antecipei.

Ele olhava para ela incrédulo. Sem se mexer, Niall murmurou, apertando os dentes:

— Baixe agora mesmo a espada, Gillian.

— Não vou deixar que me bata.

— Baixe a espada! — insistiu ele.

— Se me prometer que não vai me bater — exigiu ela.

Quase pegando-a pelo pescoço e matando-a em vez de lhe dar uns tapas, Niall urrou como um possesso.

— Eu disse para baixar a espada de uma vez por todas, senão, juro que vai se arrepender.

De repente, ciente de que seu marido estava muito irritado, percebendo o absurdo da situação, ela deu o braço a torcer e baixou a espada. Realmente não sabia por que fizera isso. Havia sido tudo tão rápido que levantá-la fora um movimento espontâneo.

Com a raiva tensionando sua mandíbula e tomando seus olhos, Niall se aproximou. Gillian não se mexeu. Pegando com uma mão o queixo de Gillian e com a outra tirando uma adaga da cintura, sibilou no rosto dela:

— Se fizer isso de novo, não respondo por meus atos.

Na hora, com a adaga, cortou uma grande mecha dourada. Gillian, horrorizada, berrou e o empurrou.

— Por todos os santos escoceses! — gritou ao ver a mecha enorme que ele havia cortado. — Como pôde fazer isso comigo?

— Simplesmente porque você mereceu e porque acho que seu comportamento pôs fim a nossa lua de mel. Descumpriu sua promessa de não levantar uma arma contra mim, lembra? Eu perdoei sua mentira, apesar de saber que no dia em que a relação de Brendan e Cris vier à tona teremos problemas, mas não vou perdoar o que acabou de fazer.

Gillian não respondeu. Ele tinha razão, mas não podia fazer mais nada, salvo não responder. Discutir seria pior. Durante alguns instantes, se olharam como verdadeiros rivais, até que Niall deu meia-volta e com passos enérgicos pegou sua própria espada, abriu a porta do quarto e saiu. Gillian, arrasada pelo que havia feito, jogou-se na cama e ficou praguejando sem parar.

Capítulo 41

Depois do episódio do quarto, para desespero de sua mulher, nessa noite Niall não apareceu. Nem no dia seguinte. Ele simplesmente desapareceu de Duntulm. Só a paciência de Helena a consolava.

— Milady, não se preocupe, logo ele voltará. O seu esposo ama a senhora...

— Ele quer é me deixar careca — grunhiu, olhando-se no espelho enquanto a mulher tentava consertar o estrago que Niall havia feito.

Helena sorriu. Quando Gillian lhe contou que cada vez que discutiam ele lhe cortava um pedaço de cabelo, só pôde sorrir.

— Os homens, às vezes, milady, são piores que as crianças. Agem sem pensar.

— Não me interessa. Niall não é uma criança, pelo menos era o que eu pensava — sibilou Gillian enquanto comia um bolinho de aveia.

— Não se mexa, senão, deixarei uma falha horrível — sorriu a criada com carinho.

— Fique tranquila, Helena — debochou ao ver seu cabelo minguar. — Já estou acostumada a ter falhas no cabelo. Quando saí de Dunstaffnage, meu cabelo chegava na cintura, e agora, não chega nem ao meio das costas.

Com ternura, a mulher acabou de ajeitar o cabelo dela e sorriu ao vê-la bocejar descontroladamente.

— Está com sono, milady?

Pegando outro bolinho de aveia, Gillian o mordiscou e assentiu.

— Não sei o que há comigo ultimamente, Helena. Mesmo dormindo muito, quando acordo tenho vontade de continuar dormindo.

Com uma risadinha nervosa, a mulher parou diante dela.

— Milady, a senhora pode estar grávida? Quando engravido, esse é um dos sintomas.

Por todos os santos!, pensou Gillian. Contudo, sem se alterar, disse:

— Impossível. Há pouco tempo tive aqueles dias que toda mulher tem no mês.

— Então, precisamos ficar alerta com sua saúde. Está começando a esfriar e, sendo o seu primeiro inverno em Skye, tem que se cuidar — aconselhou Helena.

A mulher viu que Gillian tocava instintivamente o estômago.

— Não se preocupe, Helena. Eu me cuidarei.

Quando acabou o que estava fazendo, a criada recolheu suas coisas e saiu. Gillian ficou sozinha no quarto. Fazendo contas, levou as mãos à boca, assustada, ao notar que fazia mais de um mês, quase dois, que não menstruava.

Estava tão ocupada em satisfazer seu corpo e o de Niall que não havia notado. Emocionada com o que havia acabado de descobrir, tocou de novo sua barriga reta e sorriu. O mal-estar, o sono e o apetite voraz só podiam se dever a uma coisa: estava grávida!

Ela se debatia entre a alegria da notícia e a tristeza por seu marido não estar ali para que lhe contasse. Niall seria um pai magnífico. Adorava crianças, e quando soubesse que ia ser pai, ficaria louco!

Mas quando Gillian pensou em como ficaria gorda e deformada, ficou horrorizada. Se Niall já pensava que Diane era mais bonita que ela, não queria nem pensar no que diria quando saísse rolando em vez de andando, de pernas abertas, no fim da gravidez. Conhecendo seu marido, certamente a trataria como Duncan a Megan. Niall a superprotegeria e mal a deixaria sair do castelo, mantendo-a o tempo todo na cama descansando. Suspirou e decidiu esconder seu estado o máximo de tempo que pudesse. Mas, ao pensar em Niall, sorriu e quis lhe contar a boa-nova assim que voltasse.

No dia seguinte, depois de uma noite terrível de pesadelos, uma das idosas, Susan, foi ao seu quarto avisar que tinha visita. Estava tão emocionada que não perguntou quem era. Desceu os degraus de dois em dois e ficou petrificada ao encontrar no meio de seu salão desarrumado Diane e a mãe.

Inicialmente, pensou em expulsá-las. O que aquela idiota estava fazendo em seu castelo? Mas tentou se comportar como o que se esperava dela, e, com um falso sorriso, disse, apesar da vontade de esfaqueá-las:

— Oh, que surpresa! Diane, Mery, que fazem por aqui? Cris não veio com vocês?

As mulheres a olharam com curiosidade, e, então, Gillian percebeu que Mery dava um empurrãozinho em sua filha, que respondeu:

— Christine preferiu ficar lutando na liça com nossos homens.

É disso que eu preciso... Um pouco de luta, pensou. Mas, ao pensar no bebê, sorriu.

— Estávamos a caminho do mercado de Uig — continuou Diane — e pensamos que talvez você quisesse nos acompanhar.

Mas antes que Gillian pudesse responder, a mãe de Diane interveio:

— Gillian, como vão as coisas? E sua vida de casada? — perguntou com seu melhor sorriso.

— Bem — mentiu. — Na verdade, não posso me queixar. Todos são encantadores comigo.

— Mudou o cabelo? — perguntou Diane.

Com um sorriso fingido, Gillian tocou o cabelo.

— Sim, cortei um pouco. Estava muito comprido.

— Oh! Como pôde fazer isso? Para um homem, o cabelo de uma mulher nunca é comprido demais. Nunca mais o corte, senão, seu marido olhará para outra — aconselhou Mery.

— Mãe, Gillian é muito bonita, não acho que Niall deixará de amá-la por um pouco mais ou um pouco menos de cabelo.

Quanto elogio!, pensou Gillian. Surpresa diante de tanta gentileza, Gillian olhou para Diane sem pestanejar. Não confiava nem um pouco naquela idiota. Mas, então, a mãe acrescentou:

— Diane — disse Mery. — Diga a Gillian o que veio fazer, deixe de rodeios.

Cada vez mais aturdida com a visita, Gillian quase caiu de bunda quando Diane disse:

— O real motivo da visita é para pedir desculpas pela maneira como eu tratei você em Dunstaffnage e após seu casamento. Só espero que esqueça minha obsessão por Niall e mude sua opinião sobre mim.

Estupefata, Gillian não sabia o que dizer diante da revelação.

— Ah, querida! — interveio Mery, pegando as mãos de Gillian, — Quando Diane me confessou que havia ido a seu quarto para ameaçá-la por causa de Niall... Oh, Deus, pensei que ia morrer!

— Não... não se preocupe — respondeu Gillian —, isso já está esquecido.

Diane, então, correu para Gillian e se ajoelhou diante dela, soluçando:

— Por favor, Gillian, tenho vergonha de meu comportamento, e só espero que me perdoe e que um dia possamos ser amigas.

Comovida, Gillian a ajudou a se levantar do chão e, caminhando para os bancos, fez que se sentasse, enquanto sua mãe as seguia, insossa.

— Oh, Gillian, eu me sinto péssima! — soluçou Diane. — Eu me comportei com você como uma verdadeira cobra, e você...

Os gemidos da garota e os olhos horrorizados de sua mãe a levaram a dizer:

— Chega, Diane! Tudo está esquecido, e eu... eu vou adorar que sejamos amigas.

Diane começou a chorar de novo. Gillian pediu à desconcertada Helena, que as olhava da porta, que preparasse uma infusão para acalmar os nervos. Por fim, a bebida conseguiu tranquilizá-la.

Um pouco depois, Diane e sua mãe, ambas mais sorridentes, passeavam pelas terras de Niall de braços dados com Gillian, que, carente de afeto, segurava-as com firmeza. Talvez não fossem suas melhores amigas, mas sentia-se tão sozinha naquele momento que um pouco de gentileza lhe faria bem.

— A propósito — perguntou Mery —, onde está Niall? Não o vimos.

Rapidamente, Gillian pensou em uma mentira. Apesar de seu coração ter se abrandado com Diane e sua mãe, não queria que elas soubessem que haviam discutido e que não sabia onde ele estava.

— Está viajando. Recebeu uma carta de seu irmão e teve que ir para Eilean Donan.

Diane, surpresa, olhou-a e perguntou:

— Por que não foi com ele? Você e Megan são tão amigas.

Soltando um suspiro de resignação, Gillian sussurrou:

— Tenho muito trabalho aqui, em Duntulm. Preferi ficar para tentar pôr ordem no lar em ruínas de meu marido. — As outras balançaram a cabeça. — Acho que uma mão feminina vai lhe fazer muito bem. E pretendo surpreendê-lo quando chegar.

— Tenho uma ideia! — gritou Diane. — Venha ao mercado conosco. Tenho certeza de que lá vai encontrar tudo que precisa para transformar Duntulm em um lindo lar e surpreender Niall quando chegar.

— Oh, que excelente ideia! — assentiu Mery. — Eu conheço vários ebanistas que trabalham maravilhosamente bem a madeira, e tenho certeza de que, se falar com eles, vão lhe arranjar vários móveis a um preço excelente.

Gillian pensou. Podia ser uma boa ideia! Se Niall visse mudanças em seu lar quando voltasse, talvez se alegrasse. E, fitando-as com um sorriso, assentiu.

— Perfeito. Vamos ao mercado!

Decidida, Gillian pediu a Donald e mais vários homens que as acompanhassem a Uig. Precisavam fazer umas compras. Os homens ficaram impressionados quando lhes pediu que levassem duas carroças.

Depois de passar grande parte da manhã comprando em Uig com Diane e Mery, à tarde, Gillian voltou para Duntulm com as duas carroças transbordando e mais outras duas. Havia comprado cadeiras, mesas, tecidos para decorar janelas, fazer almofadas, vestidos e tudo que fosse necessário. Gillian até se permitiu comprar duas enormes tapeçarias e dois quadros de um artista.

Ao alvorecer do sétimo dia, incapaz de continuar dormindo naquela cama sem Niall, Gillian se levantou bem cedo e começou a trabalhar. Mas, pouco depois, sentiu um sono horroroso e, recostando-se em um dos colchões que havia no salão, perto de Donald e Liam, sem perceber foi escorregando entre eles e, com o calorzinho que lhe proporcionavam, adormeceu.

— Por todos os santos, Gillian! O que faz dormindo entre esses homens? — gritou Mery ao entrar no salão e vê-la.

Rapidamente, Gillian e seus guerreiros acordaram.

— Milady — sussurrou Liam, preocupado —, nós poderíamos ter esmagado a senhora.

Rindo, Gillian se levantou e, sem dar importância ao assunto, disse:

— Fiquem tranquilos. Eu estava esgotada e, sem perceber, devo ter adormecido entre vocês. Mas estou bem, não se preocupem.

— Oh, Deus, Gillian! — censurou-a Diane. — Dê graças ao céu por termos sido nós. Se Niall ou qualquer outro tivesse aparecido, poderia ter pensado coisa errada.

Donald se ofendeu. O que aquela mulher estava insinuando? Mas Gillian, ao ver a cara do homem, pôs uma mão em seu ombro e disse:

— Se Niall tivesse me visto, querida Diane, não teria acontecido nada. Não é a primeira vez que adormeço entre seus homens.

Liam e Donald se entreolharam boquiabertos. Em que outra ocasião aquilo havia acontecido? Mas, ao ver a cara daquelas duas bruxas, sorriram e entenderam a estratégia de sua senhora para desconcertar o inimigo.

Diane e sua mãe ficaram atônitas, mas não disseram mais nada. Pouco depois, começaram a cortar tecidos, com a ajuda das idosas, e a costurar cortinas para as janelas, enquanto Gillian confeccionava almofadas e os homens colocavam mesas e cadeiras no salão.

— Que mais quer que façamos, milady? — perguntou Donald, fitando-a.

— Deveria se livrar dessa mesa horrível, Gillian — disse Diane, apontando para um móvel enorme que presidia o salão. — Sei que Niall a odeia, e só estava esperando comprar móveis novos para queimá-la e destruí-la.

— E essa cadeira feia, oh, Deus, que horror! — acrescentou Mery, apontando para a cadeira capenga que descansava ao lado da lareira.

Deixando a costura de lado, Gillian se levantou e, pensando no que suas convidadas sugeriam, disse aos homens:

— Podem destruir essa mesa. Tenho certeza de que a madeira vai nos servir para nos aquecermos.

— A mesa grande!? — perguntou Liam, surpreso.

— Sim. E também aquela cadeira que está ao lado da lareira.

Os homens se entreolharam. Aquelas duas coisas eram os únicos móveis que seu senhor havia levado consigo quando se mudara para lá.

— Milady — disse Donald —, nós o faríamos com prazer, mas tem certeza de que seu esposo não vai ficar bravo se destruirmos a mesa e a cadeira?

— Oh, por Deus, são as coisas mais horrorosas que já vi na vida... — reclamou Diane. — Como seu senhor vai ficar bravo se isso desaparecer de sua vista se a encantadora Gillian comprou móveis elegantes e bonitos? Mas, claro — acrescentou pestanejando —, Gillian é quem decide.

— Claro. Ela é quem tem que decidir. Mas com o gosto requintado que tem, duvido que lhe agrade ver esses trastes por aqui — insistiu Mery.

Lisonjeada com tantos elogios, Gillian se convenceu.

— Donald, tenho certeza absoluta.

Contudo, os guerreiros pareciam não querer escutar. Insistiram:

— Mas, milady, acho que é melhor não fazermos isso, porque essa m...

Gillian, vendo Diane e sua mãe bufando, voltou-se para os homens e gritou com dureza:

— Eu disse para destruirem isso e, depois, deixem a madeira ao lado da lareira. Preciso repetir mais vezes para que entendam?

Eles se entreolharam e puseram mãos à obra. Levaram a mesa e a cadeira para o pátio do castelo. Pouco depois, entraram e deixaram a madeira ao lado da lareira. Diane e sua mãe se entreolharam e sorriram.

Capítulo 42

Ao amanhecer do décimo segundo dia, Gillian, desesperada, olhava pela janela. Onde Niall havia se metido? Quando voltaria para que pudesse lhe dizer que estava grávida?

Durante aquela manhã, Gillian esperou Diane e a mãe, mas elas não apareceram. Com a ajuda dos homens, pendurou as tapeçarias no salão e as cortinas azul-claras nas janelas depois que as idosas as limparam. Quando acabaram, Gillian mandou pôr vários ganchos de ferro para colocar tochas ao redor do salão e no corredor que subia para os quartos e ameias e, com isso, iluminar o interior do castelo. Helena e a pequena Demelza recolheram flores do lado de fora de Duntulm, e Gillian elaborou diferentes arranjos coloridos para distribuir pelo salão. Por último, colocou em cima da lareira desse aposento um dos quadros que havia comprado, e o outro em seu quarto.

À noite, quando os guerreiros entraram no salão iluminado e reluzente, ficaram maravilhados. O que até poucos dias era um lugar escuro, sujo e sombrio havia se transformado em um aposento elegante como o de outros castelos.

No décimo quinto dia, enquanto desembaraçava o cabelo nas muralhas, de repente, o viu. Niall! E correu como louca atrás dele. Precisava lhe contar seu segredo, beijá-lo e lhe pedir desculpas. Nunca deveria ter posto a espada no pescoço dele. Mas ele, antes que ela se aproximasse, deteve-a com um olhar duro que fez o coração de Gillian parar.

Engolindo o nó de emoções que sentiu pela rejeição dele diante de todos, ela se limitou a sorrir e ver como ele, sem nem sequer a beijar, ia com dois dos seus homens ver as obras do novo poço.

Abalada, ela decidiu dar um passeio pelos arredores. Precisava relaxar, senão, seria capaz de voar sobre seu marido e lhe exigir explicações por sua ausência. Depois de um tempo passeando pela colina pegando flores, ouviu alguém vociferar seu nome:

— Gillian!

Levantando o olhar, viu que Niall a chamava. Seu coração começou a bater descontrolado.

— Gillian! — ouviu de novo.

Com um sorriso, ela pegou as saias e correu para ele. Mas, de repente, deteve-se. Seu marido, seguido por vários dos seus homens, parecia aborrecido. Sua cara era terrível, e ele andava em sua direção a passos largos.

Oh, Deus! O que aconteceu?, pensou, horrorizada.

Niall parecia colérico, fora de si. Mas, enquanto caminhava para ele, tentou abrir seu mais doce sorriso.

O rosto de Niall, no entanto, denotava tudo, menos vontade de confraternizar. Quando ele chegou até ela, pegou-a pelos ombros e começou a chacoalhá-la e a gritar fora de si:

— O que você fez com a mesa e a cadeira de meus pais?!

Gillian não entendeu.

— Como?

Cravando seus olhos marrons lindos e acusatórios nela, ele urrou:

— Quando parti, havia no salão de Duntulm uma mesa de carvalho de meu pai e uma cadeira de minha mãe ao lado da lareira. Onde estão?

Gillian quis morrer. Havia mandado destruir os móveis dos pais de Niall! Gillian deixou cair as flores que tinha nas mãos. O que podia dizer?

— Responda, Gillian! — gritou ele, alterado.

Ai, meu Deus... Ai, meu Deus!, lamentou, com a boca seca. Quando lhe dissesse o que havia feito, ele a mataria!

Levando a mão ao estômago para ter forças, olhou para ele e sussurrou, preparada para arcar com a culpa.

— Niall, eu mandei que...

Donald, Aslam e Liam se aproximaram rapidamente e não a deixaram terminar.

— Desculpa, meu senhor — interrompeu Donald.

Niall olhou para o homem.

— Quando sua mulher comprou as novas mesas, pediu-nos que retirássemos do salão a mesa e a cadeira e que as levássemos a um dos aposentos superiores, até que o senhor chegasse e decidisse onde colocá-las.

Gillian ficou de queixo caído. Sentiu uma vontade terrível de vomitar. Mas, ao notar o olhar de seu marido, pôs as mãos nos quadris e, levantando o queixo, perguntou:

— Algo mais?

Niall, tendo a resposta que queria, e sem olhar para ela de novo, deu meia-volta e saiu. Nesse momento, Gillian olhou para Donald, Aslam e Liam e, com um sorriso, sussurrou:

— Obrigada, muito obrigada. Acabaram de salvar minha vida.

Os três, com um sorriso divertido, deram-lhe uma piscadinha, giraram e saíram atrás de seu laird, que com passos de gigante voltava ao castelo.

Ufa! Dessa nos livramos, pequeno, pensou, tocando o estômago e observando seu marido se afastar. Ao se agachar para recolher as flores que haviam caído de suas mãos, pensou nas odiosas Diane e Mery e disse:

— Logo vão saber quem é Gillian, a McDougall de Dunstaffnage. Vocês vão pagar por essa armação malévola, e com tanta crueldade que vão lamentar pelo resto da vida. Bruxas!

Capítulo 43

Durante o resto do dia, Niall não a procurou em nenhum momento. Parecia até evitá-la. Em duas ocasiões, ela sentiu enjoo e suas pernas fraquejaram, mas, respirando fundo disfarçadamente, aguentou firme. A cada minuto que passava, mais desejava que ele olhasse para ela e sorrisse. Estava louca para lhe dar a notícia de que em breve seria pai. Mas ele não parecia querer saber dela. Durante o almoço sentaram-se juntos, mas Niall continuou ignorando-a; nem sequer pareceu notar as mudanças que ela havia feito no salão, e Gillian ficou chateada com isso.

Voltamos aos tempos passados, pensou com amargura.

Ele comia e conversava com seus homens, ignorando-a, como se ela não estivesse ali. Mas, por dentro, desmanchava-se cada vez que a ouvia respirar. Durante o tempo que passara longe, Niall só tivera uma coisa na cabeça: voltar para seu lar e ver sua mulher.

Gillian, a cada instante mais magoada e humilhada pelo desprezo dele, não pôde conter sua ira nem mais um segundo e cutucou o braço do marido.

— Onde você estava esses dias? Fiquei preocupada — perguntou em um tom bem áspero.

Fitando-a sem nem uma gota de doçura, o highlander bebeu um gole de sua taça e respondeu:

— Não é da sua conta.

— Ah, não?

Sem tirar os olhos dela, ele sibilou:

— Não.

— Isso não me parece certo.

— Sinceramente, esposa, não me interessa o que parece certo ou não para você.

— Mas que grosseiro! — grunhiu ela.

Niall fechou os olhos e, bufando, murmurou:

— Gillian, acabei de chegar. Vamos ter um pouco de paz.

Engolindo a ladainha de palavrões que estava pronta para soltar, ela decidiu respirar. Já mais relaxada, suavizou o tom de voz e, aproximando-se, sussurrou em seu ouvido:

— Senti saudades.

Escutar isso e sentir a proximidade dela fizeram tremer as fortes defesas que Niall havia conseguido construir naqueles dias. Fora uma tortura afastar-se do que mais queria, mas não podia permitir que ela, sua própria mulher, brandisse a espada contra ele. Então, inexplicavelmente para si próprio, sem a fitar, respondeu:

— Com certeza não tanto quanto eu de você.

Eu sabia, pensou Gillian, quase pulando no pescoço dele. Então, Niall acrescentou:

— Mas, sendo sincero, quando a linda Diane e sua mãe me disseram que viram você deitada com meus homens no colchão do salão como uma qualquer, eu me surpreendi. Não esperava esse comportamento de você.

Boquiaberta, com fogo nos olhos, ela olhou para Niall e disse:

— E você acreditou?

— E por que eu não deveria acreditar nessas duas damas inocentes?

Bruxas malvadas!

— Estou esperando, esposa. Por acaso estava relembrando o tempo em Dunstaffnage com seus cavalariços?

Contrariada, humilhada, aborrecida e mais uma infinidade de coisas, Gillian, sem olhar para ele, blasfemou:

— Vá para o diabo, McRae. Pense o que quiser, porque não vou me defender diante de você. E se quiser acreditar que elas são damas inocentes, fique à vontade! Mas permita que te diga uma coisa: espero nunca me parecer a esse tipo de mulher, porque isso decepcionaria a mim mesma.

Sem querer olhar para ela, ele continuou comendo, mas de soslaio via que ela ruminava seu mau humor. Estava tão contrariado e aborrecido pelo que aquelas duas mulheres haviam insinuado quando passara por

Dunvengan que sentira vontade de matar Gillian assim que chegasse a Duntulm.

Indignada, ela pensou em lhe cortar o pescoço.

— Cortou o cabelo, não é, esposa?

Voltando-se para ele, ela respondeu com raiva:

— Sim, McRae. Tive que cortá-lo graças a você.

Sem pestanejar, ele olhou para ela, e pegando um dos cachos que lhe caíam nas costas, disse:

— Eu gostava mais de você com o cabelo até a cintura. Era mais feminina.

Deus, ajudai-me, senão, juro que vou lhe dar com a taça de prata na cabeça!, pensou Gillian. Não queria responder. Não queria piorar as coisas. Tinha que pensar em seu bebê, mas ele voltou à carga com o pior dos comentários:

— Acho que o cabelo diz muito sobre uma mulher. Mostra sua delicadeza, sua feminilidade, sua doçura — murmurou com voz rouca. — Sempre me pareceu que quanto mais longo é o cabelo de uma donzela, mais desejável ela é.

Não devo responder, refletiu ela enquanto comia o ensopado que Susan havia posto a sua frente. Mas Niall havia voltado com vontade de brigar, e continuou:

— Acho que devia seguir o exemplo da doce e sedutora Diane McLheod. — Esse nome a fez engasgar. — Uma vez, aquela preciosidade soltou o cabelo para mostrá-lo a mim, e é realmente lindo. Bem, na realidade, ela toda é fascinante, embora você não goste nem um pouco dela.

Doce? Arrebatadora? Linda? Fascinante? Oh, não, isso não!, pensou, soltando o garfo como se queimasse.

Ao fitá-lo para responder, viu nos olhos de Niall vontade de brigar; por isso, mesmo correndo o risco de morrer de raiva, Gillian sorriu e disse, levantando-se:

— Tem toda razão, esposo. A linda Diane é um verdadeiro primor de mulher. E agora, se me dá licença, tenho que cuidar de certos assuntos pessoais.

E saiu sem ver como Niall a seguia com o olhar e sorria.

Furiosa, terrivelmente irritada, subiu para o quarto. Colérica, abriu um dos baús, remexeu ali dentro e encontrou o que buscava. Tirando o vestido, jogou-o com ferocidade em cima da cama, pôs a calça de couro e as botas de cano alto. Precisava relaxar, e sabia muito bem aonde tinha que ir.

Pegando um pedaço de couro marrom, prendeu o cabelo. Olhando-se no espelho, murmurou com um sorriso perverso:

— Diane McLheod... vai me pagar.

Pegou sua espada, desceu com cuidado a escada, mas não queria passar pelo salão; senão, com certeza seu marido a interceptaria ao vê-la com a espada e vestida daquele jeito. Por isso, aproximou-se de uma das janelas da escada, e, analisando se poderia fazê-lo com delicadeza, sem que acontecesse nada com seu bebê, e se não havia ninguém olhando, pulou, mas não notou que olhos incrédulos a observavam de não muito longe. Levantou-se e se dirigiu às cocheiras, onde Thor bufou ao vê-la. Montou nele e o esporeou para sair dali o quanto antes.

No salão, Niall continuava escutando seus homens, mas não ouvia o que diziam. Estava tão ensimesmado pensando em sua mulher que não se deu conta de que seu fiel Ewen havia se sentado ao seu lado, até que este falou:

— Belo salão, meu senhor.

Niall, voltando a si, olhou ao seu redor e, com um sorriso, assentiu:

— Sim, Gillian fez um bom trabalho.

Ewen se voltou para os homens e, com um movimento de cabeça, disse que se afastassem. Eles rapidamente saíram.

— Meu senhor...

— Ewen, pelo amor de Deus, nós nos conhecemos desde sempre. Quer fazer o favor de me chamar pelo nome? — protestou Niall.

O homem sorriu. Bebeu um gole de cerveja e disse:

— Posso te perguntar uma coisa?

— Claro, Ewen — respondeu McRae, reclinando-se na cadeira confortável e sorrindo.

— Onde está lady Gillian?

Ao pensar em sua esposa combativa, Niall sorriu.

— Subiu para descansar. — E, com sarcasmo, confessou. — Acho que está tão aborrecida comigo que preferiu desaparecer de minha vista a continuar discutindo.

Ewen riu. Pegando uma taça, encheu-a de cerveja. Depois de um gole longo para refrescar a garganta, murmurou:

— Tem certeza?

Surpreso com a pergunta, Niall se levantou da cadeira.

— Devo duvidar? — perguntou.

Ewen, com um sorriso que deixou Niall paralisado, assentiu.

— Acho que sua esposa decidiu trocar o descanso por algo mais emocionante. — Ao ver que Niall deixava de sorrir, acrescentou: — Acabei de vê-la pular a janela da escada com a espada na mão.

— Como?! — exclamou Niall, confuso. — Ela pulou pela janela, e você fala isso assim tão tranquilo?

— Não se preocupe. Não era muito alto. Como era de se esperar, ela se levantou como se nada fosse, pegou seu cavalo e saiu em disparada.

Niall ficou pasmo. Suas pernas tremiam. Como era possível? Gillian pulou a janela? Por todos os santos, poderia ter se matado.

— Para onde ela foi?

— Eu a vi pegar o caminho interno — respondeu Ewen com um sorriso nos lábios.

Dando um tapa na mesa que fez balançar os pratos e as taças, Niall disse:

— Sim, mas aonde foi?

— Eu acho que sei — disse Ewen, sorrindo de novo.

Niall, cada vez mais contrariado por aquela conversa, cravou o olhar em Ewen.

— Nós nos conhecemos desde sempre, e essa sua risadinha de "eu te disse" está me dizendo que sabe algo que eu não sei. Estou enganado?

— Não, Niall, não está enganado. — E, aproximando-se, sussurrou: — E sim, eu te disse.

Ewen soltou uma gargalhada que fez vários homens olharem para ele. Mas Niall não estava com vontade de rir. Pegando-o pelo pescoço como quando eram crianças, disse na cara de Ewen:

— Ou me conta agora mesmo o que sabe e diz onde está minha esposa impetuosa, ou juro que farei de sua vida um inferno.

Ewen, com olhos divertidos, explicou-lhe o que seus homens haviam lhe contado nessa manhã sobre o que acontecera esses dias no castelo. Niall, surpreso, enquanto ambos se dirigiam aos cavalos, disse:

— Acho que se não chegarmos a tempo, hoje na Escócia, mais de uma mulher vai ficar careca.

Capítulo 44

Quando Gillian chegou a Dunvengan, sua raiva era tanta que saía por todos os poros de sua pele. Ao descer do cavalo, passou primeiro pela liça e viu Cris lutando com alguns homens. Ao vê-la com a calça de couro e a espada, pensou que a amiga estava ali para treinar. Mas, ao perceber sua expressão, intuiu que alguma coisa estava acontecendo. Decidiu ir até ela.

— Olá, Gillian — cumprimentou. — Que alegria ver você!

— Digo o mesmo, Cris.

— Estava justamente pensando em ir te visitar amanhã.

— Que bom — disse Gillian sem se deter.

— Aconteceu alguma coisa? Aconteceu, não foi?

Sem responder, Gillian continuou indo em direção à porta principal do castelo. Cris, ao ver tamanha determinação, colocou-se diante dela e a deteve.

— Fale agora mesmo o que está acontecendo, Gillian.

Sensibilizada pelo olhar de Cris, ela respondeu:

— Vim disposta a matar aquelas duas. Onde estão aquelas bruxas?

Surpresa, Cris a pegou pelo braço e a levou para um canto para conversar. Nada lhe teria agradado mais que se livrar de sua meia-irmã idiota e da madrasta, mas não queria que sua amiga cometesse uma imprudência.

— O que aconteceu?

Como uma avalanche, Gillian começou a contar-lhe tudo que acontecera, só não falou sobre a sua gravidez. Começou com a discussão com seu marido, continuou com a visita daquelas duas a Duntulm com falsas desculpas e más intenções, continuou com o que aquelas duas ignorantes haviam insinuado sobre ela e seus homens, e acabou soluçando ao recordar as palavras lisonjeiras de seu marido sobre Diane e de desprezo para ela.

— Ora, ora, você e eu sabemos que o idiota do seu esposo disse isso para te magoar.

— Cris... ele questionou minha fidelidade! — gritou Gillian, irada.

A jovem não sabia o que responder, mas algo lhe dizia que Niall não era burro. Ou seria?

— Olhe, Gillian, esqueça essa bobagem. Ninguém, em sã consciência, acreditaria em uma barbaridade dessas. E, por favor, ouça o que eu digo: você é muito mais bonita que Diane! Não tem nada que invejar nela, nem mesmo o cabelo.

Rá! Só que vou ficar gorda como um barril e ele com certeza vai me recriminar por isso, pensou Gillian com amargura. Mas, limpando o rosto que estava sujo com o pó da estrada, disse:

— Eu sou fiel. Por que ele insiste em não acreditar? E ela é uma mulher muito bonita, é linda! O que não entendo é por que o tosco do Niall não casou com a Diane. Dá para ver que se sente atraído por ela.

— Não, não — insistiu Cris —, não se sente. Niall sempre tentou se afastar o máximo que podia dela. Ela que nunca deu o braço a torcer desde que o conheceu.

— Oh, sim, claro! Por isso ele diz que ela é fascinante, linda, cativante...

Nesse momento, as portas de entrada do castelo de Dunvengan se abriram e surgiu diante delas Diane, espetacular, seguida de sua mãe. Estava com um magnífico vestido cru.

Gillian, cravando o olhar nela, urrou antes que Cris pudesse impedir:

— Dianeeeeeeeeeeeee!

A garota, ao escutar o berro e ver Gillian andar para ela com a espada em mão, assustou-se. Sem pensar em sua mãe, correu para dentro do castelo.

— Gillian — gritou Cris, andando ao seu lado —, não vai matá-la, não é?

Furiosa, com a vista cravada nas outras duas, Gillian sibilou, apertando os dentes:

— Cris, não me dê ideias.

Mais tranquila com essa resposta, a jovem sorriu e, dando de ombros, disse, animada:

— Ah! Pois então, vou te ajudar. Vamos nos divertir.

Como um furacão, Gillian entrou em Dunvengan seguida por Cris, sorridente. Sem que ninguém se interpusesse em seu caminho, perseguiram as mulheres, que fugiam espavoridas.

— Uma hora vai parar, Diane... vai parar — gritou Gillian, sem se importar com o olhar dos criados que encontrava no caminho.

Nesse momento, Cris avistou o pai. Precisava tirá-lo dali, e sabia como. Rapidamente, com determinação, dirigiu-se a ele e disse que os homens na liça exigiam sua presença para que lhes ensinasse alguns movimentos magistrais. Orgulhoso como um pavão, sem dar atenção aos gritinhos de sua mulher e de Diane, o homem pegou a espada que mantinha pendurada na parede do salão e foi para a liça acompanhado por sua filha. Cris falou com um dos homens e lhe pediu que o mantivesse ocupado o máximo possível e correu de novo para junto de Gillian.

Dentro do castelo, Diane e sua mãe chegaram a um pequeno salão. Assustadas, entreolharam-se. Só poderiam fugir pulando pela janela – algo que duas damas como elas jamais fariam – ou saindo por uma das duas portas que havia ali. O problema era que Cris estava em uma e Gillian em outra, e as fecharam atrás de si.

Com um sorriso nos lábios, Cris se apoiou na porta, pronta para desfrutar de algo que havia muitos anos queria presenciar. Gillian, de espada em punho, parou diante delas decidida a fazê-las saldar suas dívidas.

— Mãe, faça alguma coisa! — gritou Diane, escondendo-se atrás de Mery.

Gillian ficou envergonhada pelas duas.

— Ora, Diane... estou vendo que é muito valente. — E, respirando fundo, acrescentou: — Devia ter vergonha de se esconder atrás de sua mãe.

— Gillian! — gritou Mery — O que pretende entrando assim em nossa casa?

Cravando seu olhar azul frio nela, Gillian a fez tremer.

— O que pretendiam vocês quando foram à minha?

Ao ver que nenhuma respondia, Gillian continuou:

— Vocês são o pior tipo de mulher que pode existir. Sabiam que meu marido não estava em casa e foram mentir e me enganar como se eu fosse uma idiota carente de afeto. E conseguiram! Mas não contavam que meus homens fossem fiéis e mais inteligentes que vocês, malditas bruxas!

As mulheres se entreolharam. Gillian, de cenho franzido, prosseguiu:

— São umas malditas víboras. Está furiosa porque Niall se casou comigo e queria que meu marido me odiasse por ter destruído as únicas coisas que tinham importância para ele em Duntulm. Você sabia que aquela mesa e a cadeira eram a única coisa que ele tinha dos pais, não é?

Diane olhou para Gillian e Mery sorriu.

Gillian quis matá-la por sua maldade, mas contendo seus instintos mais selvagens, gritou:

— Vadias perversas. E, como se não bastasse, também inventaram que me viram rolando com meus homens no salão. Mentirosas! As duas sabem que isso é mentira!

— Eu não sei se é mentira. Vimos o que vimos, e ponto. Se é tão pouco prudente a ponto de fazer aquilo à vista de todos, não temos culpa — sibilou Diane. — Além do mais, você merece. Você me tirou o homem que eu queria, e vou recuperá-lo seja como for.

— Está enganada, Diane. Niall nunca será seu — gritou Cris, irada ao ver tanta maldade naquelas duas.

— Cale a boca — gritou Mery a sua enteada. — Minha filha merece ser a senhora de Duntulm, e não estamos dispostas a permitir que uma McDougall ocupe o lugar que cabe a Diane.

— Niall é meu homem — gritou Gillian possessa —, e vou conseguir que te despreze e deseje só a mim.

Vou matá-la... vou matá-la, pensava Gillian. E voou para cima dela.

— Vou te arrancar a pele, maldita mulher, e quando acabar com você, ninguém vai te olhar, porque estará tão feia que nem os sapos do bosque vão te querer.

Mas Cris se interpôs. Viu Gillian tão descontrolada que temeu o pior e a deteve.

— Me solte! — gritou Gillian. — Vou dar a essa malcriada a lição que merece.

— Não existe nada que me agradaria mais neste mundo — sussurrou Cris —, mas me prometeu que não ia matá-las.

— Tem certeza de que eu prometi isso?

Cris, com uma careta engraçada, assentiu. Gillian, resfolegando, baixou a espada.

— Basta ver a raiva em seu olhar para saber que Niall te desprezou — provocou Diane. — Tratou você como se você não fosse nada. Você não é ninguém para ele.

Gillian levantou a mão para esbofeteá-la, mas Cris a segurou e deu tamanho tabefe em sua meia-irmã que a própria Gillian se espantou.

— Perdão, mas eu tinha que fazer isso. Há anos espero por este momento — suspirou Cris fitando-a, enquanto Diane choramingava e Mery praguejava.

Então, Diane reuniu forças e empurrou Cris, que ao cair levou Gillian junto. Ambas caíram no chão, mas com rapidez e maestria se levantaram.

— Vão me pagar, nojentas! — bufou Diane. — São iguais, da mesma laia. A vergonha de suas famílias.

— Não, minha linda, você é que vai me pagar — disse Gillian, apertando os dentes.

Pegando impulso, deu-lhe um soco que fez a jovem cair para trás, diante do grito de horror de sua mãe.

Cris, surpresa ao ver como a havia derrubado, perguntou:

— Quem te ensinou a fazer isso?

Gillian, chacoalhando a mão e com um sorriso no rosto, suspirou:

— Foi Megan. Depois me lembre de te ensinar a técnica desse golpe infalível.

Ambas riram.

— Christine! — gritou Mery, assustada ao ver o lábio de sua filha sangrando. — Eu ordeno que acabe com isto e que avise seu pai agora mesmo!

— Nem em sonhos, querida madrasta — sussurrou Cris, desconcertando-a. — Esperei a vida toda para ver algo assim e, agora, não importa o que aconteça, vou aproveitar.

— Christine! — berrou Diane. — Seu dever é nos ajudar.

— Ajudar você? — debochou Cris.

— Você é da família! — gritou Diane.

Mas Cris soltou uma gargalhada que fez Gillian sorrir.

— Querida Diane — respondeu —, durante toda minha vida ouço a ladainha de que você é infinitamente melhor que eu. Por isso, e como você é mais esperta, mais bonita, mais sensata e o orgulho de sua mãe, se vire sozinha, porque eu não pretendo te ajudar. Lembre, idiota, que você nunca quis que eu fosse da família. Ah! Falando nisso — acrescentou, olhando para sua madrasta —, saiba que sua linda e virginal Diane pode ser linda, mas já virgem... Pergunte para o ferreiro dos McDougall de Skye. Acho que ele, ou talvez outro antes, levou a virgindade dela.

Surpresa, Mery olhou para sua filha.

— Diane...

Com as unhas de fora, como uma gata, Diane se jogou sobre sua irmã.

— Cobra! Está louca como ela — disse, apontando para Gillian. — Você desonra nosso clã, você e somente você. Vou acabar com você. Farei com que nosso pai te repudie e te tranque em um convento, e, se não o fizer, eu mesma vou te matar, porque te odeio.

A espada de Gillian ficou a poucos centímetros da garganta de Diane. Decidida, murmurou:

— Se tocar nela, será como se tocasse em mim. E, se fizer qualquer uma dessas duas coisas, eu mesma acabarei com você, porque, como você disse, estou louca e não me importam as consequências se eu te matar, entendeu?

Diane, assustada, deu um passo para trás, mas teve o azar de pisar no vestido, e caiu de bunda no chão. Na queda, levou uma toalha de mesa e vários vasos, que fizeram um barulho atroz ao chegar ao chão.

— Ai, minha menina!

Sua mãe, solícita, foi ajudá-la, enquanto Diane, como uma imbecil, choramingava. Irritada diante de tanto teatro, Gillian pegou Mery pelo vestido, tirou-a da frente sem cuidado e gritou a Diane:

— Pare de choramingar, estúpida, e levante, maldita mentirosa.

— Não! — berrou Diane.

Cris, ao ver que sua madrasta pegava um vaso para bater na cabeça de Gillian, foi rápida e, empurrando-a, a derrubou no chão. Rindo, disse, apontando-lhe a espada.

— Não, não, não. Se tocar em Gillian, será como se me tocasse, e não vou permitir.

Ao ver a cara de ódio de Cris e, em especial, a ponta da espada diante de seu nariz, Mery, sem poder evitar, revirou os olhos e desmaiou.

— Oh, ótimo! Uma a menos — disse Cris, rindo.

Diane pensou o pior. O que aquelas duas haviam feito com sua mãe? Começou a gritar como uma histérica. Mas Gillian não aguentava mais bobagens, de modo que a pegou pelos cabelos com fúria. Pensou em cortá-los. Fazendo Diane se contorcer de dor, Gillian aproximou o rosto do da outra e sibilou:

— Nunca mais se aproxime de Duntulm, de meu marido, de minha gente, e, evidentemente, nunca mais levante falsos testemunhos sobre mim, senão, juro que, da próxima vez que te tiver nas mãos, corto seu pescoço sem nenhuma piedade.

Nesse momento, as portas do salão foram abertas com um pontapé. Ao se voltarem, Cris e Gillian encontraram Niall, irado, Jesse McLheod, surpreso, e os criados e Ewen achando graça. Diane sangrava nas mãos de Gillian, Mery estava inconsciente no chão e Cris observava tranquilamente a situação.

— Por todos os santos, o que está acontecendo aqui, Christine? — perguntou Jesse McLheod.

— Conversa de mulheres, papai — respondeu Cris, como se aquilo não tivesse importância.

Seu pai a olhava consternado. Ao ver sua mulher no chão, foi falar, mas Cris se antecipou.

— Nem se preocupe com a tonta da Mery; ela só desmaiou. É tão delicada que ao nos ver armadas...

Mas Diane não a deixou terminar e berrou como uma louca:

— Papai, me ajude. A mulher de Niall quer me matar.

As amigas se olharam, sem se importar com quem as observava. Gillian sussurrou no ouvido de Diane:

— Lembre o que te disse, não me provoque.

— Solte a Diane, Gillian! — urrou Niall com os olhos fora de órbita.

O que sua mulher estava fazendo?

Gillian a soltou e ao mesmo tempo bateu-lhe na bunda com a espada.

— Ande, donzelinha linda e delicada, vá chorar e mentir como sempre. Mas, desta vez, conte a seu pai o que tem com o ferreiro dos McDougall de Skye.

Ao se sentir livre, Diane passou por cima de sua mãe e correu para os braços de seu pai, que ficara paralisado diante do que Gillian havia dito. Niall, ao ouvir os soluços da garota, olhou para Jesse McLheod e disse:

— Eu te peço desculpas pelo que aconteceu aqui.

O homem, vendo que nem sua filha nem a mulher de Niall se mexiam, balançou a cabeça e murmurou:

— Acho que é melhor que leve sua mulher daqui. Eu vou falar com a Christine e tentar esclarecer o que aconteceu.

Niall se voltou para Gillian e lhe fez um movimento de cabeça para que saísse. Ela cochichou algo com Cris e foi para seu marido. Ao chegar a ele, Niall a pegou pelo braço, e ela, com a voz cheia de ressentimento, murmurou:

— Não se preocupe tanto comigo, esposo. Estou bem.

Capítulo 45

Quando chegaram a Duntulm – durante o caminho, Gillian não abriu a boca –, Niall a pegou pelo braço assim que desceram dos cavalos e a levou diretamente para o quarto. Gillian entrou e foi até a bacia de água, onde lavou as mãos, enquanto ele a olhava sem saber realmente o que dizer.

Ela estava linda com aquela roupa e o rosto todo manchado. Só desejava fazer amor com ela sem parar, até que Gillian se rendesse e prometesse que nunca mais se comportaria assim. Mas precisava castigá--la e, no caminho, pensou nisso. Não podia permitir que ela aparecesse na casa dos vizinhos de espada em punho para resolver seus problemas.

— Gillian, temos que conversar — disse, tomando-lhe a mão.

Conversar? Você quer dizer nos matar.

Deixando transparecer sua frustração, a mulher se sentou na cama, e ele ao seu lado. Mas, como sempre que estava ao lado dela, seu sexo começou a pulsar. Niall suspirou, decidido a não se deixar vencer nessa batalha.

Por fim, Gillian olhou para ele e, derretendo-se em seus olhos amendoados, disse:

— Diga.

Furioso pelo modo como se sentia diante dela e pelo acontecido, ele gritou:

— Como pôde fazer o que fez hoje?

— O que eu fiz?

Incrédulo diante do descaramento dela, ele gritou de novo:

— Acha pouco ir ao castelo dos McLheod e aprontar o que aprontou?
— Ninguém levanta falsos testemunhos sobre mim e fica impune.
— Está louca?

Gillian não respondeu, mas sorriu. Isso o tirou ainda mais do sério.

— E ainda tem o descaro de sorrir, mulher!
— Claro que sim.
— Claro que sim?! — urrou ele.
— Olha, Niall, aquela estúpida da Diane, para não dizer coisa pior, estava me provocando, até que conseguiu o que queria.
— Por todos os santos, mulher! Como tenho que te dizer que se comporte como deve? Você é uma dama, minha mulher. Se comporte como tal!
— E como tenho que te dizer que odeio que fale de Diane como se ela fosse a mulher que ama? Estou cansada! Vai me deixar louca! Se realmente gosta tanto dela, fale e eu irei embora, mas pare de me infernizar.

Endurecendo o tom de voz para demonstrar segurança, ele disse:

— Nos últimos meses, nossa relação foi boa, mas sabe perfeitamente que você e eu nos casamos em circunstâncias pouco normais, não é?
— Oh, sim! Como posso esquecer? — debochou ela.

Tentando parecer imperturbável, ele continuou:

— Sabe o que quero de você, não é?

De novo as bobagens de sempre, pensou ela, com vontade de lhe dar um chute no pescoço.

— O que quer dizer? — perguntou ela, apesar de intuir o que ele ia dizer.

Levantando-se da cama, ele deu dois passos para se afastar dela. Com Gillian tão perto, não conseguia raciocinar. Seu perfume e o som de sua voz nublavam sua razão.

— Gillian — disse ele com voz dura —, o que aconteceu hoje no castelo dos McLheod não pode tornar a acontecer. E se aconteceu foi porque eu fui condizente com seus caprichos de malcriada e não soube subjugar sua vontade.
— O que está dizendo?
— Sabe perfeitamente o que estou dizendo, Gillian — urrou ele. — Diga quantas mulheres conhece que fazem o que você faz. Por acaso pensa que é fácil aceitar que descumpriu sua promessa e me ameaçou

com sua espada? Pelo amor de Deus, Gillian! Se eu não te controlar, cedo ou tarde, terei que te matar.

Aturdida diante do que ele dizia, Gillian foi responder, mas ele prosseguiu:

— No tempo em que fiquei afastado pude pensar e tomei uma decisão: devemos esquecer o que aconteceu entre nós nos últimos meses e...

— Como?! — sussurrou ela, incrédula.

Ele queria esquecer os ótimos dias vividos, as noites de amor, os beijos doces? Queria esquecer tudo aquilo? Pensou no bebê que estava a caminho e ficou irada. A indiferença dele a magoou como nunca, e ela decidiu não lhe contar seu segredo. Niall não merecia!

Sem fitá-la e sem saber o que ela pensava, continuou:

— Quando vi você hoje em Dunvengan com a espada na mão e Diane sangrando, quis te matar. Você me envergonhou. Há seis anos tento manter a paz entre os McLheod, os McDougall e o meu clã, e não vou permitir que você chegue, com sua vontade constante de guerra e de luta, e estrague tudo. Saber que Cris e Brendan têm um relacionamento oculto não me agrada, porque sei que, quando todos descobrirem, os dois clãs se voltarão contra mim e minha gente por não ter posto um fim a essa loucura. Pensa que para mim é fácil prever o que vai acontecer?

— Isso nunca vai acontecer, Niall.

— Vai, Gillian, e eu terei problemas por sua culpa — disse ele categórico. — E quanto ao que aconteceu hoje, acho que...

— Diane e sua mãe me convenceram a...

— Cale a boca, Gillian! Estou falando — urrou Niall, enlouquecido.

Apertando os lábios para não dizer as grosserias que uma mulher não devia dizer, ela respirou fundo e o escutou:

— Acho que chegou a hora de esclarecer certos pontos, antes que ocorra o inevitável.

O inevitável já aconteceu, maldito tosco. Seu filho cresce em minhas entranhas!, pensou. Mas, engolindo a raiva, olhou para ele e, impassível, perguntou:

— Quando diz o inevitável, a que se refere? Que eu aceite de uma vez que ama aquela idiota, ou que se apaixone por mim e, depois de nossa luxúria, eu carregue um filho seu?

Maldição! Como pode ser tão descarada?, pensou Niall, transpirando ao imaginá-la nua embaixo dele. O pensamento de ter Gillian à sua mercê e possuí-la não parava de martelar em sua cabeça e em seu corpo.

— Nada disso vai acontecer — urrou, colérico. — E tenha cuidado com o que fala. Está tomando muita liberdade comigo, Gillian, e a partir de agora não vou permitir mais isso. Se eu tiver que mudar e tornar a ser duro com você, como no início de nosso casamento, vou fazer.

Uma dor inesperada rasgou o peito de Gillian.

— Duro comigo? Quando não foi duro comigo? Passa metade da vida aborrecido e me censurando por tudo que acontece. É o ser mais desprezível e mal-agradecido que já conheci. Consegue me fazer acreditar que me ama, mas depois vai embora e volta muitos dias depois para me dizer isso!

— Gillian, segure sua língua de cobra venenosa!

Dando um tapa na cama, ela se levantou e o enfrentou.

— Na verdade, sobre o que quer falar, amorzinho? Por acaso quer me dizer que prefere as fulanas, ou sua linda Diane em sua cama?

Ele a olhou, mas não respondeu. Ela prosseguiu:

— Devo supor que tem medo de que o desejo que sente por mim quando me olha faça você esquecer quem é, e por minha culpa, destrua o lar que ergueu em Duntulm com tanto esforço? Tão má influência eu exerço sobre você e seu clã, maldito ignorante?

— Gillian, se tornar a me faltar com o respeito, vai me pagar.

— Já estou pagando — suspirou.

— Não, esposa, está enganada; quem está pagando sou eu.

Então, algo nela explodiu. Afastando-se dele, sibilou:

— Ah, fique tranquilo! Não vou te faltar mais com o respeito. E apesar do que aconteceu entre nós nos últimos meses, nada me daria mais repugnância que voltar a me entregar a um homem como você, que constantemente está me comparando com uma mulher inepta e medíocre. Vocês se merecem. — Para concluir, acrescentou: — Nunca deveríamos ter nos casado. Eu nunca deveria ter me entregado. Você deveria ter casado com essa... com... com Diane e ter me deixado em paz, para que eu tivesse feito com minha vida o que tivesse tido vontade.

Essas palavras machucavam a ambos, mas era como se houvessem aberto as comportas e não pudessem mais calar.

— Se me casei, você sabe por que foi. Você me enganou! E eu decidi continuar com o engodo para saldar as dívidas que tinha com Axel. Mas devia ter deixado que se casasse com o tosco Ruarke Carmichael. Ele devia ser seu marido, não eu.

— Está falando sério? — gritou Gillian.

Ao vê-la soltar fogo pelos olhos, desejou beijá-la. Mas, sem dar o braço a torcer, assentiu, seguro:

— Totalmente sério, Gillian. Estou sendo sincero.

— Pois, então, sendo sincera, eu deveria ter escolhido Kieran O'Hara. Como homem, ele me atrai mil vezes mais que Ruarke ou você.

Isso fez o sangue do highlander ferver. Como assim sentia atração por Kieran?

— Não bufe, esposo, estou simplesmente sendo sincera. — Mas, vendo que ele não respondia, em tom nada apaziguador, continuou: — Então, devo voltar a pensar o que pensava antes: deseja uma esposa para seu lar, mas se diverte com prostitutas, não é?

Niall não respondeu. Só lhe cravou o olhar em tom de ameaça, mas Gillian, sem medo nenhum, prosseguiu:

— Por mim, esposo, pode se deitar e aproveitar com luxúria todas as mulheres da Escócia, inclusive a McLheod. Eu não vou me meter em seus assuntos de saias, mas espero que você também não se meta nos meus — disse Gillian com um sorriso frio, tocando o ventre.

Atônito diante do que ela dizia, Niall ia falar, mas Gillian, levantando um dedo acusador, calou-o de novo.

— Ah! Estava esquecendo: eu cuidarei de seus filhos com as prostitutas com o mesmo cuidado. — E perdendo a compostura, berrou: — Do mesmo modo espero que você cuide dos meus, mesmo que sejam de cavalariços. Está bem assim, amorzinho?

Como o mais feroz dos guerreiros, aquela mulher miudinha gritava com ele descaradamente, e o desafiava, mantendo-se alerta a qualquer movimento. Estava disposta a atacá-lo com a adaga que levava na bota, sem se importar com as consequências. Mas não se deixaria enganar de novo por aqueles lábios, nem por aquele sorriso espontâneo de que tanto gostava. Não mais. Sem permitir que ele visse o medo que seu olhar maléfico e tormentoso lhe causava, ela curvou os lábios e sorriu.

Então, Niall explodiu:

— Pelas chagas de Cristo! — vociferou. — Como pude me casar com uma harpia como você?

Sem dar o braço a torcer, olhando para as unhas que desejava cravar no rosto daquele idiota, ela respondeu:

— Se bem me lembro, eu tentei evitar, mas não teve jeito.

Com passos largos, Niall se afastou. Tinha medo de machucá-la. A descarada havia dito em sua cara que pretendia se divertir com outros homens e lhes dar aquilo que ele desejava com verdadeira luxúria.

Com uma cólera desmedida, Niall abriu a janela, e quase a arrancou. Precisava de ar, ou aquela bruxa não sairia viva do quarto. Gillian conseguia tirá-lo do sério quando queria. Passava de uma esposa doce e apaixonada à pior das harpias.

Fechando os olhos, ele tentou se acalmar para não cair na tentação de jogá-la na cama, despi-la e se aproveitar de seu corpo sem pensar em mais nada. Tinha que ser forte se quisesse que ela o respeitasse. Mas sua mulher era muito esperta, além de uma excelente oponente, e com suas palavras cheias de maldade e recriminações deixava isso bem claro.

— A propósito, esposo, onde estão meus baús? Até hoje de manhã estavam aqui.

Voltando-se furioso para ela, Niall quase engasgou ao vê-la sentada com sensualidade na cama. Cravando o olhar nos seios que subiam e desciam a uma velocidade vertiginosa, vítimas da excitação do momento. Por fim, ele engasgou e tossiu. Uma vez recuperado, Niall respondeu:

— Este é meu quarto, Gillian. Saia daqui agora mesmo e leve todas as suas malditas velas.

Aturdida e furiosa por ser expulsa por aquele idiota, ela se levantou como uma fera e gritou, perdendo todo o controle:

— Grosseiro, mal-educado, insolente! Onde pretende que eu durma, maldito McRae? Ao relento? Ou talvez me reserve a cocheira fedida de seus cavalos como lugar privilegiado.

Dizendo isso, praguejou ao se dar conta de que havia perdido as estribeiras. Caminhando até a porta, tirou a adaga da bota, cortou duas mechas de cabelo sem nem olhar o que cortava e as jogou para ele.

— Tome... isto te pertence. Não me importa ficar calva, mas me importa que me humilhe e me trate pior que a um cachorro abandonado.

Niall ficou atônito. Antes que pudesse dizer qualquer coisa, ela se voltou para a porta e deu-lhe tal pontapé que teve que pular de dor.

— Que ideia, fazer isso! — disse Niall, preocupado.

Ele rapidamente foi até sua mulher furiosa e descontrolada para ajudá-la. Mas ela, mais humilhada que dolorida, levantou a mão e gritou:

— Nem pense em me tocar, McRae. Tenho nojo de você.

Capítulo 46

Durante dois dias e duas noites, Gillian mal saiu do quarto anexo ao de seu marido. Não queria ver Niall. Odiava-o por tudo que ele havia dito. No terceiro dia, quando se levantou e desceu para o salão, blasfemou como o pior dos guerreiros ao saber que ele e vários dos seus homens haviam partido em viagem. Então, sem falar com ninguém, comeu e foi para o quarto ruminar sua dor em silêncio. Não queria a compaixão de ninguém.

Seu aborrecimento aumentou quando soube por uma das idosas que Niall, a pedido de Jesse McLheod, fazia parte da comitiva que levava Diane a Stirling. Depois do acontecido na casa dos McLheod e de confirmar que ela não era a doce mocinha que seu pai acreditava, este, como castigo, decidira repudiá-la e mandá-la viver com uns tios de sua mulher. Mery, entristecida, quisera partir com ela, mas Jesse McLheod não lhe permitira. Seu lugar era com ele.

Saber que a pérfida Diane estava indo para bem longe deixou Gillian feliz. Era maravilhoso nunca mais vê-la nem sentir seus olhares de desprezo. Mas também saber que nesse momento Niall estava com ela era uma tortura. Por fim, decidiu não pensar mais nisso. Não era bom nem para ela nem para o bebê.

Dois dias depois, Helena a acordou de manhã e a incentivou a ir com ela ao mercado. Precisavam comprar várias coisas para a nova cozinha. Gillian, sem pensar duas vezes, aceitou. Se não saísse de Duntulm, ficaria louca.

Escoltadas por vários dos guerreiros do clã, chegaram ao lindo mercado e, durante horas, Gillian esqueceu seus problemas e sorriu com Helena. Depois de refrescar a garganta em uma taberna, Gillian conversava com Liam quando notou que a criada olhava para um lado com curiosidade.

— O que está olhando?

A jovem, triste, respondeu:

— Estava olhando essas pobres garotas. Vê-las nessa situação tão penosa me faz recordar a época em que eu vivia na rua e não tinha nada para dar de comer a meus filhos.

Sem poder evitar, Gillian olhou para onde Helena indicava. Entristeceu-se ao ver três mocinhas mal-vestidas e sujas dividindo entre si o pedaço de pão e toucinho que Helena lhes havia dado. Gillian estremeceu ao ver seus pés descalços e roxos de frio. Decidida a ajudá-las, aproximou-se.

— Vocês estão com fome? — perguntou.

As jovens a olharam, e a que parecia mais velha respondeu:

— Sim, milady. Minhas irmãs e eu estamos há vários dias sem comer...

Não foi preciso dizer mais nada. Gillian se voltou para os taberneiro, pediu três pratos de ensopado quentinho e convidou as garotas a sentar-se com elas. Impressionadas, Helena e Gillian viam a garota de cabelo claro dar parte de seu prato às outras duas, que comiam desesperadas. Então, Gillian pediu outro prato, e a garota agradeceu com um lindo sorriso.

— Onde moram? — perguntou Gillian.

— Onde podemos, senhora. Os tempos que correm não são bons e, quando nosso pai morreu, ficamos na rua, e vamos de cá para lá.

— Como se chamam? — perguntou Helena, compungida.

— Elas são Silke e Livia, e eu sou a mais velha e me chamo Gaela.

— Quantos anos tem?

— As gêmeas têm dezessete, e eu, dezenove, milady.

Durante um tempo, Gillian foi perguntando sobre a vida das três irmãs. Suspirou, horrorizada, ao saber que o pai delas havia morrido pelas mãos de uns vizinhos ao tentar defender a honra de Gaela. Helena, com os olhos marejados, escutava o que elas contavam, enquanto Gillian pensava em como ajudá-las. Via-se que eram educadas, apesar de viverem na rua, pelo modo como respondiam a todas as suas perguntas.

Quando começou a anoitecer, Orson, um dos seus guerreiros, aproximou-se e murmurou:

— Milady, é melhor voltarmos a Duntulm.

As três garotas assentiram e se levantaram. Iam se despedir quando Gillian as surpreendeu.

— Se eu oferecesse um lar em troca de seus serviços em Duntulm, aceitariam?

Elas, sem hesitar, assentiram. Helena, emocionada diante do que sua senhora havia acabado de fazer de novo, sorriu.

— Acho que meu marido não fará nenhuma objeção, desde que sejam respeitosas e acatem as normas de nosso clã, o McRae. Lá, posso oferecer um teto, comida quente todos os dias e a segurança que, vivendo nas ruas, sem dúvida vocês não têm. — As garotas assentiram de novo. — Em troca, vou precisar de ajuda para fazer de minha casa um lugar bonito. O que acham?

— Milady, obrigada... obrigada — soluçou Gaela, beijando-lhe as mãos.

Durante o caminho de volta a Duntulm, Gillian sorria ao ver como seus homens olhavam para as garotas. Ficou satisfeita. Duntulm precisava de gente que fizesse o lugar prosperar. Se havia algo que fazia falta em seu lar eram mulheres e crianças, e pelo interesse que os guerreiros demonstravam pelas irmãs, tinha certeza de que um dia essa carência seria superada.

Quando chegaram a Duntulm, a primeira coisa que Gillian fez, com a ajuda de Helena, foi arrumar uma das cabanas para as três. Elas precisariam de roupa seca e limpa, e água para se lavar. Quando, depois do jantar, elas apareceram no salão, Gillian e os homens se surpreenderam ao ver como eram bonitas.

No dia seguinte, as garotas, mais Helena, Susan e Gillian, decidiram organizar a nova cozinha. Niall, a pedido de sua mulher, havia mandado construir um aposento espaçoso ao lado do castelo. Todas juntas, foram levando o que havia na cozinha antiga e, depois de um dia arrumando e limpando, elas olharam orgulhosas em volta, felizes com a nova cozinha.

As idosas estavam entusiasmadas. Cozinhar ali, naquele espaço iluminado, seria mais prazeroso que no buraco sem ventilação de antes. Naquela noite, Gaela, incentivada pelas mais velhas, surpreendeu a todos com uma de suas receitas. Ela era uma boa cozinheira. Gillian ficou feliz e, para alegria das idosas, nomeou-a oficialmente cozinheira de Duntulm.

Gillian saboreava o ensopado de Gaela quando Helena se sentou ao seu lado.

— Minha senhora, cada dia estou mais feliz por estar aqui.

— Que bom, Helena.

Aslam, que chegava nesse momento com a pequena Demelza nos ombros, ao ver sua mulher sorrir, pôs a menina no chão e disse:

— Milady, a senhora foi uma bênção para este lugar. É maravilhoso para meu laird e para todos nós ver tudo mudar para melhor.

Ao pensar em seu marido, Gillian suspirou.

— Obrigada, Aslam. É uma pena que nem todos aqui pensem o mesmo.

A pequena Demelza, que havia perdido o medo acumulado pelo tempo vivido na rua com sua mãe, sentou-se ao seu lado e cochichou:

— Eu gosto de viver aqui. Você também?

— Sim, linda. Eu também gosto.

— E não vamos ter que ir embora daqui, não é?

Impressionada com a pergunta, Gillian abraçou a menina e murmurou:

— Eu prometo. Não teremos que ir embora daqui porque este é nosso lar, e este ano vamos passar um Natal maravilhoso.

Capítulo 47

Passados cinco dias de muito trabalho com a arrumação do castelo, em especial da nova cozinha, Gillian estava feliz por ter encontrado as garotas. Elas e sua juventude, além de alegrar a cara de seus homens, eram uma grande ajuda para as idosas. Certa tarde, enquanto comia torta de maçã na solidão do enorme salão, a porta principal se abriu e entrou Donald, preocupado.

— Milady — disse, aproximando-se enquanto outros guerreiros entravam —, encontramos Brendan McDougall ferido perto do lago.

— Como?! — gritou Gillian, assustada. — Levantando-se com rapidez, fixou o olhar em Brendan, que, sangrando, entrava carregado por alguns dos seus homens. Sem perder tempo, levaram-no para o quarto que ela ocupava e chamaram Susan e Helena, que imediatamente começaram a tratar do ferimento feio que tinha no estômago, além de diversos cortes pelo corpo.

Já bem avançada a noite, o homem recuperou a consciência e olhou para Gillian.

— Não fale, Brendan. Está muito fraco — aconselhou Gillian, enxugando-lhe a testa com panos úmidos.

Ele, sem lhe dar ouvidos, apesar de estar com a boca seca, perguntou:

— Onde está Cris?

Espantada, Gillian não respondeu. O highlander prosseguiu:

— Estávamos em nosso refúgio quando vários guerreiros McLheod nos surpreenderam. Cris gritou. Onde ela está?

Gillian levou as mãos à cabeça. Haviam sido flagrados?

— Brendan, não sei onde ela está. Meus homens só encontraram você, mas Cris não estava junto.

Dando um urro de dor, ele tentou se levantar, mas Gillian rapidamente o proibiu.

— Me deixe, Gillian. Tenho que achar Cris. Temo por sua vida.

— Impossível. Em seu estado, não chegaria nem à porta do quarto.

Mas Brendan insistiu.

— Maldição, Gillian! Ela está em perigo. Não quero nem pensar o que pode ter acontecido. Fomos descobertos, entende?

Por favor... por favor... que Cris esteja bem, pensou ela, horrorizada, pressentindo que aquilo podia ser uma tragédia, tal como Niall havia previsto.

— Milady — sussurrou Susan —, se Brendan continuar assim, vai arrancar todos os pontos do estômago. Devíamos fazê-lo adormecer.

Rapidamente, Gillian pegou sua taleiga. Pegou uns pós que, segundo explicara Megan, faziam dormir, e os colocou na água. Ela fez Brendan beber sem permitir que se levantasse, e afirmou ao highlander:

— Não se preocupe, Brendan. Tenho certeza de que Cris está bem. Ela é forte e...

— Se alguém a machucar, juro por Deus que o mato — rugiu Brendan. Mas, a seguir, desmaiou de dor.

Enlouquecida diante do que aquilo podia significar, Gillian começou a andar pelo quarto. O que podia fazer? Precisava encontrar Cris, não ficaria de braços cruzados. Abriu a porta do quarto e mandou chamar Donald. Quando ele apareceu, perguntou:

— Donald, continua visitando Rosemary em Dunvengan?

Estranhando a pergunta, o highlander assentiu.

— Sim, milady.

— Perfeito! — Bateu palmas e, surpreendendo-o, acrescentou — Preciso que me faça um favor, Donald. Mas é pessoal e quanto menos gente souber, melhor.

— Não se preocupe, milady. Diga o que necessita e eu farei.

Minutos depois, ele cavalgava como um raio até Dunvengan. Ia visitar Rosemary e saber como estava Cris, e em especial, onde. A noite caiu, enquanto Brendan, inquieto e febril, delirava chamando sua amada. As criadas, ao ouvir o nome de Christine, entreolharam-se surpresas, mas Gillian não disse nada. Quanto menos soubessem, melhor. A espera parecia interminável, até que ouviu Donald voltar. Abandonando o quarto, correu ao encontro do homem.

— O que descobriu?

O highlander, com a língua de fora devido à urgência da viagem, desceu do cavalo e disse:

— Milady, a lady Cris está bem. A própria Rosemary tratou-lhe uma ferida no rosto decorrente de uma luta, mas, de resto, está bem. Não se preocupe.

— Graças a Deus — suspirou Gillian. — Sabe onde ela está?

— Sim, milady. O pai a mantém trancada nas masmorras de Dunvengan, e Rosemary disse que ouviu a madrasta gritar que a levariam ao amanhecer para o convento de Melrose para que pagasse por sua desonra.

Gillian praguejou. Mal tinham tempo para reagir. Depressa, entrou de novo no castelo, não sem antes dizer:

— Obrigada, Donald. Muito obrigada.

Correndo como louca, ela chegou ao quarto que Brendan ocupava. Pegou a calça, a camisa, a capa e a espada e entrou no quarto de seu marido – seu antigo quarto. Enquanto se vestia, olhava aquela cama que tão bons, doces, sensuais e lindos momentos lhe havia proporcionado. Aproximando-se, cheirou os lençóis. Aspirando com os olhos fechados, sentiu o odor másculo de Niall. Ficou feliz, mas com os olhos cheios de lágrimas. Intuía que, quando ele voltasse de viagem, se zangaria de novo pelo que ela ia fazer. Mas não permaneceria impassível de jeito nenhum.

Depois de pedir a Susan que não deixasse Brendan sozinho nem um só segundo e de pegar sua taleiga, tocou o ventre com carinho e correu escada abaixo. Saiu pela porta principal da fortaleza e se dirigiu aos estábulos. Quando montou Hada, sua égua, algumas sombras se aproximaram. Eram Donald, Aslam, Liam e mais outro homem.

— Que estão fazendo aqui? — perguntou, desconcertada.

— Vamos com a senhora — respondeu Donald. — Quando vi o seu rosto, milady, sabia que nada a impediria de ir até Dunvengan.

— Vamos junto, a senhora queira ou não — disse Aslam.

Quando Gillian foi falar, Liam se antecipou e disse:

— É nosso dever, milady. Além do mais, nosso senhor assim gostaria.

Ela riu.

— O senhor de vocês vai é querer me matar quando souber.

Os highlanders se entreolharam e, com um sorriso sarcástico, Donald afirmou:

— Não, milady. Nós não permitiremos.

Ocultos pelas sombras da noite, foram correndo até o castelo de Dunvengan.

Quando chegaram aos arredores, Donald, que conhecia os melhores caminhos, tomou a frente da situação e ordenou a alguns companheiros seus que vigiassem o lugar.

— Vamos deixar os cavalos aqui, milady. É melhor irmos andando, para que ninguém nos ouça.

— Tudo bem — assentiu ela.

Em seguida, atravessaram com cuidado um bosque frondoso cheio de carvalhos velhos e retorcidos. Então, Donald ordenou que parassem e, levando dois dedos à boca, assobiou suave, mas intensamente. Segundos depois, ouviram o mesmo som. Donald disse:

— Vamos, o caminho está livre. Rosemary nos espera.

Surpresa, Gillian perguntou:

— Sabia que viríamos?

Donald, com um sorriso, assentiu.

— Sim, milady, eu já conheço a senhora.

Chegaram a uma portinha que dava acesso à cozinha do castelo, onde a linda Rosemary, inquieta, urgia-os com a mão para que entrassem. Depois, fechou a porta com cuidado.

— Obrigada, Rosemary — agradeceu Gillian, tomando-lhe as mãos.

A garota deu um sorriso carinhoso.

— Não precisa me agradecer, milady. Eu também gosto muito de lady Christine e ajudarei em tudo que necessitarem. A única coisa que peço é que me levem para Duntulm com vocês. Quando souberem o que aconteceu, logo saberão que fui eu quem ajudei...

— Nunca vou permitir que nada te aconteça, Rosemary — disse Donald.

— Nem eu — acrescentou Gillian. — Por isso, você vem para Duntulm.

— Oh, obrigada, milady!

A garota sorriu olhando para Donald, que assentiu, aliviado.

Gillian, ao ver os dois pombinhos dando as mãos, esboçou um sorriso, mas não tinham tempo a perder, e perguntou:

— Rosemary, sabe como podemos chegar até ela para tirá-la daqui?

— Sim, milady. O que não sei é como nos livraremos dos guardas para tirá-la das masmorras.

Nesse momento, Gillian, com um sorriso triunfal, mostrou-lhes sua taleiga. E, olhando-os com uma careta que os fez sorrir, disse:

— Fique tranquila, eu sei como.

Naquela noite, Rosemary jogou na cerveja dos carcereiros os pós que Gillian lhe havia dado. Depois de beber, eles desabaram. Sem hesitar nem um só segundo, o pequeno grupo chegou a Cris, que, ao vê-los, chorou de gratidão. Quando abriram a fechadura, a jovem, angustiada, murmurou:

— Gillian, fomos descobertos... Todos já sabem de nós!

— Eu sei, Cris... Eu sei.

Desconcertada e muito nervosa, Cris sussurrou:

— Tenho que encontrar Brendan. Meu pai e uns guerreiros o feriram, e, oh, Deus, estou tão preocupada!

Jogando uma capa por cima dela para aquecê-la, Gillian disse:

— Fique tranquila. Brendan está em Duntulm.

Controlando um soluço, Cris cobriu a boca com as mãos.

— Como ele está? Está bem? — perguntou.

Olhando para sua amiga e praguejando pelo que ela tinha passado, respondeu:

— Fique tranquila. Brendan está muito ferido, mas vai sobreviver. Mas te digo uma coisa: se prepare, porque o que espera vocês será muito difícil, e não sei como vai terminar.

Assim como haviam chegado, partiram como sombras, voando para Duntulm.

Na manhã seguinte, Gillian estava esgotada. Antes de sair de seu quarto, vomitou várias vezes. O esforço da noite anterior não era compatível com sua gravidez. Sentia-se péssima. Não tinha forças nem para ficar em pé. E quando Donald foi avisá-la de que Connor McDougall, pai de Brendan, estava chegando com seu exército, sentiu como se fosse morrer. Mas, pegando sua espada, saiu do castelo para esperá-los. Era sua obrigação.

— Milady, não se preocupe. Não está sozinha — tranquilizou-a Donald, posicionando-se ao seu lado, junto com os poucos guerreiros que haviam ficado no castelo.

De repente, Aslam correu para ela. Contrariado, sussurrou:

— Milady, não se assuste com o que vou dizer, mas acabo de ver o pai da lady Christine, Jesse McLheod, pegar o caminho que vem para Duntulm.

Quando Gillian ouviu isso, não pôde controlar a ânsia. Afastou-se dos homens e vomitou. A coisa não podia ser pior.

— O que há com a senhora, milady? — perguntou Donald, preocupado.

— Ai, Donald — lamentou-se ela, aterrorizada, tentando manter suas forças —, acho que Niall vai se aborrecer muito quando voltar, e não vai poder evitar que me mate.

— Não diga isso, minha senhora — respondeu o highlander.

Mas ela prosseguiu ao recordar o que seu marido lhe havia dito.

— Por todos os santos! Com meus atos, eu consegui o que ele jamais desejou: trazer a guerra a Duntulm e os dois inimigos de Skye para lutar em suas terras. Ele vai me matar.

Então, os highlanders se olharam e não puderam dizer nada. Sua senhora tinha razão. E tinham certeza de que quando o laird voltasse e encontrasse aquele caos, a ilha de Skye retumbaria. Mas já nada podiam fazer.

Capítulo 48

Gillian, com os nervos à flor da pele, cercada por seus poucos guerreiros, esperava, de espada em punho e uma atitude desafiadora, que os dois poderosos clãs, os McLheod e os McDougall, chegassem às portas do castelo de Duntulm.

Sem conseguir respirar, observava a expressão sisuda dos líderes daqueles homens e como se olhavam entre si.

Isso vai ser um massacre, pensou, segurando com força sua espada na lateral do corpo.

Quando os homens pararam diante dela, o primeiro a gritar foi o pai de Brendan, Connors McDougall, que, pulando do cavalo, urrou, colérico:

— Onde está meu filho? Sei que está aqui. Quero vê-lo.

Conseguindo descolar a língua do céu da boca, Gillian ergueu o queixo e respondeu com um bramido, jogando a cabeça para trás:

— McDougall, onde está sua educação?

O homem a olhou com desprezo e não respondeu. Mas ela não se acovardou e falou de novo:

— Está em minhas terras e o mínimo que pode fazer quando chega a um lar que não é o seu é cumprimentar o anfitrião.

O robusto highlander, bufando, olhou para ela e perguntou:

— Onde está o seu esposo? Quero falar com ele, não com uma mulher.

— Sinto dizer que ele não está. Portanto — sibilou com secura —, tem duas opções: falar comigo, mesmo sendo eu uma mulher, ou pegar seus guerreiros e sair de minhas terras antes que aconteça algo que não vai te agradar.

Os guerreiros McDougall, ao ouvir seu chefe rir, gargalharam. Até que o homem disse:

— A insolência em uma mulher é algo que me desagrada, e muito.

— A insolência em um homem é algo que me desagrada ainda mais — replicou Gillian, surpreendendo a ele e a todos.

Mas Connors McDougall, contrariado, sem se deixar acovardar por aquela mulher miúda, deu um passo à frente e gritou:

— Saia do caminho, se não quiser ter problemas comigo.

Gillian, ao notar o desprezo na voz dele, levantou a espada com mão firme e, pondo-a no pescoço do homem, disse em um tom bastante ameaçador:

— Se der mais um passo, eu te mato. E se tornar a me menosprezar como acabou de fazer, também. Seu filho está aqui. Está descansando, e não quero que entre para perturbar seu repouso.

— Laird McDougall — sibilou Donald —, não se aproxime mais de minha senhora, senão, teremos que tomar uma atitude.

Nesse momento, Gillian ficou arrepiada ao ouvir o assobio de centenas de lâminas de aço dos McDougall sendo desembainhadas. A coisa ia ficar séria. Aproveitando a confusão, o pai de Cris, Jesse McLheod, desmontou, e tão irado quanto o outro laird, dirigiu-se a ela, gritando:

— Devo supor que Christine, essa filha desnaturada, também está aqui descansando com o McDougall. Porque, se é assim, juro, mulher, que tanto ela quanto você vão ter um grave problema comigo.

Se fosse só com você..., pensou Gillian. Com uma rapidez que deixou todos perplexos, passou sua espada do pescoço de McDougall ao de McLheod e, com a mesma fúria de momentos antes, disse:

— Se se atrever a tocar em mim, em sua filha, em meus homens ou em qualquer pessoa que esteja em minhas terras, seja McDougall, irlandês ou normando, juro por Deus que vai se arrepender de ter me conhecido.

Jesse McLheod ficou tão petrificado diante de tamanha ferocidade quanto minutos antes ficara o outro laird.

— Senhor, por favor — pediu Aslam com fingido respeito —, se afaste de minha senhora, ou terei que atacar.

De novo, ouviram o assobio de centenas de espadas que os McLheod desembainharam. A coisa ia ficar mais séria ainda.

Hoje vamos morrer todos. Mas, mesmo assim, quando Niall me pegar, vai me matar de novo, pensou Gillian, cujo olhar duro não delatava o nervosismo que sentia.

Quando o pai de Brendan foi se mexer, as espadas de Donald e Liam o impediram. Ninguém se aproximaria de sua senhora sem provar seus aços antes. De repente, a porta principal do castelo se abriu e surgiram diante de todos Brendan, fraco, e Cris, com olheiras, mas orgulhosa. De mãos dadas e empunhando suas espadas.

Connors McDougall, ao ver seu filho nessa situação, blasfemou e vociferou:

— Quem fez isso com você, Brendan?

Mas, antes que o jovem respondesse, o pai de Cris se vangloriou.

— Devia tê-lo matado quando o vi beijando minha filha.

A revelação fez Connors blasfemar. Irado, olhou para seu filho e gritou:

— O que o maldito McLheod está dizendo? O que estava fazendo com a filha dele?

Brendan, apesar da dor, ficou o mais ereto que pôde e, diante de todos, disse em alto e bom som:

— Pai, eu amo Christine McLheod e vou me casar com ela, quer você queira ou não.

— Nunca! — gritaram em uníssono ambos os pais.

— Ora... por fim concordam em alguma coisa — debochou Gillian, mas, ao ver a cara feroz dos dois, calou-se.

A tensão crescia. Os guerreiros McLheod, McDougall e McRae se olhavam com desconfiança, enquanto todos empunhavam suas espadas, dispostos a transformar aquilo em uma terrível carnificina às portas do castelo de Duntulm.

— Pai — gritou Cris. — O que Brendan disse é verdade. Nós nos amamos e...

— Cale a boca, Christine! Você me envergonha! — repudiou seu pai. — Faça o favor de se afastar desse... desse... McDougall e vir aqui, se não quiser que eu mesmo te arraste com minhas próprias mãos.

A reação de Brendan foi segurar Cris pela cintura com força. Isso deixou claro a todos que ela não sairia dali. Todos começaram a gritar, um mais alto que o outro.

Gillian, incapaz de continuar, subiu em um banco e gritou o mais alto que pôde:

— O que é vergonhoso de verdade é o que estão causando. Seus filhos se apaixonaram. Onde está o delito?

— Por todos os santos! — vociferou Connors, incapaz de pensar com clareza. — Por acaso ignora a rivalidade que existe entre nossos clãs?

Gillian ia responder, mas Cris se adiantou:

— Pai, estou grávida e Brendan McDougall é o pai.

Ouviram-se murmúrios por todo lado. Gillian, voltando-se surpresa para sua amiga, sussurrou:

— Ora, como eu!

— Está grávida, Gillian? — perguntou Cris, atônita.

Maldição, eu e minha boca!, pensou ao notar como Cris e seus próprios guerreiros a olhavam. Apesar disso, disse com rapidez e um sorriso bobo:

— Sim, e não me olhe assim. Pretendia contar quando tivesse oportunidade. — E, voltando-se para os pais dos dois, gritou: — A rivalidade que existe entre os clãs precisa acabar. Tenho certeza de que, por causa dessa luta absurda, muita gente perdeu a vida, e acho que chegou a hora disso terminar.

— Mas o que essa mulher está dizendo? — resmungou Jesse McLheod.

— Pensem bem — continuou ela. — A paz poderia chegar graças a Brendan e Cris. Eles se amam e estão esperando um bebê. Não acham que essa criança merece algo melhor que nascer no meio de uma luta que certamente ela não vai gostar? Ambos serão a família dela, e o que querem? Que ela odeie a todos?

Os lairds ficaram calados. A rivalidade entre esses dois clãs existia desde antes que nasceram seus avós.

— Pai, Gillian tem razão. Desde que nasci só ouço falar de lutas, rivalidades e desencontros com os McLheod. Mas isso precisa acabar. Os tempos mudaram, e juntos, os dois clãs, lutamos contra os ingleses e nos respeitamos e ajudamos. Por que, acabada a guerra, devemos retomar essa luta absurda que muitos de nós não querem?

— Esse é o melhor discurso que ouço em anos — disse de repente a voz profunda de Niall, surpreendendo-os. — Pois bem, eu suplico que deem ordem a seus guerreiros para que embainhem suas espadas. Aqui, em minhas terras e diante da porta de meu lar, ninguém vai lutar.

Estavam todos tão concentrados na discussão que ninguém havia notado que Niall, furioso, e seus homens se aproximavam.

Gillian, ao ver seu marido, quis morrer. Seu olhar exasperado dizia tudo. Mas, descendo do banco, sem dar um só passo para trás, esperou que ele desmontasse e se posicionasse ao seu lado. Com uma incrível paciência, Niall escutou tudo que os McLheod e os McDougall tinham a dizer. E após convencê-los a entrar no salão do castelo para conversar, olhou para sua mulher e sibilou com dureza:

— Gillian, se algo terrível acontecer, você será a única culpada.

Capítulo 49

Durante toda a noite, os três clãs de guerreiros discutiram sobre o acontecido. Ninguém queria dar o braço a torcer e, às vezes, parecia que iam começar a lutar no meio do salão. Durante todo esse tempo, Gillian, sentada ao lado de Brendan e Cris, sentia-se morrer de angústia, de sono e de medo pelo que Niall havia dito. Mas quando, ao amanhecer, por fim aqueles brutos deram o braço a torcer e decidiram acabar com a rivalidade entre os clãs, Gillian suspirou, aliviada.

Na tarde desse mesmo dia, na capela arruinada de Duntulm, foi celebrado o casamento de Cris e Brendan, que, apesar do corpo dolorido e ferido, insistiu nisso.

Durante todo esse tempo, Niall obrigou Gillian a estar presente. Não havia falado com ela, só lhe dirigira em uma infinidade de ocasiões um olhar que a fazia esperar pelo pior. A mandíbula tensa e o tom de voz de seu marido indicavam que nada de bom a esperava. E embora houvesse se emocionado como uma boba quando o velho padre Howard dissera diante de todos "o que Deus uniu, o homem não separa", encolhera-se ao sentir o olhar duro de seu marido.

Já bem avançada a noite, quando por fim os clãs foram para casa, Brendan e Cris insistiram em ir para seu pequeno lar secreto. Queriam passar a primeira noite de casados lá, apesar da chuva que ameaçava chegar. Quando todos se foram, Niall se voltou para Gillian, assustada e esgotada, e pegando-a pela mão, puxou-a até chegar a seu quarto.

Uma vez ali dentro, Gillian se afastou dele. Niall, batendo a porta, olhou para ela como quem olha seu pior rival.

— Tem consciência de que podia ter causado uma das piores e mais sangrentas batalhas da ilha de Skye?

Engolindo em seco, ela assentiu, e ele continuou:

— Eu sempre soube que me causaria problemas, mas nunca imaginei que tivesse a desfaçatez de permitir que se derramasse sangue em minhas terras e diante da porta de meu lar.

— Isso não é verdade. Eu...

— Cale a boca, maldição, Gillian, cale a boca! — urrou ele, enlouquecido.

Assustada com o grito, ela se calou.

— Eu me ausento alguns dias e quando volto encontro Jesse McLheod te acusando de sequestrar sua filha e quase envenenar seus homens para levá-la, e Connors McDougall te culpando de manter seu filho ferido aqui contra sua vontade. E, como se não bastasse, quase conseguiu que matassem as pessoas que velam por sua segurança em Duntulm e que acontecesse um verdadeiro massacre entre os clãs. Por todos os santos, mulher, o que te ensinaram em Dunstaffnage? Com que tipo de mulher me casei?

Sem saber o que responder, Gillian tossiu. Ao sentir que estava prestes a desmaiar, tentou se sentar na cama. Mas ele, com um puxão, levantou-a.

— Estou falando com você, maldição, e quando falo quero que não se mexa e que responda, não que se sente e suspire.

— Niall, eu...

Mas ele não a deixou falar. Voltando-se, deu um soco na parede de pedra, o que fez Gillian se acovardar e Niall esfolar o punho. Ele se sentia terrivelmente frustrado e irritado. Quando chegara a Duntulm e encontrara diante de sua fortaleza os guerreiros com as espadas desembainhadas, uma amargura estranha e dolorosa inundara seu corpo só de pensar que ela podia estar ferida. Depois de um silêncio furioso, Niall se voltou para sua mulher assustada e disse:

— Ouvi dizer que está grávida.

Gillian ficou boquiaberta e não soube reagir. Ele, ao ver o medo e o desconcerto em seus olhos, urrou com fúria:

— De quem é, Gillian? Porque meu não é.

Era só o que me faltava ouvir, pensou ela, humilhada.

Continuou calada, e Niall deu outro soco na parede. Aplicou tanta fúria que doeu até em Gillian.

— Quanto ao bebê...

— Não quero ouvir falar de seu bastardo — gritou ele, com os olhos fora das órbitas.

— Não é nenhum bastardo! — retrucou Gillian. — É meu filho.

— Pelo amor de Deus, mulher! O que mais pretende?

— Por que não reconhece que com meu comportamento eu consegui a paz entre os McDougall e os McLheod? Por que só fala das coisas ruins e nunca me elogia? — respondeu ela, contrariada, sem poder evitar.

Desanimado, sem vontade de responder, Niall foi até a janela e, para acabar a conversa, sentenciou:

— A partir de manhã, vai dormir fora do castelo.

— Como?!

— Isso mesmo. Meus homens vão levar suas coisas.

Como se estivesse em um pesadelo, Gillian foi até a janela e, olhando desconcertada para onde ele apontava, gritou, incrédula:

— Pretende que eu durma em uma dessas cabanas?

Eram as cabanas que, segundo ele, haviam sido construídas para abrigar os trabalhadores que chegavam na época da tosquia das ovelhas. Mas isso era quase no verão, e estava chegando o frio inverno.

Vou matá-lo!, pensou ela, enjoada.

Segurando-se na madeira da janela, apertou os dedos até que ficaram brancos de indignação. Pensou em gritar, surtar de cólera, mas não queria lhe dar tal satisfação. Decidiu assumir a humilhação a que ele a submetia pensando em seu filho, o bebê que ele já desprezava. De modo que, em um tom servil, murmurou:

— Está bem, Niall. Vou me mudar, mas para a cabana que fica ao lado daquela árvore enorme. — E se afastando dele, disse, erguendo o queixo: — Por favor, mande minhas coisas o quanto antes. Vou precisar delas.

Niall ficou pasmo diante da submissão dela. Como podia passar de uma esposa sensual e radiante a uma verdadeira harpia mal-falada, e disso a uma mulher submissa? Contrariado porque ela se afastava sem o desafiar, perguntou com a voz vazia:

— Gillian, aonde vai?

Ao ouvir o tom aveludado de sua voz, ela fechou os olhos. Desejou pular em seu pescoço e dizer mil vezes que o bebê era dele. Queria que ele a abraçasse, que a ninasse, não que a enlouquecesse! Era isso... Niall pretendia enlouquecê-la!

— Estou cansada, preciso descansar.

Como ela continuou caminhando, ele insistiu:

— Aonde vai? Mulher, não vê que está trovejando e caindo uma chuva terrível? Eu disse a partir de amanhã. Não ficou claro?

Dando dois passos, ele a alcançou. Gillian, sentindo-o tocar-lhe o cabelo, virou-se e, desconcertando-o como nunca havia feito até o momento, implorou, exausta:

— Por favor, Niall, me deixe descansar. Quero me mudar hoje, não quero esperar até amanhã. — E soluçando pela primeira vez diante dele, murmurou: — Ficou bem claro por que se casou comigo. Ficou bem claro que não sou o que esperava. Ficou bem claro que Diane McLheod é a beleza que você sempre quis amar. Ficou bem claro que meu jeito de ser te repugna. Ficou bem claro que te envergonho constantemente. Ficou bem claro que não sente por mim o mesmo que eu sinto por você. E, evidentemente, ficou bem claro que nosso filho será um bastardo para você. Há algo mais que deva ficar claro? Ou o que disse é suficiente para que hoje durma feliz sabendo que me sinto totalmente humilhada?

As palavras de Gillian, unidas às lágrimas da mulher que ele nunca havia visto chorar, sem querer, conseguiram fazê-lo reagir. De repente, fizeram-no se sentir cruel, selvagem e desprezível pelo modo como se comportava com ela. Talvez devesse se acalmar e tentar entender tudo que havia acontecido. Talvez o bebê...

Santo Deus, o que estou fazendo? Eu amo esta mulher, pensou Niall.

Gillian, vencida como nunca na vida, deu meia-volta e se dirigiu para a porta; mas, antes que chegasse, ele a puxou pelo braço e a fez girar. Ela conteve a vontade de esbofeteá-lo, e ele, empurrando-a contra a porta e agachando-se, apoiou sua testa na dela. Com os olhos fechados pelo horror que sentia ao fitá-la e ver que ela chorava por sua culpa, implorou:

— Desculpe... Gillian, querida, desculpe. Não vá. Por favor, me perdoe por tudo que disse, e quanto ao bebê... vamos conversar.

As palavras de Niall ecoaram com esperança no coração de Gillian, que começou a bater forte. Mas não, ela não toleraria que ele pusesse em dúvida a paternidade de seu filho. Dessa vez não ia ceder. Ela estava cansada da rejeição dele, de seus constantes aborrecimentos, e não estava disposta a permitir mais nenhum. Menos ainda com um bebê no meio.

Arrasado por vê-la assim, ele a beijou, mas os lábios dela eram frios e sem vida, não quentes e receptivos como ele gostava. Ao sentir isso, com o coração partido devido ao que ele mesmo havia provocado, Niall se afastou. Então, Gillian murmurou:

— Não, Niall, não vou te perdoar. Agora sou eu quem vai deixar claro que não quero ficar com você.

— Você é minha mulher! — exigiu ele.

Com mais coragem que um guerreiro, apesar de seus olhos magoados e a voz trêmula, a jovem o fitou:

— Sim, Niall, sou sua mulher e, como tal, pode tomar meu corpo quando quiser; mas o que deve ficar bem claro é que nunca me terá.

Então, ela abriu a porta pesada e, com os olhos marejados, foi para a escada. Desceu e, deixando todos os seus guerreiros surpresos, saiu pela porta principal do castelo. Debaixo de uma chuva torrencial, correu até a última cabana com a dignidade que ainda lhe restava. A partir desse momento, aquele seria seu lar.

Capítulo 50

Depois de receber um só baú dos oito que possuía, Gillian o abriu dentro da cabana, ensopada de chuva e tremendo de frio. Só havia encontrado uma vela naquele lugar, e a escuridão, como sempre, deixava-a angustiada. De repente, algo molhado caiu em sua cabeça. Ela deu um grito, assustada. Batendo a mão no cabelo, descobriu que era água que entrava por uma goteira.

Desanimada, com sua única vela procurou algo para recolher a água e, com imensa tristeza, viu que havia mais goteiras. O teto da cabana parecia um coador. Colocou as três vasilhas e as duas taças velhas e meio quebradas que encontrou naquele lugar sujo para conter os pingos, blasfemando ao ver que as goteiras se multiplicavam porque cada vez chovia mais.

A cabana onde estava era de pedra cinza-escura, oval, com teto de pedra e palha. Era humilde, parecida com a que Megan e Shelma haviam vivido em Dunstaffnage. A diferença era que a delas era limpa e arrumada, e essa um verdadeiro nojo. Em uma das laterais havia um fogão a lenha apagado com um caldeirão vazio pendurado por uns ferros. Ela tentou acender fogo, mas a pouca lenha que havia ali estava úmida, então, desistiu. Com a sorte que tinha, com toda a certeza acabaria pondo fogo na cabana.

Fazendo beicinho e morrendo de frio, ela se sentou no catre decidida a dormir de qualquer jeito. Mas deu um pulo, levantando-se. Estava ensopado! Uma enorme goteira caía bem em cima dele. Olhou para o chão e suspirou ao pensar que teria que dormir ali. Maldito McRae! Ao pensar nele, tocou a boca e, passando a língua pelos lábios, tentou saborear seu último beijo. Até que sentiu o ar úmido e frio às suas costas. Ao se voltar, descobriu que faltava uma das portas da janelinha. Olhando ao redor, encontrou-a no chão e, com um ar triunfal, pegou-a e tentou recolocá-la. Sorriu quando conseguiu. Aquele McRae ia ver quem era ela! Feliz com o resultado, olhou outra vez para o baú e pensou em trocar de roupa. Mas alguém bateu na porta. Pegando a espada, perguntou sem se mexer:

— Quem é?

— Donald, milady.

Surpresa com a presença do guerreiro, ela abriu, e ficou pasma quando encontrou seis pares de olhos fitando-a debaixo da chuva.

— O que está acontecendo? — perguntou ao ver que os homens olhavam para dentro da cabana.

— Viemos ver se necessita de algo, milady.

Comovida, ela sorriu.

— Eu agradeço, mas estou bem. Não se preocupem.

Os highlanders se entreolharam, atônitos. O que a mulher do laird estava fazendo naquela cabana fria e escura?

— Milady, trouxemos velas. Sabemos que não gosta da escuridão — disse Donald.

Gillian pulou de alegria. Velas! Não ficaria mais naquela escuridão terrível e angustiante. Com um sorriso radiante, pegou-as.

— Obrigada... obrigada... Muito obrigada.

— Milady, também trouxemos um pouco de caldo quente — ofereceu Liam. — O tempo não está bom e pensamos que vai precisar se decidir dormir aqui.

Com um grato sorriso, Gillian pegou a vasilha de barro cheia de caldo ansiando seu calorzinho.

— Humm, que delícia! Obrigada. Vocês são maravilhosos.

Espantados diante da naturalidade dela, eles se entreolharam. Liam respondeu:

— De nada, milady.

Ao vê-los tão sérios, ela tentou brincar para amenizar a situação.

— Isto será ótimo para aquecer o corpo.

Mas, como ninguém sorria, por fim, acrescentou:

— Bem, voltem para dentro. Está chovendo muito e estão encharcados. Boa noite.

— Boa noite, milady — disseram em uníssono enquanto ela fechava a porta.

Com um sorriso feliz nos lábios por causa da gentileza deles, Gillian deixou a vasilha de caldo quente em cima de uma mesinha toda estragada. Trocaria de roupa e depois beberia o caldo.

Nesse momento, outra batida na porta atraiu sua atenção. Ao abrir, viu mais homens ali.

— Que foi agora?

— Milady, não está com frio? — perguntou Aslam.

Olhando-o com olhos cansados, ela afastou o cabelo molhado do rosto, encolheu-se e murmurou:

— Bem... é verdade. Estou começando a sentir — e sorriu, batendo os dentes.

— Se me permitir, eu acendo o fogão a lenha — ofereceu Donald.

Ela se pôs de lado, e o highlander, com passo decidido, entrou com outro homem que carregava palha e madeira seca debaixo de uma manta. Os dois juntos acenderam o fogo, que com as primeiras faíscas começou a esquentar. Quando acabaram, inclinaram a cabeça e saíram da cabana. Gillian, despedindo-se, fechou a porta.

Rapidamente, aproximou-se do fogo. Estava congelada. Estendendo as mãos, suspirou sentindo o calor abrasador e ouvindo a chuva cair cada vez mais forte.

De novo, umas batidas na porta atraíram sua atenção. Incrédula, Gillian abriu e encontrou muitos mais guerreiros.

— Será possível? Pretendem passar a noite toda batendo em minha porta? — perguntou com um sorriso.

— Sim, até que a nossa senhora esteja confortável — explicou Donald.

Gillian não sabia o que dizer.

— Desculpe, milady, não queremos incomodar, mas pensamos que dormiria melhor em um colchão limpo e seco. — Ela sorriu. — Se nos permite, vamos levar o velho e molhado e deixar este — insistiu Donald.

Com um olhar de gratidão infinita, Gillian cobriu a boca com a mão. Estava quase chorando.

Oh, Deus! A gravidez está me transformando em uma chorona, pensou, emocionada.

— Milady, vimos que tem goteiras — disse Liam na porta. — Se o barulho não incomodar muito, podemos acabar com elas rapidamente.

Impressionada ao ver como aqueles guerreiros se preocupavam com ela, assentiu. Quando seus olhos se cruzaram com os de Ewen, o homem de confiança de seu marido, ele lhe deu uma piscadinha e sorriu; ela, aturdida, retribuiu.

Sem perder tempo, debaixo de uma chuva torrencial, o exército de homens começou a cobrir o teto da cabana com novas pedras e palha seca, e as goteiras, uma a uma, foram desaparecendo. Enquanto isso, Donald e os outros dois tiravam o colchão encardido e molhado. Depois de colocar palha seca no chão e em cima duas mantas, puseram o novo colchão. Mas o vaivém de highlanders não acabou aí, e Gillian decidiu não fechar a porta. Levaram-lhe uma cadeira nova, taças e pratos limpos, e uma grande provisão de mantas, cerveja, água e bolinhos secos de farinha.

Sentada ao lado do fogão a lenha, Gillian sorriu ao ficar sozinha. A cabana iluminada, quentinha e acolhedora agora não parecia a mesma que ocupara horas antes. Quando se certificou de que os highlanders haviam ido dormir, por fim, fechou a porta e se deitou. Estava esgotada. O dia foi muito longo e com muitas emoções nada agradáveis. Ouvindo o som do vento e da chuva, que batia cada vez com mais força nas pedras da cabana, adormeceu.

Capítulo 51

O som seco e forte de um trovão a sobressaltou. Ao se sentar, aterrorizada, algo grande e pesado caiu em seu rosto e causou-lhe uma dor imensa. Assustada, ela gritou e tentou se levantar com a pouca luz que vinha do fogão a lenha, pois as velas já haviam se apagado. Contudo, tropeçou em uma das mantas e gritou de novo ao cair estrondosamente e bater no baú.

De repente, a porta da cabana se abriu e entrou uma figura escura, enorme e ensopada que a assustou também. Ela berrou de novo.

— Gillian, pelo amor de Deus, que foi?

Era Niall, que, sem que ela soubesse, passava a noite na porta torturado pelo fato de sua mulher estar dormindo ali. Ao ouvir sua voz, ela a reconheceu, e, tentando se livrar da água que escorria por seu rosto, gritou, histérica:

— Acenda uma vela! Acenda uma vela! Quero... quero luz!

Rapidamente, ele pegou uma vela em cima da mesa, levou-a para o fogão quase apagado e a acendeu. Niall se voltou para ela e ficou paralisado. Vociferou:

— Santo Deus, Gillian! O que aconteceu com você?

Sem entender a que se referia, a jovem passou a mão pelo rosto de novo. Devia haver uma goteira bem em cima dela.

— Não... não sei o que aconteceu. Um trovão me acordou, e depois algo caiu em meu rosto e... — Ao ver que ele se ajoelhava diante dela, dando um passo para trás, ela gritou: — Não me toque, McRae, senão, te arranco um olho!

Colérico devido ao estado em que sua mulher se encontrava, ele urrou, com cara de poucos amigos, vendo o sangue escorrer por aquele rosto doce.

— Maldição, Gillian, pare de dizer bobagens e não se mexa!

Pálido como cera, ele a pegou, e ela gritou quando, ao tentar se soltar, viu sua camisola branca ensopada de sangue. Ficou paralisada e gritou:

— Ai, Deus, Niall! Acho... acho que estou sangrando!

— Não me diga — rugiu ele, olhando-a com atenção.

Levando as mãos à cabeça, Gillian recordou a batida e a dor que havia sentido no rosto minutos antes. Ao olhar para o colchão, viu a portinha de madeira da janela e entendeu tudo. Nesse momento, Ewen e Donald chegaram; haviam ouvido Gillian gritar. Ficaram petrificados na porta olhando para os dois.

Decidido, Ewen entrou na cabana e perguntou:

— Milady, o que aconteceu?

Gillian ia responder, mas Niall, mal-humorado, ensopado e angustiado por vê-la naquela situação, ordenou, ríspido, enquanto puxava algumas mantas:

— Avise Susan. Diga que preciso que suba ao meu quarto. — Ewen assentiu. — Também vamos precisar de água fervida e panos limpos.

Ewen e Donald partiram com rapidez para cumprir a ordem, enquanto Niall, sem falar com Gillian, começava a enrolá-la em uma das mantas.

— Posso saber o que está fazendo, McRae?

Mas Niall não respondeu. Pegando-a no colo, saiu da cabana. Protegendo-a com seu corpo, ele a levou até o castelo. Uma vez ali, subiu até seu quarto, e quando chegou à cama soltou-a. Gillian estava tão tonta que se sentou e não protestou enquanto ele se movimentava pelo quarto a toda velocidade. Com ar inquisidor, ele levantou o queixo dela para observar o estrago, e respirou aliviado ao ver que o sangue parecia diminuir.

Pegando uma cadeira, sentou-se na frente dela. Molhou um pedaço de pano em uma bacia com água, segurou a mandíbula dela com uma mão e com a outra começou a limpar o sangue seco do rosto de Gillian. Sem poder evitar, ela o fitou. Parecia concentrado no que fazia.

— Ai! — protestou ela ao sentir dor.

Então, ele parou. O olho de Gillian estava se fechando. Decidido, ele continuou limpando com cuidado o resto do rosto. Estava tão irado consigo mesmo pelo que havia acontecido que não conseguia nem falar.

— Ai! — reclamou ela de novo, e ele lhe cravou o olhar de novo.

Então, bateram na porta, e surgiu Ewen acompanhado por Susan, que ao ver Gillian levou as mãos à boca, assustada.

Por Deus, que exagero por um pouco de sangue!, pensou a ferida.

Rapidamente, Niall se levantou da cadeira e, olhando para a mulher, pediu:

— Susan, preciso que dê uns pontos no supercílio ferido de minha esposa. Acho que, se não costurarmos, não vai cicatrizar bem.

Pontos? Costurar? O que esse animal quer fazer comigo?, pensou Gillian, alarmada. Levantando-se com rapidez, disse:

— Nada disso. Não preciso que ninguém me costure nada! Já me machuquei muitas vezes na vida e nunca precisei que ninguém me desse pontos. Portanto, Susan, obrigada por vir. É uma mulher incrível e gosto muito de você, mas não preciso que espete suas agulhas em mim.

Niall, sem pestanejar, murmurou:

— Susan, prepare o que for preciso.

A mulher assentiu e, sem olhar para a mal-humorada Gillian, foi até o criado-mudo que sua senhora havia comprado e começou a tirar coisas de sua taleiga.

Ewen, ao ver como o laird e sua esposa se olhavam, tentou falar:

— Milady, eu acho que...

— Não! — interrompeu ela com rapidez.

Susan, ao ver seu laird se impacientar, tentou interceder.

— Milady, prometo que não vai doer.

— Não, Susan! Não! — disse Gillian de novo, cada vez mais histérica.

Niall, incrédulo ao notar como ela olhava de soslaio para as agulhas que Susan passava pelo fogo, entendeu tudo. Gillian tinha pânico de agulhas, mas não queria dizer. Ele achou engraçado. Sua mulher valente e guerreira não temia a espada com que lutava, mas tinha medo de que uma agulhinha furasse sua pele.

Ele só conhecia um método para que ela concordasse com a sutura. Desafiando-a. Por isso, cochichou algo com Ewen, que saiu pela porta. Então, Niall olhou para sua mulher e disse:

— Está tremendo. Tome, coloque este roupão, vai aquecê-la.

— Não.

— Gillian... — protestou ele, cansado.

— Eu disse não!

— Pretende dizer não a tudo? — replicou.

— Não — respondeu ela. Mas ao ver que ele curvava os lábios, murmurou: — Antes quero... gostaria de tirar a camisola suja.

Ver Susan com a agulha na mão estava começando a deixá-la enjoada. Niall, vendo que Gillian estava empalidecendo, interpôs-se entre Susan e ela e a levantou sem esforço. Ajudou-a a tirar a camisola manchada de sangue e, sem fixar o olhar naquele bonito corpo, pôs o roupão nela. Antes de fechá-lo, durante alguns instantes ficou olhando para a cintura de Gillian. Um bebê crescia dentro dela. Sentiu uma pontada de amargura. Depois de fechar o roupão, sentou-a de novo e ela murmurou, tremendo:

— Obrigada.

Ele sorriu, mas não pôde mover nem um só músculo do rosto para demonstrá-lo. E, sentando-se na cadeira em frente a ela, disse:

— Gillian, o ferimento é muito profundo e feio, e precisa ser costurado. — Ela ia protestar, mas ele, pondo o dedo sobre os lábios dela, silenciou-a. — Não é agradável para ninguém passar por isso, mas você já me provou que é valente como um guerreiro escocês, que não se acovarda diante de nada. Ou vai me dizer que não é verdade?

Ela ia replicar quando ouviu uma batida na porta, que se abriu. Apareceram vários dos seus homens, entre eles Ewen, que com rapidez entregou uma taça a Niall. Este, voltando-se para sua pálida mulher, estendeu-a para ela.

— Beba. Vai te fazer bem.

— Não.

— Beba, Gillian. Vai te acalmar — insistiu ele.

Mas Gillian só podia controlar os movimentos de Susan, que havia um tempo esperava que seu laird lhe indicasse que podia começar.

— Milady, não vai doer se for costurado ainda quente — murmurou Donald.

— Melhor agora que quando a ferida esfriar. Pode acreditar — aconselhou Aslam.

Gillian, horrorizada e cada vez mais assustada, olhou para Susan e o marido dela, Owen. Bebendo um gole do que havia na taça, sussurrou, franzindo o nariz.

— Como sabe que não vai doer?

Niall deu uma ordem com o olhar, e os homens tiraram a camisa e mostraram a Gillian marcas terríveis de cortes de espada no torso e costas.

— Milady, não existe um só guerreiro sem cicatrizes — murmurou Ewen ao ver a cara de espanto dela.

— Garanto que minha mulher — acrescentou Owen — tem mãos doces e não vai doer.

Impressionada diante das lesões dos guerreiros, ela se sentiu ridícula e tola por fazer tanto escândalo por causa de um cortezinho na sobrancelha. E, como Niall havia imaginado, bebendo o resto da taça de um gole só, disse, olhando para Susan:

— Está bem, vá em frente.

Niall se levantou da cadeira para deixar que a mulher se sentasse em frente a Gillian. Os highlanders, ao ver seu propósito atingido, deram meia-volta, trocaram um olhar com seu laird e saíram pela porta.

Susan, vendo que sua senhora olhava para o marido que caminhava para a porta, sussurrou perto de seu ouvido:

— Milady, seria bom que alguém ficasse. Posso precisar de ajuda.

Foi a desculpa perfeita para que Gillian o chamasse:

— Niall!

Já na porta, ele parou.

— Pode ficar aqui?

Surpreso, ele assentiu. Gillian, para amenizar o fato, disse meio de brincadeira:

— Só para o caso de eu desmaiar como uma donzela e a pobre Susan precisar de ajuda para me levantar do chão.

Com um sorriso no rosto, Niall assentiu. Por aquela cabeça-dura iria até o fim do mundo.

— Claro. Ficarei, caso precise de mim.

Surpreso, ele fechou a porta e caminhou até ficar ao lado dela. Susan lhe pediu que segurasse a vela perto do rosto de sua mulher. Precisava ver com clareza onde dar os pontos. Niall se sentou na cama, ao seu lado, e sem pausa, mas com delicadeza, Susan afundou a agulha na carne de Gillian, que ficou tensa. Sofrendo pela dor que aquilo causava em sua mulher, ele não tirou o olho dela e, ao notar que Gillian tremia, comovido, pegou-lhe a mão com delicadeza. Ela, sem hesitar, aceitou o gesto.

Capítulo 52

Dois dias depois, Gillian, por fim, conseguiu sair do quarto de Niall. Tinha a cabeça e parte do rosto cobertas por faixas de linho. Só enxergava com um olho; o outro estava escondido debaixo da bandagem. Durante aqueles dois dias, Niall insistiu em não a perder de vista nem um só instante. Não lhe permitiu voltar à cabana e a obrigou a descansar. Inclusive, colocou um guarda na porta do quarto. Embora de início ela tenha tentado protestar pela clausura, e por estar naquele quarto, estava tão esgotada pelos dias que não havia dormido esperando a volta de Niall que por fim o sono a vencera. Por isso, no terceiro dia, quando abriu a porta e viu que não havia nenhum guerreiro fora para impedir que saísse, sorriu, e, decidida, pôs um vestido vermelho e desceu a escada. Tinha que continuar arrumando seu novo lar.

— Bom dia, milady, está melhor? — perguntou Gaela, que entrava pelo portão principal do castelo, acompanhada.

— Olá, Gaela. Sim... acho que sim — disse Gillian, sorrindo ao ver o grandalhão Frank com os braços cheios de lenha.

— Senhora, fico feliz de ver que está melhor — sorriu o homem.

— Obrigada, Frank.

Com um sorriso maroto, Gillian olhou para a jovem, e esta, risonha, disse:

— Frank, por favor, poderia levar a lenha para a cozinha?

— Claro. Agora mesmo.

Alegre, Gaela piscou para Gillian e desapareceu por uma porta com aquele highlander enorme.

— Bom dia, milady. Como está hoje? — perguntou Susan.

— Hoje estou muito bem, obrigada — respondeu Gillian, olhando ao redor. — Susan, poderia me ajudar a tirar a bandagem da cabeça? Se eu continuar enxergando com um olho só, vou ter uma síncope.

A mulher a fitou e, deixando os pratos em uma das novas e belas mesas do salão, assentiu.

— Claro que sim, milady. Será bom um pouco de ar para a ferida. Mas vai me prometer que, ao deitar, vai cobrir a ferida de novo. Durante o sono, pode se machucar sem querer.

— Eu prometo, Susan, mas, por favor, me libere de uma vez.

Subiram juntas a escada até o quarto de Niall. Gillian, com seu jeito expansivo, falava sem parar, e Susan sorria pelos comentários engraçados de sua senhora. Quando chegaram ao quarto, Gillian se sentou em uma cadeira e, com cuidado, Susan começou a retirar aquela bandagem elaborada.

Quando se viu livre dela, Gillian levou a mão à ferida e, ao tocar o rosto inchado, em especial a sobrancelha, sussurrou:

— Oh, Deus, que pancada!

De repente, berrou, horrorizada, ao perceber que ao olhar para frente continuava vendo com um olho só. Levantando-se, ela tocou o rosto e o sentiu estranho, com protuberâncias que dias antes não tinha.

— Ai, Deus, Susan! Perdi um olho? — Sem lhe dar tempo de responder, Gillian prosseguiu: — Maldição... maldição. Por que tudo tem que acontecer comigo?

Susan a olhou e suspirou diante da feia ferida no rosto de Gillian. Então, disse para tranquilizá-la:

— Calma, milady, não perdeu olho nenhum. O que ocorre é que a área da pancada está inflamada, mas em alguns dias vai ver que o inchaço vai diminuir.

— Me passe um espelho — exigiu Gillian com voz rouca.

— Talvez não seja uma boa ideia que se veja ainda, milady.

— Me dê o espelho! — berrou como uma possessa.

A mulher lhe entregou um. Incrédula, Gillian viu o reflexo de seu rosto e ficou sem palavras. Além de ainda ter sangue seco na testa e na face, seu olho havia desaparecido e só se via um hematoma verde-escuro, puxando para o roxo, que a fez gritar.

— Oh, Deus! Oh, Deeeeeus! Estou parecendo um urso!

— Calma, milady. Não é bom para o bebê ficar tão nervosa — sussurrou a mulher.

Então, Gillian olhou para ela e perguntou:

— Susan, todo mundo sabe do bebê?

A mulher assentiu. Gillian suspirou com desespero. Odiava fofocas.

— E, minha senhora, ninguém duvida que seja de nosso senhor.

Ouvir isso era o que Gillian mais necessitava. Pegando as mãos de Susan com carinho, beijou-as.

— Obrigada, obrigada... Obrigada.

— Milady, por Deus — sussurrou Susan, agoniada. — Ninguém vai pôr em dúvida diante de nós que esse bebê é um verdadeiro McRae!

— O problema é que o pai não acredita.

— Oh! Os homens às vezes são...

— Sim, piores que crianças... Eu sei, Susan. Eu sei.

Preocupada com sua visão, Gillian observou a ferida causada pela pancada. Era alongada e ficava exatamente em cima da sobrancelha. O aspecto era repugnante com aqueles pontos.

— Por todos os santos, Susan, sou um monstro! — exclamou, incrédula.

A mulher, acostumada a tratar de ferimentos muito piores que esse, tentou acalmá-la.

— Milady, a porta da janelinha deu uma bela pancada. Por sorte, não perdeu o olho nem quebrou os dentes.

De repente, Gillian abriu a boca e, ao ver que todos os seus dentes continuavam ali, suspirou, aliviada. Mas perguntou:

— Susan, tem certeza de que meu olho continua no lugar?

A mulher sorriu. Não queria, mas sua senhora era tão engraçada que não pôde evitar.

— Pode acreditar, e não se preocupe. Seu belo olho ainda está no lugar. A senhora vai ver que daqui a alguns dias o inchaço vai desaparecer e vai voltar a exibir seu lindo rosto. — Tirando-lhe o espelho das mãos, disse: — Agora, vou lavar seu cabelo, ainda está grudento. Também vou limpar o resto de sangue do rosto. Eu prometo, milady, que em breve estará mais bonita.

Bonita? Eu pareço um urso!, pensou ela com desespero.

Enquanto Susan lhe lavava o cabelo com carinho, Gillian não podia deixar de pensar em sua aparência. Como aparecer assim diante de Niall? Impossível. Não permitiria que ele a visse nesse estado. Com certeza, ele debocharia e tornaria a deixar claro que Diane McLheod era mais bonita que ela.

— Milady, posso fazer uma pergunta?

— Sim, Susan.

A mulher, esticando o cabelo de sua senhora, perguntou:

— Por que tem esta falha feia aqui? Quer que eu iguale o cabelo?

Olhando-se no espelho, Gillian suspirou e recordou sua última discussão com Niall. Mas não tinha a intenção de contar a Susan que ele a castigava cortando-lhe mechas de cabelo. Com um sorriso bobo, respondeu:

— Não, depois eu igualo. Quanto a sua pergunta, fiz isso treinando na liça com Cris McLheod.

Susan assentiu e continuou desembaraçando o cabelo de Gillian.

Capítulo 53

Da janela, Gillian observava os homens e seu marido. Estavam construindo cocheiras novas e trabalhavam duro desde o alvorecer.

Sem poder evitar, observava Niall. Naquela manhã estava lindíssimo. Mas, quando não? Sorria com Ewen e parecia estar se divertindo com alguma coisa. Ela adorava vê-lo sorrir. Essa expressão era a que sempre tivera no passado. Uma expressão que ele não costuma usar com ela.

Indo de novo até o espelho da linda penteadeira que havia comprado, murmurou:

— Realmente, Gillian, tudo acontece com você.

Precisava sair do quarto, mas seu marido e os guerreiros estavam trabalhando quase em frente ao portão principal do castelo, e tinha certeza de que assim que saísse pela porta eles a veriam e notariam sua aparência terrível.

A janela da escada. Ao pensar em seu bebê, recusou-se a pular de novo. Mas, pouco depois, voltou a considerar a ideia. Era sua única saída.

Se descesse por aquela janela, poderia chegar a sua cabana e pegar roupa limpa. Se o havia feito uma vez e não acontecera nada, faria de novo. Abriu a porta do quarto e, escondida, chegou à tal janela. Abriu-a, sentou-se no peitoril e, sem pensar duas vezes, pulou. Mas, dessa vez, a queda não foi tão suave quanto dias atrás. O olho fechado a fez desequilibrar e ela rolou pelo chão.

— Aiii! Que desastrada! — resmungou ao se levantar.

Tirou o pó do vestido. Vendo que ninguém a havia visto, correu para as cabanas, feliz por finalmente sentir o ar no rosto. Entrou na cabaninha e se surpreendeu ao ver a porta da janela arrumada e nem sinal do sangue que havia perdido.

Rapidamente, abriu o baú e pegou uma saia, uma camisola e um casaco. Sentiu-se limpa quando se trocou. Como detalhe, colocou ao redor da cintura um cinto baixo feito com várias placas metálicas. E comprovou, incrédula, que estava mais apertado do que ela recordava.

Nossa, estou ficando feito um barril.

— Gillian, está aqui?

Era Niall. Apressada, ela foi fechar a porta da cabana, mas estava só apoiada na parede, com as dobradiças quebradas. Então, recordou que na noite da tempestade seu marido a havia arrombado com um pontapé para entrar.

Não tinha escapatória. Niall ia ver sua aparência e ela teria que suportar seu deboche. Foi para o fundo da cabana e se voltou para a parede, até que a sombra de Niall cobriu a luz que entrava pela porta.

— Olá, Gillian.

— Olá — respondeu ela sem se virar.

Um dos seus homens havia avisado a Niall que vira sua esposa subir para a cabana. Ansioso para saber como ela estava, foi atrás dela.

— Não me diga que pulou de novo pela janela?

— Não te interessa — respondeu ela.

— Uma mulher em seu estado não deve fazer essas coisas.

— Como disse, é meu estado. É meu filho, portanto, deixe que eu tome minhas próprias decisões sobre o que devo ou não devo fazer.

Durante aqueles dois dias com ela no quarto, Niall tentara dialogar, mas ela se recusara. Vê-la chorar uma vez foi o suficiente para saber que havia se comportado como um energúmeno. Niall não queria ser assim. Amava-a, adorava-a. Precisava dela mais que de ninguém no mundo, e estava disposto a reconquistá-la, mesmo que ela dificultasse as coisas.

— Está bem?

— Sim.

— Sua cabeça dói, ou algo mais?

— Não.

— Preciso falar com você, Gillian.

— Pois eu não preciso.

— Querida — sussurrou ele.

— Não me chame de querida! — gritou ela.

Sabendo que teria que ter a paciência que ultimamente não tivera com ela, Niall suspirou, mas, depois de um silêncio tenso, ele estranhou que Gillian não se mexesse nem olhasse para ele. Então, aproximou-se, até ficar bem atrás dela. Precisava abraçá-la, beijá-la, dizer todas as coisas bonitas que ela merecia, mas temia sua reação.

— Não... Nem pense em me tocar ou olhar para mim.

Estranhando, ele pôs a mão no ombro dela.

— Maldição, Niall! Não... me toque.

Sem entender o que estava acontecendo, Niall a pegou pela cintura e, virando-a, deixou-a de frente para ele. Nesse momento, Gillian cobriu o rosto com as mãos, e então, ele entendeu. Com um gesto carinhoso, sussurrou:

— Gillian, o inchaço vai desaparecer, não se preocupe. Em poucos dias, seu rosto voltará a ser lindo como sempre.

Surpresa diante do elogio, ela apertou o olho bom e o fitou.

— Não quero que me veja assim. Tenho certeza de que te causaria mais repugnância do que já te causo, e te conhecendo como conheço, sei que vai debochar de minha aparência horrível e vai começar a elogiar a beleza das outras.

Confuso e envergonhado diante das palavras dela, ele sussurrou:

— Posso garantir que você me causa muitas coisas, menos repugnância, Gillian.

Ora, hoje ele está irônico, pensou ela, bufando.

Mas decidida a não se deixar vencer por seus elogios, disse:

— Niall, posso te pedir uma coisa?

— Claro — disse ele, bem-humorado.

— Poderia sair de minha casa para que eu possa deixá-la limpa e decente? E, por favor, diga a algum homem que venha arrumar a porta. Eu gostaria de ter minha privacidade, e sem porta não é possível.

Ele a fitou, boquiaberto. Ela realmente pretendia continuar dormindo ali?

— Gillian, não quero que durma aqui, e muito menos que considere este barraco sua casa.

— Ora! — protestou ela, voltando-se.

Não queria olhar para ele.

— Ora, o quê? — grunhiu ele.

— Olhe, Niall, não quero discutir com você. Só quero que peça a algum homem que venha arrumar a porta. Só isso.

— Gillian... — sussurrou Niall, aproximando-se por trás dela.

— Não... não se aproxime de mim.

Disposto a conquistá-la de qualquer jeito, ele baixou o rosto até afundá-lo no pescoço de Gillian para aspirar o perfume de seu cabelo. Sussurrou:

— Eu te amo, gata.

Controlando a vontade de quebrar na cabeça dele a vasilha que tinha a sua frente, levantando o ombro para que ele se afastasse, respondeu:

— Fico feliz de saber, Niall, mas eu não te amo.

— Sei que é mentira, você me ama.

— Não, não estou mentindo. Eu te amava, mas já não mais. Agora, só amo meu filho.

Cabisbaixo, Niall decidiu despir seu coração. Murmurou:

— Sou um tolo, um idiota, um ignorante, sou tudo que quiser que eu seja. Mereço que esteja aborrecida comigo, que me ignore, que não fale comigo, mas preciso dizer que sou apaixonado por você e que farei tudo que esteja em minhas mãos para que volte a acreditar em mim e me ame.

Resistindo ao impulso de se jogar no pescoço dele, ela respirou fundo e, negando com a cabeça, murmurou:

— Nunca haverá nada entre nós. O que houve pertence ao passado e, como tal, deve ser esquecido.

Sem se dar por vencido nem se afastar, ele sussurrou no ouvido dela:

— Não vou permitir que não me ame. Não vou permitir que esqueça o que já existiu entre nós. E não vou permitir porque sei que me ama, e eu não posso nem quero viver sem você.

Com os olhos marejados e esquecendo sua aparência, Gillian se voltou para ele e gritou:

— Você é desprezível. Eu te odeio! Faz tudo isso para que eu torne a cair como uma boba em sua cama. Mas tenho certeza de que quando tiver me desfrutado e a vida voltar ao normal, você vai me humilhar de novo e dizer: "Por que me casei com você?". Além do mais, carrego em minhas entranhas um bebê que você, maldito, disse que é um bastardo. Portanto, não se aproxime de mim, porque nem meu filho nem eu queremos nada com você.

Ao ver que ele a olhava, tocando o rosto, ela urrou:

— Pare de olhar para meu rosto assim!

Ao se sentar na cadeira, enroscou-se na saia e, de repente, ouviu o tecido se rasgar. Incrédula diante das mudanças pelas quais seu corpo estava passando, ela soluçou, olhando para ele.

— Agora, além de ser um monstro deformado, estou ficando gorda, e...

— Gillian, está tudo bem. Você não é um monstro — murmurou ele, enternecido. — Tem outros vestidos. Não fique chateada por isso.

Mas ela chorava ainda mais, deixando-o desconcertado.

— Odeio que me veja com esta cara de urso.

Comovido, ele se agachou para ficar a sua altura. E, sem tocá-la, disse:

— Eu não acho que parece um urso, querida.

— Oh, sim! Não minta. Meu rosto está tão inchado que pareço um urso acordando depois da hibernação. Não diga que não.

Achando graça, ele foi tocá-la, mas Gillian não deixou. Incapaz de continuar vendo-a soluçar como uma donzela indefesa, Niall perguntou:

— Gillian, querida, por que chora agora?

— Não me chame de querida.

— Chamo, sim.

— Não, eu não permito.

Tentando se convencer de que as lágrimas eram sintomas da gravidez, Niall continuou:

— Se é pelo vestido, está tudo bem. Vamos encomendar outros. E quanto a seu rosto, não se preocupe. Garanto que muito em breve estará linda como sempre de novo.

Parando um pouco de chorar, ela olhou para ele com seu único olho saudável e, em um sussurro, perguntou:

— Acha mesmo que sou bonita?

— Não, porque é...

— Eu sabia... É uma mentira benéfica — gemeu ela, cobrindo o rosto.

— Porque é maravilhosa, Gillian. É a mulher mais linda e valente que já conheci na vida. A mulher com quem tenho a honra de estar casado. E desejo com toda minha alma que me perdoe e volte ao nosso lar.

Tonta diante dessas palavras tão doces e bonitas, ela começou a chorar mais forte. Isso desconcertou ainda mais o highlander. Sem saber o que fazer, ocorreu-lhe dizer:

— Querida, você é uma guerreira, e guerreiros não choram.

Ao ouvir essas palavras, a jovem pulou da cadeira e disse:

— Fora de minha casa!

— De novo com isso! Gillian, querida...

Mas ela não queria escutar. Estava grávida, com o rosto ferido e sozinha no mundo.

— Fora de minha casa, eu disse! — gritou de novo.

Certo de que era inútil falar com Gillian nesse momento, por fim ele se levantou e foi embora. Falaria com ela quando estivesse mais tranquila.

Mas não. Falar com Gillian foi impossível. Ela o evitava, tirando-o do sério. Quando chegou a noite, ela se trancou na cabana, e Niall blasfemou ao ver a porta arrumada. Não havia como entrar senão derrubando-a, e ele não queria nem assustá-la nem machucá-la. Já havia sido bastante bruto com ela. Essa foi a primeira de muitas noites que Niall, depois de vê-la ir para a cabana, sentava-se, abatido e mal-humorado, no peitoril de sua janela enquanto se perguntava o que poderia fazer para reconquistar sua mulher. Gillian era importante e valiosa demais para que ele permitisse que as coisas ficassem assim.

Capítulo 54

Durante esses dias, Niall mal descansou. Só conseguia dormir perto dela, e o mais perto era no chão, ao pé do muro da cabana, mas obrigou seus homens a ficarem calados. Não queria que ela soubesse que estava tão desesperado. Porém uma noite ela acordou, e ao abrir a porta da cabana, ficou sem fala ao ver Niall dormindo enrolado em várias mantas encostado na pedra. O primeiro instinto dela foi lhe dar um pontapé para que saísse dali, mas quando sentiu as lágrimas marejando seus olhos, entrou na cabana e chorou... chorou... chorou.

Cris e Brendan voltaram da viagem de lua de mel e, ao encontrar aquela situação, tentaram interceder. Mas foi impossível. Gillian estava fechada, e não lhe importava nada do que diziam. Não pretendia tornar a confiar em Niall. Nunca mais.

Todas as manhãs, quando Gillian saía de sua cabana, ele já a estava esperando com um sorriso radiante. Levava-lhe bolinhos de aveia, de morangos, de frutas, tudo para ajudá-la a superar as náuseas matinais. No meio da manhã, quando Gillian passeava ou fazia alguma tarefa doméstica, ele aparecia com um suco feito na hora para que ela tomasse. No início, ela gostou da atenção, mas, conforme os dias passavam, começou a se sentir sufocada. Niall a obrigava a beber mesmo que não quisesse.

Ele quer me engordar como um porco, pensou, e até gritou isso, fazendo-o rir.

Durante o almoço, momento em que ele se sentava ao lado dela e tentava puxar conversa, Gillian via que Niall tentava agradá-la em tudo que podia. Até a elogiava e dizia todos os dias que seu rosto estava melhor e que o inchaço diminuía. Ela simplesmente o escutava, mas não sorria. Só assentia e comia. Fazia tanto tempo que Niall não a via sorrir que começou a se preocupar. Quando Gillian havia perdido aquele sorriso tão maravilhoso?

Depois do almoço, todos os dias era o mesmo ritual: Niall insistia para que ela descansasse, e por isso, Gillian, para se livrar dele, entrava em sua cabana e acabava adormecendo. Ele aproveitava esse momento para falar com seus homens sobre coisas importantes para o castelo e para subir às ameias, onde, apoiado na pedra de que sua mulher tanto gostava, rememorava sem parar seus lindos e excitantes momentos de paixão.

Acabada a sesta, quando ela abria a porta de sua cabana, lá estava ele de novo para persegui-la aonde quer que fosse, até que, depois do jantar, ela voltava para a cabana exausta de escutar quanto ele a amava e a necessidade que tinha de que o perdoasse e lhe desse outra chance.

Sete dias depois, de manhã, após vomitar a noite inteira, quando Gillian saiu da cabana para tomar um pouco de ar ficou boquiaberta ao ver três cavaleiros se aproximarem, com um exército atrás. Protegendo os olhos do sol com a mão, sentiu de repente uma alegria tomar seu peito ao reconhecer Megan entre os cavaleiros. Animada, entrou na cabana para se arrumar e ir ver sua amiga.

Dentro do castelo, Niall conversava com Ewen sobre as obras das cocheiras quando um dos seus homens entrou para lhe avisar da visita. Quando Niall saiu pela porta principal, sorriu ao ver chegar seu irmão, sua cunhada e Kieran O'Hara.

— Ora! Que visita agradável! — aplaudiu, feliz.

Rapidamente, foi até sua cunhada e, pegando-a pela cintura, ajudou-a a descer de Stoirm. Dando-lhe um beijo, sussurrou em seu ouvido:

— Obrigada por vir tão depressa.

Ela, sorrindo, deu-lhe um beijo e respondeu:

— Se não vim antes foi porque me proibiu, maldito cunhado.

Niall sorriu. Megan era fantástica e com certeza o ajudaria a recuperar o carinho de Gillian, que nos últimos dias mal olhava para ele.

Duncan foi até seu irmão e o abraçou.

— Não sei o que anda acontecendo aqui, mas sua cara de cansaço me faz imaginar o pior. Porém eu te digo: não se preocupe. Se eu pude com Megan, você poderá com Gillian.

Alegre, Niall deu dois tapas nas costas de seu irmão. Observou Kieran, que, descendo do cavalo, olhava ao redor.

— Isto a cada dia parece mais um castelo, e não um monte de pedras — debochou, olhando para Niall, que sorriu.

— E você, o que faz aqui, Kieran? — perguntou Niall.

— Eu estava em Eilean Donan visitando minhas pequenas Amanda e Johanna, quando Megan recebeu sua carta. Ela me pediu que os acompanhasse. Mas, se quiser que eu desapareça, basta me dizer e voltarei por onde vim.

— Ora, não diga bobagens! — Niall o abraçou. Mas sentiu uma pontadinha no coração ao recordar que Gillian lhe havia dito que Kieran lhe atraía como homem. Seria verdade? — Você é bem-vindo ao meu lar, que a partir de agora é seu.

— Obrigada, McRae — disse Kieran, sorrindo.

Olhando em volta, perguntou:

— Bem, e onde está essa sua linda mulher?

— Isso mesmo, onde está Gillian? — insistiu Megan, observando o castelo.

Nesse instante, Niall olhou para as cabanas e sorriu ao vê-la correr para eles.

— Está vindo ali.

Todos se voltaram para onde Niall indicava. Megan, feliz, pulou entusiasmada, agitando os braços, enquanto Gillian, por sua vez, corria e fazia o mesmo.

— Ora, Niall! Por sua cara de bobo, imagino que as coisas entre vocês melhoraram bastante — sussurrou Kieran.

Niall deu de ombros. Kieran prosseguiu:

— Então, confirma que está melhor que da última vez que vi vocês.

— Julgue por si mesmo — suspirou Niall.

Kieran estranhou a resposta.

— Você a trata bem? — perguntou.

Contrariado diante da pergunta, Niall olhou para seu amigo.

— Claro que sim. Como ela merece — respondeu.

— Por todos os santos, Gillian! O que aconteceu? — gritou Megan nesse momento.

Haviam se passado vários dias desde o desafortunado acidente, mas, apesar de o olho e a face já terem voltado ao normal, um escuro círculo verde e roxo ainda ocupava metade do rosto de Gillian.

Kieran, incrédulo, fixou a vista em Gillian, e ao ver o olho, a testa e a face dela, voltou-se para Niall e lhe deu um soco que o jogou para trás.

— Maldito covarde! Como pôde bater nela? — gritou, sem lhe dar tempo de explicar nada. Irado, Kieran se jogou em cima dele e deu-lhe outro soco que fez seu lábio sangrar. Gritou, antes que Duncan os separasse: — É isso que chama de tratá-la como merece?

— Me solte, maldito animal! — gritou Niall, ofendido, sinalizando a seus homens que não interferissem.

Gillian chegou rapidamente, e junto com Duncan e Megan ajudou a separá-los.

— Posso saber o que está acontecendo? — perguntou, quase sem voz devido à corrida.

Niall, tocando o lábio para tirar o sangue, vociferou, irado:

— Explique a este burro que não fui eu quem fiz as marcas em seu rosto.

Duncan, incrédulo, olhou para ela. O rosto da garota era de todas as cores, menos da que deveria ser.

— Ai, Gillian! — gemeu Megan, fitando-a. — O que aconteceu, querida?

Vendo que todos os olhares se dirigiam a ela, sem se aproximar de seu marido para ver o lábio ferido, explicou:

— Podem não acreditar, mas a portinha de uma janela caiu em meu rosto. Por isso está assim. — E, voltando-se para Kieran, disse: — Como pôde pensar que Niall seria capaz de fazer isto comigo?

— Não sei — murmurou ele, tocando o punho.

Achando graça, viu o sangue na boca de seu marido, mas, ignorando seu estado, voltou-se para seu amigo e, com um sorriso que havia muito tempo não mostrava, murmurou, fazendo o coração de Niall se apertar.

— Acha que eu o deixaria fazer isso sem deixá-lo marcado também?

— Não sei, linda. Por um momento pensei que...

— Não pense tanto, O'Hara. E se pensar, que seja com sabedoria — bufou Niall, entrando no castelo.

Duncan, ao ver que Gillian não corria atrás dele, olhou para Kieran. Pegando-o pelo pescoço, convidou:

— Anda... Vamos refrescar a garganta. E controle seus punhos.

Megan, olhando para Gillian com atenção, disse a seu marido:

— Vão vocês. Eu vou dar uma volta com Gillian pelos arredores.

Então, os homens entraram no castelo e elas começaram a caminhar pela planície. Durante um bom tempo, Gillian apresentou a Megan cada um dos homens com quem cruzavam. Helena, ao ver Megan, rapidamente foi cumprimentá-la. Tinha-lhe apreço pela bondade com que havia tratado a ela e a seus filhos na noite em que se conheceram na estalagem. Seguindo para a área das cabanas, Gillian abriu a porta da última e a convidou a entrar.

— Bem-vinda ao meu lar — disse, olhando em volta.

Sua cunhada, sem entender nada, olhou para a cabana. Gillian indicou a janelinha de madeira já consertada.

— Essa é a responsável por meu olho e meu rosto estarem assim. Houve uma tempestade incrível, a janelinha estava solta, e eu estava dormindo embaixo... Oh, Deus, Megan! Você não imagina a quantidade de sangue que perdi.

Megan, cada vez mais confusa, fitou-a e disse:

— Não estou entendo nada do que está me contando. Como assim aqui é a sua casa, e você estava dormindo aqui quando...

Mas não pôde continuar. Gillian desabou e começou a chorar, e logo sentiu ânsias e teve que vomitar. Megan, assustada, levou-a rapidamente até o colchão limpo e conseguiu fazê-la sentar.

— Minha querida, vamos começar do começo, porque juro por minhas filhas que cada vez entendo menos.

Então, Gillian, precisando desabafar, começou a lhe contar tudo que havia acontecido nos últimos meses.

— Está grávida?!

— Sim.

— E Niall não sabe?

— Sim, mas o tosco acha que não é dele.

Incrédula diante do que ouvia, Megan sussurrou:

— Como ele pode pensar isso?

Gemendo, Gillian respondeu:

— Ele disse que o que carrego em minhas entranhas é um bastardo, e eu não quero ouvir o que tem a dizeeeeeer! Vou ficar feia, gorda, deformada, e... e...

— Mas, por todos os santos, Gillian! Vai me dizer que acha que Niall...

— Sim...

— Oh, não! Lamento dizer, por mais que te desagrade, mas Niall não é assim.

— Você não o conhece! — gritou Gillian. — Soltando o cabelo, gemeu: — Olhe onde está meu cabelo. Ele vai me deixar careca!

Atônita, Megan notou que os longos cabelos de sua amiga haviam minguado até chegar pouco mais que abaixo dos ombros.

— Aquele... aquele idiota, além de cortar meu cabelo cada vez que lhe desobedeci ou insultei, partiu meu coração.

— Puxa, Gillian... parece que tiveram bastante emoção por aqui.

Mas Gillian não estava com vontade de rir.

— Além do mais, ele só fica elogiando aquela idiota da Diane McLheod. Diz que ela é bonita, engraçada, maravilhosa, que tem um cabelo encantador, feminina... Oh, Deus... eu a odeio!

Cada vez mais consciente da razão pela qual seu cunhado a chamou, Megan se sentou de novo no colchão e, tocando com carinho o cabelo de Gillian, sussurrou em seu ouvido:

— Gillian, entendo tudo que diz. Entendo que ele não se comportou tão bem quanto deveria, e que...

Mas se calou ao ver que alguém entrava na cabana. Era Kieran, que fechou a porta e disse:

— Gillian, o que está acontecendo aqui? Acabei de saber por Ewen que você mora nesta humilde cabana e que está esperando um bebê. — E apontando-lhe o dedo, sibilou: — Se McRae fez isso em seu rosto, fale, mas fale já, porque juro que vou fazê-lo pagar agora mesmo.

Gillian levou as mãos ao rosto e começou a chorar de novo, e Megan, olhando para o highlander, sussurrou:

— É impressionante como você é oportuno, Kieran.

Capítulo 55

À noite, as coisas pareciam mais tranquilas, mas, como todos os dias, Gillian insistiu que não queria dormir no castelo, e Niall, mais uma vez, deixou-a ir. Megan, Duncan e Kieran tentaram por todos os meios fazê-la ficar e descansar no calor da fortaleza, mas não houve jeito. Por isso, Niall, cansado de escutá-la, deu-lhe o braço e fazendo um gesto a um dos seus homens, levou-a até a porta principal do castelo. Com um sorriso, disse:

— Tem certeza de que não quer ficar, querida?

— Não me chame de querida! — protestou ela.

Niall, controlando o desejo de beijá-la, aproximou-se e sussurrou em seu ouvido:

— Se não se importa, hoje, como temos convidados, não te acompanharei até a cabana.

— Acho justo — assentiu ela. — Boa noite.

Niall pediu a Liam que a acompanhasse até a cabana e a observou se afastar. Sussurrando, disse sem que ela o ouvisse:

— Para você também, querida.

Ao ver isso, Megan, Duncan e Kieran se entreolharam. O que aqueles dois tolos estavam fazendo?

Quando Niall se sentou com eles, uma avalanche de emoções dominava seu corpo. Sentia-se frustrado, irado, aborrecido, mas estava apaixonado por aquela fera de uma maneira tão irracional que estava começando a perder a razão. Parte dele desejava lhe dar umas boas palmadas para que parasse de se comportar daquele jeito absurdo, mas outra parte só queria beijá-la, ser beijado, fazer amor com ela e, por todos os santos, vê-la sorrir. Precisava ouvir o som de seu riso, senti-lo, mas ela parecia não perceber.

— Niall, desde quando isso está acontecendo? — perguntou Duncan, contrariado.

— Faz duas ou três semanas. Tivemos uma discussão feia, eu me comportei como um imbecil, e isso fez Gillian ficar assim comigo.

— Como pode permitir que essa mulher tão miúda e, para piorar, grávida, ande por aí com um frio desses? — censurou-o Kieran.

Incapaz de se calar, Megan olhou para seu cunhado e, em um tom nada conciliador, disse:

— Pelo que sei, foi ele quem lhe ordenou dormir na cabana. Ela só está cumprindo ordens.

Niall cravou os olhos em sua cunhada e respondeu:

— Tem razão. Transtornado, na noite de nossa discussão, eu disse essa bobagem, mas imediatamente, antes que ela saísse de nosso quarto, tentei consertar as coisas, mas você sabe como sua amiguinha Gillian é.

— Eu posso garantir que se Duncan houvesse duvidado da paternidade de meu filho, eu também não lhe teria deixado se desculpar — acrescentou Megan. — Como pôde ofendê-la dessa maneira?

— Por todos os santos, Niall! — exclamou Kieran.

— Eu estava cego de raiva — respondeu Niall, desesperado. — Não estou tentando me justificar. A fúria me deixou cego, e agora estou arcando com as consequências, e com acréscimo.

— Não posso acreditar, Niall — disse Duncan. — Está querendo dizer que há duas, três semanas, permite que sua mulher faça o que quer, mesmo sabendo que é seu filho que ela carrega!?

Com sarcasmo, Niall olhou para o irmão e, apontando-lhe o dedo, disse:

— Você não se meta.

— Eu não lhe permitiria — insistiu Duncan sem se acovardar.

— Olhe, Duncan — recriminou-o Niall —, há seis anos permite que sua linda mulherzinha, essa que agora me olha com vontade de me arrancar os olhos, faça tudo que quer. Por que está me recriminando?

— Acho que os McRae são uns moles. Ah, sim, tenho certeza disso — debochou Kieran.

Megan, dando um tapa no pescoço de Kieran que o fez gargalhar, perguntou:

— Como pôde dizer que ela carregava um bastardo em seu ventre?

— Acabei de explicar... Fiquei cego.

— Péssimo, Niall, péssimo — murmurou Duncan.

— Querem parar de me julgar e me ajudar a encontrar uma solução? Por acaso acham que gosto de ver que ela não olha para mim, não fala comigo, não se dirige a mim para nada, não me diz se está bem ou não? Por todos os santos, vou ficar louco!

— Você merece, por ser cabeça-dura — recriminou Megan.

Kieran, brincando, perguntou:

— Qual é o problema com os McRae? São guerreiros ferozes na luta, mas no corpo a corpo com suas esposas, são sempre derrotados.

Megan, disposta a defender os homens que tanto amava, pegou um guardanapo e bateu em Kieran com ele, dizendo:

— Cale a boca, idiota. Meu marido e Niall são ferozes em todos os campos. A vida a dois não é fácil, e, diante de mulheres como Gillian e eu, eles medem suas forças de outra maneira.

Sorrindo, Kieran deu uma mordida num pedaço de pão e respondeu:

— Por isso, minha querida, eu decidi desfrutar dos prazeres de uma mulher diferente a cada noite. Assim, nenhuma delas me fará medir minhas forças sem que eu queira.

— Lamento dizer, Kieran — explicou Niall, alegre —, que no dia em que a mulher que roube sua razão chegar, medirá suas forças. Ah, sim! Tenho certeza disso. E lá estarei eu para rir de você, engraçadinho!

— Eu, também — afirmou Duncan. — No dia em que essa mulher aparecer, vai cair aos pés dela, como caímos todos.

Nesse momento, entrou Liam, o guerreiro que havia acompanhado Gillian até sua cabana. Trocando um olhar com Niall, o homem balançou a cabeça e ele soube que ela havia chegado bem.

— Olhe, Niall — disse Megan —, Gillian não pode continuar dormindo na cabana. O tempo está piorando e...

— Eu sei... — respondeu ele, contrariado. — O que não sei é o que fazer para que ela volte a confiar em mim. Faz dias que lhe digo que a amo, que imploro seu perdão, que me deixo pisotear como nunca antes e, ainda assim, nada. Fico angustiado de ouvi-la chorar à noite na cabana.

— Espia às escondidas? — debochou Kieran.

Niall lhe lançou um olhar feroz, mas Kieran sorriu.

— Se não tivesse sido tão idiota todo esse tempo, e não tivesse se comportado como um energúmeno, nada disso estaria acontecendo. Você quis dar uma lição a Gillian por coisas que às vezes acontecem sem intenção, e, no fim, complicou tudo — recriminou Megan. — Lamento dizer, mas tem o que merece por ser cabeça-dura.

Sem se importar em demonstrar seus sentimentos, nem com o que pensariam dele, Niall se voltou para sua cunhada e sussurrou:

— Megan, eu amo a Gillian. Ela é a melhor coisa e a mais bonita que já tive, e estou disposto a lutar como for preciso para que ela volte a me olhar como antes de eu estragar nosso relacionamento.

— Oh, que romântico! — debochou Kieran.

— Calado! — disse Duncan, dando-lhe um soquinho. — Você não tem ideia do que meu irmão está falando. E garanto que no dia em que uma mulher tocar seu coração e não te der bola, não vai rir.

— Niall, por que não desafia Gillian? — perguntou Megan, surpreendendo-os.

— Como?! — disseram os três highlanders, fitando-a.

— Megan, meu amor — sussurrou Duncan —, pretende que Niall saia na espada com ela sabendo que está grávida?

— Não, querido. — Sorriu ao ver o que eles haviam entendido. — Quis dizer que mude de tática. Se a que está usando agora não funciona, que tente outra. Talvez Gillian não goste de tanta pressão e precise se sentir desafiada para que volte a se interessar por Niall.

— E o que pretende que eu faça? Se eu não tentar ficar perto dela, garanto que ela não vai tentar ficar perto de mim.

— Tem certeza?

— Absoluta — afirmou ele.

Megan, suspirando, olhou para seu marido, que lhe deu uma piscadinha.

— Vamos conversar sobre o que faremos a partir de amanhã. Como sempre, se não puser Gillian entre a espada e a parede, ela nunca vai reagir. E, Kieran, precisaremos de sua ajuda de novo. — Ao vê-lo sorrir, Megan explicou: — Fique tranquilo, desta vez não permitirei que nenhum McRae ponha a mão em você.

Duncan, ao ver que seu irmão e Kieran se sentavam ao lado de Megan, riu e disse:

— Que Deus tenha misericórdia de nossas almas, rapazes. Vamos nos meter no jogo de duas guerreiras.

Capítulo 56

Ao alvorecer, Niall se levantou da cama. Megan não lhe permitira dormir ao pé da cabana, e ele só desejava ir ver Gillian. Depois de se vestir e tomar o café da manhã sem muita vontade, foi com Duncan checar o gado. Gostando ou não, um dos primeiros passos para desafiar sua guerreira era se afastar dela. Mas isso o deixava desconcertado.

De manhã, quando Gillian se levantou, suspirou ao pensar que assim que abrisse a porta ali estaria Niall com seu melhor sorriso para lhe dar bom-dia. Então, olhou-se no espelho, ajeitou o cabelo e erguendo o queixo, abriu a porta da cabana... E ficou pasma ao não o ver sentado debaixo da árvore. Onde estaria? Surpresa, colocou a cabeça para fora, e depois de olhar para os dois lados e ver que ele não aparecia, suspirou, contrariada, dirigindo-se ao castelo.

— Ora... Hoje que estava com vontade de um pedaço de fruta fresca, ele não veio.

Quando Gillian entrou na fortaleza, esperava encontrá-lo sentado à mesa com Duncan, mas Niall também não estava ali, e sim Megan, que conversava com Kieran.

— Bom dia, linda — cumprimentou o homem, levantando-se para ir até ela. — Por que esse cenho franzido?

— Oh, não é nada!

— Venha, sente aqui conosco — sugeriu Megan. — Estávamos falando da festa que vou fazer para o aniversário de Amanda. Você vai, não é?

— Claro que sim.

Olhando em volta, Gillian quis perguntar por Niall, mas não queria dar a entender que notava sua ausência; por isso, juntou-se à conversa. E se surpreendeu quando Megan disse:

— Duncan e Niall foram para Dunvenhan conversar com Jesse McLheod.

Maldição! O que Niall está fazendo lá?, pensou Gillian, contrariada, ao se lembrar de Diane. Mas rapidamente recordou que ela já não vivia no castelo.

— Para que foram a Dunvenhan?

— Jesse McLheod, pelo visto, tem lindos cavalos, e Niall quer escolher um potrinho branco para dar de presente de aniversário a Amanda. Você sabe que Niall tem um fraco pelas meninas — respondeu Megan.

— Sim, é verdade — assentiu Gillian, sorrindo.

Durante um bom tempo, escutou Kieran e Megan falarem sobre Shelma, Johanna e uma infinidade de pessoas, enquanto ela ficava mergulhada em seus pensamentos.

— Bom... Agora que estamos só nós três, sem o bruto Niall — disse Kieran —, Gillian, o que vai fazer? Ontem à noite ficou bem claro para todos que a convivência com seu marido é totalmente nefasta. Vai voltar a Dunstaffnage ou vai ficar aqui?

Essa pergunta a pegou totalmente desprevenida. Ela nunca havia pensado em se afastar de Duntulm. Olhando para Megan, que balançava a cabeça, disse:

— Não sei. Não pensei nisso.

— Oh, querida! Ontem à noite conversei muito seriamente com Duncan e Niall — explicou Megan. — E ambos concordam que, se quiser, pode ir viver conosco em Eilean Donan.

— Como?! — sussurrou Gillian com um fio de voz.

Mas Megan, sem lhe dar atenção, continuou:

— Olhe, Gillian, não pode continuar assim. Não me agrada que esteja vivendo naquela cabana sozinha, com o frio que faz e exposta a perigos como os da janelinha. Por isso, Duncan conversou muito seriamente com o irmão, e ele aceitou que você decida se quer continuar vivendo aqui ou ir para Eilean Donan conosco.

Ir embora de Duntulm? Afastar-se de Niall? Ela não queria nada disso. Queria continuar vendo-o todas as manhãs, tardes e noites, e saber que ele estava bem. Mas, realmente, a convivência não era das melhores...

— E o passo seguinte é tentar uma separação amistosa — continuou Megan, fazendo Gillian engasgar. — Se Niall concordar, vai poder se separar definitivamente. Assim, ambos terão a oportunidade de começar uma vida nova. Você com seu filho, e ele com seu clã.

Sem lhe dar tempo de pensar, Kieran, aproximando-se, disse, deixando-a sem palavras:

— Acho que é uma excelente ideia. E, se concordar, eu posso te visitar. Adoro crianças, e talvez você e eu...

Dando um pulo, Gillian gritou:

— Não... não me leve a mal, Kieran, mas não quero retomar minha vida com ninguém. Quanto a ir para Eilean Donan, acho que esse é um assunto que Niall e eu teremos que discutir, e pelo que sei, ele... ele...

— Oh, querida, não se preocupe com isso! Ele vai aceitar o que você quiser.

Levando as mãos à boca, Gillian sentiu um forte enjoo. Só de pensar em ir embora daquele lugar lindo ficava doente. Por isso, sem lhes dar tempo de dizer mais nada, desculpou-se e saiu em busca de ar fresco. Estava precisando.

Dentro do castelo, Megan e Kieran sorriram. Com um descaro incrível, ela sussurrou:

— Confirmado. Gillian não quer ir embora daqui nem morta!

Durante o dia todo, Gillian fugiu de seus amigos. Eles insistiam toda hora em conversar sobre sua partida de Duntulm. Ela os escutava planejar festas, bailes e tudo aquilo que ela havia adorado na juventude. Mas, nesse momento, não queria nada disso: precisava de tranquilidade, paz, sossego e que a deixassem viver. Só precisava que lhe permitissem descansar para se recompor e começar a viver.

À noite, quando já achava que sua cabeça ia explodir, chegaram Duncan e Niall. Gillian, ao ver seu marido, pulou da cadeira como havia tempo não fazia. Esse pequeno gesto fez Niall se emocionar. Mas, como se não a houvesse visto, continuou falando com seu irmão.

— Olá, meu amor — disse Megan, correndo para beijar o marido.

Duncan, com um abraço afetuoso, levantou-a e beijou-a. Gillian teve que virar o rosto. Ver tão de perto o amor triunfar não era o que mais lhe agradava. Inconscientemente, olhou para Niall, e ao ver que ele brincava como uma criança com Kieran desejou estrangulá-lo. Por que não olhava para ela?

Rapidamente, as irmãs gêmeas de Gaela puseram dois pratos a mais para os recém-chegados. Niall, sentando-se ao lado de Gillian, começou a comer. De soslaio, ela percebeu que ele estava com bastante apetite, e ela estranhou. Fazia tempo que não o via comer assim, e especialmente sem pressioná-la a comer.

— Niall, conversamos com Gillian sobre o que comentamos ontem à noite.

Não... não... nãããããooooo, pensou Gillian. Por que insistiam nisso?

— Ah, sim? — disse Niall.

E, fitando-a, perguntou:

— Bem, Gillian, e você, o que pensa? Eu entenderei perfeitamente se quiser partir com Megan e Duncan. E, te conhecendo como conheço, acho que isso realmente te faria feliz.

Deixando o garfo na mesa, Gillian olhou para todos e, com um falso sorriso, murmurou:

— Bem, eu não havia pensado em ir embora daqui, mas se você acha que...

Ao ver o desconcerto no rosto dela, Niall se alegrou. Mas, fingindo como nunca, disse com um sorriso maravilhoso:

— Gillian, eu só quero o melhor para você. E está claro que ficar aqui comigo não é o que mais te agrada. Por isso, se você quiser, eu concordarei com sua partida.

Ai, Deus! Ai, Deus!, pensou. Estava quase vomitando em cima da mesa.

— Acho que na sua situação é o mais sensato, Gillian — disse Duncan. — E tenho certeza de que seu irmão Axel entenderá e aprovará. Não se preocupe com nada. Todos juntos solucionaremos as coisas.

Mas eu não quero que solucionem nada!, pensou ela, sem saber o que responder. Só queria sair correndo dali, entrar em sua cabaninha e trancar a porta. Mas ela os conhecia e sabia que insistiriam até que ela decidisse partir com eles. Com olhos assustados, olhou para Niall em busca de ajuda, mas ele continuava comendo como se nada estivesse acontecendo.

Megan, notando o estado de Gillian, quis pressionar ainda mais. Levantando-se, disse:

— Olhe, querida, não se torture. Venha comigo e não se preocupe com nada. Depois de amanhã voltaremos a Eilean Donan, e garanto que lá sua vida será muito mais fácil que aqui.

— Mas, Niall...

Então, o highlander olhou para ela com ar despreocupado e disse:

— Não pense em mim, mulher. Pense em você e no bebê. Nossa história foi um erro desde o início, e você sabe disso tão bem quanto eu.

Um erro? Nossa história foi um erro?, pensou, horrorizada.

— Sinceramente, Gillian — concluiu Niall —, acho que merecemos a chance de refazer nossas vidas. Você merece um marido que te faça feliz, e eu uma mulher que aguente meu mau humor.

Branca como cera, Gillian começou a ver pontinhos pretos ao redor. Levantando-se, murmurou:

— Acho... acho que vou desmaiar.

Rapidamente, Duncan segurou seu irmão e empurrou Kieran para que a ajudasse. Ele a pegou no colo e a levou até uma poltrona. Megan, sem perder tempo, disse a Niall que se acalmasse enquanto abria uma janela para que entrasse ar fresco. Pouco depois, ao ver o rosto de Gillian recuperar a cor, com um sorriso encantador, Megan olhou para seu cunhado para tranquilizá-lo. Ele os observava da mesa, sisudo.

— Oh, coitadinha! Ela se emocionou tanto por saber que você concorda com tudo, Niall, que quase desmaiou.

Ai, Megan, não... Estou passando mal só de pensar que tenho que me separar de Niall, pensou Gillian. Mas ele continuava sentado à mesa, comendo, enquanto Kieran a abanava.

— E quando partiremos mesmo? — perguntou Gillian com um fio de voz.

— Amanhã não, é muito precipitado. Mas depois de amanhã, ao amanhecer, partiremos para Eilean Donan. — Emocionada como nunca, Megan a abraçou, e, dando-lhe um beijo sonoro, disse: — Ah, Gillian, que felicidade vivermos juntas de novo! Shelma vai morrer de inveja.

E eu de dor.

O calor estava ficando insuportável enquanto eles continuavam falando sobre a vida de Gillian. Incrédula, ela os escutava, observando seu marido, tão tranquilo, resolver a questão com seu irmão. Então, olhou para seus guerreiros, que comiam na mesa ao lado, e quase começou a chorar ao ver o ar sisudo e preocupado dos homens.

Os guerreiros de meu marido se importam mais comigo que ele mesmo, pensou. Mas, levantando-se, bem pálida, olhou para Niall e sussurrou:

— Quero... Preciso descansar.

Ele, com todos os músculos do corpo tensionados, conteve o desejo de pegá-la no colo, levá-la até seu quarto e lhe contar que era tudo mentira. Odiava ver Gillian nessa situação. Mas, trocando um olhar com sua cunhada, ela o censurou em silêncio, de modo que ordenou a um dos seus homens:

— Donald, acompanhe sua senhora à cabana. Ela precisa descansar.

O highlander balançou a cabeça e se levantou. Abriu a porta principal do castelo, e Gillian, murmurando boa noite, saiu.

Assim que a mulher se retirou, Niall ia falar, mas Megan, com um movimento de mãos, pediu silêncio. Foi até a porta espiar e, com um sorriso, viu que Gillian, parada a poucos passos dali, respirava com dificuldade.

— Está bem, senhora? — perguntou Donald, preocupado.

Ele havia escutado o que seu laird e os outros propunham, e não via graça nenhuma. Por que sua senhora tinha que partir? Mas, como não queria se meter em algo que não lhe dizia respeito, calou-se.

Gillian, olhando-o com os olhos secos de tanto chorar, assentiu. Pestanejando algumas vezes para se refazer do turbilhão de emoções, sussurrou:

— Donald, estou bem. Não se preocupe.

Megan viu aquele highlander enorme acompanhar sua amiga. Quando os demais guerreiros saíram, voltando-se para Niall, que estava furioso a ponto de explodir, disse:

— Agora pode dizer o que quiser.

Como se houvesse aberto uma comporta, Niall começou a grunhir e a reclamar do que havia acontecido ali:

— Por todos os santos, Megan, como pode fazer isso com Gillian? Pensei que a amava — urrou, tão pálido e aturdido quanto sua mulher.

— E a amo, eu te garanto. Justamente por isso estou fazendo o que faço. Eu conheço Gillian, e sei que ela só reage em casos extremos.

Mas Niall estava horrorizado. Ficava doente só de recordar que ela quase desmaiara, que seu rosto ficara cinzento e que Duncan o impedira de tomá-la nos braços.

Kieran decidiu ficar calado. Ver o rosto sério de Niall o fez pressupor que seria melhor não intervir. Contudo, Megan, disposta a chegar até as últimas consequências, aproximou-se de Niall e sussurrou com carinho, acariciando sua densa cabeleira:

— Não se preocupe, eu a conheço. Ela reagirá.

— E se não reagir? — perguntou ele, desesperado.

— Reagirá — sentenciou Megan, decidida a não deixar que essa história acabasse assim.

Nessa noite, nem Niall nem Gillian pregaram o olho. Ele, nas ameias, observava a cabana onde estava sua mulher, enquanto ela, ali dentro, olhava o fogo totalmente confusa.

Capítulo 57

Ao amanhecer, Gillian saiu da cabana e viu que de novo Niall não estava ali. Arrasada diante da falta de carinho dele, dirigiu-se ao castelo disposta a encher seu estômago que roncava. Ao entrar no salão, encontrou-o vazio. Não havia ninguém. Todos estavam dormindo ainda. Com delicadeza, sentou-se em um dos bancos e olhou ao redor. O salão estava lindo, coisa que meses atrás, quando havia chegado, era impensável. Com o olhar cansado, percorreu pedra por pedra daquele lugar majestoso, e sorriu ao recordar como era antes.

— Oh, milady! Não sabia que já tinha se levantado — disse Susan ao vê-la. — Quer que traga o café da manhã?

— Sim, Susan, estou morrendo de fome.

— Já volto.

A mulher foi com rapidez para a cozinha e pouco depois apareceu com uma caneca de leite e um prato com bolos de frutas. O cheiro do leite avivou seu apetite voraz. Gillian comeu com vontade, não um, nem dois, mas seis bolinhos de morango, enquanto observava Susan arrumar o salão. Instantes depois, apareceram Helena, Gaela e Rosemary.

— Bom dia, milady — cumprimentaram as mulheres, caminhando para ela.

— Bom dia.

Helena parou diante de Gillian retorcendo as mãos, nervosa.

— Milady, Aslam me disse ontem que amanhã ao alvorecer a senhora vai embora de Duntulm. É verdade?

Gillian, sem poder articular uma palavra, apenas assentiu.

— Sei que não é normal que eu pergunte, milady, mas, por quê? Aqui todos a amamos muito. Ninguém deseja que parta. O que vamos fazer aqui sem sua companhia e seus conselhos?

Com o corpo trêmulo, Gillian tentou sorrir.

— Helena, Rosemary, Gaela, eu também vou sentir muita falta de vocês. Mas às vezes as coisas não são como queremos e, simplesmente, temos que aceitar o destino. Não preciso contar os motivos. Sabem que meu esposo e eu não nos entendemos. Embora seja doloroso partir, é o melhor para todos, especialmente para o bebê que...

Nesse momento, Duncan e Megan apareceram no salão. As criadas, ao ver como aquela morena as olhava, inclinaram a cabeça e desapareceram.

— Ora... parece que as assustei — sorriu Megan, aproximando-se.

— Não me surpreende, meu amor. Olhou para elas de uma forma assustadora — debochou Duncan. E, olhando para Gillian, perguntou: — Sabe onde está meu irmão?

Com um sorriso nos lábios, apesar dos olhos sérios, Gillian negou com a cabeça. Pegando outro bolinho de morango, começou a mordiscá-lo. De repente, ouviram barulho de cavalos. Viram a porta de entrada se abrir e surgir Cris, aflita, seguida bem de perto por seu marido, Brendan. Megan e Duncan, surpresos com aquela visita inesperada, olharam para eles, mas não disseram nada.

A garota parecia muito aborrecida e foi diretamente para Gillian.

— Que história é essa de que vai embora de Duntulm? — gritou Cris, dando um tapa na mesa.

— Meu amor... querida... — sussurrou Brendan, contrariado. — Controle-se. Estão todos nos olhando.

A jovem se virou e disse com rapidez:

— Duncan, Megan, prazer em tornar a ver vocês. Este é meu esposo, Brendan McDougall. — Dito isso, voltando-se de novo para a pálida Gillian, disse: — Não posso acreditar. Por que vai embora?

— Porque...

Nesse momento, apareceu Niall com ar cansado. Ao entrar e ver Cris e Brendan, sorriu.

— Que surpresa agradável!

— Olá, Niall — cumprimentou Brendan, apertando-lhe a mão.

Mas Cris nem se mexeu nem o cumprimentou. Então, Niall se aproximou e disse em tom de brincadeira:

— O que há com você? Por que esse olhar assassino?

A garota, com sua mais feroz expressão, esticou-se para falar com Niall e sibilou:

— Como pode permitir que Gillian vá embora?

Niall, olhando para Gillian, que estava branca como cera de novo, aproximou-se mais de Cris enquanto via sua cunhada sussurrar algo para Brendan.

— A decisão é dela. Em nenhum momento eu mandei Gillian embora. Portanto, se quer se aborrecer com alguém, que seja com ela — disse.

Então, Cris se voltou para sua amiga, que continuava sentada com um bolinho de frutas nas mãos.

— Vai mesmo embora? — perguntou Cris, aproximando-se.

Gillian, vendo a tristeza nos olhos da amiga e Niall sorrir ao ver Kieran entrar pela porta, assentiu.

— Sim... Lamento, mas eu...

— Muito bem. Perfeito, Gillian! Boa viagem — vociferou Cris, que, dando meia-volta, saiu do salão com o mesmo brio com que havia entrado.

Brendan, ao ver sua mulher sair daquele jeito, despediu-se dos presentes e correu atrás dela. Precisava lhe contar o que Megan lhe havia confidenciado.

Gillian se levantou e correu para a cabana. Precisava se acalmar, senão esse maldito dia que mal começara acabaria com ela.

No meio da tarde, todos pareciam atarefados no castelo, e Niall desapareceu. Gillian, que não queria continuar ruminando suas dores, começou a recolher seus pertences e guardá-los nos baús. Para isso, andou pela casa toda. Em todos os aposentos havia algo seu que não estava disposta a deixar ali.

À noite, depois de um jantar que foi o mais tortuoso que Gillian já havia presenciado na vida, quando não aguentou mais, foi para a cabana. Odiava ver as mulheres de Duntulm fitando-a com tristeza e seus guerreiros com desespero. Todos pareciam abalados, menos Niall, que sorria como um bobo conversando com Kieran e Duncan. Até Megan estava feliz. Isso deixava Gillian angustiada.

Sentada na cabana, fez um inventário mental de seus pertences e recordou que no quarto de seu marido havia coisas dela. Levantando-se, dirigiu-se de novo ao castelo, mas entrou pela cozinha, com cuidado para não encontrar ninguém, e subiu ao andar superior. Quando chegou ao quarto de Niall, bateu na porta, mas ninguém respondeu. Então, pensando que estava vazio, ela entrou. E ficou sem fala quando viu Niall na banheira em frente à lareira.

— Oh, perdão! Voltarei mais tarde.

Surpreso com a visita inesperada, Niall ficou tenso. O que ela estava fazendo ali? Por acaso queria conversar com ele?

— Entre, Gillian, não se preocupe — disse ele, tentando ser cordial.

Com o olhar fixo no chão, ela murmurou:

— Só vim pegar minhas coisas, mas... é melhor eu voltar depois.

Ela não queria olhar para ele. Sabia que, se olhasse, não poderia afastar os olhos.

— Por todos os santos, Gillian! — protestou ele. — Entre e pegue o que tiver que pegar. Não me incomodo. Imagine que não estou aqui. Prometo não atrapalhar.

Incapaz de sair pela porta, Gillian a fechou e, sem olhar para ele, dirigiu-se ao pequeno armário com os nervos à flor da pele. Com a boca seca diante da visão de Niall com o cabelo molhado penteado para trás, pegou dois vestidos e os deixou em cima da cama. A seguir, agachou-se, abriu um de seus baús e começou a guardá-los.

Niall a observava em silêncio. Cada movimento dela fazia seu coração disparar. Desejava aquela bruxinha como nunca desejara mulher nenhuma; mas sabia que, se tentasse falar com ela ou se aproximar, Gillian sairia do quarto rapidamente. Então, limitou-se a fitá-la com atenção enquanto uma agonia ia se apoderando dele.

Incapaz de continuar mergulhado na banheira, ele se levantou, pegou um pano leve e se secou com brio. Primeiro os braços, depois as costas, seguiu pelo torso e, constrangido pelo tamanho de seu membro excitado, por fim, enrolou o pano nos quadris.

Gillian, sem respiração, ouviu Niall sair da banheira. Fechando os olhos e engolindo em seco, imaginou as gotinhas escorregando por aquele corpo musculoso de que tanto gostava. Fechou o baú e se levantou. Mas, ao se virar, deu de cara com Niall seminu.

— Tome, isto é seu — disse ele, dando-lhe um seixo que estava em cima da lareira. — Sei que você gosta dele, pois era de sua mãe.

Estendendo a mão, Gillian pegou a pedra, olhando para a cicatriz no braço dele que ela havia causado com a adaga.

— Obrigada — murmurou.

Niall, vendo para onde ela olhava, com um sorriso afastou o cabelo do rosto e comentou:

— Sempre que eu vir esta cicatriz, vou me lembrar de que você a fez.

Incapaz de não sorrir, ela assentiu.

— Sim... e não sabe quanto me arrependo.

— Oh, não se preocupe! É um sinal de batalha como tantos outros que tenho. Mas devo reconhecer que sempre que a vir pensarei em você.

Gillian não podia responder, só podia olhar e admirar aquele homem diante dela, com todo seu poderio varonil, e recordar os momentos vividos com ele.

— Niall, sinto muito por tudo que aconteceu. Eu...

Ao sentir que suas forças fraquejavam, o highlander se voltou depressa para se afastar dela. Passando uma bata crua pela cabeça, começou a se vestir.

— Não precisa pedir desculpas, Gillian. Se alguém aqui tem que se desculpar sou eu, ainda que já não faça sentido. — Ao ver que ela o olhava, prosseguiu: — Tenho que agradecer pelas mudanças que você fez na casa. Este quarto, por exemplo. — Apontou para uma lateral. — Essa tapeçaria, as cortinas, os criados-mudos, tudo que há aqui é graças a seu trabalho. E mesmo que só por isso e por ter transformado Duntulm em um lar, tenho que te agradecer antes que parta amanhã para começar uma nova vida que te faça feliz.

Feliz, eu? Serei infeliz pelo resto dos meus dias, pensou ela.

— Você também vai começar uma nova vida.

— Sim, Gillian, vou tentar — disse ele, querendo gritar que sem ela sua vida e o castelo não teriam sentido.

Olhando para suas mãos, Gillian, com dor no coração, tirou o anel que ele lhe havia dado. Estendendo-o, disse:

— Tome seu anel. Talvez precise dele em breve.

Ele se incomodou ao vê-la devolver o presente que ele havia comprado com desespero para ela. Fitando-a, murmurou:

— Não, Gillian. Eu comprei esse anel para você. É seu. Somente você o usará. Por favor, considere-o um presente, ou uma recordação do tempo que durou nossa união.

Pondo o anel e sem poder ficar ali nem mais um segundo, Gillian tentou passar por ele para sair. Mas ele a segurou pelo braço.

— Prometa que será feliz, gata — sussurrou em seu ouvido.

Com um soluço na garganta, ela ergueu os olhos e assentiu.

— Eu prometo.

Durante alguns instantes, ambos se olharam e se falaram sem palavras. Até que Niall a soltou e ela saiu do quarto rapidamente.

Sem ar, a jovem correu pela escada e subiu às ameias. Precisava respirar. Precisava sentir o ar em seu rosto. Enfim, precisava de Niall. Sem que pudesse evitar, as lágrimas correram por suas faces como rios descontrolados. Escondendo-se em um canto das ameias, ela chorou em silêncio. Até que sentiu uns braços fortes a abraçarem. Ficou toda arrepiada ao escutar a voz de Niall, que, afundando a boca em seu pescoço, confessou:

— Vou sentir muitas saudades, querida.

E então a beijou. Devorou seus lábios como só ele e sua paixão sabiam, e Gillian se sentiu desfalecer. Então, depois de um último beijo desesperado, Niall desceu, deixando-a sozinha nas ameias com as lágrimas correndo descontroladamente por suas faces e seu sabor ainda na boca.

Capítulo 58

Ao amanhecer, os guerreiros de Duncan, ao lado de várias carroças com os baús de Gillian, esperavam a ordem de seu senhor para começar a viagem de volta para casa. Em um canto, Niall, sério, conversava com Duncan e Kieran, enquanto Megan se despedia de Helena com um sorriso encantador.

Com tristeza, mas com um sorriso fingido, Gillian se despediu de todos os habitantes de Duntulm, um por um. Susan beijou-lhe as mãos e, com lágrimas nos olhos, disse que sem ela o castelo nunca seria um lar. Gaela e suas irmãs, com os olhos vermelhos, despediram-se também, desejando-lhe boa viagem, pois não conseguiam dizer mais nada. Rosemary, angustiada, com um nó na garganta, deu-lhe um beijo e começou a chorar.

— Ora, ora, Rosemary, o importante é que nos conhecemos. Fique com isto. E, por favor — murmurou Gillian, comovida e olhando para Donald —, espero que um dia me visite, esteja eu onde estiver.

— Claro que sim, milady. Pode ter certeza — respondeu o highlander, rígido. — Milady, vou sentir muito sua falta.

— E eu de vocês — murmurou ela, quase se sufocando. — Todos vocês são fantásticos.

A seguir, agachou-se para beijar Colin e a pequena Demelza, que choramingava nas saias de Helena. A menina não quis se despedir dela.

— Você me prometeu que seria um lindo Natal — murmurou, recriminando-a.

Ao recordar isso, Gillian sorriu.

— E vai ser, Demelza. O fato de eu não estar aqui não significa que não vai ser, linda.

Mas a menina, aborrecida, deu meia-volta e saiu correndo.

— Milady, não leve em consideração — desculpou-se a mãe. — Ela a ama muito...

— Não se preocupe. Eu entendo sua decepção.

— Minha senhora, queríamos agradecer por tantas coisas... — acrescentou Aslam, emocionado.

Mas não pôde continuar, pois sua voz tremia. Helena, com carinho, ao ver seu marido soluçar, continuou:

— Meu esposo e eu queremos agradecer por ter sido tão boa conosco. Primeiro por acolher a mim e a meus filhos e nos dar um lar, e depois por sempre ter sido tão generosa com todos nós. Sentiremos muito sua falta.

— Helena, Aslam — disse Gillian, pegando-lhes as mãos —, eu é que tenho que agradecer a vocês por terem me ajudado tanto durante todo o tempo que estive aqui. A você, Helena, porque foi uma excelente amiga e conselheira, e a você, Aslam, porque sempre pude contar com você para tudo.

— E pode continuar contando. Sempre será minha senhora.

— E a minha — interveio Liam.

— E a minha — acrescentou Donald.

Um depois do outro, todos os highlanders de Niall, aqueles barbudos que inicialmente haviam rido dela, chamando-a de "linda" ou "lourinha", prometeram-lhe fidelidade eterna. Ela se sentia sufocar. E Niall, que ao lado de seu irmão e Megan observava a cena, estava sem palavras. Todos cercavam Gillian e a faziam sua senhora para sempre, incondicionalmente. Ela, emocionada, sorria com os olhos marejados, mas conseguiu conter as lágrimas. Não queria que a última imagem que recordassem dela fosse chorando como uma tola donzela.

Ewen, depois de uma ordem de Niall, aproximou-se e, tirando-a do círculo que seus homens haviam feito ao redor de sua senhora, murmurou:

— Milady, faço minhas as palavras dos guerreiros. Sempre será minha senhora e espero que, quando venha nos visitar, queira continuar praticando arco e flecha comigo.

— Claro que sim, Ewen.

E, dando-lhe um abraço, sussurrou:

— Obrigada por seus sábios conselhos e por ser sempre meu amigo.

Ao sentir o corpo dela se contrair, o homem sorriu.

— Lembre, milady, guerreiros nunca choram — disse.

Respirando fundo, ela sorriu. Mas quase desabou ao ver Donald e muitos outros highlanders de quase dois metros de altura prendendo o choro. Olhou para Cris e Brendan, que haviam ido se despedir dela. E, embora o humor de sua amiga parecesse melhor que no dia anterior, a angústia em seus olhos transparecia a tristeza pela partida.

— Promete que vai se cuidar? — disse Gillian.

— Claro — respondeu Cris. — Se cuide também.

Gillian a abraçou. Quando as lágrimas começaram a rolar por suas faces, com rapidez as enxugou.

— Vou ficar um tempo em Eilean Donan, mas acho que depois voltarei a Dunstaffnage, para minha família.

— Se for cada vez para mais longe, será muito difícil te visitar — suspirou Cris, tomando-lhe as mãos. — Você é a única amiga que tenho. A única que não fica horrorizada por eu manejar a espada, e a única que já me defendeu e ajudou. O que vou fazer agora sem você?

— Viver, Cris — respondeu Gillian, emocionada. — E nunca esqueça que sempre serei sua amiga.

Dando de ombros, Cris suspirou.

— Eu sei... mas dizem que a distância às vezes é o esquecimento.

— Não para mim. Eu prometo, Cris — murmurou, olhando para Niall. — Não para mim.

Depois de um abraço sincero, Gillian olhou para Brendan.

— Muito bem, McDougall de Skye, foi um prazer conhecer você. Só espero que cuide de minha grande amiga e de seu filho, e que uma hora vá me visitar.

Ele gargalhou, atraindo o olhar de Niall, que os observava na distância.

— O prazer foi meu, McDougall de Dunstaffnage, e pode ter certeza de que te visitaremos, assim como espero que você, com seu lindo bebê, nos visite também.

Arrasada, Gillian assentiu, e então Brendan e Cris a abraçaram ao mesmo tempo. Sem poder mais conter o pranto, explodiu.

— Ora, ora... Não chore, Gillian — murmurou Brendan.

— Por favor... Por favor, não me soltem enquanto eu não parar chorar como uma tola donzela em apuros. Não quero que ninguém me veja assim. Que horror!

— Claro, Gillian. Ninguém vai te ver chorar — afirmou Cris.

Comovido, Brendan levantou os braços para cobrir o rosto de Gillian, e ela, com rapidez, tirou um lenço da manga para enxugar as lágrimas. Quando se recuperou, deu uns tapinhas no peito de Brendan e ele a soltou.

— Obrigada, Brendan — sorriu Gillian com o nariz vermelho como um tomate.

— Obrigado a você por tudo, Gillian. Sem você nada do que aconteceu teria sido possível. Você conseguiu instaurar a paz entre nossos clãs e permitiu que realizássemos nosso sonho.

— Até conseguiu que meu pai se desse conta de como eram Diane e sua querida mãe. Desde que aquela tonta partiu e Mery já não é a bruxa que foi, Dunvenhan voltou a ser meu lar.

Gillian, olhando para o céu, suspirou e sorriu.

— Todos decidiram me fazer chorar hoje, não é?

Megan se aproximou e tomou as mãos de Gillian.

— Precisamos ir. Os homens estão impacientes — disse.

Com um sorriso comovente, Gillian se afastou e se dirigiu a Hada. Ao chegar à égua, viu Niall a esperando.

Ah, meu Deus! Dai-me forças, por favor. Preciso muito, pensou ela.

— Bem — sussurrou, trêmula —, chegou a hora de voltar para casa.

— Sim, Gillian — disse ele.

Olhando-se nos olhos durante alguns instantes, como na noite anterior nas ameias, Niall pôs as mãos na cintura dela e, erguendo-a sem nenhum esforço, colocou-a sobre o cavalo. Ela ficou decepcionada. Esperava um abraço, um beijo, uma despedida mais sincera, mas não aquilo. Então, tentou não choramingar de novo como uma idiota e procurou sorrir.

— Não sei o que dizer nestes momentos, Niall.

— Não precisa dizer nada. — Tomando-lhe a mão, beijou-a. — Adeus, Gillian. Se cuide.

Então, o laird deu meia-volta e se afastou, deixando-a totalmente desiludida. Queria descer do cavalo e correr atrás dele, mas não, não faria isso. Com essa despedida, Niall havia deixado bem claro que ela não tinha lugar na vida dele.

Duncan viu a expressão de seu irmão. Ficou angustiado pela tristeza que sabia que o dominava. Olhou para Kieran e ambos deram a ordem de partir. As carroças começaram a rodar. Megan, tomando a mão de sua amiga para lhe dar ânimo, insistiu:

— Vamos, Gillian.

Com uma tristeza infinita, Gillian observava Niall desaparecer pela porta do castelo. Levantando o queixo, olhou para todos que a saudavam e, com seu melhor sorriso, disse adeus.

Uma vez em movimento, não quis olhar para trás. Sabia que, se o fizesse, seu coração se partiria. Mas, quando chegou ao ponto exato em que sabia que perderia Duntulm de vista para sempre, girou seu cavalo e, com o coração destruído, sussurrou:

— Adeus, amor.

Capítulo 59

Durante a primeira parte do trajeto, Kieran tentou fazer Gillian, aturdida, sorrir. Mas nada do que aquele highlander simpático dizia a fazia se livrar do desânimo que seu corpo sentia. Quando pararam para almoçar, Gillian mal comeu. Não estava com fome. Quando retomaram a marcha, preferiu ir descansando na carroça que haviam preparado para ela.

Quando Duncan a viu fechar as cortinas da carroça, olhou para sua mulher e perguntou:

— Megan, tem certeza de que Gillian vai reagir?

— Sim, Duncan, não se preocupe — respondeu Megan.

Mas, quando chegou o entardecer, sua segurança começou a se abalar. Estavam cada vez mais longe de Duntulm e Gillian não parecia reagir.

Deitada dentro da carroça, Gillian olhou para sua mão. No dedo ainda estava o anel que Niall havia lhe dado. Vendo a pedra marrom, ela soluçou ao recordar seus olhos. *Oh, Deus, me ajude. Estou fazendo a coisa certa?*

Depois de chorar por um bom tempo, por fim murmurou:

— Chega... Não quero chorar.

Censurando-se por tanta sensibilidade, suspirou e assoou o nariz. Mas seu lenço estava tão ensopado que decidiu pegar outro seco. Ao abrir sua taleiga viu uma bolsinha de veludo preto. Surpresa, pegou-a e a abriu. Dela tirou o anel de seu pai e um bilhete:

O anel de nosso casamento sempre foi seu porque o comprei pensando em você. Mas este anel de seu pai só seu esposo merece usar. Por isso o devolvo, para que o entregue à pessoa que julgue que merece seu amor.

Niall McRae

Com mãos trêmulas, ela lia sem parar o bilhete com a linda aliança de casamento de seu pai na mão. Esse anel era de Niall. Ela sempre o havia guardado para ele.

De repente, como se Deus e toda a Escócia houvessem clareado suas ideias, gritou:

— Maldito seja, McRae!

Sem tempo a perder, Gillian abriu a cortina da carroça e assobiou. Sua égua apareceu rapidamente. Com segurança, ela se segurou na crina do animal e montou. Mas, antes que pudesse cravar-lhe os calcanhares e sair a galope, Megan a segurou.

— Posso saber o que está fazendo? — perguntou.

Gillian, esboçando um sorriso como havia muito tempo não fazia, fitou-a.

— Megan, não se aborreça comigo. Eu te amo muito e viveria ao seu lado com prazer em Eilean Donan ou onde quer que fosse. Mas amo Niall e quero viver com ele. Amo aquele highlander cabeça-dura que adora me irritar, desafiar e me enlouquecer, e não posso viver sem ele. Por isso, quero voltar para minha casa.

Disposta a brigar com Megan se fosse preciso, Gillian a fitou e ficou estupefata quando ela sorriu.

— Já era hora, Gillian. Espero por este momento desde que partimos.

— Como!?

Mas Megan não respondeu. Deu-lhe um abraço e assobiou. Duncan e Kieran cavalgaram em direção a elas.

— Mudança de planos. Vamos voltar para Duntulm — anunciou Megan.

Kieran e Duncan olharam para Gillian, radiante, que se desculpou:

— Sinto muito, mas não posso viver sem ele.

Duncan sorriu. Kieran, fitando-a com deboche, acrescentou:

— Linda, sabia que partiu meu coração de novo?

Levantando-se no cavalo, Gillian lhe deu um beijo no rosto e, com um sorriso espetacular, confessou:

— Lamento, Kieran, mas o coração que me interessa consertar está em Duntulm e, por todos os deuses, vou recuperá-lo.

Duncan deu a ordem e os homens pararam. Virando as carroças, deram início ao regresso. Mas Gillian estava ansiosa. Cravou os calcanhares em Hada e saiu em disparada. Duncan tentou detê-la, pois não era bom para uma grávida galopar assim. Mas nada no mundo poderia conter a ansiedade de Gillian de chegar a seu destino.

Havia quase anoitecido quando, ao descer uma colina, Gillian notou que ao longe um grupo de guerreiros cavalgava para eles. Seu coração disparou ao reconhecer o primeiro deles: Niall!

Com as faces coradas e o cabelo agitado pelo vento, Gillian chegou a eles e, antes que pudesse dizer qualquer coisa, seu marido, com um olhar penetrante, pôs seu cavalo ao lado dela e pegando-a pela nuca, deu-lhe um beijo maravilhoso. Todos os highlanders ovacionaram.

Quando por fim separou seus lábios dos dela, murmurou:

— Não, nossa história nunca foi um erro. Nunca!

Com o coração batendo a mil, a jovem concordou:

— Não... não foi.

— Gillian, escute...

— Não, McRae. Escute você — sibilou ela, reagindo para descer do cavalo.

— Hummm... Adoro quando me chama de McRae, ferinha — debochou Niall, diante do olhar divertido de seu irmão.

— Que ideia foi essa de dizer para eu entregar o anel de meu pai a outro que não fosse você? Ontem eu te pedi a aliança, por acaso?

— Não.

Pegando o anel de sua taleiga, ela o estendeu para ele.

— Ponha agora mesmo.

— Não.

— Não!? Por que não?

— Porque primeiro quero esclarecer certas coisas.

— Por todos os santos, McRae! Ainda não percebeu que você é o único a quem quis, quero e vou querer entregar meu amor e minha vida?

Ao ver que ele não respondia, Gillian, sem se importar com todas as testemunhas, continuou:

— E quanto a meu filho...

— Nosso filho, querida... Nosso filho — corrigiu ele.

Essas simples palavras a emocionaram e ela não pôde continuar. Niall se aproximou e pôs uma mecha de cabelo atrás da orelha dela.

— Você é minha vida, meu amor, minha luz e o maior tesouro que tenho e jamais terei. Fui um idiota, um egocêntrico e quase perdi você e o nosso filho por causa do meu comportamento. Eu agi mal com você, sendo que você trouxe a meu clã e a mim alegria, união, força e prosperidade. E, embora hoje de manhã tenha deixado você partir e tenha te enganado com uma mentira benéfica, estava indo te buscar, querida. — Ela sorriu, e ele prosseguiu: — Porque sem você, sem seus enfrentamentos, seus sorrisos, seus desafios e seu amor não quero viver, gata. Só espero fazê-la feliz pelo resto da vida para compensar o mal que te fiz quando você só merecia ser amada, querida e respeitada.

— Que bom saber que me ama, Niall.

— E muito, querida — acrescentou ele.

— Oh, Deus! Adoro quando me chama de querida — sorriu ela.

Alegre com a careta que ela fez, ele sussurrou com amor:

— Pois vou chamar você assim tanto que vai cansar de ouvir, porque te amo, querida!

Os highlanders que os cercavam olhavam com um meio sorriso nos lábios. Kieran deu uma cotovelada em Megan.

— Por todos os santos, Megan! — sussurrou o homem. — Precisam trocar tantas palavras melosas?

Mas, em vez de ela responder, Duncan se antecipou:

— Kieran, quando chegar sua vez, será ainda pior, amigo.

— Duvido — debochou Kieran. — Não sou homem de palavras adocicadas.

Megan riu e, olhando para ele, acrescentou:

— Ai, Kieran! No dia em que se apaixonar, acabará com o açúcar da Escócia inteira.

Enquanto todos riam, Duncan viu as carroças chegarem. E ordenou a seus homens que seguissem para Duntulm com os baús de sua cunhada.

Com um sorriso incrível, Gillian, alheia a tudo que acontecia ao seu redor, só tinha olhos para seu belo marido. E, dando-lhe um beijo com sabor de amor puro e verdadeiro, sussurrou:

— Vai pôr agora o anel para que todo o mundo saiba que é meu?

— Claro que sim, gata. Mas, mesmo sem o anel, já sou — retrucou ele, pondo a aliança.

— Mesmo quando eu estiver gorda por causa do bebê?
— Claro que sim.
Imaginá-la com a barriguinha e saber que poderia tocá-la e abraçá-la todas as noites deixava-o louco.
— Mesmo que meu cabelo não seja tão longo e bonito como quando me conheceu?
— Seu cabelo é lindo como você, querida, não importa o tamanho.
Depois dessas palavras, Gillian se jogou nos braços de Niall, que a pegou com amor, enquanto seus guerreiros aplaudiam com satisfação porque a senhora havia voltado para seu lar.

Epílogo

Dois anos depois...

— Não, Gillian, eu disse que não.
— Mas, Niall...
Voltando-se para ela no meio da escada do castelo, ele murmurou:
— Como tenho que dizer que não quero que lute com duas espadas ao mesmo tempo? Não pode treinar só com uma?
— Mas é que com uma já domino, e com duas ainda há golpes que gostaria de aprender.
— Por todos os santos, mulher! Não percebe que me preocupo com sua segurança?
Adiantando-o na escada, ela começou a subir.
— Se se preocupasse com minha segurança, você me deixaria aprender a me defender.
Aprender a se defender? Você é mais feroz na luta que muitos dos meus guerreiros!, pensou Niall, incrédulo.
— Eu disse que não, e não se fala mais nisso.
— Oh, McRae, está cada dia mais resmungão!
— E você cada vez mais caprichosa — replicou ele. — Eu já permito muitas coisas.
Ela riu, mas ele não. Na verdade, Niall tinha razão. Desde a volta de Gillian a Duntulm, ele não parava de fazê-la feliz todos os dias, mesmo que discutissem o tempo todo.

Feliz ao ver o jeito como ele tocava o cabelo, murmurou para irritá-lo:

— Prefiro ser caprichosa a ser resmungona.

Bem quando ele ia responder, apareceu Rosemary com a pequena Elizabeth no colo. Estava levando-a para dormir, mas a menina, ao vê-los, berrou, pedindo atenção.

— Oh, aqui está minha menininha! — sussurrou Gillian, pegando-a.

Elizabeth, feliz por ter atingido seu propósito, sorriu. A menina era uma mistura de Niall e Gillian, com um gênio forte demais para um bebê. Era loura como Gillian, mas tinha os lábios delicados e os olhos castanhos e amendoados de seu orgulhoso pai.

— Diga oi para o papai. Oi, papaaaaiiiii! — disse Gillian, mexendo a mãozinha da menina, que ao ver seu pai se desmanchou em gritos e balbucios. Se havia algo que enlouquecia Elizabeth era seu pai.

— Venha aqui, minha guerreira — disse Niall, pegando-a com amor.

E apertando-a e fazendo-a gargalhar até encher-lhes o coração de felicidade, disse a Rosemary que a levasse para dormir.

Já sozinhos no patamar da escada, Gillian pestanejou, e Niall, ao recordar a discussão, saiu andando, acalorado.

— Não... Já disse que não. Vou falar com Brendan e dizer que proíba Cris também. Qualquer dia vai acontecer alguma coisa nesses treinamentos de vocês, e, depois, de nada vai adiantar lamentar.

Quando chegou a seu quarto, Niall abriu a porta e entrou, e ao se virar para dizer algo a sua mulher, ficou boquiaberto ao ver que ela havia desaparecido. Foi rapidamente para o corredor e blasfemou ao ver que ela não estava.

— Maldição, Gillian, onde está? — urrou.

O riso cristalino dela imediatamente lhe mostrou onde estava. Niall, subindo os degraus de dois em dois, chegou às ameias e ali a encontrou.

— Venha, McRae.

Com um sorriso perverso nos lábios, Niall disse enquanto olhava descaradamente o suave decote de sua esposa:

— Não vai me convencer, mesmo que utilize todas as suas armas de mulher.

Ela, sensual, apoiou-se na parede e, puxando-o para que a esmagasse, sussurrou em seu ouvido:

— Não quero te convencer, meu amor; só quero desfrutar de você.

Beijando-o com paixão, desamarrou os cordões do corpete e, com um descaro imenso, sussurrou:

— Ai, Niall, preciso que me coce aqui.

Dando-lhe corda, ele colocou a mão dentro do corpete dela.

Você me deixa louca, McRae, pensou ela, excitada, sentindo-o tocar seus mamilos do jeito que ela gostava.

— Oh, Deus, adoro que me toque! — murmurou, mordendo o lábio.

— Nem te conto quanto gosto de te tocar, querida.

Apertando-se contra ele, ela estremeceu e passou a língua pelo pescoço dele.

— Não pare, por favor.

Ele sorriu. Conhecia-a muito bem, e sabia como sua linda mulher era passional no amor. Mas também sabia que ela não pararia até atingir seu propósito.

— Tudo bem, ferinha, vamos aproveitar.

Como era de se esperar, Gillian rapidamente tomou a boca de seu marido e, devorando-lhe os lábios, entregou-se a ele com paixão. Essa paixão desmedida que deixava Niall louco e que conseguia fazer que esquecessem o resto do mundo.

Acabado o momento passional, Gillian, com um sorriso maroto e divertido que fez o coração de Niall derreter, olhou para ele. E ele, feliz, pegando-a entre seus fortes braços para levá-la para o quarto, murmurou:

— Tudo bem, Gillian. Mas só se prometer que tanto você quanto Cris vão usar espadas sem ponta.

— Mas, Niall...

Sem estar disposto a dar o braço a torcer diante de algo tão perigoso, ele a beijou e, seguro do que dizia, explicou:

— Sinto muito, querida, mas não vou permitir.

Gillian, no colo de seu marido, pestanejou e, feliz, acrescentou:

— Tudo bem, McRae. Vamos conversar.

Leia também:

MEGAN MAXWELL
Adivinhe quem sou

MEGAN MAXWELL
Adivinhe quem sou esta noite

MEGAN MAXWELL

DESEJO CONCEDIDO
primeiro volume de Guerreiras, a série mais esperada pelas fãs da autora

PASSE A NOITE COMIGO
A aguardada história do brasileiro Dennis, spin-off da série best-seller Peça-me o que quiser

Pela lente do amor

Você se lembra de mim?

Este livro foi composto em Adobe Garamond Pro e
impresso pela RR Donnelley para a Editora Planeta do Brasil
em setembro de 2017.